Klaus E. Spieldenner
START ZIEL TOD

Bibliografische Information der Deutschen Nationalbibliothek
Die Deutsche Nationalbibliothek verzeichnet diese Publikation in der
Deutschen Nationalbibliografie; detaillierte bibliografische Daten sind im
Internet abrufbar über http://dnb.ddb.de

Klaus E. Spieldenner

START ZIEL TOD

CW Niemeyer N

Über den Autor:

Klaus E. Spieldenner, 1954 im Saarland geboren, verbrachte eine unbeschwerte Kindheit im grenznahen Überherrn. Schon früh spielte er Gitarre und nach Schule und Lehre wurde er 1974 als Grundwehrdienstleistender zur Luftwaffe eingezogen. Nach fünf Standortwechseln mit einer vierjährigen Auslandsverwendung wurde der Feuerwerker 2007 nach dreiunddreißig Dienstjahren in den Ruhestand versetzt. Nun begann er mit dem Schreiben. Zunächst veröffentlichte er zwei Bücher unter dem Pseudonym Renne D. Leips. Eines handelte von seiner langjährigen Coverband. Titel: Danke für die Appläuse. Danach beschreibt er die erlebnisreiche Zeit seiner Lehre im saarländischen Wadgassen (Lehrjahre sind keine Herrenjahre). Die Sozialkrimis „Enzo Demenzo", „Einbein-Klein und das Flaschenkind" sowie „ALtCATRAZ 2037 – ... Prinz, wach auf!" erschienen 2011 beziehungsweise 2013. Am 25. Januar 2013 wurde im Leda-Verlag in Leer der erste Regionalkrimi mit der Oldenburger Kommissarin Sandra Holz veröffentlicht. Der Titel lautet: „Unter Flutlicht". Im selben Jahr wurde „Und Stille wie des Todes Schweigen" im Verlag CW Niemeyer veröffentlicht.

Neben dem Schreiben ist er Gitarrist und lebt mit seiner Ehefrau in Bad Oldesloe. Sie haben zwei erwachsene Kinder und Enkel Joris.

HSV abgestiegen – Dino nach 50 Jahren gestürzt!

FC St. Pauli schlägt Lokalrivalen HSV mit 2:1 in Verlängerung

Die Sensation in Hamburg ist perfekt: Der FC St. Pauli hat den Aufstieg in die Beletage der Fußball-Bundesliga geschafft. Die Fußballer vom Hamburger Millerntor rangen dem Lokalrivalen Hamburger Sportverein im zweiten Relegationsspiel am 18. Mai 2014 ein knappes 2:1 (1:1) in der Verlängerung ab. Gestern um 19 Uhr 28 stand fest, dass der FC St. Pauli nach vier Jahren Abstinenz in die 1. Bundesliga zurückkehrt.

Für die Spieler, die Verantwortlichen und vor allem für die Fans des Traditionsvereins HSV war es ein Schock. Im 52. Bundesligajahr muss auch das letzte Gründungsmitglied der Bundesliga erstmals den bitteren Gang in die 2. Liga antreten. Seit der Klub in der Bundesliga spielt, tickt die Stadionuhr in der Hamburger Arena. Sie wurde – wie vom Verein angekündigt – heute nach 50 Jahren, 259 Tagen, 3 Stunden und 28 Minuten abgeschaltet. Der FC St. Pauli hat sich den Aufstieg nach einer durchweg positiven Spielbilanz der Saison 2013/2014 verdient. Durch ein dramatisches 2:1 (1:1) im Relegations-Rückspiel beim Erstliga-Sechzehnten Hamburger Sportverein schafften die kämpferisch besseren Spieler des FC St. Pauli am Sonntag den Sprung in die Königsklasse des deutschen Fußballs. Nach der Nullnummer in der ersten Partie drei Tage zuvor – ein großartiger Sieg für den Verein. Der Trainer des neuen Erstligisten ...

„Vom Tod kann sich niemand freikaufen, keiner kann Gott ein Lösegeld zahlen. Der Kaufpreis für ein Leben ist zu hoch, niemand wird je so viel zahlen können, um ewig zu leben. Reiche und weise Menschen müssen ebenso sterben wie unvernünftige Narren; alle müssen ihren Besitz für andere zurücklassen. Das Grab ist die ewige Heimat aller, darin liegen sie für immer, auch wenn auf Erden viel Land nach ihnen benannt wurde. Denn der Mensch bleibt trotz seines Reichtums nicht am Leben, sondern muss sterben wie die Tiere."

Psalm 49 (Luther 1912)*

* Die Zitate auf dieser Seite und Seite 290 stammen aus dem Buch „Neues Leben – Die Bibelübersetzung." (Erschienen 2002 und 2006 im SCM R. Brockhaus im SCM-Verlag GmbH & Co. KG, Witten)

Die Frau schien asiatischer Abstammung zu sein. Doch Plastikschläuche und bunte Kabel quer über ihrem blassen Gesicht verhinderten einen exakten Blick darauf. Etwas verloren lag sie in dem riesigen Bett, und die flachen Konturen unter der dünnen Daunendecke ließen einen jugendlichen Körper erahnen. Fiepende Monitore und schnaufende Druckluftgeräte verliehen dem Raum eher das Szenario einer Intensivstation denn eines Jugendzimmers. Auf der weiß gekalkten Wand über dem modernen Pflegebett hingen – wie zufällig angeordnet – selbst gemalte Bilder. Sie zeigten Landschaften mit hohen Bergen und kleinen, sich dahinschlängelnden Flüssen, aber auch Hochhäuser mit bunten Kraftfahrzeugen, aus denen zu klein wirkende Menschen winkten. Die Wand links vom Bett hatte die Bewohnerin des Zimmers mit großflächigen Bandpostern verschönert: *the GazettE* war auf einem in riesigen Lettern zu lesen.

Es war Tag. Große Fenster bis zum Boden seitlich des Krankenbettes erlaubten zahlreichen Sonnenstrahlen, den Raum zu erhellen. Sie brachen sich im Chrom der medizinischen Geräte, und diese wiederum warfen gespenstische Schatten an die Wände. Die blauschwarzen Haare der jungen Frau lagen wie ein Fächer um ihren Kopf. Das malerische Gebilde wurde nur an einer Stelle durch einen Beatmungsschlauch unterbrochen. Dieser Schlauch begann zwischen den blassroten Lippen der Frau und endete in einem durchsichtigen Topf, in dem sich ein Balg im Takt auf- und abbewegte.

Ein nerviger Piepton zerriss die angespannte Atmosphäre hier in jeder Sekunde. Die dunklen Augen der Kranken lagen aufgerissen zwischen schwarzen Wimpernpaaren und blickten leer zur weißen Decke. Dennoch zeigten die Pupillen eine deutliche Furcht, aber auch einen starken Überlebenswillen.

Neben dem Bett stand an jeder Seite des niedrigen Geländers eine Person. Die beiden Asiaten, Misaki und Hayato Shimotuma, hielten je eine Hand der jungen Frau. Sie hielten die durch Kabel und blutgefüllte Schläuche entstellten, zartgliedrigen Extremitäten vorsichtig fest. So wie hauchdünnes Porzellan, das jederzeit bei zu großem Druck zu zerbrechen drohte. Bei dem Paar handelte es sich um Japaner und die Eltern der Kranken. Sie waren mittleren Alters und kleiner Statur und ihnen liefen die Tränen in kleinen Bächen über ihre Wangen. Verzweiflung war ihnen ins Gesicht geschrieben.

Der Piepton des Überwachungsgerätes setzte für einen Moment aus und plötzlich herrschte verhaltene Stille im Krankenzimmer. Das Ehepaar schaute sich erschreckt an, doch im selben Moment setzte der Ton wieder ein. Seufzer der Erleichterung waren zu hören.

Im Hintergrund stand – leicht gebeugt in ergebener Haltung – ein weiterer Japaner in dunkler Livree. Das Aussetzen des Geräuschs hatte auch ihn kurz in Panik versetzt. Nun wischte er sich nervös durch sein mittellanges Haar.

Der Mann am Bett drehte nun seinen Kopf. Wie in Zeitlupe. Erst zum sonnendurchflutenden Fenster, dann, mit etwas härterem Ausdruck, zu dem Mann in Schwarz. Sofort bewegte sich dieser – fast ohne Geräusche zu verursachen – an das seitlich gelegene Fenster und drückte einen Schalter. Eine breite, elektrische Jalousie bewegte sich aus dem Nichts nach unten. Im Schneckentempo kämpften sich ihre Lamellen – kaum hörbar – Zentimeter um Zentimeter nach unten. Draußen sprang eine Herde Rehe durch einen riesigen Park mit jahrhundertealtem Baumbestand. Der Diener, dem die Bewegungen der Tiere nicht entgangen waren, schien bemüht, seine Freude darüber zu unterdrücken. Als der Mann am Bett den Kopf leicht anhob, unterbrach der Livrierte sofort seine Arbeit und sprang – wiederum geräuschlos – zurück auf seinen alten Platz. Sofort stand er – in ehrfürchtig gebückter Haltung – erneut zu Diensten.

Die Frau am Bett hatte die Hand ihrer Tochter wieder sanft auf die strahlend weiße Bettdecke zurückgelegt, sich aufgerichtet und ihren Kopf erhoben: „Hayato, sag, wird unser einziges Kind, unsere Lotusblüte, je wieder am Leben teilnehmen können?" Ihr Gesicht hatte Zuversicht angenommen, und auch etwas Stolz konnte man darin erkennen.

Der angesprochene Asiate wischte sich mit einem Papiertaschentuch eine Vielzahl von Tränen aus dem Gesicht, jedoch ohne die Hand der Tochter loszulassen. Auch er richtete sich auf und schaute seiner Ehefrau in die Augen. Dann meinte er: „Alles wird gut werden, Misaki, meine Liebe. Mio wird wieder im Fluss baden und gemeinsam mit mir den Fuji besteigen."

Schwer sog er Luft ein und es schien, als wolle sein Atemvorgang nie enden. Mit schneller Bewegung ließ er das Papiertuch in seine Jackentasche gleiten. Dann lief ein Ruck durch seinen dünnen Körper und mit der frei gewordenen Hand streichelte er sanft über das Haar der Kranken.

„Ich schwöre es bei meinem Leben!", erklärte er und seine Stimme zitterte leicht.

Die Frau warf ihrem Mann einen liebevollen Blick und dem Mädchen eine Kusshand zu. Dann tippelte sie leichtfüßig aus dem Raum.

Als ihre Schritte verhallt waren, drehte ihr Mann den Kopf zu seinem Diener und bestimmte: „Hol Yang!"

Lautlos verließ der Livrierte den Raum, um keine Minute später – zusammen mit einem kräftigen Japaner in einem Maßanzug – wieder zurückzukehren.

Hayato Shimotuma hatte sich wieder seiner Tochter zugewandt. Die Anwesenheit der beiden Ankömmlinge hatte er regungslos registriert, und ohne den Blick von der Kranken zu nehmen, befahl er: „Sie werden das endlich regeln, Yang! Ich lege noch eine Million Dollar drauf. Teilen Sie ihnen das mit. Und jetzt machen Sie, was ich Ihnen gesagt habe!"

Unerwartet geschmeidig und mit einem Bückling glitt der kräftige und gut gekleidete Mann aus dem Raum.

1

Die Sonne brannte Sandra auf Kopf und Körper und sie ärgerte sich gerade, nicht ein paar Euro mehr in den Sonnenschirm investiert zu haben, unter dem sie lag. Doch sie hatte nicht damit gerechnet, dass am heutigen 1. Mai hier in Hamburg solch eine extreme Hitze herrschen würde. Das Wetter im Norden gab seit Tagen keinen Grund zur Klage, aber heute war der Himmel wolkenfrei und so tummelten sich an diesem Nachmittag Hunderte von Sonnenhungrigen am Elbstrand in Othmarschen. Sandra war schon gestern angereist und sofort, nach einer herzlichen Begrüßung durch ihre Wirtin Frau Klein und dem Beziehen ihres Zimmers, zum Lokal „Strandperle" spaziert. Es hatte sich wenig geändert in den Jahren, seit sie und ihre Eltern das letzte Mal ihren Sommerurlaub hier – nahe der Elbe – verbracht hatten. Das war 1996, nur zu gut war dies in Sandras Erinnerung. Natürlich war Frau Klein in den vergangenen achtzehn Jahren älter geworden. Auch sprach sie vom baldigem Ruhestand und dem geplanten Verkauf des vierstöckigen Reihenhauses, das unweit des Elbstrands lag. Ihr Vater, so erinnerte sich Sandra, ein gebürtiger Pinneberger, wäre niemals dazu zu bewegen gewesen, seinen Urlaub auf Mallorca oder gar auf den Malediven verbringen zu müssen. Fliegen war dem Zugführer der Deutschen Bahn eh suspekt. Außerdem war er überaus bodenständig und schon der Umzug aus dienstlichen Gründen nach Oldenburg – so hatte die Mutter ihrer Tochter einmal erzählt – hatte dem Mann einiges abverlangt. So war Familie Holz, statt Flugreise, Jahr für Jahr zu Frau Klein nach Othmarschen gefahren und hatte in einer der drei Ferienwohnungen in *Ovelgönne 21* ihre Urlaubswochen verbracht. Ja, und nach dem schrecklichen Erlebnis von Tochter Sandra, 1997, verzichtete die Familie auch darauf. Fortan erlebte die Schülerin ihre Sommerferien stets zu Hause in Oldenburg.

Heute, an diesem Feiertag, wollte Sandra Holz noch einmal Energie tanken, bevor es am Sonntag auf die 42,195 km lange Marathonstrecke durch die Hansestadt ging. Sie hatte die Wohnung vor knapp einer Stunde – wie damals als Kind – über die Terrasse und den Garten verlassen. Dann war sie – aus Nostalgie – die 45 Stufen des *Ovelgönner Mühlenwegs* hochspaziert, um anschließend an der inzwischen viel befahrenen *Elbchaussee* entlang bis zur *Himmelsleiter* zu laufen. Von der *Himmelsleiter* ging es wieder 125 Stufen hinab bis zum Ovelgönner Weg und noch weitere fünfzehn Stufen bis zum Sandstrand der Elbe. Das war auch damals ihr Lieblingsweg, und zusammen mit den Kindern anderer Feriengäste war dieser stets der sportliche Höhepunkt des Tages und eine große Herausforderung gewesen. Und nicht wenige Male kam die kleine Sandra als Erste bei der Strandperle an.

Nicht weit von Sandra entfernt im Sand saß – auch unter einem Sonnenschirm – eine alte Dame in einem langen weißen Kleid. Ihr Gesicht fand Sandra so faltig wie die Haut dieses chinesischen Hundes und sie schämte sich auch sofort für jenen dummen Vergleich. Vor wenigen Tagen – so erinnerte sie sich – war das noch eine Frage in einem Kreuzworträtsel. Trotzdem kam Sandra nicht mehr auf den Namen des Tieres. Auf dem dauergewellen Haar trug die Dame einen weißen Hut, auf dessen höchstem Punkt eine letzte kleine Feder bemüht war, den Kampf gegen den heißen, böigen Wind zu gewinnen. Die anderen Federn mussten wohl schon aufgegeben haben, grinste Sandra in sich hinein. Und als ob die Dame ihre Gedanken erraten hätte, drehte sie den Kopf zu Sandra, hob eine kleine Hand und winkte freundlich zu ihr rüber. Sandra reagierte mit einem Kopfnicken und einem Lächeln. Dann wandte sie ihren Blick wieder in Richtung Elbe. Obwohl die Qualität ihres Wissens nach nicht die allerbeste war, hatten etliche Personen die Gelegenheit genutzt, im Wasser des Hamburger Flusses zu baden. Sandra war bei ihrer Ankunft kurz mit den Füßen hineingelaufen, aber als das kalte Flusswasser ihre Unterschenkel berührte, hatte sie wieder kehrtgemacht. Ein junges Mädchen war ihr dabei besonders aufgefallen. Es musste sich um eine kleine Türkin handeln. Im dunklen Kleid und mit einem Kopftuch stand sie bis zum Bauch im Wasser. Ausgelassen hatte die Kleine eine Art Tanz aufgeführt und dabei in einer orientalisch klingenden Sprache laut gesungen. Die Unbekümmertheit dieses Mädchens berührte Sandra, und erst nachdem sie ihr eine Weile zugeschaut hatte, lief sie zurück zu ihrem weiter oben gelegenen Platz. Sie legte sich auf die alte Decke, die ihr Frau Klein, ihre Zimmerwirtin, freundlicherweise mitgegeben hatte. Aber war das nicht die gleiche Decke, die Familie Holz bei ihren Aufenthalten in den 90ern von der Vermieterin ausgeliehen hatte? Zumindest eine ähnliche. Sandra legte ihren Kopf auf den alten, braunen Stoff und roch vorsichtig daran. Tatsächlich! Der Geruch erinnerte sie etwas an die Urlaube der vergangenen Jahre. Sandra kuschelte sich tiefer unter den Schirm und war bemüht, alle Körperteile vor der sengenden Hitze in Sicherheit zu bringen. Ihr Kopfkino setzte ein: Inzwischen waren Monate seit Cord Setzers tödlichem Unfall vergangen und sie hatte es sich nicht nehmen lassen, bei seiner Urnenbestattung in Bremen anwesend zu sein. Als die Oldenburger Kommissarin sich freigenommen hatte – an diesem regnerischen Junitag –, mutmaßten die Kollegen bestimmt, sie wolle sichergehen, dass Setzer auch wirklich tot sei. Ihr war das Geschwätz egal. Doch eigentlich hätte sie niemandem erklären können, warum sie sich die Fahrt nach Bremen, die Stunde auf der Wiese und die belanglose Grabrede des unbekannten Pfarrers angetan hatte. Glaubte sie tatsächlich – hier an Setzers Grab, hier unter der alten Linde, irgendwo außerhalb Bremens, dass alle Probleme mit der Urne im Boden der Hansestadt verschwinden würden? Schon nach der Bergung von Setzers Leiche hatte sie das Jahr 2013 als „Jahr der Befreiung" und zum „besten Jahr seit 1996" erklärt. Das war sehr leichtfertig, wie sie sich schon bald eingestehen musste. Obwohl dieses jahrelange Trauma ein Ende haben sollte, kam es doch anders. Nachts träumte Sandra stets den gleichen Traum: Ein Mann ging vor ihren Füßen mit einem Fallschirm nieder und lachte sie aus. Der Schlaf fehlte ihr und bald war Sandra total übermüdet. Sie nahm therapeutische Hilfe in Anspruch. Doch der Traum blieb. Der Polizeipsychologe erklärte ihr bei einem Besuch, das sei normal und ginge vorüber. Er verschrieb ihr Tabletten. Doch noch immer war der Traum in jeder Nacht präsent. Schon wenige Tage nach Einnahme des Medikaments war sie sich sicher: Das war keine Angelegenheit für Psychopharmaka, und sie schmiss die Packung weg. Zur gleichen Zeit musste sich ihr Vorgesetzter, Hauptkommissar Ulrichmeyer, einer weiteren Operation unterziehen. Einige noch verbliebene Schrotkugeln des Erfurter Schusswechsels waren gewandert und bewegten sich Richtung lebensnotwendiger Organe. So musste die Kommissarin Holz den Hauptkommissar Ulrichmeyer dienstlich vertreten. Fehlender Schlaf, mangelnde Ausgeglichenheit bis zu jähzornigem Verhalten ihren Kollegen gegenüber riefen dann Polizeidirektor Dreling auf den Plan. Ihm waren ihre psychischen Probleme bekannt. Er ließ seine junge Kollegin aber wissen, dass seine Geduld Grenzen hatte. Eines Tages fand Sandra: So konnte es nicht weitergehen. Sie hatte ihren geliebten Laufsport lange vernachlässigt. Fühlte sich schlapp und ausgebrannt und nicht in der Lage, ihren Körper in Bewegung zu setzen. Sie nahm sich vor, das zu ändern, und meldete sich im September 2013 beim Oldenburger Lauftreff des Turn- und Sportverein Eversten e.V. an. Schon nach wenigen Wochen merkte sie, dass das die richtige Entscheidung war. Während des Laufens verschwanden die Probleme in eine andere Dimension und sie fühlte sich nach und nach immer ausgeglichener. Dann traf sie – bei einem der Laufabende auf der Finnenlaufbahn – ihre ehemalige Schulkameradin Helene Lütjenjans. Sie hieß heute Lütjenjans-Hass, hatte seit ihrer Heirat vor einigen Jahren einen Doppelnamen. Gemeinsam verbrachten Sandra und Helene die Jahre bis zum Abitur in der gleichen Klasse. Helene war nach einem Burn-out in einer ähnlich schlechten Verfassung, wie Sandra von ihrer Mutter wusste. Die pflegte noch den Kontakt zu Helenes Mutter und hatte es dadurch mitbekommen. Diese Mitteilung gab der Kommissarin zusätzliche Kraft. Helene war besonders darüber erfreut, in Sandra ein Opfer ihrer Lebensgeschichten gefunden zu haben.

Sandra lenkte dieses Abarbeiten der Schulfreundin von ihren eigenen Problemen ab, und sie freute sich schon Tage zuvor auf das gemeinsame Laufen mit Helene durch die Oldenburger Hunteniederung. Irgendwann kam in der Laufgruppe plötzlich das Thema „Marathonlauf" auf. Nachdem Sandra sichergestellt hatte, dass die Dienststelle darin keine Probleme sah, führte die Kommissarin auch hin und wieder während ihrer Dienstzeit das Lauftraining durch. Schon bald entwickelte sich die Lauferei zu einer leichten Sucht, und da es auch vonseiten ihres Arztes keinerlei Einwände gab, trat sie der „Laufgruppe Marathon" bei. Ab November 2013 begann sie – zusammen mit anderen Oldenburger Läufern – für den Hamburg-Marathon im Mai des kommenden Jahres zu trainieren.

Sandra musste unter dem Sonnenschirm eingeschlafen sein. Irgendein lauter Ruf hatte sie aufgeschreckt und sie versuchte, sich zu sammeln. Dann richtete sie sich auf und blickte umher. Noch immer lag sie an der Elbe. Die Dame im weißen Kleid stand mit hochrotem Kopf und weit von sich gestrecktem Arm wenige Meter neben ihr.

„Das Mädchen dort draußen im Wasser regt sich nicht …!"

Genau die Worte waren es, die Sandra wieder in die Gegenwart zurückgeholt hatten. Die alte Dame musste sie wiederholt haben. Mit einem Satz war Sandra auf den Beinen und ihre Augen folgten der Richtung des ausgestreckten Arms. Im trüben Wasser der Elbe tummelte sich noch immer eine Vielzahl an Kindern und Erwachsenen beim Planschen und Baden. Doch eine seltsame Unruhe lag in der Luft. Von überall liefen Menschen aus unterschiedlichen Richtungen zum Elbeufer. Und plötzlich erkannte Sandra, was diese Nervosität ausgelöst hatte: Da trieb eine leblose Person an der Oberfläche der Elbe – in einer Entfernung zum Strand, die eigentlich für Badende nicht mehr erlaubt war, da sie zu nahe an der Fahrrinne lag. Die Menschen um sie herum riefen laut und zeigten mit den Fingern auf die Stelle. Sandra rannte zum Wasser, obwohl sie feststellen musste, dass schon genügend Schaulustige dorthin unterwegs waren. Als auch sie das Ufer erreichte, war die erste Reihe der Neugierigen schon vergeben. Trotzdem füllte sich der Platz um Sandra herum im Sekundentakt. Alle wollten mitbekommen, wie sich zwei sportliche Männer schwimmend in Richtung des Körpers bewegten. Gerade eben hatten sie den Punkt erreicht. Einer drehte die leblose Gestalt um und bemühte sich, sie ins flache Gewässer zu ziehen. Als der Schwimmer Boden unter den Füßen spürte, nahm er die Gestalt auf seine Arme und rannte – Wasserfontänen aufwirbelnd – Richtung Strand. Die zweite Person versuchte ihn zu unterstützen, indem sie die Badegäste im Wasser zur Seite trieb. Endlich, so konnte Sandra sehen, hatten die beiden Männer den Strand erreicht. Für sie war es inzwischen schwierig geworden, durch die Menge den weiteren Verlauf der Rettungsaktion zu verfolgen. Sie beschloss in ihrer Eigenschaft als Polizeibeamtin in die Nähe des Geschehens zu gelangen. Leider hatten diese Idee oder eine ähnliche, weniger vernünftige, wohl auch andere Personen. Sie schoben und drängten sich in Richtung des Platzes, an dem – wie Sandra vermutete – schon die Wiederbelebungsmaßnahmen begonnen haben mussten. Sandra fühlte sich wie bei einem Rockkonzert und ein solches Bild nahm sie zum Anlass, um bis zu der verunfallten Person durchzudringen. Mit Sätzen wie „Ich bin Polizistin" oder „Lassen Sie mich durch!" schaffte sie es nach einer Weile, die Stelle am Strand zu erreichen. Als sich der Menschenkreis vor ihr öffnete, lag dort auf einer Decke und völlig durchnässt das türkische Mädchen von vorhin. Sandra hatte es sofort wiedererkannt. Mehrere Personen knieten neben ihm und waren dabei, es zu reanimieren. Ein Mann mit nassem Oberkörper sprang sofort auf Sandra zu und brüllte: „Bleiben Sie zurück und behindern Sie nicht die Arbeiten des Arztes." Ruhig rief Sandra ihm über den Strandlärm zu: „Keine Angst, ich bin von der Polizei!" Der Mann schaute erst etwas ungläubig, machte ihr dann aber Platz. Sie kniete sich unweit des Mädchens neben eine Frau, die dem nassen Kind die Hand hielt. Das Kopftuch des Mädchens war verrutscht und lange Strähnen klebten an ihrem Gesicht und endeten im Sand.

„Ist das ein Arzt?", fragte die Kommissarin die Frau, die mit ernstem Gesicht nickte. „Dann wird ja alles gut!", meinte Sandra, und wieder senkte die Frau ihren Kopf. „Hat man einen Notruf abgesetzt?", fragte die Kommissarin nun und fügte hinzu: „Ich bin Polizistin!"

Die Frau blickte nicht zu ihr hin, nickte aber erneut. Sandra schaute den beiden Männern zu, die sich bei Herzdruckmassage und Atemspende ablösten. Es erinnerte sie an ihren letzten Erste-Hilfe-Kurs. Dort hatte man erklärt, dass das Verhältnis Herzdruckmassage und Atemspende jetzt bei 30:2 lag. Ihr war gerade aufgefallen, dass einer der Männer immer bis 30 zählte. Sie hoffte, dass das Glück der Kleinen hold war. Schon das Auftauchen eines Arztes war ein gutes Zeichen.

Der immer lauter werdende Ton einer Sirene kündigte das Annähern eines Rettungswagens an und Minuten später hatten drei Personen in signalroter Kleidung den Platz des Arztes und des Helfers eingenommen. Als auch ein Streifenwagen auftauchte, verschwand Sandra etwas nach hinten. Sie wollte nicht, dass irgendjemand sie als Gaffer einordnete. Ob sie sich den Kollegen als Kriminalbeamtin zu erkennen geben sollte? War das sinnvoll? Nach kurzer Überlegung schob sie sich durch die inzwischen aufgelöste Menge zurück zu ihrer Decke. Sie kramte in ihrer Handtasche nach einer Visitenkarte und wollte schon zurücklaufen, als die Dame im weißen Kleid sie ansprach: „Es war das Kind mit dem Kopftuch, nicht wahr?"

Sandra hatte auf der Stelle gedreht und sich zur Frau hinbewegt. Nun standen sich beide gegenüber. Obwohl die Kommissarin mit ihren ein Meter siebenundsechzig nicht besonders groß war, erschien ihr die Dame vor ihr im Moment wie ein Kind. Die Kommissarin musste fast auf sie niederschauen, um in ihre traurigen Augen zu blicken.

„Ja, es ist das Mädchen!", erklärte Sandra nur und: „Ich bin gleich zurück!" Sie lief zu den Kollegen und drückte einem der Uniformierten ihre Karte in die Hand. „Wenn ich Ihnen irgendwie helfen kann?"

Erst wollte der Polizist etwas Unfreundliches loswerden, aber dann fiel sein Blick auf die Karte, und plötzlich ging so etwas wie ein Ruck durch seinen Körper.

„Danke, Frau Kollegin. Das ist sehr nett. Haben Sie etwas beobachtet?" Er hatte Sandra sanft zur Seite geschoben.

„Tut mir leid, ich habe geschlafen", erklärte die Angesprochene mit leichter Wehmut in der Stimme.

„Ich denke, die meisten Badegäste hier haben nichts mitbekommen!", versuchte der Beamte ihre Aussage zu mildern.

Sandra nickte beifällig.

„Aber trotzdem, vielen Dank, Frau Holz. Ich gebe die Karte an den Verantwortlichen weiter. Wenn man Fragen haben sollte, wird man sich bei Ihnen melden."

Sandra nickte erneut und lief zurück. Sie wurde schon von der Dame erwartet.

„Wollen wir uns setzen?", fragte die Frau und bot Sandra Platz auf ihrer weißen Decke an.

„Weiß ist Ihre Lieblingsfarbe, nicht wahr?"

Die Frau lachte und stimmte zu. Dann verdunkelten sich ihre Gesichtszüge wieder und sie flüsterte: „Ist das Mädchen tot?"

Erst jetzt fiel Sandra ein, dass sie keinerlei Informationen über den Zustand der Kleinen besaß und sie zuckte mit den Schultern.

„Sicher wird sie durchkommen!", mutmaßte die weiß gekleidete Frau.

„Kommen Sie öfters hierher?" Sandra hatte die Urlaubsstimmung abgelegt und war wieder in ihre Rolle als Kommissarin geschlüpft.

„Ich wohne nicht weit von hier in der Seniorenresidenz *Augustinum*. Die Frau hob ihren Arm und zeigte nach links. „Sehen sie dort das Gebäude mit der Glaskuppel?"

Sandra hob den Kopf, um über einigen Ball spielenden Jungs etwas zu erkennen, und bejahte.

„Haben Sie denn etwas gesehen? Wissen Sie, Frau …?"

„Von Fürstenau, Hiltrud von Fürstenau!"

Als Sandra den ersten Anflug von Verblüffung über den Adelstitel der Frau überstanden hatte, fragte sie erneut: „Ist Ihnen denn etwas aufgefallen, Frau von Fürstenau, was diesen … Badeunfall angeht? Ach ja, mein Name ist Sandra Holz!" Leicht verlegen bezüglich ihres einfachen Namens fügte sie hinzu: „Ich bin Kriminalbeamtin!"

Hatte sie jetzt Überraschung vonseiten der Frau erwartet, sah sie sich getäuscht. Diese hob nur die Nase etwas höher und meinte: „Das Mädchen war schon lange im Wasser, und ich habe mich gewundert, warum sie Alltagskleidung und keinen Badeanzug trug. Dazu das Kopftuch …!" Und nach einer Atempause: „Ich werde jetzt gehen, es gibt bald Abendbrot."

Mit diesen Worten war die Dame aufgestanden und begann, den Schirm abzubauen und ihn sowie ihre Decke zu verpacken. Sandra bedankte sich, stand ebenfalls auf und lief zurück zu ihrem Platz. Sie schaute der Frau weiter bei ihrer Tätigkeit zu. Sie wusste nun, wo die Dame wohnte, und auch, wie sie hieß. Sollten also mehr Informationen notwendig sein, würden die Kollegen sie finden.

Als die Frau das Gelände verließ, winkte Sandra ihr noch einmal zu. Ihr fiel auf, dass auch die letzte Feder des weißen Hütchens den Kampf gegen den Wind verloren hatte.

2

Sandras Handy klingelte am nächsten Morgen, während sie in Frau Kleins Pension mutterseelenalleine im Frühstückssaal saß und auf die Elbe und die dahinter hochwachsenden Containerkräne blickte. Sie hatte sich gerade aus dem vollen Brotkorb vor sich bedient und war dabei, in ein Rundstück – wie ihre Wirtin es seit eh und je nannte – zu beißen. Sandra schaute erst auf die Uhr – dann auf das neben ihr liegende Handy. Es war kurz vor neun! Das konnte ihre Mutter sein, aber auch die Dienststelle, ging es ihr durch den Kopf. Sie überprüfte, ob die Rufnummer unterdrückt war; es war nicht der Fall. Ihre Mutter konnte es nicht sein, diese war mit einem Foto abgespeichert. Es war eine Nummer, die mit 0176 begann. Sandra hatte keine Ahnung, wer das sein könnte. Für einen Moment machte sich eine Abneigung gegen den Störer und das Klingeln bei ihr breit. Dann schluckte sie den im Mund befindlichen Bissen hinunter und nahm das Gespräch an.

„Ja, hallo?"

„Frau Holz? Sandra Holz?", fragte eine dunkle Männerstimme.

Sandra schluckte schneller „Ja, ich bin Sandra Holz! Und wer sind Sie?"

„Hauptkommissar Schweiss vom LKA Hamburg. Guten Morgen! Ich hoffe, ich habe Sie nicht geweckt? Soviel ich weiß, verbringen Sie Ihren Urlaub hier in der Hansestadt?"

Die Aussage zu ihrer Freizeit, aber auch der gesamte Anruf überraschte Sandra sehr. Das LKA rief auf ihrem Handy an? Und dazu wusste man dort auch noch von ihrem Urlaub? Dann fiel ihr der Badeunfall am gestrigen Tag ein.

„Ja, richtig, Herr Hauptkommissar. Was kann ich für Sie tun?"

„Ich würde Sie gerne treffen. Ich mag Handytelefonate nicht, Sie wissen ja, *Big Brother is watching you!*" Die dunkle Stimme krächzte seltsam. Wahrscheinlich sollte es ein Lachen sein.

„Wollen Sie hierherkommen, oder …?", Sandra machte eine Pause. Tatsächlich hatte sie keine Lust auf eine Fahrt in die City oder wo immer auch hin. Für heute war Entspannung angesagt, und morgen musste sie sowieso zu den Messehallen, um ihre Lauftüte abzuholen.

„Ansonsten, Herr Hauptkommissar, wenn es nicht eilt, morgen bin ich eh in der Stadt. Ich muss wegen des Marathons zu den Messehallen! Geht es um den Badeunfall von gestern?"

„Keine Umstände, Frau Kollegin. Keine Umstände!"

Wieder erklang dieses Krächzen und Sandra hatte schon Angst, es läge am nagelneuen Handy.

„Ja, der Badeunfall. Dazu hätte ich noch einige Fragen. Aber ich werde bei Ihnen vorbeikommen. Wo sind Sie untergebracht?"

Sandra gab dem Kollegen ihre derzeitige Adresse und legte auf.

Ein älteres Ehepaar betrat den Frühstücksraum und wünschte einen Guten Morgen. Die Kommissarin grüßte etwas abwesend mit einem Kopfnicken zurück. Während des weiteren Frühstücksverlaufs dachte sie darüber nach, was denn so wichtig sein könnte, dass ein Kollege vom LKA hier in der Pension das Gespräch mit ihr suchte? Sicher hatte man genügend Zeugen am Elbstrand ausgemacht, die alles viel besser gesehen haben mussten. Aber wie dem auch sei, sie würde sich ihre Erholung nicht kaputtmachen lassen. Für einen Moment kam ihr der Gedanke, dass die gestrige Übergabe der Visitenkarte doch keine so gute Idee gewesen war.

Hauptkommissar Schweiss musste Ende fünfzig, Anfang sechzig sein. Sandra tat sich ohnehin schwer mit dem Schätzen, vor allem bei älteren Männern. Schweiss war übergewichtig und unter einem weißen Hemd, das über seiner Hose hing, steckte er in einer dreiviertellangen Stoffhose. Sie wunderte sich etwas, dass man es den Beamten beim LKA erlaubte, im Dienst in der Öffentlichkeit so lässig herumlaufen zu dürfen. Aber Hamburg war nicht Oldenburg.

Der Hauptkommissar war soeben schnurstracks durch den Speisesaal auf Sandras Tisch zugelaufen und neben ihrem Stuhl stehen geblieben. Aufgrund ihrer Sitzposition hatte sie sein Kommen nicht sofort bemerkt. Doch als der Mann in der unmöglichen Bekleidung neben ihr stand, wusste sie sofort, das musste der Kollege vom LKA sein, der angerufen hatte. Sie war in Versuchung, zur Begrüßung aufzustehen, doch Schweiss stand so nahe bei ihr, dass sie keine Chance dazu hatte. So blieb sie sitzen und hielt ihm die Hand hin.

„Sandra Holz!"

Der Mann erfasste mit schlappem Griff die entgegengestreckte Hand und meinte dann mit dunkler Stimme: „Ich bin Hauptkommissar Schweiss! Darf ich mich zu Ihnen setzen?"

Sandra nickte und forderte ihn mit einer einladenden Handbewegung dazu auf.

Hauptkommissar Schweiss machte seinem Namen alle Ehre. Er schwitze und sein weißes Kurzarmhemd verweigerte speziell unter den Achseln schon die weitere Aufnahme seiner Körperflüssigkeit.

„Die Stufen hier hinunter … es müssen hundert gewesen sein! Ich mag die Sonne nicht besonders!", stöhnte er. Schweiss nahm sich eine von Frau Kleins Papierservietten vom Stapel auf dem Tisch und wischte sich die Stirn damit ab.

„Mal abgesehen von der Parkplatzsuche an der Elbchaussee, chaotisch!"

Dann beugte er sich leicht nach vorne. Er griff in seine Gesäßtasche, zog etwas heraus und hielt es Sandra hin. Es handelte sich um eine leicht zerknitterte und feuchte Visitenkarte. Sandra war froh, ihr Frühstück abgeschlossen zu haben, und langte mit spitzen Fingern danach. Bevor sie auf die Karte schaute, fragte sie den Kollegen: „Sie sind so zielstrebig auf mich zugelaufen. Woher wussten Sie eigentlich, dass ich Sandra Holz bin?"

Schweiss versuchte einen Lacher und seine faltigen Augenlider zogen sich noch mehr zusammen. Da war es, dieses Krächzen. Zum Glück doch nicht ein Defekt ihres Handys, dachte Sandra und musste schmunzeln.

„Lassen Sie uns nach draußen auf die Terrasse gehen, Frau Holz. Die Leute …!"

Schweiss wandte den Kopf etwas zur Seite und Sandra verstand, was er meinte. Sie verließen den Speisesaal durch die Terrassentür und traten in den kühlen Außenbereich der Pension. Sandra schaute nun auf die Visitenkarte. „A. Schweiss, Hauptkommissar LKA Hamburg" stand auf der Karte.

„Sie haben sich eben amüsiert! Doch sicher nicht wegen meines Namens, oder?"

Sandra verstand nicht, was der Kollege meinte, und schüttelte den Kopf. Schweiss hatte sich einen der Rattan-Gartensessel herangezogen und ließ sich hineinplumpsen. Der Stuhl musste schon ein paar Jahre auf dem Buckel haben und Sandra hatte ein wenig Angst um das alte Möbelstück, doch es hielt.

„Sie haben meine Frage noch nicht beantwortet, Herr Kollege!"

„Ach so, ja! Ich habe heute Morgen die Fotos auf der Webseite der Polizeidirektion Oldenburg angeschaut. Daher wusste ich gleich, dass Sie es sind!"

Sandra nickte.

„Wollen wir nicht lieber etwas spazieren gehen, Herr Kollege? Hier ist ja auch nicht der richtige Ort, Sie verstehen!"

Gerade war das ältere Ehepaar grüßend aus dem Speisesaal an ihnen vorbei nach draußen gelaufen.

„Natürlich, gute Idee, aber bitte nur im Schatten!", meinte Schweiss und blickte die Kommissarin flehend an.

Sandra grinste, warf sich trotz der hohen Außentemperatur ihre Lederjacke über und spazierte zum Gartentor. Schweiss folgte ihr. Recht flink für sein Körpergewicht kletterte er aus dem Sessel, und Sandra glaubte, von dem 90er-Jahre-Möbel ein Ächzen der Freude zu hören.

Beim Durchqueren der blechernen Tür, die aus Frau Kleins Garten führte, fühlte sich Sandra für einen Moment um zwei Jahrzehnte zurückversetzt und sie schauderte.

„Wieso fragten Sie eigentlich, ob ich wegen ihres Namens lache?", wollte Sandra draußen wissen. Sie schlug automatisch den Weg nach rechts parallel zur Elbe ein.

„Ach, wissen Sie, Frau Kollegin, was ich mir in meiner Jugend schon alles an dummen Sprüchen bezüglich meines Namens anhören musste. A. Schweiss verführt doch geradezu danach, Blödsinn zu denken. Achsel Schweiss, Angst Schweiss. Schon alles habe ich ertragen müssen. Ja, ja! Wahrscheinlich war das der Grund, warum ich zur Polizei gegangen bin. Die Autorität, wissen Sie!"

Sandra lachte laut los, sie begriff, Schweiss hatte einen Witz gemacht.

„Aber jetzt mal ehrlich, Herr Hauptkommissar. Wie lautet denn nun Ihr Vorname?", fragte sie gespannt.

„Alexander! Einfach Alexander. Und meine Freunde und alle Kollegen hier im Hamburger LKA und bei der MoKo rufen mich Alex und sagen Du. Das wollte ich Ihnen, als älterer Mensch und Dienstgradhöherer, auch gerade anbieten."

Sandra guckte etwas überrascht, meinte aber dann: „Danke, Herr Hauptkommissar, also: Alex. Ich habe kein Problem damit. Ich bin Sandra!"

Sie hielt ihm die Hand hin und erneut schüttelte er sie müde. Ihr war es nur recht. Einen zu starken Händedruck mochte sie gar nicht.

„MoKo? Ist das die Abkürzung für Mordkommission?"

Schweiss nickte.

„Aber nun mal Butter bei die Fische, Alex, was ist der Grund deines Besuches?"

„Also, dich als Kollegin kann ich ja in die laufenden Ermittlungen einweihen. Es sei denn, dein Urlaubsstatus lässt das nicht zu!" Schweiss schaute Sandra prüfend an.

„Quatsch, leg los!"

„Gut! Das türkische Mädchen konnte wohl am Strand reanimiert werden, starb aber noch auf der

Fahrt ins Krankenhaus." Er machte eine Pause und schien zu warten, bis seine Kollegin dies verdaut hatte. Da Sandra schwieg, sprach er weiter. „Wir haben noch gestern Abend eine Autopsie veranlasst. Die lief zwar nur über Beziehungen … obwohl, ein wenig hat natürlich auch das Alter des Kindes ausgemacht! Die Kleine war keine sechzehn Jahre alt und türkischer Abstammung, davon gehen wir aus. Doch was uns besonders naheging …!" Er zog einen Stoß Servietten aus der Hose und Sandra ließ es, darüber nachzudenken, wo er sie herhatte. „ Ja, sie muss mindestens schon zweimal entbunden haben." Auch hier stockte er, bevor er weiterredete: „Sie hatte eine abgeheilte Kaiserschnittnarbe und, so hat mir Dr. Kaus, ein alter Kriegskamerad, erzählt …", Schweiss lachte krächzend, obwohl es in diesem Moment sicher nicht passend war, „es handelte sich bei der Geburt des zweiten Kindes um eine normale Entbindung. Und … sie sollte noch keinen Monat zurückliegen."

Jetzt war Schweiss sichtlich mit dem Reden fertig, denn er zog aus der anderen Tasche ein trockenes Brötchen heraus und biss daran.

„Sorry, habe noch nicht gefrühstückt!", entschuldigte er sich. Das Brötchen glich denen von ihrem Frühstückstisch heute Morgen aufs Haar, glaubte Sandra zu erkennen.

„Das ist hart", meinte die Kommissarin nach einer Weile des Schweigens.

Schweiss schaute verblüfft auf sein Brötchen und stoppte sofort seinen Kauvorgang.

„Nein, nicht dein Brötchen, Alex. Egal – hat man die Identität des Mädchens herausgefunden? Gestern schien mir das noch unklar."

Schweiss schüttelt den Kopf und kaute unterdessen weiter.

„Keine sechzehn und schon zweimal Mutter! Die armen Kinder, wachsen jetzt ohne ihre Mama auf ...!"

Schweiss hatte die Reste des Brötchens zerkleinert und heruntergeschluckt. Er war stehen geblieben und hielt Sandra am Arm fest. „Aber weißt du, was uns am meisten überrascht hat?"

Sandra schwante Übles, die schlechten Nachrichten schienen noch nicht abgeschlossen zu sein!

„Wir haben unter ihren Fingernägeln Silikon und Hautpartikel gefunden!"

Nachdem Schweiss seiner Kollegin den kompletten Autopsiebericht aus dem Gedächtnis heruntergespult hatte, waren sie bei der Strandperle angekommen. Zu dieser Zeit herrschte dort noch wenig Betrieb. Es ist aber auch noch sehr früh, dachte die Kommissarin.

So saßen sie schweigend im Sand und schauten einem Kreuzfahrtschiff zu, das gerade in den Hamburger Hafen einfuhr.

Endlich siegte bei Sandra die Neugier: „Du meinst also, das Mädchen ist keines natürlichen Todes gestorben? Sondern man hat sie ... aus irgendeinem Grund ertränkt?"

Schweiss nickte, ohne seinen Blick von dem Ozeanriesen abzuwenden.

„Wenn ich in Pension bin, buche ich erst einmal eine Schiffsreise!"

Der Kollege hatte ja Nerven! Sandra war etwas überrascht über den schnellen Themenwechsel. In Hamburg schien man alles – auch Morde – gelassener zu sehen.

„Ja, Sandra. Noch drei Jahre! Die Hamburger Beamten lassen sie schon mit sechzig frei!"

Wieder lachte er krächzend.

„Aber Spaß beiseite, die Silikonpartikel unter den Fingernägeln der Kleinen könnten von einer Taucherbrille stammen. Obwohl ich mich frage …!" Schweiss war aufgestanden und Sandra tat es ihm nach. Er lief zum Ufer der Elbe, bückte sich und füllte ein wenig Flusswasser in seine geöffnete Hand. „Sag, was will man hier mit einer Taucherbrille? Das Wasser ist so trüb, man sieht eh nichts!"

Sandra konnte ihm nur beipflichten. Dann meinte sie: „Wenn das mit dem Mord wirklich stimmt, wollte der Täter mit dieser Maskierung vielleicht von seinem Äußeren ablenken. Auch gibt es Menschen, die im Wasser die Augen nicht öffnen können!"

Schweiss nickte. „Da hast du vollkommen recht, Sandra!" Das erste Mal, dass er die Kommissarin mit ihrem Vornamen anredete. „Waren denn gestern Personen mit Taucherbrillen im Wasser?", wollte der Kollege wissen

Sandra hatte die Frage erwartet, aber sie wusste keine Antwort. So genau hatte sie nicht aufgepasst.

„Ist mir nicht aufgefallen, Alex!" Plötzlich fiel ihr die kleine Dame in weißer Kleidung ein. „Neben mir saß gestern eine alte Dame. Sie wohnt unweit in einer Seniorenresidenz, wir sollten sie mal aufsuchen, vielleicht hat sie noch irgendetwas gesehen."

Schweiss war sofort aus der Hocke aufgesprungen und kam leicht ins Wanken. Sandra griff nach seinem Arm, aber er zog ihn sofort weg. „Lass nur, mein Kreislauf läuft nicht mehr so rund!"

Sie wechselten die Richtung und spazierten den Ovelgönner Weg zurück. Am Strand setzte schon wieder Bewegung ein. Hundebesitzer jagten ihre Tiere mittels

Spielsachen über den Strand und im Sand, in der Nähe des Schiffsmuseums buddelte sich eine Kindergartengruppe in die Tiefe. Vorbei an der Haltestelle der HVV-Linie 112 erreichten sie in wenigen Minuten die Seniorenresidenz „Augustinum". Das alte Gebäude mit den zehn Stockwerken und der riesigen Glaskuppel machte schon etwas her. Vor allem aber, fand Sandra, sah es nicht nach Altenheim aus. Als sie Richtung Eingangsbereich liefen, kam ihnen eine gepflegte, alte Dame entgegen, die im Park der Residenz verschwand.

„War das nicht Nadja Tiller?", fragte Sandra überrascht ihren Kollegen. Die Ehefrau des verstorbenen Walter Giller gehörte zu Mamas Lieblingsschauspielerinnen, und die jugendliche Sandra musste sich damals zusammen mit der Mutter die alten DEFA-Spielfilme anschauen – bevor diese zur Tatort-Serie umschwenkte, erinnerte sie sich.

„Wer?", fragte der Hauptkommissar, „Nadja …?"

Sandra winkte ab und gemeinsam betraten sie den riesigen Eingangsbereich. Der hatte eher etwas von einer Hotellobby, und Sandra war klar: hier wohnten sicherlich keine Armen.

„Wie kann ich Ihnen helfen?", fragte eine junge, in schwarz gekleidete Empfangsdame, als sie am Tresen ankamen. Sandra war erst in Versuchung zu fragen, ob sie bei der Vermutung nach Frau Tiller recht hatte. Dann ließ sie es. Schweiss, aber auch die Empfangsdame, blickten die Kommissarin voller Erwartung an.

„Wir sind von der Kriminalpolizei. Wir möchten zu Frau von Fürstenau!", wandte sie sich an die Frau hinter dem Tresen.

Erst schaute diese etwas verwundert. Das hatte wohl mit ihrem Beruf zu tun, vermutete Sandra. Dann lachte sie zurückhaltend. „Sie möchten also zu Frau von Fürstenau? Darf ich denn bitte mal Ihre Ausweise sehen?"

Sandra hatte natürlich ihren Dienstausweis im Zimmertresor bei Frau Klein, doch Schweiss half aus.

„Wissen Sie", meinte die Empfangsdame, „die Dame, die Sie – wo auch immer – als Frau von Fürstenau kennengelernt haben, heißt Thea Weiss. Sie erzählt jedem, ihr Name sei von Fürstenau, aber da sie niemandem damit wehtut ...! Soll ich also Frau Weiss bitten, nach unten zu kommen?"

„Ja, das wäre sehr freundlich!", meinte Alex.

Schweiss und Weiss! Sandra amüsierte sich innerlich über die Dame mit dem Fürstentitel. Ließ es sich aber vor dem Kollegen nicht anmerken.

Die Vernehmung der alten Dame – heute war sie komplett in Rot gekleidet – brachte den beiden Beamten keinerlei Erkenntnisse. Sie setzten sich mit Frau Weiss auf eines der riesigen Ledersofas am Eingang und befragten sie. Frau Weiss meinte zwar, Schwimmer mit Taucherbrillen gesehen zu haben, als Schweiss sie aber bat zu erklären, wie so etwas aussähe, musste sie passen.

„Sie konnte uns nicht weiterhelfen!", bemerkte der Hauptkommissar, als beide über den Strand zurückliefen.

„Shar-Pei", rief Sandra plötzlich laut und sah, wie Schweiss zusammenzuckte. Gerade war ihr der Name des japanischen Faltenhundes wieder eingefallen.

„Wie bitte, was hast du gesagt?", fragte der Hauptkommissar mit verwundertem Blick.

„Entschuldige, mir ist da etwas eingefallen. Aber wieder zurück zu diesem Unfall, gibt es denn sonst keinerlei Spuren, die uns weiterhelfen?", versuchte Sandra die Situation wieder runterzufahren.

„Wir haben im Handtuch des Mädchens einen Aufnäher gefunden."

Sandra horchte auf.

„Ihre Kleidung war ansonsten absolut ohne Hinweise. Natürlich ist man – vonseiten der Spusi – damit noch nicht ganz durch."

„Spusi" hieß sicher „Spurensicherung", aber Sandra vermied es nachzufragen.

„Und dieser Aufnäher, woher stammt er?"

„Von einem Frauenhaus, unweit von hier!"

Das besagte Frauenhaus lag – zu Sandras Verwunderung – nur wenige hundert Meter von Frau Kleins Privatpension entfernt in der Liebermannstraße. Dem Alter nach stand das alte, herrschaftliche Haus mit dem dreistöckigen Turm und dem großen Garten schon Jahrzehnte dort, aber es war Sandra nie aufgefallen, trotz seiner schönen Architektur. Wahrscheinlich wurde es vor zwanzig Jahren anderweitig genutzt, überlegte die Kommissarin. Sie klingelten an der verschlossenen schmiedeeisernen Pforte, und nachdem sie sich durch die Sprechanlage vorgestellt hatten, wurde ihnen geöffnet.

Große Steinplatten führten die Beamten Richtung Hauseingang, der nur über eine hohe Treppe erreichbar war. Noch bevor sie aber an der übergroßen Holztür angelangt waren, öffnete sich diese und eine schlanke, groß gewachsene Frau mit einem seitlich hängenden Zopf hüpfte zu ihnen die Stufen hinab.

„Hallo, ich bin Denise. Ich leite das Frauenhaus."

Sandra hatte kurzfristig die Vorstellung der beiden Beamten übernommen und man schüttelte sich die Hände.

„Wir würden gerne über ein Mädchen sprechen, das gestern bei einem Badeunfall hier am Elbestrand verstorben ist", erklärte die Kommissarin.

Die Frau musste sich am Geländer festhalten und ihr Gesicht wurde aschfahl. „Eine junge türkische Frau?", fragte sie, als wieder etwas Farbe in ihre Wangen gelangt war.

Sandra nickte. „Wollen wir nicht hineingehen?", schlug die Kommissarin vor.

„Gerne, Frau Holz, aber ihr Kollege muss leider draußen bleiben!"

Sandra und Alex schauten sich überrascht an, doch bevor einer der beiden den Grund erfragen konnte, hatte Denise schon eine Erklärung parat: „Das ist hier ein Frauenhaus. Männer haben hier generell keinen Zutritt. Normalerweise lasse ich schon keinen Mann durch die Gartenpforte. Das haben sie alleine ihrem Polizeistatus zu verdanken, Herr Weiß."

Der Hauptkommissar nickte ernst und verzichtete auf die Richtigstellung seines Namens.

„Aber ich schlage Ihnen vor, dass wir uns hier draußen in die sogenannte ‚Raucherlounge' setzen".

Sandra und Kollege Schweiss hatten nichts dagegen und obwohl sie keine Raucher waren, nahmen sie das Angebot an.

Die „Raucherlounge" erwies sich als Unterstand einer ausrangierten Bushaltestelle. Sogar die alten Scheiben – mit dem hineingeritzten Gekritzel der Schüler – waren noch vorhanden. Zum Glück stand das Glashäuschen im Schatten. Sandra erkannte eine leichte Freude in den Augen ihres Kollegen, als sie hinter dem Haus darauf zuliefen.

Denise begann als Erste mit dem Gespräch: „Das ist schlimm mit der Kleinen. Und ich habe noch nicht einmal einen Namen, den ich Ihnen nennen könnte. Denn ich denke, aus diesem Grund sind Sie hier?"

Sandra und Kollege Schweiss nickten wie abgesprochen auf Kommando.

„Sie stand Dienstagnacht vor unserer Tür!", erklärte Denise. „Muss gegen zwei Uhr in der Früh gewesen sein. Unsere Bereitschaft hat sie angenommen. Sie war total verschwitzt und schmutzig. So, als sei sie tagelang unterwegs gewesen, und das ohne jegliche Körperhygiene. Auch war sie leicht dehydriert. Anja – also die Nachtbereitschaft – hatte sie sofort mit Wasser versorgt. Auch etwas zu essen hatte sie ihr gegeben. Doch das muss die Kleine – so berichtete mir Anja – sofort wieder herausgebrochen haben. Man hat dann sichergestellt, dass sie sich duschen konnte und gab ihr ein Nachthemd. Wir waren unsicher mit dem Alter. Wollten ihr erst einmal genügend Ruhe geben, bevor wir Ihre Kollegen verständigen wollten. Sie schlief bis zum nächsten Tag, also Mittwoch bis in den späten Nachmittag hinein. Ich habe einige Zeit an ihrem Bett verbracht und sie hat wirres Zeug geredet. Natürlich alles in Türkisch. Zumindest gehe ich davon aus, dass es Türkisch war."

Denise musste nun Luft holen und Schweiss sah seine Chance, Fragen zu stellen, gekommen: „Denise, ich darf Sie doch Denise nennen?"

Die Frau nickte.

„Bleiben wir bei dem Taxifahrer. Kennen Sie den Mann oder zumindest die Nummer des Wagens? Natürlich haben wir ein paar Fragen an ihn."

Denise schüttelte den Kopf. „Das habe ich Anja auch gefragt. Leider nein! Er war wohl auch türkischer Abstammung und hat Anja nur erzählt, die Kleine sei in der Nacht am Hauptbahnhof aufgetaucht und habe ihm immer wieder diese Adresse genannt. Sonst habe sie kein Wort gesprochen."

„Hatte das Mädchen eine Tasche oder gar einen Koffer dabei?"

Wieder schüttelte die Leiterin des Frauenhauses den Kopf. „Nein, auch das nicht. Bis auf eine Jacke, nur das, was sie am Leibe trug."

„Wie kam es dazu, dass das Mädchen zum Strand lief?"

Denise war wohl der Meinung, in Sandras Worte einen Vorwurf gehört zu haben, und reagierte entsprechend: „Wissen Sie, Frau Holz, wir haben es hier tagtäglich mit ganz bösen Geschichten zu tun. Und so muss alles mit sehr viel Fingerspitzengefühl ablaufen. Druck wurde bei den Frauen schon genug aufgebaut. Wir gehen die Sache langsam an."

„Tut mir leid, Denise. Die Frage sollte kein Vorwurf sein. Mich wunderte nur, dass das Mädchen, obwohl geschwächt, plötzlich Lust auf ein Bad in der Elbe hatte."

„Schon gut! Wissen Sie, die Frauen sind hier nicht eingesperrt. Sicher gibt es Regeln. Zum Beispiel haben sie sich abzumelden, wenn sie den Bereich verlassen. Aber wenn eine in den Garten geht und von dort aus einen Spaziergang macht, können und wollen wir das nicht verhindern."

„Sie hatte eines ihrer Handtücher dabei!", warf Schweiss ein.

Denise zuckte mit den Schultern. „Das kann gut sein. Wie gesagt, wir rennen den Frauen nicht hinterher. Wir warten, bis sie auf uns zukommen. Dann erst reagieren wir."

„Hatten Sie das Verschwinden des Mädchens schon gestern bemerkt?"

Die Augen der Frau funkelten plötzlich böse und Sandra, die neben ihr saß, zuckte etwas zurück. „Jetzt hören Sie mal zu. Das hier ist ein Frauenhaus. Ich gehe davon aus, dass sie damit noch keinerlei Berührung hatten, oder?"

Sandra schaute zu Alex und beide schüttelten den Kopf.

„Sehen Sie! Also, das ist kein Gefängnis, aber auch kein Hotel. Wir haben nicht die Verpflichtung, die Polizei zu informieren, wenn eine misshandelte Ehefrau hier Schutz sucht. Es sei denn, sie bittet uns darum oder ist blutig geschlagen."

Jetzt hatte Denise endlich das ausgesprochen, was Sandra die ganze Zeit dachte. Schutzsuchende Hausfrauen – aber keine minderjährigen Mädchen! Sie überlegte kurz, wie sie es freundlich formulieren könnte, als Hauptkommissar Schweiss schon zu sprechen begann: „Wir sind uns absolut sicher, Denise, dass Sie hier hervorragende Arbeit leisten. Doch wir haben den Tod eines kaum sechzehnjährigen Mädchens zu klären. Und so müssen wir nun beide etwas runterfahren. Also, wie war das mit dem Verschwinden beziehungsweise wann haben Sie die Kleine vermisst?"

Denise hatte den Worten Schweiss' still zugehört, aber diese schienen an ihr abgeprallt zu sein, denn erneut versuchte sie, sich in einer unfreundlichen Tonlage zu entschuldigen.

„Natürlich haben wir sie vermisst. Aber was hätten wir tun sollen? Sie hatte kein Handy mit, und wie ein richtiges Kind sah sie nicht mehr aus. Wir hatten uns abgesprochen, noch den heutigen Tag abzuwarten, bevor wir etwas unternehmen wollten. Viele unserer Hilfesuchenden verschwinden so plötzlich wie sie gekommen sind ..." Leise fügte sie hinzu: „Oft ist der Ehemann doch der Stärkere ...!"

„Gut, Denise. Wären Sie so freundlich, Frau Holz die Kleiderstücke des Mädchens auszuhändigen. Bitte in einer Plastiktüte, und wenn Sie dabei Schutzhandschuhe tragen würden, wäre ich Ihnen sehr verbunden." Schweiss war aufgestanden und suchte in der Hosentasche nach irgendetwas. Sandra vermutete, ihm waren die Servietten ausgegangen, und sie hielt ihm eine Packung Papiertaschentücher hin. Dankbar zog er eines aus der Hülle und wischte sich den Schweiß von Stirn und Nacken. Auch Sandra und Denise hatten sich erhoben.

„Sandra, begleitest du Denise ins Haus? Ich muss ja draußen bleiben!"

Sandra grinste den Kollegen an. Der Spruch erinnerte sie an Schilder, wie sie in Kaufhäusern hängen. Darauf war meist ein Hund gemalt, und darunter stand geschrieben: „Ich muss draußen bleiben!"

Im Innern des Frauenhauses herrschte ein kühles Klima, und Sandra folgte Denise bis in den ersten Stock. Es war – bis auf einen leisen Radiosender – ruhig im Haus, und Sandra vermutete, dass sie alleine darin waren.

„Haben Sie zurzeit ... keine Gäste?" Was anderes war Sandra nicht eingefallen. Doch Denise störte das Wort *Gäste* wohl nicht.

Sie antwortete sofort: „Wir sind gut besetzt. Von den 26 Zimmern mit 40 Betten sind 34 belegt. Sie vermuten das, weil es hier so ruhig ist?"

Sandra nickte.

„Die meisten Frauen sind auf der Arbeit. Ja, ob Sie es glauben oder nicht, Sandra, die müssen auch ihre Brötchen verdienen. Etwa zehn Frauen sind auf ihren Zimmern oder im Gemeinschaftsraum und lesen. Einen Moment, bitte!"

Denise verschwand in einem Raum und Sandra sah, dass es eine Art Teeküche war. Sofort war sie wieder zurück, eine Einkaufstüte und ein paar Einweghandschuhe in der Hand. „So richtig?" Fragend schaute sie die Kommissarin an und die nickte dankbar zurück.

Sie spazierten durch einen engen Flur und Denise öffnete eine der weiß gestrichenen Türen. Das kleine Zimmer war karg eingerichtet. Nur ein Schreibtisch, ein Stuhl, ein kleiner Schrank und ein modernes Bett standen dort. Denise öffnete den Schrank, zog sich die Handschuhe über und packte einige Kleidungstücke und ein paar Sandalen in die Tüte. Dann hielt sie Sandra die Tüte hin mit den Worten: „Das ist alles!"

Diese nahm sie und schweigend gingen sie zurück zur Eingangstür.

„Sie finden selbst hinaus, Frau Holz?"

Sandra bejahte und ergriff die ausgestreckte Hand der Frau.

Denise ließ die Tür hinter der Kommissarin ins Schloss fallen und verabschiedete sich: „Grüßen Sie Ihren Kollegen von mir!".

Das Treffen mit diesem seltsamen LKA-Kollegen hatte Sandra doch mehr zugesetzt als sie dachte. Vielleicht lag es auch an dem Tod der kleinen Türkin. Tod, so gestand sie sich ein, war immer eine schlimme Sache. Aber der Tod von Kindern und Jugendlichen fiel unter eine andere Kategorie.

Bei der Verabschiedung gestern Nachmittag in der Pension versprach Hauptkommissar Schweiss der Kollegin, sie – was den Fall der toten Jugendlichen anging – auf dem Laufenden zu halten. Sandra teilte ihm ihre

Dienstadresse mit und die entsprechende Rufnummer und verzichtete im weiteren Verlauf des gestrigen Tages, trotz der Temperaturen, darauf, zur Strandperle zu gehen. Stattdessen hatte sie sich ein altes Buch aus Frau Kleins Büchersammlung gegriffen und im Garten vor dem Haus gesessen und gelesen. Später war sie noch etwas spazieren gegangen und hatte im Biergarten des nahe gelegenen *Fischrestaurants Hoppe* zu Abend gesessen. Erst sehr spät war sie eingeschlafen.

3

Sandra saß in der U-Bahn auf dem Weg zu den Messehallen. Es war 9 Uhr 50, und morgen um diese Zeit würde sie die ersten von 42 Kilometern schon hinter sich haben. Sie bevorzugte das Autofahren am liebsten in ihrem BMW Mini. Mit dem Wagen konnte sie überall stehen bleiben, und vor allem hatte sie die Wahl ihrer Beifahrer selbst in der Hand. Zugfahren oder die Fahrt mit einer S- beziehungsweise U-Bahn, wie gerade jetzt durch Hamburg, gaben ihr nichts. Eher das Gegenteil war der Fall; sie konnte sich nicht damit anfreunden. Sandra hatte in ihrem Leben wenige Stunden in Zügen und Bahnen verbracht. Warum also diese Aversion? Bisher gab es, was ihre heutige Fahrt zu den Messehallen anging, keinerlei Anlass zu irgendwelchem Gemecker, musste sie sich eingestehen. Alle Personen, die aus- und eingestiegen waren, hinterließen einen sauberen, ordentlichen Eindruck bei ihr. Nur einmal setzte sich ein langhaariger, junger Mann neben sie. Mit Kopfhörer im Ohr, wie fast alle hier. Sein Schweißgeruch war ihr unangenehm, doch er verließ zwei Stationen weiter schon wieder den Wagen. Sandra verstand zunächst nicht, was die Fahrgäste mit diesem dauerhaften Einsatz von Kopfhörern bezweckten. Der Musik wegen konnte es nicht sein. Ihrer Meinung nach war es die Anonymität des Einzelnen. Eine Art Hinweis an die anderen Mitreisenden wie „Sprecht mich nicht an, ich will meine Ruhe!" Doch Sandra gestand sich ein, dass es ihr nur recht war. Auch sie verspürte kein großes Bedürfnis nach Konversation mit irgendwelchen Fremden.

Als sie vor etwa dreißig Minuten in Altona den Bus verließ und die S1 bestiegen hatte, waren die Wagen Richtung Poppenbüttel schon gut besetzt. Wie sie, hatten beim Bahnhof Jungfernstieg Hunderte von Personen jeglichen Alters von der S1 in die U2 Richtung Messehallen gewechselt. Viele davon schon in Trainingsanzügen. Ob die alle unterwegs waren, ihre Lauftüten für morgen abzuholen? Tatsächlich stiegen die allermeisten bei den Messehallen aus. Sandra war sofort klar, nicht nur sie sollte heute ihre Lauftüte bekommen.

Obwohl es bis zum Marathon noch fast vierundzwanzig Stunden hin war, hatten die Organisatoren doch schon einige Vorbereitungen getroffen. So waren überall Ordnungskräfte in den Bahnhöfen des HVV aufgestellt. Ihr Auftrag war es, sich um die in- und ausländischen Sportler zu kümmern und ihnen ggf. bei Fragen freundlich weiterzuhelfen. Sandra hatte die U-Bahn verlassen. Mitten in einem Pulk voller Läuferinnen und Läufer tippelte sie im Gänsemarsch zu den Rolltreppen und, als alle gemeinsam den Bahnhof Messehalle verließen, weiter in Richtung der in großen Bannern angezeigten „Läufer-Anmeldung" in der „Messehalle Eingang Mitte".

Draußen hatte es sich extrem abgekühlt. Die Meteorologen waren sich einig: Ein Kältetief zog heran. Die Temperatur war gegenüber der der letzten Tage um bestimmt zehn Grad gesunken. Sandra sah die Wetteränderung eher positiv, der Temperatursturz kam den Läufern bestimmt entgegen. Der Fußweg seitlich der Marathonstrecke war inzwischen etwas breiter geworden und die Sportler kamen schneller voran. Links von ihr, hinter mannshohen Absperrgittern, befand sich die Laufstrecke. Sandra konnte weiter vorne auf großen Transparenten die Worte „Start" und „Ziel" ausmachen. Hier würde sie morgen stehen, in der Gruppe „F". Und dann würde sie loslaufen, ihrem ersten Marathon entgegen. Ihr Herz schlug schneller bei dem Gedanken. Über die Straße vor den Messehallen hatte man eine Fußgängerbrücke aus Metall montiert und Sandra entschied, diese zu benutzen. Sie kletterte, zusammen mit hundert anderen, die Stufen hinauf. Dort oben hatte man einen wunderbaren Blick auf die noch leere Laufstrecke. Nur vereinzelt waren Ordner in roten Pullovern dabei, Absperrungen hin- und herzuschieben. Techniker installierten übergroße Fernsehkameras und es schallte schon Musik aus meterhohen Lautsprechertürmen. Sandra musste sich nicht groß orientieren. Sie lief einfach den Menschen hinterher in die große Halle links am Ende der Strecke. Hundert von sogenannten Dixi-Klos, jetzt noch ohne Kundschaft, standen wie eine Armee am Hallenrand. Vor der Halle waren Informationszelte und Imbissbuden errichtet. Es schien für alles und alle bestens gesorgt.

Inzwischen hatte Sandra gemeinsam mit gefühlten fünfhundert Sportlern den Innenraum der Messehalle betreten. Überall auf der riesigen Fläche waren kleine Stände aufgebaut, mit einer Abtrennung, wie sie es von diversen Messen her kannte. Darüber waren große Buchstaben angebracht: A, B, C. Im Marathon-Leitfaden der HASPA hatte man darauf hingewiesen, dass die heutige Verteilung der Startnummern über die Anfangsbuchstaben des Nachnamens lief und sie reihte sich bei „S" ein. Ein Leitsystem aus grünen Absperrbändern teilte die Läufer auf und brachte Sandra in den linken Teil der Halle. Das Ende des schmalen

Ganges bildete jeweils ein kleiner Stand, hier schien man den Sportlern die Tüte zu übergeben. Seit ihrer Ankunft bei den Messehallen waren inzwischen weitere dreißig Minuten vergangen. Doch Sandra war klar: bis 16.000 Läufer an diesem Tag abgefertigt waren, das konnte dauern. Sie schaute sich die Menschen vor und hinter sich an. Sie waren von unterschiedlichstem Alter. Von einer älteren Frau, sicher über 60 Jahre alt, bis zum jungen Mann mit gerade mal zwanzig war alles vertreten. Sandra schaute erneut auf die Uhr. Wenn jeder Sportler vorne zwei Minuten benötigte ...? Sie zählte die Schlange vor sich. Noch etwa 30 Personen, das bedeutete mindestens noch eine Stunde Wartezeit. Aber zwei Minuten, um eine Tüte auszuhändigen, das kam ihr extrem lange vor. Sicher ging es schneller. Sie erinnerte sich: Vor einem halben Jahr, bei ihrer Anmeldung zum Marathon, hatte sie schon mehr preisgegeben, als ihr lieb war. Der Anmeldebogen bestand aus drei Seiten und sie hatte sich bereits gewundert, was der Veranstalter alles wissen wollte. Ging das nicht ein wenig zu weit und zu tief in die Privatsphäre? Doch ihre erfahrenen Läuferkolleginnen und -kollegen beschwichtigten sie. Das ist schon okay, Sandra, meinten sie. Das habe seine berechtigten Gründe und käme, als eine Art Auswertung, letztendlich auch allen wieder zugute. Sie hatte alles korrekt eingetragen, nur bei ihrem Beruf etwas geflunkert. Was machte der Veranstalter mit der Information, war, dass sie Polizeibeamtin war? So gab sie *Verwaltungsangestellte* an. Was die Läufer jedoch verärgerte, war, dass am Tag vor dem Marathon jeder persönlich seine Lauftüte abholen musste. Das schien in den letzten Jahren einfacher gehandhabt worden zu sein, wusste Sandra. Sie hatte damals beim

Eintreffen des Bogens nicht weiter nachgefragt, ihn ausgefüllt und abgeschickt.

Nach sechzig Minuten standen noch immer drei Personen vor Sandra und so, wie es aussah, lag es an einem glatzköpfigen Dürren, dass es nicht weiterging. Der Mann lamentierte dort am Stand mit den Offiziellen und Sandra schob sich etwas vor, um die Worte, trotz des dunklen Vorhanges, hinter dem jeder kurz verschwand, zu verstehen.

„Das ist ja wohl nicht war! Blutentnahme? Das habe ich ja noch nie gehört. Sie glauben doch nicht, dass ich das auch noch dulde."

Der Mann war nicht zu beruhigen, bis eine andere Person vorne einen Schrei losließ.

„Jetzt hören Sie mal zu, guter Mann! Sie müssen ja nicht mitlaufen. Aber wenn Sie das möchten, dann zu den Regeln des Veranstalters. Aber ich will Ihnen gerne Rede und Antwort für unser Tun stehen. Die Blutentnahme aus dem Ohrläppchen dient der Laktatmessung, also Werten, die Ihnen als Läufer dienlich sind. Wir haben nichts davon außer Arbeit."

Der Läufer wollte etwas entgegnen, aber der Offizielle ließ ihn nicht zu Wort kommen: „Lassen Sie mich bitte fertig erklären, dann sind Sie dran. Wir werden diese Werte mit den anderen durch den neuen HEALTH-Chip gemessenen, wie Laufzeit, plus Ihre Angaben auf dem Anmeldebogen, wie Körpergewicht und Größe, dazu nutzen, eine detaillierte Konditions- und Laufbewertung durchzuführen Diese wird Ihnen nach dem Marathon auf einem speziell für diesen Event gefertigten USB-Stick zugesendet. Und das kostenfrei. Denn dieser einzigartige Service der HEALTH-Corporation ist für alle 13.000 Läufer schon in den Anmeldegebühren enthalten. Nicht genug, auch werden der Lieferung Proben vieler Sponsoren wie Traubenzucker, Energygels oder Vitamindrinks beigefügt. Sie sehen, alles in Ihrem Interesse, Herr ... Lichtner."

Sandra hatte aufmerksam zugehört und wartete auf einen erneuten Wutausbruch des Mannes, der wohl Lichtner hieß. Doch der blieb zunächst aus und kurze Zeit war Schweigen. Sandra war klar, was den Datenschutz hier anging, war sicher Hopfen und Malz verloren. Sie erinnerte sich kurz an die unlängst aufgedeckte NSA-Affäre. Nachdem die Amis sowieso schon alles über uns wussten ... warum sich noch aufregen?

„Das heißt, die Laktatmessung kommt dann mit diesem Stick und allen Proben zu mir nach Hause, kostenfrei?" Der Läufer mit Namen Lichtner schien ruhiger geworden zu sein, und Sandra aber auch. Die beiden jungen Frauen vor ihr schauten sich grinsend an.

„Ja, Herr Lichtner, kostenlos!"

„Na gut, tun Sie, was Sie nicht lassen können. Piksen Sie mir halt ins Ohr. Aber nicht zu viel Blut entnehmen, ich muss morgen noch 42 Kilometer laufen", hörte Sandra den Läufer hinter dem Vorhang lachen.

„42,195", erwiderte der Unbekannte, „um genau zu sein!". Dann gab er ein Geräusch von sich, von dem Sandra glaubte, es sei ein Lachen. Es hätte sich aber auch um einen Schluckauf handeln können.

Zehn Minuten später hatte Sandra die Messehallen wieder verlassen und war glücklich, wieder echten Sauerstoff zu atmen. Auch ihr hatte die Frau, die sich als Krankenschwester der HEALTH-Chip-Company vorstellte, einen Tropfen Blut entnommen. Dann wurde Sandra die weiße Tüte übergeben mit ihrer Startnummer, diversen Nahrungsmitteln und Getränken. Ihre Frage nach dem Chip wurde mit „der ist schon in die Startnummer eingearbeitet und kann später entsorgt werden" beantwortet. Das passte Sandra gut. So musste sie den kleinen elektronischen Baustein nicht, wie von den Läufern erklärt, an die Schnürsenkel binden. Sie spazierte in Richtung U-Bahn-Station Messehalle. Auf halber Strecke hielt sie an und schaute neugierig in ihre Tüte. Eine Banane, ein Apfel, zwei Müsliriegel, ein Energygel, ein Schlüsselanhänger der HASPA-Bank und ihre Startnummern enthielt die weiße Tüte, die mit ihrem eigenen Namen bedruckt war. Keine schlechte Ausbeute, fand sie.

Abends trafen sich die Oldenburger Läufer noch zu einem kleinen Umtrunk im Restaurant *Vasco da Gama*, in der „Langen Reihe". Sandra war extra dafür in den Hamburger Stadtteil St. Georg gefahren. Das Restaurant hatte Helene ausgesucht, und sie war es auch, die Sandra darüber per SMS am Nachmittag informiert hatte. Erneut musste sie Bus und S-Bahn benutzen, doch zum Glück hatte sie für heute ein Tagesticket erworben. Der Abend drehte sich bei der Gruppe nur um den Marathon, und auch an den Tischen um sie herum gab es nur dieses zentrale Thema. Der Inhaber des spanisch-portugiesischen Restaurants war sichtlich nicht glücklich über die Oldenburger Gäste. Mit Salattellern und einigen alkoholfreien Weizen würde er sein abendliches Umsatzziel bestimmt nicht erreichen. Gegen 22 Uhr war Sandra wieder zurück in ihrer Pension.

4

Heute war *ihr* Tag. Am heutigen Sonntag würde sich zeigen, ob sich das monatelange Training, die Entbehrungen und das Opfern von Freizeit gelohnt hatte und alles zusammen mit einer ordentlichen Laufzeit enden würde. Sandra hatte sich gestern Abend den Wecker auf sechs Uhr gestellt. Sie wollte den Tag früh genug beginnen. Doch der Aufstehprozess fand irgendwie schon kurz nach ihrem Versuch, einzuschlafen, statt. Sie hatte viel nachgedacht die letzten Stunden. Nicht über das bevorstehende Ereignis am heutigen 4. Mai 2014. Nein, über ihren Vater, über Mutter und deren Absicht, wieder zu heiraten, und über die Männer, mit denen sie bisher eine Beziehung hatte. Es war ihr, als zöge sie heute, in dieser Nacht, vor ihrem ersten Marathonlauf, Bilanz über ihr ganzes Leben. Als ihr das Nachdenken doch zu viel abverlangte, griff sie nach einer Bettlektüre. Manfred Brünings „Gnadenlose Engel" erschien Sandra geeignet. Ein spannender Krimi des Apener Autors, der in ihrer Heimat Oldenburg spielte. Er lenkte sie etwas ab und gegen 2 Uhr 30 musste sie eingeschlafen sein. Sie hatte kurz vorher noch auf die Uhr geschaut.

Trotz des kurzen Schlafes fühlte sie sich pudelwohl, als sie der Wecker aus den Träumen riss. Sie duschte kalt und zog ihre Laufkleidung an, Dreiviertelhose und langärmeliges Laufhemd. Dann trat sie für einen Moment hinaus auf den kleinen Balkon. Der Wind wehte kalt. Es lag Regen in der Luft. Sie zog ihre alte Adidas-Trainingsjacke über. Laufkollegen hatten ihr das empfohlen: „Bevor du die Jacke ständig mitschleppst, wirst du sie wegwerfen, und bei einer neuen Jacke macht das wenig Sinn." Die stets freundliche Frau Klein hatte Sandra – wie versprochen – ein kleines Frühstück vorbereitet und so aß sie alleine im Speisesaal der Pension. „Iss wie immer, nur nicht übertreiben!", gaben ihr die Profis unter den Marathonläufern mit auf den Weg, und sie hielt sich daran. Tee, zwei Scheiben Vollkornbrot. Eins mit Marmelade, das andere mit Nutella. Dann hängte sie sich ihre Tüte über und lief zur Bushaltestelle. Es galt, den ersten 112er-Bus zu erreichen. Die weiteren fuhren an Sonntagen nur jede halbe Stunde, und da könnte es eng werden. Sandra war sich bewusst, dass die dreizehntausend Läufer, plus die Staffelläufer und dazu Hunderttausende begeisterter Fans, an diesem Morgen zur Startzone bei den Messehallen unterwegs waren. Aber dass sich alle zur selben Zeit wie sie und dazu in den gleichen Bussen und Bahnen begegneten, das überraschte sie doch. So stiegen schon sechs Personen mit Tüte mit ihr beim Ovelgönner Schiffsmuseum ein, und zwei Stationen weiter gab es schon keinen Sitzplatz mehr im Wagen. Im weiteren Verlauf der Fahrt nach Altona musste der Fahrer sogar darauf verzichten, an der vorletzten Haltestelle wartende Sportler aufzunehmen. Fluchend und mit geballten Fäusten standen sie dort, als der Bus ohne anzuhalten an ihnen vorbeifuhr.

Schon im Bahnhof Altona vor dem Zugang zur Linie S 1 waren alle paar Meter Ordner der Hamburger Verkehrsbetriebe HVV aufgereiht. Diese waren bemüht, die Läufer- und Besucherströme zu den Bahnsteigen zu geleiten und dort vorm Sturz ins Gleisbett zu bewahren. Den Zugverkehr – speziell was die Strecke von und nach den Messehallen anging – hatten die

Frauen und Männer wohl besonders im Auge. So hatte man die Taktung der auslaufenden Wagen auf wenige Minuten Wartezeit reduziert. Als Sandra dann mit dem Läuferpulk beim Jungfernstieg ausstieg und den Hinweisschildern zur U 2 folgen wollte, ging es ihr gar nicht gut. Schon der Anblick solcher Menschenmassen verursachte in ihr ein beklemmendes Gefühl. Und in den immer enger werdenden Röhren der U-Bahn wurde es nicht besser. Seinen Höhepunkt hatte das Ganze in der Bahn. Obwohl das Personal besonders darauf achtete, dass die Menge der Fahrgäste in den Wagen Richtung Laufstrecke ein gefährliches Höchstmaß nicht überschritt, befand sich sicher mehr als die doppelte Anzahl an Fahrgästen darin wie sonst üblich. Sandra stand etwas abgedrängt in einer Nische des Wagens neben einer Gruppe Finnen oder Dänen. Diverse Körpergerüche, aber auch Deodorants und Parfums aller Marken, setzten sich in ihrer Nase fest und sie hoffte baldigst wieder auf frische Luft. Die Fahrt vom Jungfernstieg zu den Messehallen dauerte zum Glück nur wenige Minuten. Zumal man bei der Haltestelle „Gänsemarkt" nicht anhielt, sondern durchfuhr. Erst während des Ausstiegs überschaute Sandra diese von ihr nie zuvor erlebte Masse an Menschen, die alle in einem Zug gefahren waren. Es war ein unglaublicher Anblick an Läuferströmen, und sie war im Glauben, die Hälfte aller Marathonläufer seien gleichzeitig mit ihr unterwegs. Von dort dauerte es noch einige Minuten, bis alle – überaus diszipliniert – aus dem Bahnhof Messehallen unter den bewölkten Himmel Hamburgs traten. Und immer seitlich flankiert von freundlichen, aber bestimmt auftretenden HVV-Mitarbeitern.

Draußen angekommen, atmete Sandra tief ein, sie war froh, wieder im Freien zu sein. Nun stand noch allen der Weg zu den Umkleideräumen bevor. Auch hier ging es nur schrittweise vorwärts, und Sandra hatte sich glücklicherweise für den ersten Bus entschieden. Zumal die Uhr inzwischen schon 7 Uhr 30 anzeigte. Sie versuchte, über eine der Fußgängerbrücken abzukürzen, aber auch andere hatten diese Idee, und plötzlich stockte es oben und nichts ging mehr. Sie hatte etwas Zeit, von ihrer Position die Strecke zu begutachten. Dort war inzwischen schon großes Treiben und sie konnte auch die Schilder für die Blöcke ausmachen. Ganze vorne mit Block A beginnend bis nach hinten zu ihrem Block mit der Nummer F. Danach gab es noch weitere, wusste Sandra Die Blöcke hatten den Grund, Läuferinnen und Läufer mit etwa gleichen Laufzeiten zusammenzufassen. Manche liefen bis zu sechs Stunden und starteten als Letzte.

Eine Menge Läufer stand schon auf der Strecke und einige davon machten sich warm für den Lauf. Seitlich der Absperrungen, aber auch auf diversen Tribünen, hatten sich die Besucher die besten Plätze gesichert, und trotz der frühen Stunde erklangen schon alte Schlager aus den Lautsprechertürmen. Endlich kam der Haufen vor ihr wieder in Bewegung und nach einer Weile erreichten sie gemeinsam den Eingang zum Umkleide- und Ausruhbereich. Die Lauftüte diente gleichzeitig als Ausweis, und durch diverse Eingänge strömten die Sportler gleichzeitig in die riesige Halle. An der Seite hatte man die Stände von gestern gegen Informationsstände ersetzt. Sandra lief weiter geradeaus der Anzeige „Kleiderbeutelabgabe" nach. Sie verließ mit Hunderten von Männern und Frauen die Halle durch den hinteren Ausgang, um dann erneut eine gegenüberliegende zu betreten. Dort hatte man übergroße Käfige errichtet, in denen sich Läufertüten mit persönlichen Sachen wie Kleidungsgegenstände, Papiere und Handys stapelten. Auch hier waren längs der Halle Dixis aufgestellt, vor denen nun die zu erwartenden Nutzer Schlange standen. Vor jeder Chemietoilette zählte Sandra mehr als zwanzig Personen und ihr wurde klar: Auch sie musste vor dem Lauf noch einem der Kästen einen Besuch abstatten. Bei der Beutelabgabe streifte sie ihr Laufhemd ab und zog die beiden Startnummern aus der Tüte. „Wo war nun dieser Hightech-Chip?", fragte sie sich. Im oberen Bereich des Papiers fühlte sie eine Verdickung und bewunderte die Ingenieurskunst. Sie klammerte die Startnummern vorne und hinten mittels Sicherheitsnadeln auf das Shirt und stellte sich dann in die lange Schlange der Wartenden vor der Gitterbox mit den Nummern F 1000–3000. Man hatte ihr die Startnummer F 1996 zugeteilt und sie war sich schon gestern nicht sicher, ob sie über diese Zahl glücklich sein sollte. Dann sah sie es als absoluten Zufall an und machte einen Haken dahinter.

Das Gewusel um sie herum war voller Hektik und Bewegung und jetzt wurde ihr erschreckend bewusst, wie sehr ihr Herz raste. Solch einem Stress ausgesetzt zu sein und danach noch Bestzeit zu laufen, das konnte doch nicht klappen? Wie gerne hätte sie sich abgelenkt, indem sie vor dem Start noch mit anderen Sportlerinnen und Sportlern ein paar Worte gewechselt hätte. Doch alle waren in Aufruhr. Wie in einem Wespennest, das gerade jemand versehentlich von einem Baum gerissen hatte. Endlich gab die junge Frau im roten Shirt vor ihr ihre Tüte ab, und nachdem auch

Sandra den Ballast losgeworden war, stellte sie sich in einer Dixi-Schlange an.

„Wir sollten uns für die Zeit des Marathons einen künstlichen Ausgang legen lassen", scherzte ein älterer Herr hinter ihr und Sandra tat ihm den Gefallen und lachte. Eine Frau vor ihr in der Schlange der Wartenden trat nervös von einem auf das andere Bein. Dabei schaute sie ständig auf die Uhr an ihrem Handgelenk. Sandra vermutete, dass sie ihre Herzfrequenz abrief, war sich aber unklar, welchen Sinn das jetzt machte. Auch Sandra hatte eine Pulsuhr am Handgelenk und erst jetzt fiel ihr diese wieder ein. Sie fand, dass der Einsatz solcher Frequenzmesser überbewertet wurde. Sie war sich sicher, wenn ihre Herzfrequenz in eine bedrohliche Höhe stieg, würde sie es merken, um dann automatisch das Lauftempo zu drosseln. Endlich kam die Frau im roten Shirt aus der Toilette und Sandra hoffte, dass sie ein kleines Geschäft gemacht hatte. Tatsächlich roch es angenehm in dieser riesigen Plastiktoilette. Sandra hatte nur wenig Erfahrung damit. Nur im letzten August – zwei Freundinnen hatten sie mit zum Heavy-Metal-Konzert nach Wacken geschleppt – musste sie zum ersten Mal in ihrem Leben Dixis benutzen. Dieses, in dem sie gerade Platz genommen hatte, schien die neuste Generation von Chemietoiletten zu sein. Es erinnerte sie an das bunte Riesenspielhaus, das sie als Kind im Garten stehen hatte. Auch Toilettenpapier war reichlich vorhanden, und schon kurz nach dem Betreten verließ sie das Häuschen wieder – zur Freude der anderen Sportler.

Die Laufkollegen aus Oldenburg hatten im Vorfeld besprochen, sich in den jeweiligen Laufgruppen zu treffen. Doch Sandra hatte wenig Hoffnung, dass dies funktionieren würde. Zumal in ihrer Gruppe F nur eine Frau aus Oldenburg mitlief. Im Startblock angekommen, hielt Sandra Ausschau nach ihr, doch konnte sie die Frau nicht sehen. Es war inzwischen 8 Uhr 45, und man hatte die Läufer schon mehrfach aufgefordert, sich in ihren Startblöcken einzufinden. Doch noch immer waren Hunderte mit Laufdress Bekleidete auf den Brücken im Zulauf oder strömten soeben aus der Halle. Die kamen wohl auf den letzten Drücker, aber Sandra war das egal. Sie machte sich mit einigen Dehnübungen warm und sprang danach einige Male auf der Stelle. Langsam wurde es gedrängter und aus diesem Grund stellte sie weitere Bewegungen ein.

„Hallo, Sandra, haben Sie sich ausreichend aufgewärmt?", hörte sie plötzlich eine männliche Stimme hinter sich. Die Worte kamen bei ihr nur leise an. Sie war sich aber im Klaren, der Mann hatte schreien müssen. Denn um sie herum war der Lärm Tausender Menschen sowie dröhnender Lautsprecherdurchsagen zu hören.

Sie machte neben sich einen Mann in knallrotem Läuferdress aus, der seine Ausstattung vielleicht besser eine Nummer größer gekauft hätte. Er hatte kurzes schwarzes Haar, das leicht gewellt widerspenstig vom Kopf abstand. Doch am Faszinierendsten waren seine braunen Augen. Sie blickten Sandra so voller Wärme an, dass sie ein unbeschreibliches Gefühl in ihrer Bauchgegend empfand.

„Entschuldigen Sie, ich habe dieses Jahr etwas zugelegt. Sie müssen wissen, ich bin Koch, und da muss ich natürlich viel probieren und abschmecken", schrie der Mann mit einem breiten und sympathischen Grinsen im Gesicht. Wieder kam es nur leise bei Sandra an.

Kannten sie sich, oder woher wusste der Läufer ihren Vornamen? Ein Blick auf seine Startnummer brachte die Erklärung. Dort stand in großen Lettern: Luca-Matteo. Und nun leuchtete ihr ein, woher er so gut informiert war.

„Aber die Farbe ist originell!", schrie sie ihm zu. Etwas anderes fiel ihr nicht ein. Der Mann schien dies nicht verstanden zu haben und Sandra zeigte auf sein knalliges T-Shirt.

„Ach so, die Farbe! Mama hat alles ausgesucht: Sie steht auf Rot – also Ferrari-Rot", ergänzte er.

„Gleich geht es los?", fragte Luca-Matteo und Sandra nickte, als die Worte bei ihr angekommen waren.

„Sie sehen sympathisch aus, Sandra. Wollen wir die ersten Meter zusammen laufen?"

Wieder kam eine dieser Lautsprecherdurchsagen und Sandra konnte nicht alle seine Worte verstehen. Auch drängten immer weiter Läufer in den Block, und sie hatte Mühe, den Platz neben dem Mann zu behaupten.

„Ich bin in Italien geboren und … ", rief er.

Doch wieder verstand Sandra nur einen Teil des Satzes. „Italien", das eine Wort kam an. Sie zuckte mit den Schultern und wollte ihm damit klarmachen, dass eine Konversation fast unmöglich war. Inzwischen hatte sich der Zeiger der Uhren auf neun geschoben. Der Sprecher hatte die letzten Sekunden rückwärts gezählt und dann waren ganz vorne die ersten Läufer losgerannt. Sandra wusste, in diesem Läuferblock ließ man nur auserwählte Sportler zu. Mit Marathonzeiten unter 150 Minuten. In Abständen von zwei Minuten wurde jeweils der nächste Block aufgerufen und die Läufer per Startschuss auf die Bahn gelassen. Der Jubel der Menschen an den Seiten war ohrenbetäubend. Pfeifen,

Kreischen, Gerassel. Es gab wohl keine Frequenz, die nicht belegt war. Luca-Matteo war ganz nah an Sandra gerückt und sie bemerkte, wie angenehm er roch. Auch sein Atem war klar, und das gefiel ihr.

„Startblock E, fertigmachen!", rief der Moderator. Nachdem ein Schuss ertönte, hörte man erneut das Getrampel von Tausenden Läufersohlen.

„Startblock F, fertigmachen!" Sandra schaute schnell auf eine Uhr. Es war inzwischen 9 Uhr 15. Die Läufer des ersten Blocks mussten schon bei der Alster sein, rechnete sie. Sie zog die alte Adidas-Jacke aus und warf das überflüssige Kleidungsteil – wie die anderen Läufer neben ihr auch – über die seitliche Abgrenzung. Sofort fühlte sie Kälte in sich hochziehen. Jetzt wurde es Zeit, dass sie in Bewegung kam.

„Wollen wir heute Abend zusammen essen, also nach dem Lauf?", schrie Luca-Matteo! Sandra verstand die Worte dieses Mal und nickte. Zwar war sie mit den Oldenburgern verabredet, aber das gestrige Treffen und die Konversation, die sich nur um das Laufen drehte, hatten ihr schon gereicht.

„Würde mich freuen!", schrie sie gegen den Lärmschwall zurück, und die braunen Augen des Italieners leuchteten noch kräftiger. „Sollten wir uns aus dem Auge verlieren, kommen Sie ins Restaurante …!"

Der Startschuss übertönte die letzten Worte des Mannes und die Läufergruppe kam unvermittelt in Bewegung. Sandra hielt sich eine Hand ans Ohr, um dem Mann mitzuteilen, dass sie nicht alles verstanden hatte. Doch schon schob sie eine Gruppe junger Frauen zur Seite, die vermutlich das Transparent mit der Aufschrift „Ziel", unter dem sie gerade durchliefen, missverstanden hatten. Als Sandra wieder in der Lage war sich umzuschauen, war Luca-Matteo nicht mehr zu sehen. Sie suchte nach dem roten Läuferdress des Italieners, doch plötzlich waren da Hunderte von Läufern mit roten Shirts. Und die Beinbekleidung der Männer konnte sie während des Bewegungsvorganges nicht erkennen.

Sofort nach dem Start konzentrierte sich Sandra auf ihre erlernte Atemtechnik. Man hatte ihr eingetrichtert: „Gehe es langsam an, du wirst deine Kräfte für das letzte Drittel benötigen." Sie fühlte, dass das zu beherzigen, schwierig werden würde. Zum einen zogen sie die euphorischen Läufer in ihrer Geschwindigkeit mit und zum andern waren es die laufbegeisterten Zuschauer, die ihr schon nach kurzer Zeit das Gefühl gaben, sie sei schon bald am Ziel angelangt. Sandra reduzierte schon nach wenigen Kilometern – in Höhe der Landungsbrücken – ihr Tempo. Die Organisatoren hatten auf der gesamten Strecke blaue Markierungen auf dem Asphalt aufbringen lassen. Eine gute Idee, wie sie fand. Aber die Landschaft und der Jubel an der Strecke um sie herum ließen sie eher selten nach unten blicken. Als sie nach Durchquerung des Wallringtunnels beim Jungfernstieg an der Binnenalster entlanglief, war sie restlos überzeugt, dass sich alle Investitionen in diesen Marathonlauf gelohnt hatten. Egal wie später ihre Zeit sein würde.

Ein Drittel der Strecke war nun geschafft und sie griff sich einen Becher Wasser an einer der alle fünf Kilometer befindlichen Verpflegungsstellen. Das Wetter war noch immer etwas zu kalt, fand sie. Hatte sie die ganze Zeit über gehofft, dass die Sonne auftauchen würde, fing es plötzlich an, leicht zu nieseln. Aus Neugierde schaute sie auf die Pulsuhr – 161 Schläge –, das ging in Ordnung. An einer der Verpflegungsstellen in der City-Nord würde sie sich mit einem Energygel versorgen. Das hatte sie schon vor dem Lauf eingeplant. Beim Stadtpark, die Hälfte der Strecke lag bereits hinter ihr, fiel sie trotz der lauten Schreie und Geräusche in eine Art Trance. Ihr Bewusstsein schaltete ab. Sie genoss zwar die wunderschöne Umgebung, aber nur in einer Art Nebel. Dabei kam ihr der italienische Läufer von vorhin wieder in den Sinn. Luca-Matteo, allein der Name schien Programm. Es schauderte sie etwas, aber das lag sicher an der Temperatur. Wie gewonnen – so zerronnen, fand sie. In diesem Pulk den Mann wiederzutreffen, das hielt sie für schier unmöglich. Vielleicht gab man ihr nach Ende des Laufes beim Informationsstand Auskunft? Doch wohl eher nicht, schon aus Datenschutzgründen. Sie nahm sich vor, die ganze Angelegenheit dem Zufall zu überlassen. Sie war 30 Jahre alt und keine verliebte Schülerin.

Das Kopfkino brachte sie zurück zu ihrer Familie. Ihr Vater wäre sicher stolz auf sie, wenn er wüsste, dass das einzige Kind hier in Hamburg einen Marathon lief. Er war nicht besonders sportlich, zumindest hatte Sandra das in Erinnerung. Sie merkte, dass dieses tiefgründige Nachdenken zulasten ihres guten Pulses ging, und lenkte sich ab, indem sie sich auf Atmung und Laufschritte konzentrierte. Das Energygel tat gut, und sie überlegte kurz, bei der nächsten Verpflegungsstelle ein weiteres zu sich zu nehmen. Doch die erfahrenen Kollegen hatten sie gewarnt, zu viel Energie könne sich auch nachteilig auswirken. Also nahm sie noch einen Papierbecher mit Mineralwasser und trank die Hälfte davon in kleinen Schlucken. Den Rest tupfte sie sich mit einem Schwamm auf die Stirn. Den

Becher warf sie in einen der Müllcontainer, die von den Organisatoren aufgestellt worden waren. Hier hatte man an alles gedacht. Überall an der Strecke sah man – trotz des strikten Verbotes – Läufer beim Urinieren. Teilweise noch auf dem Asphalt der Laufstrecke. Einmal schrie sie einen jungen Mann an. Der hatte noch im Gehen sein Geschlechtsteil seitlich aus seiner kurzen Laufhose gezogen und pinkelte ungeniert an den Rand der Strecke. Er zuckte etwas zusammen, schob alles wieder in Position und beschleunigte. Beim Überholvorgang zeigte er Sandra einen Stinkefinger. Das war wahrlich nicht sportlich. Sie merkte sich seine Startnummer: 15001.

Inzwischen war sie beim Maienweg angekommen. Ihre Beine schmerzten, und vor allem der Rücken. Das hatte sie nicht erwartet. Die Füße unterdessen machten großartig mit. Mit ihren alten und eingelaufenen Gelschuhen hatte sie wahrhaft Glück gehabt. Ihr Puls war etwas angestiegen, aber das hatte man ihr vorhergesagt. Am Eppendorfer Baum zeigte sich plötzlich die Sonne und das wurde von Tausenden von Begeisterten an der Strecke mit einem infernalen Geschrei begrüßt. Nun machte sich das Knie bemerkbar. Ein Ziehen, und jeder Schritt wurde zu einer kleinen Belastung. Ein Transparent über der Strecke zeigte an: Noch sechs Kilometer bis zum Ziel. Hier war die Grenze des Aufgebens schon längst überschritten. Sie war mehr als drei Stunden unterwegs und konditionell noch gut in Form. Nur das Knie – und der Rücken – und die Beine – und …! Sie musste sich ablenken, den Schmerz irgendwie aus ihrem Bewusstsein verdrängen. Der Gedanke an ihre Dienststelle in Oldenburg verursachte bei ihr das Gegenteil von einem guten Gefühl. Trotzdem behielt sie ihn bei. Sie fühlte, dass ihre Schmerzen dabei in den Hintergrund rückten. Schon lange war sie nicht mehr zufrieden in ihrer derzeitigen Position und auch mit ihren Kollegen. Aber es lag nicht allein an ihnen. Sie war es, die Schuld an der miserablen Zusammenarbeit trug. Sogar Marc Argenberg – den sie inzwischen zu ihren Freunden zählte – hatte sich etwas distanziert. Vielleicht lag es auch an seiner Verlobten. Er hatte die junge Bäuerin erst vor wenigen Monaten kennengelernt. Der Kommissar und die Bäuerin! Sandra musste leise lachen. Wenn sie ihn doch glücklich machte! Noch vor ihrer Fahrt nach Hamburg hatte Marc sie gefragt, ob sie bei seiner Hochzeit die Trauzeugin spielen würde. Sandra hatte nicht sofort zugesagt und das Gesicht des Kollegen sprach Bände. Sie hatte ihn vertröstet auf ihre Rückkehr. Woran lag es, dass sie verbittert war? An ihren eigenen Problemen mit Partnern? Nein, dafür konnte sie doch nichts. War das der Grund, dass sie Marc erst einmal hängen ließ? Sie nahm sich vor, ihn noch heute anzurufen und – was die Hochzeit anging – zuzusagen. Sie hatte einiges gutzumachen. Sandra schaute auf die Läuferinnen und Läufer vor sich. Inzwischen waren es nur noch drei Kilometer bis zum Ziel bei den Messehallen, und die Alster leuchtete in der hellen Mittagssonne dunkelblau. Ihre Schmerzen kehrten zurück. Doch jetzt hieß es: Zähne zusammenbeißen. Während der letzten Kilometer war ihr aufgefallen, dass zahlreiche Läuferinnen und Läufer aufgegeben hatten. Manche waren gestürzt und mussten von herbeieilenden Sanitätern von der Strecke getragen werden. Andere hatten sich einfach mitten auf die Strecke gesetzt, mit schmerzverzerrtem Gesicht. Auch jetzt – die letzten drei Kilometer vor dem Ende dieses persönlichen Kampfes –

gab es noch genügend, die aufgaben. Das musste sehr bitter sein, glaubte sie, und war sicher schon seit einigen Kilometern im Kopf des jeweiligen Läufers. Eine Frau vor ihr war gerade über ihre eigenen Füße gestolpert und unglücklich auf den Arm gefallen. Er schien gebrochen zu sein, und Sandra hatte für einen Moment darüber nachgedacht, stehen zu bleiben und der Frau zu helfen. Doch als sie einige Offizielle über die Absperrung springen sah, war ihr Mitgefühl auch schon vorüber und sie an der Unfallstelle vorbei. Sie beschleunigte ihr Tempo noch etwas. Als es ihr möglich war, drehte sie den Kopf. Die Frau wurde gerade stützend zur Seite gebracht.

Der Zieleinlauf war Adrenalin pur. Das Hormon hatte alle im Körper befindlichen Schmerzen abgeschaltet. Es verbündete sich mit dem Glückshormon Endorphin und zusammen schütteten beide Glücks- und Freudenreize in die entsprechenden Nervenzellen. Sandra fühlte sich wie im Rausch. Es begann schon tausend Meter vor dem Ziel, als ihr Blick voll auf den Fernsehturm traf. Der Sprecher feuerte alle eintreffenden Läufer an, und Kinder und Erwachsene an der Strecke versuchten, jeden der Sportler „abzuklatschen". Als ob es Payback-Punkte dafür gab, lachte Sandra glücklich und zufrieden. In einer Zeit von 3 Stunden, 44 Minuten und 26 Sekunden durchlief Sandra das Ziel, und sie spürte plötzlich Kräfte, die ihr das Gefühl gaben, sofort erneut loslaufen zu können. Sie ließ sich von anderen Läuferinnen umarmen und war voller Freude. Sie griff nach einem Becher Wasser, der ihr von einem Streckenposten angeboten wurde. Alles war unreal, untypisch für sie – der sonst so Vorsichtigen, der Besonnenen. Dieser Lauf hatte ihr das fehlende Selbstbewusstsein zurückgegeben, und hier musste für sie der wahre Neubeginn sein. Sie schloss innerlich eine Ära der Ängste und Unsicherheiten ein für alle Mal ab.

„Wollen Sie nicht Ihre Medaille haben?", fragte ein älterer Herr, der mit knallrotem Kopf und hoher Atemfrequenz plötzlich vor Sandra aufgetaucht war. Sandra nickte und er wies zur Seite, wo nahe der Absperrung Personen in den offiziellen roten Sweatshirts an die Läufer Medaillen verteilten. Eine Offizielle beglückwünschte sie mit echter Freude und hielt eine Medaille an einem weißen Band hoch. Sandra bückte sich ein wenig nach unten und die Frau hängte sie ihr um den Hals.

„Wie schnell?"

„Drei Stunden, vierundvierzig!", antworte Sandra.

„Tolle Zeit!", lachte sie noch, dann drehte sie sich weg zum nächsten Läufer. Sandras Schmerzen kehrten zurück. Eigentlich handelte es sich nur um einen Schmerz. Zumindest hätte sie ihn nicht einem speziellen Körperteil zuordnen können. Sie bemühte sich einfach, nicht daran zu denken. Diese Schmerzen nach dem Lauf seien normal, hatte man ihr erklärt, und sie humpelte über den mit Menschen gefüllten Hamburger Zieleinlauf zur Messehalle. Erneut wurde ihr bewusst, welche Menschenmassen diese Veranstaltung auf die Beine gebracht hatte. Es schien ähnlich wie beim Münchner Oktoberfest. Nur dass die Fahrgeschäfte und Bierzelte fehlten. Der Strom an Sportlern war nicht weniger geworden. Das Gegenteil war der Fall, er verdichtete sich und endete in einem Flaschenhals. Minutenlang stand Sandra dort und wurde schrittweise von der Menge zum Eingang geschoben. Endlich hatte sie eine der Türen erreicht und man ließ sie ein. Im Hof vor den Gitterboxen mit ihren Privat-sachen stellte sie sich erneut hinter einer Dixi-Schlange an. Als es ihr zu lange dauerte, machte sie es wie die anderen Läufer. Sie setzte sich auf den kühlen Boden. Etwa fünfzehn Minuten später stand sie mit sauberer Jacke und langer Trainingshose vor der Messehalle. War jetzt schon alles vorüber? Sie dachte erneut an den Italiener. Der Name fiel ihr nicht sofort ein, und ihr wurde bewusst, wie vergänglich alles war. Sie schaute nach Ferrari-Rot gekleideten Läufern, aber es waren zu viele, die an den Bierständen und in Gruppen eng gedrängt beisammenstanden. Nun würde der Abend doch mit den Oldenburger Läufern enden. Bei Ge-sprächen über die Strecke, über Wehwehchen und ab-solvierte Zeiten. Der Sprecher, der überall präsent schien, gab zum wiederholten Male die Bestzeiten des 29. Hamburger HASPA-Marathons durch: Shumi De-chasea, der Äthiopier, gewann den Lauf der Männer mit einer Zeit von 2 Stunden, 6 Minuten und 44 Se-kunden. Die schnellste Frau wurde die Kenianerin Georgina Rono mit 2:26:48. Sandra wusste, beide wür-den ein Preisgeld von 20.000 Euro mit nach Hause neh-men. Sicher konnten sie es brauchen. Sandra kämpfte sich durch die Menge Richtung U-Bahnhof. In einer Stunde würde sie unter der Dusche stehen, dann ge-mütlich einen Kaffee schlürfen und Frau Klein vom Lauf erzählen. Und eines war sicher: Im nächsten Jahr, beim 30-jährigen Jubiläum des Hamburger Marathon-laufs am 26. April 2015, würde sie wieder am Start sein.

5

Polizeidirektor Dreling erwischte seine Mitarbeiterin, schon als sie über den Flur zu ihrem Büro spazierte.

„Frau Holz, schön, dass Sie wieder hier sind. Wie war der Kurzurlaub, hatten Sie die Möglichkeit, sich etwas zu erholen? Aber was sage ich da, der Grund ihres Hamburg-Aufenthalts war ja der Marathonlauf! Gute Zeit erreicht? Aber sicher doch, sie sind jung und sportlich, womöglich haben sie den Lauf gewonnen!"

Dreling versuchte ein Lachen und musste dabei Luft holen. Oberkommissarin Sandra Holz sah ihre Chance gekommen, auch mal etwas zu entgegnen. Aber Dreling schien das geahnt zu haben. Er verschluckte sich fast, um ihr zuvorzukommen.

„Ja, Hamburg! Kenne ich gut." Während er sprach, schaute er auf die Uhr: „Um Gottes willen, die Pressekonferenz! Sie wissen sicher nichts von dem englischen Ehepaar, das man am zweiten Mai auf einem Campingplatz bei Großenkneten tot aufgefunden hat? Eddie und Hannah Flynt." Dreling beeilte sich, noch schneller zu reden, und Sandra wurde es fast schwindlig von so vielen Worten.

„Wie dem auch sei, gut, dass Sie da sind. Argenberg hat die Woche frei – die Hochzeit, man hat Sie unterrichtet? Also müssen Sie ran, aber das machen Sie mit links. Von Ulrichmeyer wissen Sie?" Fragend schaute er die Kommissarin an.

Sie zuckte mit den Schultern.

„Beim Kollegen ist eine der Schrotkugeln gewandert, die er sich im letzten Jahr in Erfurt eingefangen hat. Klagte schon länger über Schmerzen. Ja, und nun musste er nochmal unters Messer, kurzfristig. Ist aber alles gut verlaufen, haben mir die Ärzte im Klinikum mitgeteilt. Kommt schon morgen in die Reha nach Bad Bevensen. Ja, so schnell geht's! Der Kollege Schmitz weist Sie ein, Sandra. Wir sehen uns!"

Dreling machte eine unbeholfene Drehung und spazierte hastig zurück über den Flur in sein Büro.

Sandra blieb noch einen Moment stehen. Das war ja mal ein Empfang! Eine Konversation ohne jegliche Möglichkeit zu antworten. Eigentlich ein Monolog, überlegte sie. Dreling kam ihr die letzten Wochen schon etwas seltsam vor. Es schien, als wären einige hier in der Polizeidirektion Oldenburg überfordert. Die ersten Anzeichen eines Burn-outs? Oder lag es dran, dass die Position des stellvertretenden Polizeidirektors nicht mehr nachbesetzt werden sollte. Wahrscheinlich war es das, was den Polizeidirektor so stresste. Die Kommissarin schüttelte noch den Kopf, als sie schon am Schreibtisch saß.

Über den Todesfall auf dem Campingplatz Nahe Delmenhorst informierte sie sich auf einem „Ticker" im Internet. Ein junges englisches Ehepaar hatte wohl den brennenden Holzkohlengrill im Vorzelt seines Campingbusses stehen lassen und war an einer Kohlendioxidvergiftung gestorben. Eine überaus tragische Sache. Aber was interessierte das die Mordkommission, fragte sich die Kommissarin. „Schmitz weiß mehr", fielen ihr die Worte des Chefs ein. Wieso eigentlich Schmitz? Der war doch für Betrug zuständig. Alles schien ihr etwas durcheinander an diesem Montag nach ihrem ersten Marathonlauf. Ulrichmeyer operiert und in der Reha, Argenberg im Urlaub! Was war hier eigentlich los?

Sandra entschloss sich, nach unten zu den Kollegen vom Betrugsdezernat zu laufen. Im selben Moment verließ sie diese Lust wieder. Man würde sie dort mit vielen Fragen über ihren Hamburg-Aufenthalt löchern. So lehnte sie sich in ihrem Stuhl zurück, griff zum Telefonhörer und bat den Kollegen Schmitz, zu ihr zu kommen. Ja, als Oberkommissarin und in Vertretung des Abteilungsleiters hier im Morddezernat ließ es sich aushalten.

„Guten Morgen, Frau Oberkommissarin!"
Der junge Kommissar Schmitz war nicht nur äußerlich ein gepflegter, junger Mann, auch seine Manieren waren vorbildlich. Sandra war der Meinung, der gebürtige Sachse würde es noch weit bringen. Kurz war sie geneigt, ihm das Du anzubieten. Dann ließ sie es. Das war wohl noch etwas verfrüht.
„Frau Oberkommissarin, also, Sie möchten doch sicherlich etwas über den Todesfall auf dem Huder Campingplatz erfahren?", begann Schmitz.
Sandra nickte und hoffte, dass der Kollege endlich zur Sache kam.
„Im Prinzip handelt es sich um ein Ehepaar aus England." Schmitz zog ein Blatt aus der hinteren Hosentasche, entfaltete es und schaute darauf. Als er Sandras verwunderten Blick sah, meinte er: „Keine Angst, das ist nicht das Protokoll. Ich habe mir auf Anordnung des Polizeidirektors einige Notizen für Sie gemacht."
Wieder schaute Schmitz auf das Blatt. Sandra überlegte, ihren PC wieder anzuschalten und sich das digitale Protokoll anzuschauen. Dann empfand sie es als

unkollegial. Wenn Schmitz sich schon mal diese Mühe gemacht hatte!

„Also, wie gesagt, ein englisches Ehepaar, sie vierunddreißig, er siebenunddreißig Jahre alt, aus Edgware, in der Nähe von London. Sie befanden sich seit dem 27. April mit ihrem Campingbus – einem alten Volkswagen – hier in der Gegend. Der Grund dafür war, das haben wir ermittelt, beide haben hier in Oldenburg studiert und sich wohl hier auch kennengelernt. Also, es scheint, sie wollten alte Erinnerungen aufleben lassen. Aber Letzteres, Frau Oberkommissarin, ist meine persönliche Meinung."

Sandra ging das „Frau Oberkommissarin" gewaltig auf den Keks, aber sie ließ sich nichts anmerken.

Da die Kollegin ihm keine Fragen stellte, fuhr Schmitz mit seinen Ausführungen fort.

„Der Campingplatzbetreiber, ein Herr Dachser, fand die beiden Toten am Freitag nach dem Maifeiertag. Im Prinzip sei es Zufall gewesen, äußerte er. Das Paar hatte ihm wohl für diesen Tag ihre Abreise mitgeteilt und als sie gegen Mittag noch nicht mit dem Abbau begonnen hatten, lief er zum Wagen, um nachzufragen, ob sie es sich vielleicht anders überlegt hätten. Er rief – nachdem er die Toten entdeckt hatte – sofort die Rettungskräfte und die Delmenhorster Kollegen. Aber es gab keine Chance für die beiden. Der Arzt konnte nur noch ihren Tod feststellen. Man hat im Vorzelt der beiden einen Holzkohlengrill sichergestellt. Es soll darauf noch geglüht haben, schrieben die Kollegen im Protokoll."
Schmitz schaute wieder auf das Blatt. Langsam verlor Sandra die Geduld. Noch immer versuchte sie, mit dieser Sache eine Verbindung zu ihr und ihrem Dezernat herzustellen. Ob sie jetzt schon – aus Per-

sonalmangel – für Unfälle zuständig waren? Sie hoffte nicht.

„Sie werden sich sicher fragen, Frau Kollegin, warum die Sache auf unserem, also Ihrem Schreibtisch gelandet ist?"

Sandra atmete auf. Endlich hatte Schmitz die Anrede Oberkommissarin gegen Kollegin getauscht und kam auf den Punkt.

„Genau das frage ich mich seit Beginn Ihrer Ausführung, Kollege Schmitz."

Schmitz nickte zustimmend. „Also, im Prinzip ist die verstorbene Frau ...", er schien seine eigene Schrift nicht mehr lesen zu können, glaubte Sandra, „... eine Hannah Flynt ... eine Art Diplomatin, so will ich es mal formulieren."

Sandra spannte den Rücken durch, vielleicht wurde es ja doch noch interessant. Aber dieses andauernde „Im Prinzip" und „Also" des jungen Kommissars ging ihr leicht auf den Zeiger. Schmitz erinnerte sie an diesen Leichenbestatter-Guru, Zuffrin, den sie im letzten Jahr kennengelernt hatte. „Wie schon erwähnt" war dessen Lieblingsfloskel, mit der er der Kommissarin bei seinen Ausführungen zu den Leichenfunden auf dem Fliegerhorst das Leben schwer machte. Und jetzt die ständigen Wortwiederholungen des Kollegen Schmitz. Sie überlegte, den Einsatz der Worte mitzuzählen, fand es aber irgendwie kindisch. Seltsam, jeder hatte doch eine Macke!

Schmitz setzte seine Berichterstattung fort und riss Sandra aus ihren Gedanken.

„Und als das bekannt wurde, also als die Presse davon erfuhr und nachfragte, kam der Polizeidirektor sofort auf die Idee, den Fall zu übernehmen. Er war wohl der Auffassung ...", Schmitz schien den nächsten

Satz sauber artikuliert hervorbringen zu wollen, „solch eine politische Sache gehöre in fachliche Hände!" Er freute sich merklich über diese Formulierung, denn er grinste die Kommissarin an.

„Heißt das, Kollege Schmitz, Herr Dreling halst uns diesen Fall auf, obwohl es eigentlich kein Fall für uns ist?"

Schmitz wurde unsicher. Sandra vermutete, dass er ihr recht geben, aber andererseits nicht die Autorität des Polizeidirektors untergraben wollte.

„Im Prinzip …"

Sandra unterbrach ihn: „Hat Marc Argenberg an der Sache mitgearbeitet?"

Schmitz nickte. „Im Prinzip ja, aber nur kurz. Kommissar Argenberg ist schon am Freitagnachmittag in seinen Urlaub verschwunden."

„Hat man den Unfallort denn schon begutachtet. Also Spusi und so?"

„Natürlich, alles erledigt. Die Kollegen haben den Tatort abgesperrt und er wird bewacht. Anordnung des Polizeidirektors!"

Hatte Schmitz tatsächlich Tatort gesagt? Sandra war klar, so einfach kam sie aus der Nummer nicht mehr heraus.

„Wann, sagten Sie, ist Argenberg wieder im Dienst?"

„Im Prinzip am Mittwoch, also übermorgen! Ich glaube, er bereitet alles für seine Hochzeit vor."

Sandra nickte resigniert – sein Vokabelschatz blieb unverändert.

6

Der Campingplatz in Großenkneten nannte sich „Hunte-Camping", hatte die Kommissarin während der Fahrt im Protokoll nachgelesen, und lag verkehrstechnisch günstig zwischen den Autobahnen 1 und 29. Schmitz hatte den Passat über die A 29 bis zur Abfahrt Großenkneten gelenkt und von dort fuhren sie über die Landstraße weiter. Sandra saß über das Protokoll gebeugt, und der junge Kommissar hatte es bisher vermieden zu reden. Er war sich wohl bewusst, dass die Kommissarin beim Studieren der Papiere keinerlei Störung duldete. Sandra kam das sehr entgegen. Vor ihrer Abfahrt aus Oldenburg hatte sie noch mit dem Rechtsmediziner telefoniert, aber wenig erfahren. Nur dass die Freigabe der Obduktion noch beim Auswärtigen Amt hing und dass man bei einer schnell durchgeführten Leichenschau von einer CO_2-Vergiftung ausging.

60 Stellplätze, 14.000 Quadratmeter, hatte Sandra sich über den Campingplatz im Herzen des Naturparks „Wildeshauser Geest" informiert. Dabei war ihr aufgefallen, dass direkt neben dem *Hunte-Camp* noch ein zweiter Campingplatz mit Namen *Huntetal* lag. Sie bogen von der Straße in den kleineren Weg „Hasenberg" ab und stellten den Dienstwagen nach weniger als 500 Metern auf einer Schotterfläche vor dem Campingplatz ab. Nur ein Feld trennte den Fluss *Hunte,* und den Platz hatte Sandra auf einem Satellitenfoto gesehen. Sie war zwar der Auffassung, sie engagiere sich wieder ganz und gar für diesen Fall, aber immerhin waren zwei Menschen zu Tode gekommen.

Der Betreiber des Campingplatzes – ein Herr Dachser, wie Sandra inzwischen wusste – sprang schon aus dem kleinen Anmeldehäusschen, als die Kommissare darauf zuliefen.

„Sie sind sicher von der Polizei, gut, dass sie hier auftauchen!", meinte er leicht ironisch.

Schmitz und Sandra schauten sich überrascht an.

„Wissen Sie, das geht ja wohl überhaupt nicht!" Der erhöhte Blutdruck des vielleicht Fünfzigjährigen äußerte sich in einer gefährlich roten Gesichtsfarbe.

„Ich betreibe hier einen Campingplatz, und das nur sieben Monate im Jahr. Und nun sperren sie mir über Tage einen Großteil der Fläche – wegen ...", er wurde plötzlich ruhiger und schien zu grübeln. „Schlimme Sache!", sprach er weiter, und bei diesen beiden Worten hatte Dachser zum ersten Mal auf diesen seltsamen Unterton verzichtet.

Inzwischen waren die beiden Beamten bei dem Mann angekommen.

„Es hätte doch gereicht, wenn Sie alles abtransportiert hätten. Auto, Vorzelt und so ... wer zahlt mir den Umsatzausfall?" Mit fragendem Blick schaute er zur Kommissarin. Sie entschloss sich, seiner Angriffslust einen Spielraum zu bieten, und antwortete ruhig: „Ich denke, da gibt es sicher einen Fonds zur Entschädigung!"

Das Gesicht des Mannes wurde weicher und sogar ein kleines Lächeln huschte darüber. „Meinen Sie wirklich?"

Erst jetzt war Sandra klar, wie weit sie sich mit einer solchen Bemerkung aus dem Fenster gelehnt hatte.

„Begleiten Sie bitte Kommissar Schmitz und mich – ich bin Oberkommissarin Sandra Holz – zu dem Unfallort?" Sie hatte aus gutem Grund das Wort

„Unfallort" gewählt, denn ein Tatort war es ihrer Meinung nicht.

Der Campingplatz schien nicht sehr belebt und Sandra überlegte, ob es an dem Leichenfund liegen konnte oder an den vergangenen, kalten Tagen. Vorbei an fest stehenden Wohnwagen mit riesigen Vorzelten und Gartenzwergen in gepflegt angelegten kleinen Gärtchen ging es etwas abseits zu einer Wiese. Seitlich stand ein modernes Waschhaus und davor, in einem Waschbecken, spülte eine ältere Frau Geschirr. Die kurz gemähte Wiese erwies sich als übermäßig groß und an ihrem seitlichen Ende – direkt an einem Maschendrahtzaun – stand einsam und allein besagter VW-Bus neben einem einzelnen Baum, und der Schatten des Baumes mochte der Grund gewesen sein, warum die beiden Engländer ihn bei ihrem Eintreffen dort abgestellt hatten. Hier, so nahe der Hunte, war es ruhig und man hatte Schatten, sollte man ihn brauchen. Der Bus selbst war himmelblau lackiert und es musste sich um eine ganz alte Baureihe handeln, die Sandra nicht mehr kannte. An dem Fahrzeug war ein modern wirkendes Vorzelt angebaut. Als sie näher kamen, erkannte Sandra, dass neben dem Bus auf einem Hocker eine uniformierte Person saß. Der Beamte – ein schlanker Mann, sicher Ende vierzig – stand auf, als die beiden Kommissare ihn begrüßten.

„Guten Morgen, Kollege. Das ist Oberkommissarin Sandra Holz, und ich bin Kommissar Schmitz. Wir sind von der Polizeidirektion Oldenburg", stellte Schmitz sich und Sandra vor. Er wollte in seine Jacke nach dem Ausweis greifen, doch der Uniformierte hatte abgewunken.

„Lassen Sie stecken, Herr Kommissar! Ihre Kollegin ist mir gut bekannt – die Sache mit dem entführten Bus im letzten Jahr war ja in aller Munde. Haben Sie gut gemacht, Frau Oberkommissarin!"

Sandra fühlte, wie sie leicht errötete, und hoffte, dass es niemand der Anwesenden bemerkte. Sie drückte dem Polizeibeamten, der sich als „Wilhof" vorstellte, die Hand.

Die Kommissarin spazierte schnurstracks in Richtung des verschlossenen Vorzeltes und fragte mit einem Blick auf den Uniformierten: „Können wir rein? Die Spurensicherung hat doch sicher alles freigegeben?"

Der Kollege bestätigte das, Sandra bückte sich und zog den Reißverschluss hoch. Das Erste, was ihr auffiel, war das ungemachte Bett, das sie durch die geöffnete Schiebetür des Busses sah. Die jungen Engländer hatten auf Schlafsäcke verzichtet und richtige Bettwäsche für die Nacht benutzt. Wieso hatte niemand nach Auffinden der Toten die Tür des Fahrzeugs verschlossen?, fragte sich Sandra. Im Vorzelt standen seitlich zwei kleine Campingstühle und ein dazu passender Tisch für gerade mal zwei Personen. Rechts neben dem Eingang erkannte sie einen Campinggrill aus Metall. Die Sorte, die man ohne Schrauben zusammensteckte und anschließend nach dem Urlaub entsorgte. Es lagen noch Reste abgebrannter Grillkohle darin. Es musste der Grill sein, durch den die beiden Engländer zu Tode gekommen waren.

„Hat die Kohle noch gebrannt, als Sie die beiden Engländer gefunden haben?" Die Kommissarin sprach die Worte einfach nur aus, in der Hoffnung, gleich an den richtigen Adressaten zu gelangen.

Der Campingplatzbetreiber war es, der antwortete: „Am Anfang war ich noch der Meinung, etwas Glut entdeckt zu haben, aber inzwischen bin ich mir darüber nicht mehr sicher!"

Na super, dachte Sandra. Das habe ich gerne: Mal hü, mal hott!

Sie machte einen Schritt auf den unbedeckten Boden in Richtung Bustür. Ganz links in der Ecke war eine kleine Kühlbox auf dem Boden abgestellt. Sie hatte eine grünliche Farbe, und die Kommissarin hätte sie fast übersehen. Kommissar Schmitz war der Kollegin gefolgt und nun standen beide eng zusammen in dem kleinen Vorzelt. Der Geruch, den Sandra einatmete, schien ihr leicht süßlich zu sein. Sicher lag das an dem Raps, der im Feld direkt neben dem Zaun wuchs, sagte sie sich. Sie steckte den Kopf in den Volkswagen und der Geruch verstärkte sich. Also doch nicht der Raps! Der Bus besaß mittig eine Öffnung, in der man Stehhöhe erreichen konnte. „Ein Hubdach", wie Kollege Schmitz wusste. Eines, das nach oben aufgestellt wurde. Es war der Kommissarin auf ihrem Weg zum Wagen nicht aufgefallen. Der Bus selbst war mit Möbeln in hellem Holz ausgestattet und Sandra war klar, die gepflegte Ausstattung musste schon Jahrzehnte auf dem Buckel haben. Zwischen Fahrersitzen und Innenraum baumelte eine bunte Gardine, die wohl den Blick für Fremde durch die Frontscheibe einschränken sollte. Das Muster des Stoffes war modern und Sandra glaubte zu wissen, dass es nicht der Originalausstattung des Volkswagens entsprach.

„Herr Dachser, wissen Sie vielleicht, wie alt der Wagen ist?", fragte Sandra neugierig.

„Ja, er ist Baujahr 1962 und in einem Topzustand. Der junge Engländer – Eddie hieß er – hatte mir bei seiner Ankunft davon erzählt. Zum Glück sprachen beide gutes Deutsch!"

„Sie hatten ja auch in Oldenburg studiert …!",
meinte Schmitz und hatte sich zu Dachser umgedreht.
„Richtig! Dort haben sie sich auch kennengelernt.
Ein besonders nettes und freundliches … Paar." Dachsers Stimme brach etwas und er räusperte sich entschuldigend. Es kam Sandra vor, als begreife der Campingplatzbetreiber erst jetzt den Tod des Gästepaares.

Sandra hatte sich in Dachsers Richtung gewandt und sah nun, wie er verständnislos den Kopf schüttelte. „Solch eine Tragödie, wie kann man nur so unvorsichtig sein!"

„Haben die beiden öfters gegrillt?", fragte die Kommissarin nach etwa einer halben Minute des Schweigens.

„Keine Ahnung, dieser Platz hier war bis gestern noch gut gefüllt und da rauchte es schon an einigen Stellen." Der Mann hatte seine Fassung wiedergefunden.

Sandra verließ nun das Vorzelt und trat zum uniformierten Kollegen. „Wissen Sie, ob man von allen Campern die Adressen aufgeschrieben hat?"

„Ich glaube nicht, Frau Kommissarin!", musste der Beamte zugeben. „Es handelt sich doch um einen Unfall … oder nicht?" Er war wieder aufgestanden und zu Sandra getreten. Die Kommissarin zuckte mit den Schultern und wandte sich ab. Dann betrat sie erneut das Vorzelt. Schmitz saß in der Hocke vor der offenen Kühlbox. „Im Prinzip nur Wasser und Weißwein. Und ein Glas Marmelade", erklärte er.

Sandra öffnete die Beifahrertür und wunderte sich dabei, wie leichtgängig diese funktionierte. Die beiden Sitze und das Armaturenbrett sahen nicht mehr zeitgemäß, aber dafür recht neuwertig aus. Entweder war der Wagen in den fünfzig Jahren seines Daseins wenig benutzt worden, oder jemand hatte ihn irgendwann einmal komplett überholt.

Bis auf einige Landkarten in einer Ablage und zwei Parkbelege der Stadt Oldenburg – die innen am Rand der Frontscheibe klemmten – war vorne nichts zu finden. Der Zündschlüssel steckte im Schloss und als Sandra ihn näher betrachtete, erkannte sie einen alten Christophorus-Anhänger. Dass es solche alten Dinger überhaupt noch gab? Das Handschuhfach brachte auch keinerlei Ergebnisse. Irgendwie sah tatsächlich alles nach einem bedauerlichen Unfall aus.

„Können Sie uns noch etwas über das Ehepaar erzählen? Etwas, was uns weiterhilft?" Sandra hatte die Tür zugeschlagen und sich erneut an Dachser gewandt.

Der Angesprochene schien nachzudenken.

„Gibt es Aussagen von Campingplatzbesuchern oder von ihren Mitarbeitern von der Nacht, in der das Paar verstarb?", half ihm die Kommissarin weiter.

„Meine Frau und ich betreiben den Platz überwiegend alleine. Im Sommer helfen noch zwei Rentner mit. Rasenmähen, Sträucher schneiden und so."

Nach einer kurzen Pause ergänzte der Mann: „Natürlich auf 450-Euro-Basis. Ja, und zwei Putzfrauen, die sich abwechselnd um die Sanitäreinrichtung kümmern. Es tut mir leid, mir ist weder etwas aufgefallen noch waren die beiden überaus gesprächig."

Sandra war klar: Das hier war nichts für die Mordkommission. Sie würde ihre Meinung darüber sofort nach ihrer Rückkehr dem Polizeidirektor mitteilen.

Sie reichte dem Kollegen, aber auch Dachser die Hand zum Abschied und machte eine Kopfbewegung zu Schmitz. „Lassen Sie uns fahren!"

Der Kommissar folgte seiner Vorgesetzten mit einer grüßenden Handbewegung an die zurückbleibenden Männer und schon wenige Minuten später fuhren sie auf der A 29, Richtung Oldenburg.

„Mir, Frau Kollegin, war im Prinzip von Anfang an klar, dass es sich um einen Unfall handeln musste", meinte Schmitz kurz vor dem Autobahndreieck Oldenburg.

Im Prinzip machte diese Aussage ihn – in Sandras Augen – auch nicht sympathischer.

Die Kommissarin las gerade online den Obduktionsbericht von Professor Lanoir, als es an ihre Tür klopfte. Schon früh an diesem Dienstagmorgen hatte man sie darüber informiert, dass die Freigabe zur Obduktion erteilt worden war, und man in der Nacht die Leichenöffnungen durchgeführt hatte. Lanoir bestätigte dabei erneut den Tod durch das Kohlendioxyd. Weitere Aufschlüsse zum Ableben der beiden Engländer hatte er aber nicht zu bieten. Das Paar, so der Bericht, musste wohl vor dem Tod Verkehr gehabt haben. Lanoir hatte bei einem durchgeführten Scheidenabstrich Lycopodium-Puder gefunden und ließ wissen, dass dies bei der Nutzung von Kondomen nachweisbar sei. Sandra fand nichts Auffälliges daran. Das bestätigte vielmehr ihre hundertprozentige Unfallthese. Und es rechtfertigte auch ihre Anweisung von gestern, das Vorzelt auf dem Campingplatz abbauen und zusammen mit dem VW-Bulli nach Oldenburg bringen zu lassen.

Die Bürotür öffnete sich und Marc Argenberg steckte sein grinsendes Gesicht zwischen Tür- und Türrahmen. „Ich hoffe, ich habe dich nicht erschreckt?"

Die Kommissarin hatte ganz vergessen, auf das Klopfen zu reagieren, doch dann winkte sie Marc hinein. „Heute ist Dienstag! Schmitz meinte, du bist erst morgen wieder im Dienst. Dreling sprach sogar von einer Woche!"

„Was dieser Betrugsfuzzi schon alles meint. Und der Chef …!", lachte Marc und schob einen Stuhl neben sie.

„Etwas anderes, Sandra! Was hältst du von der Sache mit den beiden toten Engländern auf dem Campingplatz? Du bist doch sicher in den Fall involviert?"

Sandra nickte und hielt Marc den Autopsiebericht hin.

„Wie ich es mir gedacht habe!", meinte sie. „Die beiden sind einfach leichtsinnig mit ihrem Leben umgegangen."

Aus Marc Argenbergs Gesicht wich sofort das Grinsen. „Willst du damit sagen, du hast die Sache ad acta gelegt?"

Sandra wunderte sich über den veränderten Gesichtsausdruck, aber auch über die angestiegene Lautstärke seiner Stimme.

„Wieso, die Sache ist eindeutig! Die beiden haben den Grill vergessen, hatten noch etwas Sex und sind dann eingeschlafen. Und sind dann nicht mehr aufgewacht!"

Das Gesicht des Kollegen drückte grenzenloses Erstaunen aus. „Meinst du nicht, du machst es dir etwas zu leicht mit dieser Aussage?"

Sandra war etwas durcheinander. Was war so falsch an ihrer Überlegung? Hatte Marc noch andere Beweise, von denen sie nichts wusste?

„Also, Marc, nun erklär mir doch bitte mal deine Theorie. Sie würde mich brennend interessieren."

„Das will ich gerne tun. Die verstorbene Engländerin war im diplomatischen Korps und erst seit knapp drei Monaten aus Afghanistan zurück. Inzwischen arbeitete sie in der englischen Botschaft in London. Ihr Mann war Ingenieur für Mikrobiologie bei einer englischen Firma, die Lebensmittel untersucht." Marc schaute Sandra tief in die Augen. So, als könne er dort ihre Meinungsänderung erkennen. „Also, es handelte sich nicht um zwei Obdachlose, die nach fünf Flaschen Wein beim Grillen eingeschlafen sind!", fuhr er fort.

Sandra hatte Hoffnung, dass Marc seinen Humor wiedergefunden hatte, und musste lachen. „Jetzt übertreibst du aber, Marc. Meinst du nicht, auch Intellektuelle machen Fehler?"

„Sicher, aber das sieht mir mehr als dilettantisch aus."

„Da gebe ich dir recht. Aber wer sollte den beiden einen Grill ins Vorzelt stellen in der Hoffnung, dass sie an einer Kohlendioxydvergiftung sterben?"

Marc zuckte mit den Schultern. „Warst du schon in Großenkneten?"

Sandra nickte: „Ja, mit Schmitz!"

„Dann ist dir sicher auch das verbogene Hubdach oben auf dem Bus aufgefallen?"

Sandra hatte nicht verstanden und fragte: „Das verbogene Hubdach?"

„Ja, ich hatte es im Protokoll erwähnt. Als ich am Freitag auf dem Campingplatz war, hatte ich es bemerkt. Der Bus selbst ist unbestritten in tadellosem Zustand. Er war wohl des Engländers liebstes Kind. Gepflegt wie ein neuer. Aber das Hubdach hat man unsachgemäß bewegt. Es müssen sich meiner Meinung nach die außen liegenden Metallstreben verkantet haben, und dabei wurde der Zeltstoff eingerissen."

„Und auf was, meinst du, deutet das hin?"

„Auf das Öffnen des Daches durch einen Fremden!"

„Aber Marc!", Sandra legte dem Kollegen den Arm um die Schultern, „du übertreibst. Mir tun die beiden auch leid. Aber daraus gleich Mord zu machen!"

Argenberg gefiel die unmittelbare Nähe seiner Kollegin wohl nicht, denn er entzog sich ihr.

„Hör mal, ich wollte dir noch etwas mitteilen! Ich nehme dein Angebot gerne an. Also, wenn es noch nicht zu spät ist, würde ich mich freuen, eure Trauzeugin zu sein!"

Ein Lächeln huschte über das Gesicht des Kollegen.

Nachmittags saß Sandra wieder alleine am Schreibtisch. Die Inventur der Asservatenkammer hatte sie lange schleifen lassen, nun hatte sie sich an die Arbeit gemacht, das endlich zu erledigen. Marc und sie hatten noch eine Weile über den Unfall diskutiert, und der Kollege wollte, ebenso wie sie, nicht von seiner Meinung über ein Gewaltverbrechen abweichen. Das war nicht gerade förderlich für das ohnehin leicht angespannte Miteinander. Sandra hatte sich nach Ende des Marathons vorgenommen, neu anzufangen, und endlich wieder, befreit von allem, mit ihren Kollegen zu arbeiten. Dass gleich in den ersten Tagen erneut „Land unter" herrschte, betrübte sie. Sie rief Helene an und wollte sich mit ihr für den Abend zu einem kleinen Lauf verabreden. Aber bei Helene waren – im Gegensatz zu Sandra – die Blessuren der 42,195 km durch Hamburg noch nicht vollständig abgeklungen. So fuhr Sandra gegen 19 Uhr 30 alleine zum Vereinsgebäude des TuS Eversten und lief eine Stunde durch die Hunteniederung, ohne auf einen ihr bekannten Läufer zu treffen. Danach war der Kopf wieder frei und sie fuhr nach Hause zum Duschen.

„Sandra, du wirst doch unsere Trauzeugin werden?"

Erneut kam die Mutter mit diesem Thema. Schon vor Wochen hatte es sich abgezeichnet. Eines Abends, als Sandra von der Dienststelle zurückkam, saß Mamas Freund, dieser Gerhard Wollenhauer, auf dem Sofa. Mutter hatte ihn ihr schon einmal vorgestellt, aber das hier war etwas anderes. Das sah verdammt offiziell aus. Sandra hatte erwartet, dass der Mann bei ihr um die Hand ihrer Mutter anhalten würde, aber so schlimm kam es dann doch nicht. Sie würden sich besonders gut verstehen, ihre Mutter und er. Und im Alter wäre das Alleinleben ungesund, hatte er herumgestottert. Ja, und dann fiel das Wort „Heirat". Eigentlich hatte Sandra nichts gegen das Glück ihrer Mutter einzuwenden, aber was würde wohnungstechnisch aus ihr? Zu dritt in dem kleinen Reihenhaus? Nein, das ging gar nicht. Sofort fand sie ihre Gedanken sehr egoistisch, und zusammen mit ihren Problemen in der Polizeidirektion konnte das nur eines heißen: Sie musste weg aus der Siebenbürger Straße und am besten gleich weg aus Oldenburg!

„Natürlich, Mutter, werde ich Trauzeugin!" Sandra rannte noch oben und schloss sich in ihrem Badezimmer ein.

„Sandra, Sandra, es gibt Neuigkeiten!" Marc Argenberg hatte die Kollegin schon am Eingang abgepasst und lief mit ihr gemeinsam die Treppe im Dienstgebäude nach oben.

„Und die wären?", fragte Sandra vorsichtig.

„Ich habe gestern mit den Eltern der toten Frau telefoniert. Also, in Absprache mit dem Polizeidirektor.

Du warst ja schon weg!", versuchte er sich zu entschuldigen.

„Ja, und?"

„Das Paar wollte unbedingt ein Kind!"

Sandra verstand nicht, worauf er hinaus wollte. „Das ist bei verheirateten Paaren schon mal möglich …!"

„Nein, du verstehst nicht. Laut Aussage der völlig am Boden zerstörten Mutter hat das Paar diesen Urlaub genutzt, um ihren Kinderwunsch zu erfüllen. Also erklär mir bitte, warum sie ein Kondom benutzen sollten? Das macht doch keinen Sinn!"

Sie hatten Sandras Büro erreicht und während sie den Raum betraten, fragte die Kommissarin: „Und du bist dir da absolut sicher?"

„Natürlich!"

„Vielleicht hatten sie es sich ja anders überlegt. Oder bei der Mutter steht der Wunsch, Oma zu werden, an erster Stelle?"

„Sandra, bitte!"

Marc hatte recht. Vielleicht war doch etwas dran.

„Lass uns nach Großenkneten fahren und den Wagen noch mal komplett untersuchen! Danach lassen wir ihn abbauen."

„Da musst du gar nicht so weit fahren, Marc. Der Bulli steht in der Polizeigarage. Schon seit Montag. Ich habe das angeordnet."

Marcs Gesichtsfarbe war plötzlich etwas heller geworden und Sandra merkte, dass er sich zusammenreißen musste, um nicht irgendetwas Falsches zu sagen.

Eine Stunde später hatte sich der Kollege beruhigt und Sandra kletterte hinter ihm in den blauen Campingbus. Die Verantwortlichen der Spurensicherung hatten wohl die Wäsche zur Untersuchung abgezogen, denn das Klappbett hatte jemand wieder zu einer Sitzbank zurückgebaut.

„Schau hier, Sandra!" Marc hatte sich gebückt und sich unter eine Öffnung im Dach des Fahrzeuges gestellt. Er fingerte an ein paar Bändern. Dann begann er, sich mit gestreckten Armen zu erheben. Es gab ein paar Quietschgeräusche, wie wenn Federn gespannt würden. Und schon stand der Kollege aufrecht im sonst niedrigen Bus.

„Das ist das Hubdach. Im Gegensatz zu einem Aufstelldach, in dem man auch nächtigen kann, hat das Hubdach nur die Funktion, in einem bestimmten Teil des Wagens Stehhöhe zu erreichen." Marc hatte den Campingbus verlassen und kam nach einer Weile mit einer Leiter zurück. Er lehnte die Leiter vorsichtig an das Blech des Wagens und kletterte hoch. „Siehst du, Sandra, hier ist die Schere krumm!" Er zeigte auf das messingfarbene Metall und Sandra – die inzwischen den Bus verlassen hatte und ihm zuschaute –, nickte, obwohl sie nichts Genaues erkennen konnte.

„Kannst du bitte mal das Dach schließen, aber ganz langsam?"

Sandra kletterte wieder hinein und tat es dem Kollegen gleich. Sie musste sich strecken, um die oben gelegenen Griffe zu erreichen. Endlich konnte sie die beiden Halterungen greifen und zog. Das gestaltete sich recht schwierig, denn das Dach gab nur wenige Zentimeter nach.

„Ich glaube, das ist zu schwer für mich", stöhnte die Kommissarin. „Soll ich einen Kollegen vom Fahrdienst rufen?"

„Nein, lass mal, wir tauschen."

Sie wechselten die Positionen und Sandra kletterte nun auf die Leiter. Aus sicherer Entfernung schaute sie zu, wie sich das Dach langsam nach unten bewegte. Der bisher straff gespannte Stoff fiel langsam in sich zusammen. Jetzt konnte sie auch die Stelle erkennen, an welcher der graue Zeltstoff ein Stück eingerissen war. Plötzlich stutzte sie. Leuchtete da zwischen Stoff und Metall nicht etwas Blaues? Es sah aus wie der Fetzen eines blauen Zeltes, nur wenige Millimeter groß.

„Stop, Marc! Kannst du das Dach mal einen Moment so halten?"

Sie wartete keine Antwort ab, sondern suchte und fand in ihrer Jacke eine kleine Tüte. Sie stülpte sie auf die Seite und griff damit nach diesem kleinen blauen Etwas.

„Du kannst abbrechen."

Mit einem Satz war Marc wieder aus dem Bus. „Was ist, hast du etwas gefunden?"

Sandra hielt ihm stolz die Tüte hin.

„Das steckte zwischen Metall und zerrissenem Stoff."

„Da hat sich jemand beim unsachgemäßen Öffnen etwas eingeklemmt!", bemerkte Marc eindrucksvoll.

Das Labor hatte schnell ein Ergebnis. Bei dem Fetzen handelte es sich um blaues dreilagiges Kunststoffmaterial. Die Kollegen vermuteten, dass es von einem Chemikalienschutzanzug aus Polypropylen stammen könnte.

Kurz bevor die Kommissarin das Büro verlassen wollte, rief Professor Lanoir an.

„Entschuldigen Sie, werte Frau Kommissarin ...", begann er das Gespräch, und Sandra fand die Ansprache etwas ungewöhnlich.

„Ich weiß nicht, wie ich's formulieren soll …", stotterte Lanoir herum.

„Um was genau geht es?", versuchte die Kommissarin ihm auf die Sprünge zu helfen.

„Also wir … also ich … habe etwas übersehen!"

Lanoir hatte wieder eine Pause gemacht.

„Und was genau haben Sie übersehen?", wollte Sandra – neugierig geworden – wissen.

„Diese Engländerin, Hannah Flynt, war in der achten Woche schwanger."

7

Polizeidirektor Dreling sprach kein Wort. Das verwunderte die Kommissarin etwas, aber dafür sprach Argenberg ohne Pause. Er erklärte dem Chef ihren Fund und seine Meinung darüber. Seitlich von ihr saß Staatsanwalt Arne von Grath. Das Rückgrat durchgedrückt und ohne jegliche Gefühlsregung saß er da. Lauschte nur den Worten Argenbergs. Die Kommissarin war sich nicht im Klaren darüber, was er hier zu suchen hatte, wollte aber auch nicht nachfragen. Sandra hatte Marc gebeten, dem Chef über die neuen Erkenntnisse zu berichten. Das war sie ihm – aber auch der Engländerin – schuldig. Beinahe hatte sie das Verbrechen als Unfall abgetan. Doch jetzt sah die Sache ganz anders aus. Sofort nachdem sie zurück im Büro waren, setzten sich beide Kommissare an getrennte Computer. Sie recherchierten nach ähnlichen Unfällen auf Campingplätzen in der Bundesrepublik. Dabei fanden sie heraus, dass es in den letzten Jahren öfters solche Vorfälle gegeben hatte. Alle fanden im Zeitraum von April bis Ende Juni und im Raum Niedersachsen, aber auch in Mecklenburg-Vorpommern statt. Es handelte sich dabei um Vergewaltigungen, jedoch nicht um den Tod von Personen. Aber stets fand man Lycopodium-Puder im Scheidenabstrich der Frau. Die Betroffenen selbst konnten sich an nichts erinnern. Sie waren abends in ihr Zelt oder ihren Wohnwagen gegangen und hatten sich zum Schlafen hingelegt. Einige wachten nach fünfzehn, andere aber auch erst nach vierundzwanzig Stunden Schlaf wieder auf. Sie gaben an, sich an nichts zu erinnern. Aber alle klagten über starke Kopfschmerzen. Die Kollegen in Meppen und Güstrow glaubten an das Einleiten von Betäubungsgasen in die Wohnmobile und Zelte. Der oder die Täter – so stand es in den Protokollen – hinterließen seltsamerweise keinerlei Spuren. Weder Hautgewebe noch Haare. Von Fingerabdrücken ganz zu schweigen.

„Es ist nun absolut sicher, Herr Polizeidirektor, dass die beiden Engländer eines gewaltsamen Todes gestorben sind", endete der Kommissar seinen Vortrag.

Dreling schaute zu von Grath und von Grath schaute zu Sandra. „Ich denke, das war gute Teamarbeit meiner beiden Kommissare, Herr von Grath. Was meinen Sie?"

Der Staatsanwalt war aufgestanden und Sandra erwartete schon einen dummen Spruch des ihr unsympathischen Mannes. Doch der sagte nur: „Ich denke, wir haben das beste Ermittlerteam Niedersachsens. Wenn nicht von …!" Von Grath machte eine Handbewegung, als wolle er einen Ball umrunden.

„Das ist gut, das ist gut", grinste Dreling. „Also, Sandra, Marc! Machen Sie sich an die Arbeit. Wir wollen, nein, wir müssen diesen Typen aus dem Verkehr ziehen. Der soll sich nie wieder an Frauen vergreifen. Und, Herr von Grath, wenn Sie sich bitte um die Presse kümmern würden!"

Sandra saß am Schreibtisch und suchte in der Datenbank von Interpol Hinweise zu Campingplatz-Vergewaltigungen und Narkosegas-Angriffen im europäischen Ausland. Die komplette restliche letzte Woche investierten Kommissar Argenberg und sie, Urlauber zu vernehmen, die während des Tatzeitpunktes im Hunte-Camp ihren Urlaub verbracht hatten. Ohne großen Erfolg. Eine Camperin erzählte von einem Mann,

der am späten Abend des 1. Mai noch mit einer Badekappe und im Bademantel bekleidet das Waschhaus
verlassen hatte. Die Frau fand das seltsam, die Kommissare nicht. So starrte Sandra an diesem Montagmorgen in den TFT-Monitor und überprüfte Protokoll
um Protokoll. Überwiegend im südlichen Europa
wurde über den Einsatz von Narkosegas berichtet. Auf
Campingplätzen, aber auch Raststätten in Frankreich
und Spanien waren Reisende Opfer von solchen Über-
fällen geworden. Die Angreifer, so die Aufzeichnungen, hatten mittels Schlauch das Gas unbemerkt in den
Raum eingelassen und waren später seelenruhig ein-
gedrungen und hatten alles Brauchbare mitgenommen. Sandra fand diesen Aufwand der Verbrecher
enorm. Erst das Gas besorgen, was nach den Aufzeichnungen nicht so einfach schien. Dann warten und
hoffen, dass alle eingeschlafen waren. Um dann ein
paar Hundert Euro, zwei Scheckkarten und vielleicht
ein Smartphone zu stehlen? Da war es sicher einfacher,
nachts maskiert einzudringen und den überwältigten
Campern alles abzunehmen. Nachdem sie gefesselt
worden wären, hätten die Täter sicher auch genügend
Vorsprung gegenüber der Polizei gehabt, überlegte die
Kommissarin. Sie suchte in Camper-Foren nach Aussagen von Betroffenen. Da gab es tatsächlich Deutsche,
die solche Angriffe im Ausland erlebt hatten. Aber
viele Diskussionen endeten damit, dass man den Menschen, die sich outeten, unterstellte, während des
Überfalls tief geschlafen und den Gasangriff als Ausrede benutzt zu haben. Häme wurde über sie ausge-
schüttet, und Sandra war verblüfft über so viel Bor-
niertheit ihrer Mitbürger. Aber die Anonymität des In-
ternets machte es vielen möglich, sich frustriert über
alle und alles auszulassen.

Ihr Telefon klingelte. „Oberkommissarin Sandra Holz, hallo!", meldete sie sich.

„Hallo, Sandra, hier spricht Hauptkommissar Schweiss, also ... Alex aus Hamburg!"

Sandra hatte mit allem, aber nicht mit einem erneuten Kontakt des Hamburger Kollegen gerechnet und war überrascht. „Moin, Alex. Was kann ich für dich tun?"

„Eigentlich nichts, ich wollte dich nur wie versprochen auf dem Laufenden halten, was den Fall der toten Türkin angeht!"

Sandra zeigte sich erfreut: „Das finde ich sehr nett, dass du mir darüber berichten willst."

„Ja, ja, ist schon gut!", brummte der Kollege durch den Hörer.

„Also, es gibt Neuigkeiten. Wir hatten bis Mitte letzter Woche keinerlei Informationen, was Herkunft und Identität des Mädchens anging. Die Spurensicherung hatte das Silikon unter den Fingernägeln des Mädchens mit Proben diverser Taucherbrillen verglichen. Und wir fanden die Übereinstimmung mit einem Hersteller. Der Artikel wurde sogar unweit der Stelle angeboten, wo das Mädchen ertrunken ist."

Sandra staunte, da hatten die Hamburger Kollegen doch schon einiges herausgefunden.

„Konnte der Verkäufer der Taucherbrillen euch weiterbringen?"

„Nicht direkt. An besagten heißen Tagen hatte er etliche Brillen an Touristen verkauft. Er erinnerte sich aber an einen Türken, der kein Deutsch sprach und ihm so gar nicht wie ein Wassersportler vorkam. Aber das muss nichts heißen, er könnte sie ja auch als Geschenk für einen Angehörigen besorgt haben."

Sandra pflichtete Alex innerlich bei.

„Ja, Sandra, und da kam uns der Zufall zu Hilfe. Letzten Freitag übertrug man wieder die Sendung *„Aktenzeichen XY ungelöst"* und wir haben kurzfristig in der Hamburger Redaktion nachgefragt. Und tatsächlich strahlte man abends prompt das Foto des Mädchens aus."

Schweiss hatte aufgehört zu reden. Er schien auf Applaus vonseiten der Kollegin zu warten.

„Das klingt gut. Eine hervorragende Idee. Und haben sich Personen auf das Foto hin gemeldet?"

„Ja, eine Verwandte der Kleinen, die in einem türkischen Hotel in Alanya arbeitet. Deutsche Gäste hatten das Programm über Satellit geschaut, während sie an der Bar bediente. Sie hat einen Schock bekommen und die türkische Kriminalpolizei informiert. Die hat sich dann noch nachts im Studio gemeldet. Es handelt sich um eine fünfzehnjährige Türkin namens Aisha ...", Schweiss machte eine Pause. Sandra glaubte zu hören, wie der Hamburger Kollege in Papieren blätterte. „Ja, hier. Aisha Cice ... Cicekli ...yurt. Cicekliyurt. Mensch, die haben vielleicht Namen! Unaussprechlich. Ihr Geburtsname lautet: Akabai." Schweiss lachte plötzlich in den Hörer. Er schien sich kindisch darüber zu freuen, dass ihm der zweite türkische Nachname fehlerlos über die Lippen ging.

„Und gibt es Infos über ihr Verschwinden?"

„Wenige! Sie wurde vor etwa zwei Wochen von ihrem Ehemann in einer Stadt namens Uludere als vermisst gemeldet. Mehr wusste man dort unten auch nicht. Uludere liegt an der Grenze zum Irak, also recht weit vom Schuss, wenn ich das mal sagen darf."

„Wie war das mit den Kindern des Mädchens, Alex?" Sandra nervte es, weil sie dem Kollegen alles aus der Nase ziehen musste.

„Ach ja, zwei Kleinkinder. Zwei Jahre und etwa ein Jahr alt. Auch die Eltern des Mädchens konnten anscheinend nicht weiterhelfen. Es gibt noch einen in Deutschland lebenden Bruder der Kleinen, der wohl abgetaucht ist. Zumindest war er bei der angegebenen Hamburger Adresse nicht anzutreffen. Das ist alles, was wir bisher haben. Ich wollte dich – wie gesagt – nur auf dem Laufenden halten. Ansonsten melde ich mich wieder. Ist das okay?"

„Aber natürlich, Alex. Und vielen Dank!"

Sandra war leicht berührt über so viel Kollegialität und ärgerte sich schon über ihren kleinen Anfall von eben.

„Sonst alles gut bei dir, Sandra?", wollte der Hamburger noch wissen.

„Alles gut, danke! Bei dir auch?"

„Ja, alles perfekt. Noch etwas besser und ich trinke vom Elbewasser!" Schweiss krächzte in den Hörer und Sandra wusste, es war sein Lachen.

Marc Argenberg und Sandra Holz befanden sich auf dem Weg nach Bad Bevensen. Der Polizeidirektor hatte ihnen nahegelegt, doch mal den Abteilungsleiter in der Reha zu besuchen. Nur zu gerne stimmten sie zu. Ulrichmeyer war über ihr Kommen informiert und so starteten sie in der Früh mit einem Dienstwagen. Als sie auf der A7 seitlich an Hamburg vorbeifuhren – Argenberg hatte auf eine Fahrt über die Autobahnen bestanden –, fühlte sich Sandra an den Marathon und die Tragödie am Elbestrand in Othmarschen erinnert. Schon zum zweiten Mal innerhalb dieses Monats war sie in Hamburg. Oder besser: in der Nähe. Sollte das ein Zeichen sein?

Hauptkommissar Ulrichmeyer saß schon im Vorgarten der kleinen Pension „Evi", als der Passat um die

Ecke bog. Man konnte dem Abteilungsleiter die vorausgegangene Operation nicht ansehen und Sandra machte ihm ein höfliches Kompliment.

„Danke, Kollegin, aber die haben die Kugeln mittels ‚minimal invasiver Chirurgie' entfernt. Ich lag da und habe in der Zeit den *Playboy* gelesen."

Marc und Sandra lachten und der Hauptkommissar stimmte ein.

„Ich möchte Ihnen gerne das Du anbieten, werte Kollegin, werter Kollege. Wenn Sie nichts dagegen haben?"

Beide nahmen es an.

„Ja, und da ihr genau zur richtigen Zeit eingetroffen seid …", Ulrichmeyer hatte auf die Uhr geschaut, „möchte ich euch zum Spargelessen in mein Lieblingsrestaurant einladen. *Das Kieferneck!*"

Die Kommissare waren einverstanden, stellten die Fahrzeuge ab und spazierten im Tempo, das Frank Ulrichmeyer vorgab, nebeneinander her.

„Ich habe in weiser Voraussicht schon einen Tisch bestellt. Alle Welt ist hinter dem Spargelmenü her", lächelte der angeschlagene Hauptkommissar.

Das *Hotel Restaurant Kieferneck* lag nur wenige hundert Meter von Ulrichmeyers Pension entfernt, und schon beim Betreten des Speisesaals wurden die drei freundlich begrüßt. Man geleitete sie an einen Fenstertisch und brachte ihnen die Speisekarte.

Frank grinste: „Ich bin fast jeden Tag hier. Bald habe ich die Karte durch, daher die Freundlichkeit!"

Alle waren sich einig, Spargel musste es sein, und so bestellte jeder sein Gericht. Sandra und ihr Chef wählten dazu einen trockenen Weißwein. Marc – er musste noch Auto fahren – nahm ein alkoholfreies

Hefeweizen. Sandra erinnerte sich, dass Marc und sie schon einmal bei Hefeweizen zusammengesessen hatten. Doch bevor sie weiter darüber nachdenken konnte, fragte der Abteilungsleiter: „Jetzt erzählt mal, was macht die Sache mit den beiden Toten auf dem Campingplatz?"

Sandra erkannte, Ulrichmeyer hielt sich auf dem Laufenden. Sei es durch die Presse oder durch Kontakte nach Oldenburg. Aber ihr war es egal und sie erzählte ihm alles, was sie bisher herausgefunden hatten.

„Das klingt ja sehr mysteriös!", stellte Frank Ulrichmeyer fest. „Wie wollt ihr denn da weiterkommen?"

Beide Kommissare zuckten mit den Schultern.

„Und es gibt keinen Hinweis auf einen Anschlag? Wie ihr erzählt habt, wäre das bei der beruflichen Tätigkeit des Pärchens durchaus möglich."

„Nein, Frank!", Argenberg übernahm. „Es gibt tatsächlich keinen Hinweis. Und dieser Kinderwunsch in Verbindung mit dem Kondom macht mich absolut sicher, dass es sich um einen Vergewaltiger handelt."

„Bist du auch der Meinung, Sandra?", fragte Ulrichmeyer.

Sandra zögerte kurz mit ihrer Antwort, was ihr einen bösen Blick von Marc einbrachte. Dann meinte sie: „Nein, Frank, Marc hat recht. Das war eine gut getarnte Vergewaltigung. Jedoch glaube ich, ohne vorsätzliche Tötungsabsicht."

Argenberg sah die Kollegin erleichtert an.

„Ich habe in den letzten Tagen mehrere ähnliche Überfälle in Niedersachsen, aber auch in Mecklenburg-Vorpommern untersucht."

„Und", wollte Ulrichmeyer wissen, „gibt es Parallelen?"

„Bis auf den Einsatz von CO_2 keine."

Der Salat und die Getränke wurden gebracht. Die drei prosteten sich zu und eröffneten mit dem Salat das Menü.

„Wo wird dieses Gas denn überall eingesetzt?" Wieder war es der Hauptkommissar, der fragte.

Marc Argenberg übernahm die Aufklärung: „Überwiegend in der Gastronomie, also in Schankanlagen. Aber auch zur Bekämpfung von Bränden, dann in Aquarien und sogar in Nebelanlagen der großen Diskotheken. Also, es gibt jede Menge Einsatzmöglichkeiten für das natürliche Gas. Und jedermann kann es sich problemlos im Handel besorgen. In Flaschen mit 500 Gramm bis hin zu mehreren Kilogramm Inhalt. Der Täter könnte also ein Gastwirt sein ...!"

Gerade servierte eine freundlich lächelnde Bedienung die drei großen Teller mit dem duftenden Spargel. „Die Soße und die Kartoffeln bringe ich noch!", meinte sie und verschwand in Richtung Küche. Marc hatte sofort seine Ausführung mit einem Blick auf die junge Frau unterbrochen. Sie hatte den letzten Satz wohl nicht mitbekommen.

„... aber auch ein Aquarium-Besitzer. Alles ist offen." Marc griff nach dem Besteck.

Schon war die Servicekraft zurück und stellte eine große, dampfende Schüssel mit Kartoffeln und eine Sauciere auf dem Tisch ab.

„Wie, CO_2-Nebel in Diskotheken? Kein Wunder, dass die Jugend immer seltsamer wird", meinte Ulrichmeyer. „Die bekommen zu wenig Sauerstoff!" Lachend schaufelte sich Ulrichmeyer die Kartoffeln auf den Teller.

Sandra und Marc versuchten ein Lächeln.

„Nein, Frank, aber die von mir recherchierten Taten, zum Beispiel in Meppen und Güstrow, fanden in der Zeit von Ende April bis etwa Mitte Juni statt. Und das in den letzten vier Jahren. Ohne Aufklärung durch die Kollegen", erklärte Sandra betroffen, nachdem sie den ersten Spargelbissen hinuntergeschluckt hatte.

Ulrichmeyer hörte aufmerksam zu und kippte zum zweiten Mal die gelbliche Soße über das köstliche Gemüse. Dann meinte er kauend: „Der Zeitraum fällt ja genau in die Spargelzeit!"

Auf der Rückfahrt schwiegen Marc und Sandra und hingen ihren Gedanken nach.

„Meinst du, wir sollten mal die Händler mit Aquariumzubehör abklappern?"

„Vielleicht, aber mir gefällt der Gedanke von Ulrichmeyer!"

„Welcher?"

„Der mit der Spargelzeit!"

8

Sandra und Marc Argenberg saßen sich im Büro gegenüber und beide waren am Telefonieren. Schon seit
Dienstbeginn suchten sie eine Bestätigung für Sandras
These, der Campingplatz-Vergewaltiger habe etwas
mit dem Spargelanbau zu tun.

„Strike!", brüllte Marc und knallte den Hörer auf.
Sandra rief noch ein „Melde mich später noch einmal"
in den Hörer und legte – neugierig geworden – auf.

„Was hast du herausgefunden?"

„Ich glaube, wir sind tatsächlich auf der richtigen
Spur. Also, der Hinweis von Ulrichmeyer, was die
Spargelsaison angeht, trifft zu. Sie läuft von April bis
Juni jeden Jahres. Obwohl dieses Jahr, so hat man mir
erklärt, das Stechen des Spargels aufgrund des milden
Spätwinters schon ...", Argenberg schaute in seine
Aufzeichnung, „ ... am 20. März begann. Ich habe mir
auch die Anbaugebiete rausgesucht. Die wichtigsten
liegen in der Pfalz, in Mecklenburg-Vorpommern und
in Hessen. Wie wir aber wissen, werden auch in Nie-
dersachsen große Mengen Spargel angebaut. So in
Damme, in der Nähe von Rothenburg-Wümme, in
Dötlingen, Haren, und jetzt kommt es ... auch in Sandkrug und ... in Meppen."

Ein freudiges Lächeln glitt über Sandras Gesicht.

„Fakt ist: Rund um die neun Campingplätze, von
denen in den letzten Jahren Vergewaltigungen gemeldet wurden, befinden sich große Spargelanbau-
gebiete. Und ich habe mit drei Besitzern solcher Höfe
persönlich telefoniert. Und was meinst du, haben die
erzählt?"

„Jetzt mach es nicht so spannend, Marc", sagte Sandra, etwas genervt.

„Jeder bestätigte mir den Einsatz von CO_2-Mehrwegflaschen, und zwar für kleine Schweißgeräte und zur Reparatur von Maschinen. Eine Maschine heißt KIRPY", lachte der Kommissar, „und ist ein Spargelvollernter. Also noch einmal. Man erklärte mir, die Schweißgeräte werden benötigt, um mobil auf den Feldern defekte Maschinen wie diesen KIRPY zu schweißen."

„Handelt es sich um große CO_2-Flaschen, Marc?"

„Nein! Es sind 2 kg-Flaschen mit etwa 7 kg Gewicht. Und die liegen wohl bei den Bauern zuhauf herum. Aber das ist noch nicht alles ...!"

„Denn ...?"

„Von den Erntehelfern werden Schutzanzüge getragen. Blaue und weiße!"

„Das klingt super. Aber wann und warum tragen sie diese Anzüge? Ich habe auf den Feldern immer nur Personen in privater Kleidung gesehen."

„Du meinst wahrscheinlich bei der Erdbeerernte?", feixte der Kollege.

„Pass nur auf, Marc!", gab Sandra es ihm in bester Laune zurück.

„Also, diese Polypropylen-Anzüge gibt es einlagig und wie bei den blauen in dreilagiger Ausführung." Erneut las Argenberg von seinen Aufzeichnungen ab: „SMS!"

„Wie SMS?", fragte Sandra.

„SMS heißt: *Spunbond-Meltblown-Spunbond* und hat etwas mit dem dreilagigen Vlies des Anzuges zu tun. Das hatten die Kollegen der Spurensicherung schon in ihrem Bericht angemerkt."

„Okay, das müssen wir ja nicht genau erörtern. Aber wir sind dran, Marc!"

Marc streckte die geballten Hände gen Himmel. „Richtig, wir sind so dicht an dir dran, mein Junge. Bald haben wir dich!"

„Na ja, Marc, übertreib mal nicht. Wir wissen zwar jetzt, aus welchem Umfeld der Täter stammen könnte. Aber das führt uns noch nicht zu ihm."

„Wir sollten die Campingplätze um die Spargelgebiete informieren oder besser noch bewachen lassen."

„Eine Bewachung ist zu aufwendig, Marc. Aber eine Info an die Betreiber muss schon sein. Sie müssen die Augen offen halten. Wir wollen nicht noch mehr Verletzte oder gar Tote. Mach du das bitte fertig. Ich werde noch mal nach Großenkneten ins Hunte-Camp fahren!"

„Was willst du im Hundecamp?"

Sandra verdrehte leicht die Augen, während Argenberg fröhlich lachte.

Inzwischen herrschte auf dem Campingplatz wieder reger Betrieb und Herr Dachser, der Besitzer, eilte ihr wie beim letzten Mal mit schnellen Schritten entgegen.

„Frau Holz, Sie werden doch jetzt keinen Fehler machen? Gerade kommt wieder Geld in die Kasse. Wenn Sie jetzt alle Gäste über die beiden Toten …!"

Sandra winkte ab und Dachser unterbrach seinen Wortschwall. „Aber was wollen Sie dann?"

Sandra spazierte mit dem Betreiber des Hunte-Camps zu seiner Empfangshütte und sie setzten sich auf eine Bank an der Seite. Niemand war weit und breit zu sehen, hatte Dachser mit einer schnellen Kopfbewegung festgestellt.

„Nun sagen Sie schon, um was geht es?"

„Hören Sie, Herr Dachser, so unmöglich wie Sie sich benehmen, müsste ich annehmen, Sie hätten mit dem Tod der beiden Engländer etwas zu tun!"

Der Angesprochene hatte nicht das breite Grinsen im Gesicht der Kommissarin gesehen. Daher wurde er knallrot und stotterte: „Entschuldigen Sie, aber ich habe nur die ... diese paar Wochen im Jahr!"

Natürlich verstand die Kommissarin. „Also! Einer Ihrer Gäste hat uns von einem Mann erzählt, der spät abends mit einer komischen Kappe und einem hoch verschlossenen Bademantel zum Waschhaus lief. Haben sie einen solchen, vielleicht Dauercamper, auf dem Schirm?"

Dachser überlegte, meinte dann. „Tut mir leid. So einer ist mir bisher noch nie untergekommen. Aber was halten Sie davon, wenn Sie mit Daniela, der Reinemachefrau, reden. Sie kommt zweimal täglich und macht das Duschhaus sauber. Dabei quatscht sie sich schon mal fest."

„Und wann ist diese Daniela hier auf dem Platz?"

Dachser schaute auf die Uhr. „Wenn wir uns beeilen, ist sie noch hinten."

Der Mann sprang auf und Sandra folgte ihm. Die Ruhe hier auf dem Platz war sensationell. Umso mehr wunderte sie sich, dass in der Nacht vom 1. auf den 2. Mai niemand etwas mitbekommen hatte. Der Täter musste die Sache gut geplant und durchgeführt haben.

„Daniela, warte!" Dachser war es, der rief, und er winkte mit dem Arm. Überrascht erblickte die Kommissarin eine Frau, die mit einem Karton unter dem Arm den Platz durch eine kleine, in einer Hecke verborgene Pforte verlassen wollte.

„Hier ist ja noch ein Ausgang?" Die Kommissarin wandte sich an Dachser.

„Natürlich, aber nur die Gäste haben dafür einen Schlüssel!"

„Jetzt übertreib mal nicht, Rudolf!" Die Frau mit dem Karton war stehen geblieben und lachte.

„Glauben Sie das nicht, das Tor steht meistens offen", meinte sie und kam näher.

Dachser schaute sich noch einmal um und flüsterte der Frau zu: „Das ist Kommissarin Holz von der Kripo Oldenburg!"

Leicht schuldbewusst schaute die Putzfrau erst ihren Chef, dann Sandra an. Dann flüsterte sie zurück: „Na ja, so genau weiß ich es auch nicht!"

„Kein Problem, Frau …, kann ich Sie einmal sprechen? Vielleicht hinten beim Waschhaus?" Und zu Dachser gewandt meinte Sandra: „Sie können gerne zurück zum Empfang!"

Dachser dackelte mit einem bösen Blick zur Raumpflegerin von dannen.

„Also, wie heißen Sie, Daniela …?"

„Waschbüsch! Der Name ist Programm!", grinste Daniela, als Dachser außer Reichweite war. „Eigentlich ein Netter, aber er kämpft auch ums Überleben!"

Sandra nickte. Das war ihr auch schon aufgefallen. Sie spazierten zum Waschhaus und warteten, bis ein junger Mann grüßend aus der Toilette Richtung Zeltplatz lief.

„Hören Sie, Frau Waschbüsch. Sie wissen ja von den beiden Toten?", fragte Sandra.

Die Frau hielt sich eine Hand vor den Mund und meinte: „Um Gottes willen, eine schlimme Sache!"

„Es gibt eine Person, die am Abend dieses Unglücks einen Mann in Badekappe und Bademantel gesehen hat. Also in einem ungewöhnlichen Outfit für einen Campingplatz. Wir suchen ihn als Zeuge …", fügte Sandra noch hinzu.

„Nein, einen solchen Kerl habe ich nie gesehen. Aber vielleicht war er es, der den Abfluss an dem Abend so zugesaut hat!"

Sandras Körper spannte sich an, doch gleichzeitig versuchte sie, locker zu wirken. Bisher war niemandem bekannt, dass die Kriminalbeamten hinter dem vermeintlichen Unfall eine Vergewaltigung mit Todesfolge vermuteten.

„Was meinen Sie mit – zugesaut?"

„Ach, wissen Sie, Frau Kommissarin. Wir haben ja in den Jahren hier schon vieles erlebt. Sie müssen wissen, das warme Wasser hier auf dem Platz ist kostenlos und steht den Gästen vierundzwanzig Stunden zur Verfügung. Ich habe es dem Chef schon oft gesagt, mach es, wie die anderen. Nimm Geld. Aber der …!"

Sandra unterbrach die Frau. „Was war nun an diesem Tag?"

„Also, es war eigentlich am Morgen, an dem man die … Toten gefunden hat. Ich wusste zu dem Zeitpunkt noch nichts davon. Wie alle hier …!" Die Frau hatte eine Art Gedenkpause eingelegt. „Ich kam wie immer gegen zehn Uhr, um das Waschhaus zu putzen. Wir haben vier Duschkabinen für die Männer, müssen Sie wissen. Ja, und in einer Kabine war der Abfluss dermaßen verstopft! Wissen Sie, das Abwasser der Duschen läuft erst durch Rohre im Boden nach draußen und fällt dann in ein größeres Abwasserrohr. Also, ein Gast hat sich dort wohl noch abends rasiert. Aber nicht, was Sie jetzt denken, Frau Kommissarin. Der Typ hat wohl eine Ganzkörperrasur durchgeführt …!" Bei dem Gedanken daran geriet die Putzfrau etwas in Rage und ihr Gesicht begann zu leuchten. „Das müssen Sie sich vorstellen oder besser nicht. Also, in der Dusche ging nichts mehr. Haare über Haare! Ich sag es Ihnen!"

Sandra hatte während des Gespräches sofort über diese Information nachgedacht. Der Täter musste sich – bevor er zum Fahrzeug der Engländer schlich – rasiert und bestimmt auch eingecremt haben. Sicher, um keinerlei Haare beziehungsweise Hautschuppen bei der Tat zu verlieren. Solche Vorgehensweise hatte sie schon mal in einem amerikanischen Thriller gesehen. Ein riesiger Aufwand – aber es schien ja perfekt zu funktionieren. Zumindest hatte die Spusi keinerlei Tätermaterial gefunden.

„Kann ich die Dusche mal sehen, Frau Waschbüsch?"

Ohne ein Wort setzte sich die Frau in Bewegung, stieg ein paar Stufen hinauf in den Waschraum der Herren und zeigte auf die letzte Tür links. „Aber nicht, dass Sie glauben, sie könnten die Verschmutzung noch erkennen, Frau Kommissarin. Ich habe zwei Stunden den Ablauf und die Außenrohre mit dem schärfsten Chlorreiniger bearbeitet. Bis nichts mehr da war."

Argenberg saß still auf seinem Bürostuhl und schaute aus dem Fenster, während Sandra erzählte. Der Himmel an diesem Maitag war grau über der Stadt Oldenburg und vonseiten der Meteorologen sprach man von Regen und andauerndem, kühlem Wetter.

„Wir sollten trotzdem die Spurensicherung nach Großenkneten schicken. Vielleicht sind doch noch Haare zu finden?", meinte Marc, als Sandra geendet hatte.

„Sicher werden noch Haare vorhanden sein, aber ob sie nach fast drei Wochen von dem Täter stammen, das wird man sicher nicht feststellen können. Nein, Marc, wir müssen es anders angehen, wir werden …"

Das Telefon klingelte und Sandra nahm den Hörer ab. Marc hörte sie sagen: „Um was geht es?" Dann war eine leise Stimme zu hören und plötzlich brüllte die Kommissarin laut: „Ja, spinnt ihr jetzt eigentlich alle! Hier ist die Mordkommission. Um Vermisste können wir uns nicht kümmern, das sollten Sie dort unten doch wissen!" Sandra hatte den Hörer aufgeknallt und schob sich beide Hände durch ihre mittellangen, blonden Haare.

„Was war los, ein unseriöses Angebot der Kollegen am Eingang?" Marc versuchte die Kollegin aufzumuntern, erreichte aber das Gegenteil.

„Jetzt fang du nicht auch noch mit Späßen an. Die Sache ist ernst genug. Du solltest die Campingplätze nach diesem Ganzkörperrasierer befragen!"

Argenberg hob entschuldigend die Hände und spazierte zur Tür.

„Das werde ich dann in meinem Büro erledigen", meinte er noch und verschwand leise.

„Was ist nur mit mir los?", fragte sich Sandra verwundert. Ihr kurzer Wutausbruch tat ihr sofort leid und sie überlegte, wie sie aus dieser Sache wieder herauskam. Sie schaute auf ihre Armbanduhr. Es war 11 Uhr 30. Heute würde sie mal etwas früher Mittag machen. Und sich dabei unten an der Pforte bei den Kollegen entschuldigen. Dann wäre das auch aus der Welt.

Auf der Holzbank beim Eingang saß ein älteres Ehepaar und beide hielten sich an den Händen. Sie registrierten nicht, dass die Kommissarin an ihnen vorbeispazierte. Erst wollte Sandra das Paar ansprechen, dann ließ sie es. Sie klopfte an die Tür des Pfortenpersonals und steckte, nachdem sie die Tür geöffnet hatte, ihren Kopf durch den Spalt. „Sorry, Kollegen, hab heute nicht meinen besten Tag!"

Einer der beiden Uniformierten winkte ab und grinste. „No problem, aber die beiden Herrschaften da draußen. Sie wollten nicht gehen, ohne ...!" Der Kollege hob die Schultern.

Sandra sah ihre Chance, den Patzer wiedergutzumachen, und erklärte: „Lass nur, ich mach das schon!" Dann zog sie die Tür wieder zu.

Das Paar stellte sich als Helga und Josef Deters aus Oldenburg-Eversten vor und sie berichteten der Kommissarin – völlig aufgelöst – vom Verschwinden ihres Sohnes. Sandra war klar, bei dem Alter der beiden konnte es sich bei dem Vermissten nicht um ein Kind oder einen Jugendlichen handeln, und sie bat das Paar, ihr ins Büro zu folgen. Sie besorgte zwei Gläser mit Mineralwasser, drückte jedem eins in die Hand und setzte sich zu ihnen.

„Also, jetzt erzählen Sie mal, Sie vermissen also Ihren Sohn?"

Die Frau sprang sofort auf und wie aus einer Pistole schoss ein unstrukturierter Redeschwall aus ihrem Mund. Sandra verstand nur Bahnhof. Plötzlich drückte sie ihr Mann sanft zurück auf den Stuhl und meinte: „Ich glaube, Frau Kommissarin, es ist besser, ich erzähle Ihnen alles!"

In wenigen Minuten kannte Sandra die gesamte Geschichte des vermissten Stiefsohns, Tobias Reinert. Dass die Mutter von Tobias – Tobi war seine Kosename – die Schwester von Frau Deters war. Dass diese und der Vater des Jungen 2006 beim Transrapid-Unglück im emsländischen Meppen ums Leben gekommen waren. Und dass das kinderlose Ehepaar Reinert, den damals 14-Jährigen, an Kindes statt aufgenommen hat. Dass der Junge seit der Kindheit begeisterter Fußballer gewesen war und lange Jahre beim SV Meppen spielte und dass sie seit einer Woche von dem inzwischen 22-Jährigen nichts mehr gehört hatten. Sie machten sich große Sorgen um ihren Jungen, erklärte nun Frau Deters, die sich etwas beruhigt zu haben schien. Die Geschichte über den Tod von Tobias' Eltern bei dem Zugunfall erinnerte Sandra unwillkürlich an den Tod ihres Vaters. Der Zugführer Matthias Holz kam sechs Jahre vor Reinerts Eltern – ebenfalls bei einem Bahnunfall – ums Leben. Sie hatte die Erinnerung daran in den Hintergrund verdrängt und den Eltern weiter zugehört. Am Ende war die Kommissarin froh, dass sich ihr Ausraster doch als eher begründet herausgestellt hatte.

„Herr und Frau Deters! Es ist völlig normal, dass Sie sich Gedanken um ... den Jungen machen!" Fast hätte sie „Sohn" gesagt. „Aber erwachsene Personen – in diesem Falle Tobias – haben das Recht, ihren Aufenthaltsort frei zu wählen. Auch ohne es den Angehörigen oder Freunden mitzuteilen. Vielleicht hat ihr Tobias eine nette Frau kennengelernt oder er musste ein paar Tage ins Ausland und sein Handy funktioniert dort nicht. Sie sollten sich erst einmal keine Gedanken machen. Tobias ist 22 Jahre alt, also ein Mann!"

„Frau Holz!", erklärte nun Herr Deters. „Sie haben sicherlich recht mit dem, was Sie sagen. Aber unser Verhältnis zu Tobi ist extrem gut. Er würde – auch wenn er eine Frau kennenlernte – oder, wie Sie sagen, ins Ausland müsste, bei uns anrufen. Wir haben mit ihm eine Vereinbarung, müssen sie wissen: Zweimal in der Woche wird angerufen. Einmal in der Woche eine SMS. So handhaben wir es, seit Tobi in Hamburg wohnt. Also seit mehr als einem Jahr."

Dass Tobias Reinert in Hamburg und nicht in Eversten wohnte, war Sandra bisher nicht bekannt. Aber das änderte wenig. Sie versuchte den beiden – so behutsam wie möglich – klarzumachen, dass es nicht Aufgabe der Polizei sei, Aufenthaltsermittlungen durchzuführen, wenn nicht Gefahr für Leib oder Leben der Person vorliege.

Frau Deters hatte zu weinen begonnen. „Ich fühle, es geht ihm nicht gut. Ich fühle es, hier!" Sie schlug sich einige Male an die Brust und ihr Mann musste ihre Hand festhalten, damit sie aufhörte. Das berührte Sandra sehr, aber sie sah keine Chance, ihnen im Moment weiterzuhelfen. Sie wollte aber auch nicht unhöflich sein.

„Sie sagten, er lebe in Hamburg? Wo genau wohnt er da?" Die Kommissarin hatte sich entschlossen, zumindest einiges aufzuschreiben. Das war sie dem Paar schuldig.

„In der Hafencity. Ja, dort hat sich der Junge eine schöne Wohnung genommen." Herr Deters lächelte und drückte die Hand seiner Frau.

„Dann benötige ich noch Ihre Anschrift, Herr und Frau Deters."

Als Sandra alles notiert hatte, wollte sie noch wissen, wann die beiden zuletzt Kontakt mit Tobias Reinert hatten.

„Kurz nach dem Marathonlauf hatte er sich gemeldet", sagte Herr Deters und schien zu überlegen.

„Dem Hamburg-Marathon?", fragte die Kommissarin.

„Ja, richtig, der Marathon in Hamburg."

„Den bin ich auch gelaufen!", erklärte Sandra mit etwas Stolz in der Stimme, war sich aber sofort bewusst, dass dies nichts mit der Angelegenheit zu tun hatte.

„Ja, er ist ein guter Junge, lief schon zum zweiten Mal für diesen wohltätigen Hamburger Verein. Heißt er nicht *Phönikks*, Josef?"

Herr Deters nickte: „Ja, richtig. Und die haben sicher wieder Tausende Euro an Spendengeldern durch ihn eingenommen."

Sandra verstand nicht und Herr Deters schien den Blick der Kommissarin zu deuten.

„Ach so, Frau Kommissarin, das konnten Sie nicht wissen. Tobias ist der Stürmerstar des FC St. Pauli!"

9

Sandra kurvte seit einer geschlagenen Stunde um den Hamburger Hauptbahnhof. Langsam zweifelte sie daran, ob es richtig gewesen war, den Mini zu nehmen, um in die Hansestadt zu fahren. Zu spät. Da half auch die CD ihrer aktuellen Lieblingsgruppe *The National* wenig, ihre Stimmung zu verbessern. In einer Zeitschrift hatte sie vor Wochen gelesen, *The National* sei die Lieblingsgruppe von Barack Obama. Und da sie diesen Mann mochte, der es aus eigenen Stücken und ohne Privileg eines hochrangigen Elternhauses schaffte, als erster Schwarzer amerikanischer Präsident zu werden, kaufte sie sich eine CD der Band. Das Album *Boxer* mit dem Song *Fake Empire* gefiel ihr so gut, dass sie sich auch die weiteren Alben der amerikanischen Band besorgte. Ihr Lieblingslied zurzeit war *This Is The Last Time* aus dem Album *Trouble Will Find Me*. Es lief bei Sandra gewissermaßen in Schleife.

Nachdem sie von den Eltern über den Beruf von Tobias Reinert in Kenntnis gesetzt worden war, versicherte die Kommissarin, ihnen zu helfen. Sie hatte die Mobilfunknummer des jungen Mannes erbeten und diese, bevor sie sich verabschiedete, in ihrem Handy abgespeichert. Auch war sie im Besitz eines Zweitschlüssels von Tobias' Hamburger Wohnung. Die Eltern hatten ihn Sandra auf Anfrage ausgehändigt – für alle Fälle. Danach versuchte sie sofort den Kollegen Schweiss in der Hansestadt telefonisch zu erreichen. Vergeblich, also vertrieb sie sich die Zeit damit, im Internet über den jungen Stürmerstar Recherche zu betreiben. Tatsächlich war Tobias Reinert zum Beginn der Saison 2013/2014 vom Regionalligisten Meppen nach Hamburg zum 2. Ligisten FC St. Pauli gewechselt. Man hatte dort große Hoffnung in den jungen Spieler gesetzt und Reinert schien sie erfüllt zu haben. Seine Popularität war enorm und auch sein Gehalt schien sich – von Meppen nach Hamburg – um ein Vielfaches erhöht zu haben. „Porschefahrer", „Teure Wohnung in Hamburgs HafenCity " war im Internet zu erfahren. Aber auch dass der Spieler alles gegeben hatte und man ihm am Ende der Saison den Relegationsplatz zu verdanken hatte. Sechzehn Tore hatte er geschossen und man sprach vom „Helden am Millerntor!", der den Verein in die erste Bundesliga schießen würde. Zumindest aus Sicht der St. Pauli-Fans. Während Sandra es erneut bei Schweiss versuchte, war sich die Kommissarin nicht mehr sicher, ob die Eltern mit ihrer Angst um den Jungen nicht doch recht hatten. Endlich ging Schweiss an sein Handy. Er wusste Bescheid über das Verschwinden des jungen St. Pauli-Spielers.

„Wer nicht in Hamburg!", hatte er Sandra erklärt, „Sogar die MOPO hat schon darüber spekuliert!" Aber anscheinend glaubte noch niemand an ein Verbrechen. Trotzdem lud Schweiss die junge Kollegin nach Hamburg ins LKA ein.

„Du könntest mal hier reinschnuppern, wir brauchen bei der MoKo solche fleißigen Mitarbeiterinnen!"

Schweiss hatte – als Sandra Interesse bekundete – mit Polizeidirektor Dreling telefoniert und der wiederum mit dem Oldenburger Staatsanwalt. Die Zustimmung von Graths lag wohl vor und so hatte man den Fall des Campingplatz-Vergewaltigers ihrem Kollegen Argenberg übertragen, ihm den Kommissar

Schmitz zur Seite gestellt und Sandra sofort nach Hamburg abkommandiert.

Der Verkehr in der Hansestadt war – vor allem jetzt in Mittagszeit – natürlich ein anderer als der in Oldenburg. Obwohl Sandra in ihrer Geburtsstadt auch schon so manches Chaos erlebt hatte. Rücksichtslosigkeit, so schien es ihr, war hier in Hamburg oberstes Gebot. Es kam ihr vor wie ein persönlicher Kampf. Geführt in Blechkarossen. Ob Taxifahrer oder Pkws mit HH-Nummer. Alle hatten nur ein Ziel: Sie wollten schnell und individuell von A nach B. Hinzu kamen die vielen innerdeutschen, aber auch ausländischen Kennzeichen, die im Wettbewerb zum *Verkehrsrowdy des Tages* mitmischten.

Sandra suchte noch immer nach einem Parkplatz in der Nähe ihres Hotels, dem „Village". Kollege Schweiss hatte ihr das Hotel im Stadtteil St. Georg empfohlen und sie hatte dort für eine Woche ein Einzelzimmer mit Frühstück gebucht. Das Village lag am Steindamm, unweit vom Hamburger Hauptbahnhof, und sie war so blauäugig, an eine Tiefgarage zu glauben. Mindestens zehnmal schon fuhr sie durch den Steindamm an der Hausnummer 4 vorbei und inzwischen fragte sie sich, ob ihre Hotelwahl die richtige gewesen war. Nicht nur wegen des fehlenden Parkplatzes. Nein, das Hotel Village lag wohl in einem Vergnügungsviertel. Beim Passieren der Häuserblocks schien ihr diese Gegend eher ungeeignet als Wohnort für eine seriöse Kommissarin. Eingekesselt von einer Kebab-Bude und einem Friseur, zeigte sich die Hotelfassade in mintfarbenem und weißem Anstrich. Den weiteren Verlauf des Gebäudeblocks do-

110

minierten ein riesiger Penny-Markt, diverse Handy-
und Obstgeschäfte und immer wieder Schnellimbisse;
dazu auf der gegenüberliegenden Straßenseite einige
Sexshops. Was hatte der Kollege sich dabei gedacht,
ihr dieses Hotel zu empfehlen? Sie stellte den Mini ins
absolute Halteverbot und rief im „Village" an. Eine
freundliche Mitarbeiterin erklärte ihr, den Wagen im
Parkhaus „Hühnerposten" abzustellen und die 650
Meter zu Fuß zurückzulegen. Erneut kämpfte sich
Sandra durch die Straßen, bis sie wenig später den
Wagen in besagtem Parkhaus abgestellt hatte. Der
Rückweg war entspannter als die Fahrt durch die
Hansemetropole, stellte sie fest, als ihr nach dem Klingeln die Tür geöffnet wurde und sie die steile Treppe
in den ersten Stock erklomm. Es handelte sich bei dem
„Village" um ein kleineres Hotel. Eher ein Familien-
hotel, glaubte die Kommissarin, als sie den Koffer
über eine schrille Auslegware mit Blumenmotiven,
vorbei an einer bunten Vielfalt an Kleinstmöbeln zur
Rezeption rollte.

„Guten Tag, Sie sind sicher die Kommissarin aus Oldenburg!", begrüßte sie eine dunkle, kurzhaarige Frau
überaus freundlich.

Sandra meinte allerdings, dass dies nicht alle Welt
wissen musste, doch zum Glück waren die beiden
Frauen allein im Raum.

„Ich denke, wir sollten das nicht an die große Glocke
hängen!", grinste Sandra die Dame an. Diese bekam
einen roten Kopf und entschuldigte sich. „Alexander
Schweiss hatte Sie angekündigt!"

Sandra nickte. „Kein Problem, ich bin ja nicht vom
CIA!" Die Frau schaute ungläubig und wandte sich
einer großen Kladde zu. „Wir nutzen für die Buchungen seit eh und je unser klassisches Reservie-

111

rungsbuch. Also keine Angst, Ihre persönlichen Daten dringen nicht nach draußen!"

Sandra zeigte sich durch diese Worte eher beunruhigt, denn der Griff über die Theke schien ihr leichter als das Einloggen in den Computer. Nachdem die Formalitäten erledigt waren, führte sie die Dame, die sich als Erika Donner vorstellte, einen Stock höher in Zimmer 3. Als sie aufschloss und die Tür öffnete, war Sandra klar, hier würde sie maximal nur eine Nacht bleiben. Das Zimmer erschien ihr ohnehin wie der Schlafraum im Orientexpress: keine vier Quadratmeter groß, ein kleines Bett mit altmodischer Holzumrandung, in dem sich ein Radio und ein alter Kassettenrekorder versteckten, und ein Waschbecken, das vermutlich aus der Gründerzeit stammen musste. Vergeblich suchte die Kommissarin eine Dusche und die Toilette.

Die Empfangsdame hatte wohl den suchenden Blick des Gastes richtig gedeutet und erklärte. „Dusche und WC sind hier auf dem Flur", Frau Donner zeigte Richtung Zimmertür, „aber Sie können natürlich noch aufwerten. Wir haben oben noch etwas frei."

Die Kommissarin winkte ab. Es war inzwischen 13 Uhr 30 und sie hatte sich mit dem Hamburger Kollegen für 15 Uhr im Landeskriminalamt verabredet.

„Frühstück gibt es morgens ab sieben Uhr. Der Frühstücksraum ist gleich neben der Rezeption."

Sandra hatte sich schon gedacht, dass die kleinen Tische mit Sesseln in unterschiedlichen Farben und Fabrikationen dem morgendlichen Frühstück dienten. Nein, später würde sie sich etwas anderes, modernes suchen. Hier mochte nächtigen, wer wollte. Ihr Entschluss blieb: nur eine Nacht.

Hauptkommissar Schweiss hatte seiner Kollegin den Weg zum Polizeipräsidium am Bruno-Georges-Platz erklärt und zusätzlich hatte sie sich noch die Zugverbindungen herausgesucht. Die Strecke war einfach und nach dem Ziehen eines Zwei-Euro-Tickets setzte sie sich beim Hauptbahnhof in die U-Bahnlinie 1 zur Fahrt nach Alsterdorf. Schon beim Warten auf die Bahn wurde ihr wieder bewusst, wie aggressiv heute Werbung betrieben wurde. Zum Teil war sie aber auch unterhaltsam, fand Sandra. So wurde sie bis zum Eintreffen der U 1 auf großen Bannern an der Tunnelwand über Neues aus dem Bereich Kameras, Kinofilm und Zigarettenmarken informiert. Die großflächige Adidas-Werbung mit einem Ganzkörperfoto des Bayernstars *Schweinsteiger* brachte ihr die Fußballweltmeisterschaft in Brasilien in Erinnerung. Die Kommissarin setzte sich auf einen freien Fensterplatz gegenüber einer etwa gleichaltrigen Frau in grüner Jacke. Die Sitze des Wagens waren, wie bei ihrem letzten Besuch, hart und aus DNA-neutralem Stoff in blau-grüner Farbe. An der Station *Meßberg* wurde sie per Werbefläche auf ein neues Album von *Neil Young* aufmerksam, und die Dame gegenüber packte zeitgleich eine Plastikschale mit selbstgemachtem Kartoffelsalat aus. Dazu gab es kurz nach dem *Jungfernstieg* eine scharf riechende Wurst, und die Kommissarin überlegte, ob solch opulentes Speisen – ebenso wie der Genuss von Alkohol – nicht generell in allen Bahnen verboten werden sollte. Sie drehte den Kopf Richtung Fenster. Der Wagen war gut gefüllt. Überwiegend mit elegant gekleideten Frauen, fiel ihr auf. „Morgens fahren die Männer zur Arbeit, um das Geld zu verdienen. Und nachmittags starten die Frauen zum Shoppen, um es wieder auszugeben", lenkte sie sich etwas von der übel riechenden Wurst ab. Sie dachte kurz darüber nach, sich einen anderen Platz zu suchen, ließ es aber dann. Die Frau gegenüber hatte die beiden Dosen auf ihrem Rucksack abgelegt und spießte mit einer Gabel die letzten Reste des Salates auf. Sandra fiel ein seitlich am Rucksack baumelndes Stoffkänguru ins Auge. *Geteiltes Leid – ist halbes Leid,* grinste Sandra und fand sich gnadenlos kindisch. Ja, auch das Stofftier musste diesen Gestank ertragen. Ab Station *Kellinghusenstraße* verließ die Bahn das dunkle Tunnelsystem und bewegte sich ab sofort im Tageslicht. Sandra gefiel das besser und auch dass die Dame mit dem Essen fertig war und nun aus einer geruchsneutralen Flasche eine grünliche Flüssigkeit zu sich nahm. Drei Stationen weiter hatte die Bahn schon Sandras Endstation, Alsterdorf, erreicht. Die Frau von gegenüber machte keinerlei Anstalten auszusteigen, und Sandra gab sich Mühe, sie beim Verlassen des Wagens keines Blickes zu würdigen.

„Sie müssen nach rechts!", hatte Schweiss erklärt. Vorbei an einem Penny-Markt und einem runden, hohen Bürogebäude stand die Kommissarin kurz danach vor dem Straßenschild „Bruno-Georges-Platz". Sie bog rechts ab und es öffnete sich vor ihr eine riesige Fläche. Das Gebäude linker Hand beherbergte die Bereitschaftspolizei, wie auf einem großen Schild zu lesen war. Geradeaus führten rot-weiß bemalte Schranken zu parkenden Einsatzfahrzeugen. Dahinter befanden sich vermutlich der polizeiliche Fahrzeugpark, aber auch die Parkplätze der Kolleginnen und Kollegen. Und rechts erhob sich, mehrere Stockwerke hoch und *strahlenförmig und modern,* wie Schweiss erklärt hatte, das erst 2009 neu bezogene Polizeipräsidium. Sandra erklomm die einundzwanzig Stufen der überbreiten Treppe und betrat nach kurzem Weg das Gebäude. Zunächst befand sie sich in einem riesigen, Licht durchflutenden Vorraum. Hier sah es eher nach einem Museum aus als nach einer Polizeidienststelle. Man hatte Glasvitrinen aufgestellt, die Gegenstände aus der polizeilichen Vergangenheit zeigten; dazu moderne Sitzgelegenheiten sowie einen riesigen Flachbildschirm an der Decke, der die Besucher mit einem Film über die Hamburger Polizeidienststelle aufklärte. Zurzeit war der Raum menschenleer. Mittig vernahm Sandra zwei große verschlossene Durchgangstüren, und links, hinter getönten Glasscheiben, konnte man uniformierte Frauen und Männer stehen und sitzen sehen. Dort schien die Anmeldung zu sein, hinter einer Art Schleuse. Gerade öffneten sich die Durchgänge zum Gebäudeinneren und eine junge Frau schritt hindurch. Sie warf Sandra einen Blick und einen Gruß zu und verließ das Gebäude. Sandra spazierte zur Schleuse. Sie zog ihren Dienstausweis aus der Jacke und drückte einen kleinen Knopf, der die Beamten wohl über ihren Eintritt informieren sollte. Sie wartete, dass man innen die Schleuse entriegelte. Es war ähnlich wie am Flughafen, und die Kommissarin hoffte, dass beim Durchschreiten der Sicherheitsschleuse kein Fehlalarm ausgelöst wurde. Das wäre ja ein toller Einstand!

Hauptkommissar Alexander Schweiss hatte seine junge Kollegin vor wenigen Minuten an der Pforte des Hamburger Polizeipräsidiums abgeholt, ihr einen Ausweis ausgehändigt und sie nach oben in den Bürotrakt der Mordkommission im LKA geführt. Allen Personen, die ihnen begegneten, rief er zu: „Das ist die Kollegin aus Oldenburg!" oder: „Sandra, die Oberkommissarin aus Oldenburg". Die Männer und Frauen reichten ihr zum Teil die Hand oder reagierten nur mit „Grüß dich!" und „Willkommen".

Schweiss öffnete eine Bürotür und bat Sandra in den kleinen Raum mit zwei Schreibtischen und kam gleich zur Sache. „Also, was die kleine Türkin angeht, gibt es nichts Neues. Und der vermisste Fußballer ist wohl auch noch nicht aufgetaucht, oder hast du andere Informationen?"

Sandra schüttelte den Kopf und schaute sich im Büro des Kollegen um. Die moderne Architektur des Polizeipräsidiums täuschte etwas darüber hinweg, dass man hier oben wieder in einfachen Büros seinen Dienst tat.

Schweiss zog eine Schublade auf, nahm einen Stapel Tageszeitungen heraus und las: „Bild Hamburg schrieb: *St. Pauli-Torschütze schleicht sich vor Relegation nach Millionenangebot aus dem Ausland davon!*" Er legte die Zeitung zur Seite und griff eine weitere. „Und hier die Morgenpost: *Fußballstar des FC St. Pauli, Tobias Reinert, seit Tagen vermisst! Geldprobleme?* Ja, Sandra, so ging das die letzte Woche. Es gab wohl keine Alternative bei den Medien. Eine Art Sommerloch!" Der Kollege lachte wieder auf seine eigenartige Weise.

Dann fuhr er fort: „Ich habe dir für morgen früh einen Termin bei Christian Bäumler gemacht. Du kannst ihn nicht kennen." Und als er Sandras überraschtes Gesicht sah, fügte er hinzu: „Christian ist der Medienchef des FC St. Pauli und wird dir all deine Fragen beantworten."

Als die Kollegin noch immer sparsam schaute, erklärte er: „Ich kenne Christian. Bin selbst seit ...!" Schweiss überlegt, „... seit 26 Jahren Mitglied bei den Kiezhelden vom Millerntor."

Schweiss lachte erneut und zog ein Taschentuch aus der Hose. Er wischte sich die feuchte Stirn ab, obwohl – wie Sandra glaubte – bei der klimatisierten Raumtemperatur eher ein dicker Pullover infrage kam.

„Also gut, du nimmst morgen die U 3 bis St. Pauli und dann sind es noch drei Minuten bis zum Stadion. Sag Christian einen schönen Gruß!"

Das schien ja sehr familiär zuzugehen bei dem zweiten Hamburger Fußballverein. Sandra fiel soeben ihr Hotel ein, und wie bei einer Gedankenübertragung fragte auch schon der Kollege: „Und, wie gefällt es dir im ‚Village'?"

Sie war kurz in Versuchung, die Wahrheit zu sagen, ließ es aber dann. „Ja, ist okay – ein wenig altmodisch vielleicht …!"

„Altmodisch? Hatte ich dir nicht erzählt, was das Village früher war?"

Sandra verneinte.

„Oh, Mist! Also, bis 1996 war das Village *das* Hamburger Nobelbordell!"

Bei dem Wort „das" wurde seine Aussprache feuchter und er spuckte die Kollegin etwas an. Sandra reagierte nicht und ließ sich die Geschichte erzählen.

„Also, was soll ich dir sagen? Im Village haben die bis 1996 auch Zimmer vermietet. Aber stundenweise!"

Schweiss lachte und ein weiterer Kollege, der in den Raum getreten war, stimmte ein.

„Ach, Holger, du bist auch da! Komm, ich stelle dir die junge Oldenburger Kollegin vor. Sandra Holz – Holger Breit. Polizeirat Breit ist Leiter des Polizeikommissariats 41."

Sandra war überrascht. Holger Breit war sicher nicht älter als vierzig und schon Polizeirat! Steile Karriere, dachte sie und hielt ihm die Hand hin. Fest erwiderte

Breit den Handschlag der Kollegin: „Willkommen hier im LKA. Es freut mich, eine Kollegin aus Oldenburg in unseren Reihen zu haben. Wenn ich irgendetwas tun kann, Sandra, lassen Sie es mich wissen." Er winkte kurz und verließ den Raum.

„Ein junger Abteilungsleiter ...", waren die einzigen Worte, die Sandra herausbrachte. Schweiss kratzte sich in seinem grauen Haar und meinte dann: „Stimmt, er ist letztes Jahr vierzig geworden und so was von fähig. Aber Sandra, da habe ich schon jüngere Kollegen gekannt, die Karriere gemacht haben ...!"

Auf dem Rückweg in der U-Bahn hatte die Kommissarin ein Erlebnis, dass sie noch bis ins Hotel bewegte. An einer Haltestelle der Strecke zum Hauptbahnhof stieg ein junger Mann mit einem kleinen Hund aus. Er hatte das Tier an einer langen Leine und trat durch die Tür des U-Bahnwagens, als diese sich langsam zu schließen begann. Sofort war Sandra klar, dass der Hund es nicht mehr schaffen würde, durch die Tür nach draußen zum Herrchen zu gelangen. Auch ein Mann, der mit seinem Fahrrad nahe der Tür stand, hatte dies bemerkt, und fast gleichzeitig schrien Sandra und er auf. Doch der Hundebesitzer, der sich schon auf dem Bahnsteig befand, reagierte nicht. Das Schlimmste war zu erwarten. Doch wie durch ein Wunder schlüpfte der kleine Kerl im letzten Moment noch durch den engen Türspalt und Sandra hoffte, dass alle seine Knochen heil geblieben waren.

Wider Erwarten schlief sie die erste Nacht im „Village" besonders gut. In weiser Voraussicht hatte sie auf große Flüssigkeitseinnahme verzichtet und musste nicht die Flurtoilette in Anspruch nehmen. Als sie gegen sieben Uhr im gefüllten Speisesaal ihr erstes Croissant und einen gut gebrühten Kaffee verzehrte, sah die Hotelwelt schon anders aus.

„Wie haben Sie geschlafen?", fragte sie die unbekannte Frau, die den Service machte, und so wie sie schaute, schien auch sie darüber informiert zu sein, welcher Tätigkeit Sandra nachging.

„Sehr gut, wirklich sehr gut!" Die Kommissarin blickte sich im Speisesaal um. Erst nach der Information des Kollegen über die ehemalige Nutzung war ihr bewusst geworden, welchen Hintergrund das Haus hatte, dass dieses Hotel mit Möbeln unterschiedlicher Epochen und Hersteller ausgestattet war; von der farblichen Gestaltung mal ganz abgesehen.

„Das Village war also früher ein Bordell?", fragte Sandra die Servicekraft, als sich der kleine Frühstücksraum nach einer Weile geleert hatte.

„Ja, wussten Sie das nicht?"

Die Frau wischte sich die Hände an der Schürze ab und lief – ohne die Antwort abzuwarten – zu einem antiken Vertiko. Zurück kam sie mit einem dicken Fotoalbum. Sie legte es vor Sandra auf den leicht wackeligen Tisch.

„Wenn Sie mehr darüber wissen möchten, hier steht alles drin", erklärte sie und begann damit, einen Nachbartisch abzuräumen.

Sandra war kurz in Versuchung, das Album aufzuschlagen, ließ es aber dann. „Ich werde es mal abends auf dem Zimmer durchblättern! Natürlich nur, wenn es recht ist?", bemerkte sie und die Angesprochene winkte als Zeichen der Zustimmung mit ihrem feuchten Lappen. Inzwischen war Erika Donner, die Rezeptionistin, aufgetaucht und Sandra bat sie nun doch um ein größeres Zimmer mit WC.

„Kein Problem, Frau Holz, Zimmer 51 ist die komplette Woche frei. Hat sogar einen kleinen Balkon."

Erika stieg mit Sandra in die fünfte Etage und öffnete – etwas außer Atem – eine Zimmertür. Diese Unterkunft sah schon anders aus, stellte die Kommissarin fest. Mitten im Raum, neben einem Himmelbett, stand die Dusche und seitlich hinter einer Abtrennung eine Toilette nebst Waschbecken. Das französische Bett war groß und einladend und Sandra wollte sich nicht vorstellen, was sich hier schon alles abgespielt haben musste. „Die Matratzen sind aber neu ...?", fragte sie neugierig und Frau Donner blickte sie etwas vorwurfsvoll an.

„Aber natürlich, die wechseln wir alle paar Jahre. Wer schläft schon gerne auf durchgelegenen Matratzen?"

Die Angestellte trat nach links und öffnete eine kleine Tür. Dahinter befand sich wohl der angekündigte Balkon und Sandra folgte ihr. Draußen war es noch etwas trüb, aber der Blick über den Steindamm bis hin zum Hauptbahnhof entschädigte für das morgendliche Wetter.

10

Sandra hatte die U 3 bei der Haltestelle St. Pauli verlassen. Als sie wieder Tageslicht erblickte, lag linker Hand das Vereinsgebäude des Fußballklubs und vor ihr die Weite des Heiligengeistfeldes mit dem großen Hochbunker als Abschluss. Sie hatte sich vorgenommen, diesen Bunker später einmal zu besichtigen, denn heute war keine Zeit dafür. Trotzdem entschied sie sich, quer über das Heiligengeistfeld zu laufen, um dann links zum Stadion des FC St. Pauli abzubiegen. Heute war hier nur eine leere Fläche. Doch bald würde wieder *Hamburger Dom* sein und kurz danach das Public Viewing zur Fußballweltmeisterschaft. In einer solch großen Stadt wie Hamburg gab es keine Verschnaufpausen. Das Stadion am Millerntor empfand sie größenmäßig als überschaubar und sie lief seitlich der Tribünenplätze zurück zum Haupteingang. Der war mit seinem riesigen Schild *FC St. Pauli 1910* und dem mittig angelegten Hamburger Wappen nicht zu übersehen. Sandra klingelte unten und sofort wurde sie eingelassen. Eine Tafel wies die Richtung zur Geschäftsstelle des Vereins.

Christian Bäumler war ein sympathischer Mann. So richtig etwas fürs Herz, dachte Sandra. Das Einzige, was sie an dem 41-Jährigen störte, war: Er sah nach wenig Zeit aus. Schon am flüchtigen Händedruck und an seinen Gesten bei ihrem Eintreffen erkannte sie, Bäumler maß ihrem Besuch wenig Interesse bei.

„Setzen Sie sich doch! Was kann ich tun, Frau Kommissarin?", kam der Dreitagebart-Träger gleich zur Sache, und weiter: „ Der Verein weiß leider nicht, wo sich Tobi aufhält. Und es kann uns ganz schöne Probleme schaffen, wenn er nicht bald auftaucht!"

Sandra überlegte, ob sie dem Mann gleich erklären sollte, dass ihr Erscheinen eher dem Verein als ihr diente, doch sie wollte noch warten. Vielleicht irrte sie sich und das Gespräch würde doch entspannter verlaufen.

„Ich soll Sie von meinem Kollegen Schweiss grüßen, Herr Bäumler."

„Schweiss?", fragte der Medienverantwortliche und blätterte sich durch ein paar Akten. „Wer soll das sein?"

„Jetzt hören Sie mir bitte mal zu, Herr Bäumler. Wie mir scheint, interessiert sie meine Anwesenheit recht wenig. Das Gegenteil sollte der Fall sein. Also, störe ich Sie irgendwie?" Sandras Gesicht glühte.

Bäumler hatte den Aktenordner abgelegt und sich abrupt zur Kommissarin umgedreht.

„Um Gottes willen, Frau Holz. Wenn ich diesen Eindruck vermittelt haben sollte, bitte ich tausendmal um Vergebung."

Der Mann hatte sich einen Stuhl herangezogen und schaute Sandra entschuldigend an.

Nun schien das Eis gebrochen und Bäumler erzählte ihr von Tobias Reinert. Dass Reinert der Star des Vereins wäre und das Potenzial hätte, in der nächsten – spätestens übernächsten – Bundesligasaison für Bayern München zu spielen.

„Wir werden ihn nicht halten oder besser bezahlen können. Aber das bleibt doch unter uns, Frau Holz?"

Dass Tobias auch ein sympathischer Mensch wäre und alle im Verein ihn mochten. „Natürlich sind auch die Fans von ihm begeistert", so Bäumler. Umso seltsamer würden es Trainer und Mannschaft finden, dass er so plötzlich unauffindbar war.

„Haben Sie denn mal darüber nachgedacht, ob es einen beruflichen Grund für sein Untertauchen geben könnte?" Sandra gingen sofort die großen Fußballvereine durch den Kopf, die laut Aussage Bäumlers ein Interesse an dem jungen Spitzensportler bekundeten.

Doch Bäumler zuckte mit den Schultern: „Es gibt tausend Gründe und doch keinen. Haben Sie mal mit seiner Freundin gesprochen? Uns ist leider keine Kontaktadresse bekannt, wir wissen nur, dass sie in Lübeck beheimatet ist."

Tobias Reinert hatte eine Freundin? Das war der Kommissarin neu. Sie musste sofort nach dem Gespräch mit Reinerts Stiefeltern telefonieren, um Genaueres darüber zu erfahren.

„Sie wussten, dass Tobi beim Hamburg-Marathon in der Staffel mitgelaufen ist?"

„Erst, als es in den Medien stand. Und da war es zum Zurückpfeifen zu spät. Seine Aktion – auch wenn sie sicher gemeinnützig war und dazu diente, krebskranken Menschen zu helfen – hat uns fast einen Sponsor vergrault!" Bäumler war aufgestanden und hatte den kleinen Kühlschrank in der Ecke geöffnet. Er entnahm ihm eine Dose mit einem Energydrink und hielt ihn Sandra hin: „Haben Sie Durst?"

„Nein danke, solche süßen Drinks mag ich nicht!"

Bäumler riss die Lasche an der Dose auf, prostete der Kommissarin zu und nahm einen großen Schluck. Er zeigte auf das Etikett. „Die Sponsoren erwarten gute Ergebnisse und keine Probleme. Der leichtsinnige Unsinn von Spielern kann den Verein eine Menge Geld kosten und davon brauchen wir – für die 1. Bundesliga – noch einiges!"

Hier am Millerntor war man schon absolut sicher, in Kürze aufzusteigen.

„Vom Unsinn oder vom Geld?", fragte Sandra scherzhaft, doch Bäumler ging nicht darauf ein.

„Um es noch einmal deutlich zu machen, Frau Holz. Wir brauchen Tobi ab nächste Woche zu den Aufstiegsspielen gegen den Hamburger Sportverein. Um nicht zu sagen, schon etwas früher, zum vorbereitenden Training. Da fällt mir ein, soll ich für Sie mal einen Termin mit unserem Trainer machen? – Nein? Gut, ja, das ist alles Mist! Die Medien haben sich auf Tobias eingeschossen und wenn er nicht in den nächsten Tagen aus seinem Versteck auftaucht ...!"

Sandra winkte ab und war aufgestanden. „Danke, das mit dem Trainer ist sehr freundlich von Ihnen, scheint mir aber zu verfrüht. Ich werde jetzt mal nach dieser Lübecker Freundin schauen und auch in Tobis Wohnung am Kaiserkai. Wir werden ihn sicher finden."

Sie hielt Bäumler die Hand hin und hatte wenige Minuten später das Stadion am Millerntor verlassen.

Zurück im Kommissariat, suchte Sandra vergeblich nach ihrem Kollegen Schweiss. „Der hat einen Arzttermin!", erfuhr sie von Kollegen, die sie nach ihm befragte.

Sandra bedankte sich für die Auskunft.

„Aber ... hat er dir nichts von ... seinen gesundheitlichen ... Problemen erzählt?"

Die beiden Männer schauten sich an.

„Nein, was hat er denn?"

„Dann musst du ihn selber fragen!", erklärten die Kommissare der erstaunten Kollegin, drehten sich um und liefen flüsternd den Gang hinunter.

Sandra spazierte zum Geschäftszimmer, um zu klären, wie sie zu einem Dienstwagen käme. Die Sekretärin dort hatte auf Sandras Frage sofort an einen Haken gegriffen und ein Schlüsselbund abgezogen. Dann legte sie eine schwarze Kunstledertasche vor die Oberkommissarin und erklärte: „Sie haben Glück, der Škoda ist gerade zurückgekommen. Sie wissen, wo Sie ihn finden? Und bitte die gefahrenen Kilometer eintragen."

Nachdem die ahnungslose Kommissarin sich informiert hatte, wo der besagte Wagen stand, fuhr sie mit dem Aufzug nach unten in die Tiefgarage. Noch im Fahrzeug telefonierte sie mit Frau Deters. „Haben Sie Tobi gefunden, Frau Kommissarin?", wollte diese sofort wissen. Sandra erklärte der besorgten Frau, sie hätte noch keinerlei Information, und erkundigte sich nach der von Bäumler erwähnten Freundin.

„Tobi hat einmal von Lübeck hier angerufen. Ich kannte die Nummer nicht und sprach ihn darauf an. Er meinte, er sei bei einer guten Freundin zu Besuch. Wissen Sie Frau Holz, in sein Liebesleben haben wir uns nie eingemischt."

Auf die Frage nach einer Adresse musste Frau Deters passen. Sie gab Sandra aber eine Lübecker Telefonnummer. „Ich habe sie – als Tobias angerufen hatte – zur Vorsicht vom Display abgeschrieben, man weiß ja nie!"

Wenige Minuten später saß Sandra im Škoda Oktavia unterwegs nach Lübeck. Ein Anruf in der Polizeidirektion Oldenburg, und sie hatte die zur Telefonnummer gehörige Adresse: Wallstraße 35.

Die ersten Kilometer mit dem Gas betriebenen Fahrzeug verursachten ihr sitztechnisch leichte Probleme. Aber nachdem sie kurz angehalten und die Sitzstellung nachjustiert hatte, lief es besser. Sie fuhr in Wandsbek auf die A 245 dann auf die A 1 in Richtung der Hansestadt. Jetzt fühlte sie sich pudelwohl und sicher am Steuer des Tschechen.

Sandra überprüfte noch kurz, ob die Wallstraße nahe des Lübecker Zentrums lag und stellte dann den Škoda im Parkhaus Holstentor ab. Der Himmel über Lübeck war aufgerissen und die Sonne blinzelte etwas durch, als die Kommissarin durch das bekannteste Stadttor Deutschlands schritt.

So macht Polizeiarbeit doch Spaß, dachte sie und nahm sich vor, nach der Befragung von Tobias' Freundin in der Lübecker Fußgängerzone noch einen Kaffee zu trinken.

Auf einer Handy-App hatte sie sich die Position des Wohngebäudes angeschaut; nun spazierte sie an der Straße, die sich „Obertrave" nannte, nahe der Trave Richtung Wallstraße. Unsicher geworden, fragte sie nach einer Weile eine Frau, die rauchend auf einer alten Bank vor ihrem kleinen Haus saß.

„Entschuldigung, Wallstraße! Bin ich da auf dem richtigen Weg?"

Die Frau nickte und zeigte mit der Zigarette auf die andere Uferseite. „Genau dort drüben auf der anderen Trave-Seite liegt die Wallstraße. Welche Hausnummer suchen Sie denn?"

„35!", ließ die Kommissarin wissen.

„Ach, 35! Das sind diese weißen Klötze schräg gegenüber."

Die Stimme der Frau nahm bei dem Wort „Klötze" einen verachtenden Tonfall an. Sandra schaute auf die vielleicht hundert Meter entfernten und nur durch das Wasser von ihr getrennten Wohngebäude. Es handelte sich um modernste Architektur, in denen sich zweifellos teure Eigentums- und Mietwohnungen verbargen. Die Gebäude standen im krassen Gegensatz zu den kleinen alten Lübecker Häusern in Sandras Rücken.

„Hafen-City!", stieß die Frau aus und es klang, als würde sie sich gerade übergeben.

„Es gibt zwei Möglichkeiten", die Frau hatte sich wieder gefangen und schien die hilfsbereite Lübeckerin zu mimen. „Ich meine, wenn Sie nicht schwimmen wollen. Die lange ist, sie laufen diese Straße weiter bis zur Trave-Brücke und dann wieder rechts, bis sie mich winken sehen."

Sandra hoffte, endlich hier wegzukommen, und half nach: „Und die kurze …?"

„200 Meter zurück über die kleine Brücke und dann links, bis sie mich …!"

„… winken sehen!" ergänzte die Kommissarin, murmelte ein „Danke schön" und spazierte zurück. Sie überquerte die kleine Brücke und war nach wenigen Minuten vor dem Gebäudekomplex in der Wallstraße angekommen. Sie vermied es, auf der anderen Flussseite nach der Frau von soeben zu suchen.

Dass es sich bei Nummer 35 um vier Häuser mit mehreren Wohnungen drehte, hatte die Kommissarin nicht bedacht. Nun stand sie mit nichts weiter als ihrer Telefonnummer vor einem der vier Blöcke und wusste keinen Rat. Sie versuchte es bei den Hauseingängen. Aber auf keinem Türschild der vier Gebäude konnte sie einen *Tobias Reinert* finden. Sie könnte einfach die Nummer anrufen und erklären, sie stünde hier an der Wallstraße, überlegte sie, aber das fand sie weniger spannend. Während sie einen Moment darüber nachdachte, öffnete sich die Tür eines Gebäudes und ein junges Mädchen mit einem Golden Retriever verließ das weiße Haus.

„Entschuldigen Sie, ich suche die Wohnung eines Bekannten, Tobias Reinert!"

Das Mädchen war stehen geblieben und strahlte die Kommissarin freundlich an. Der große Hund setzte sich wohlerzogen auf die Hinterläufe und sein Fell glitzerte golden in der Sonne. „Tut mir leid, ich führe nur den Hund von Frau Blohm aus. Ansonsten kenne ich nicht sehr viele Menschen hier.

„Reinert, der Fußballspieler!", ergänzte Sandra.

Nun strahlten die Augen des Mädchens noch heller. „Ach der von St. Pauli! Er besucht hin und wieder Frau van Gästern", das Mädchen zeigte auf Block 35 A, direkt an der Trave.

Sandra bedankte sich und spazierte zu besagter Eingangstür. „Luise van Gästern!" stand dort auf einem Schild und sie klingelte. Wenn nun keiner zu Hause war, hätte sie den ganzen Weg vergebens gemacht. Aber plötzlich hörte sie eine Stimme durch einen Lautsprecher, die rief: „Ja, hallo?"

„Mein Name ist Sandra Holz und ich bin von der Hamburger Polizei. Ich möchte Ihnen ein paar Fragen zum Verschwinden von Tobias Reinert stellen!"

„Halten sie mal Ihren Dienstausweis vor die Kamera!", wies die Frau Sandra unfreundlich an, und die Kommissarin gehorchte.

Frau van Gästern war zu dick geschminkt und hatte sich in ein etwas zu enges Kleid gezwängt. Überhaupt sah sie alles andere als liebenswert aus. Obwohl Sandra diesen Tobias Reinert nur von Erzählungen kannte, konnte sie nicht verstehen, was er an dieser Frau attraktiv fand. Zumindest entschuldigte sich die Frau für den unfreundlichen Empfang mit den Worten: „Ständig klingelt die Presse und fragt nach Tobi!"

Die Wohnung war mit Designermöbeln vollgestopft und alles sah nach Reichtum aus. Während die Kommissarin sich umschaute, erklärte ihr Frau van Gästern in wenigen Sätzen, dass Tobias und sie sich liebten, sie die Hochzeit planten und sie absolut nicht wisse, wo Reinert abgeblieben sei.

„Aber sie müssen doch eine Ahnung haben? Er ist ihr Freund."

Eher gelangweilt, und, wie Sandra meinte, ohne jegliche Emotion, zuckte die langhaarige Blondine mit dem leicht russischen Akzent ihre Schultern. Sie trat an eine der bodentiefen Terrassentüren. Sandra stellte sich neben sie. Hier bestand kein Zweifel, dass es sich bei der Wohnung um eine äußerst exklusive Immobilie handeln musste. Mit zentraler Lage direkt an der Trave und mit einem wunderschönen Blick auf die Altstadt und den Lübecker Dom. Wahrscheinlich hielt der gut bezahlte Fußballer die Frau aus, warum auch immer.

„Wann haben Sie das letzte Mal mit Herrn Reinert telefoniert?" Sandra vermied es, die Frau beim Nachnamen zu nennen. Er klang so falsch, wie sie den Charakter dieser Frau einschätzte.

„Das muss kurz vor dem Marathon gewesen sein. Er war sogar noch hier und wir ...!", die Frau schien zu überlegen, wie sie den nächsten Satz glaubhaft formulieren sollte.

Sandra ergriff schnell das Wort: „Haben Sie noch eine weitere Handynummer von ihm?" Sie zückte ihr Handy und zeigte auf die abgespeicherte Nummer des Fußballers.

„Nein, tut mir leid, eine andere habe ich auch nicht!"
Sandra spürte, hier war nicht mehr zu erreichen. Gerade wollte sie sich verabschieden, als eine Melodie ertönte. Etwas überrascht ergriff die Blonde von einem Marmortisch ein mit Hunderten von Swarovski-Steinen verziertes Handy, entschuldigte sich und verschwand in einen anderen Raum.

Ihre gute Erziehung gebot der Kommissarin, die Wohnung nicht ohne eine Verabschiedung zu verlassen, und so spazierte sie in die offene Küche des riesigen Wohnraumes. Hier war alles zu finden, was das Herz des Hobbykoches höherschlagen ließ. Doch die Küche sah sehr unbenutzt aus. Sandra glaubte, dass diese Frau sich nicht mit Kochen beschäftigte. Eher wurde das Essen angeliefert. Die Figur von der Dame sah außerdem ein bisschen nach ständigem Pizzakonsum aus, stellte Sandra fest. Was war sie wieder boshaft! Innerlich entschuldigte sie sich sogleich bei der Frau – das hatte sie nun auch nicht verdient.

An einem kleiderschrankgroßen Kühler hingen – mit bunten Magneten befestigt – Fotos und Postkarten. Sandra griff nach der ersten Karte und begutachtete sie. Jemand hatte sie aus New York gesandt. Das Foto der Freiheitsstatue sagte es eindeutig aus. Sie drehte die Karte um. In dünner Schrift stand dort geschrieben: „Meiner lieben Lulu! Schöne Grüße vom Shoppingwochenende in New York! Alles Gute und bis nächste Woche. Dein Bernhard."

Also keine Karte von Tobias Reinert.

Sandra hörte Geräusche. Die Frau schien zurückzukommen und die Kommissarin entfernte sich schnell vom Kühlschrank.

„Tolle Küche! War das am Telefon vielleicht Herr Reinert?", fragte Sandra.

Als die Blonde dieses durch Kopfschütteln verneinte, hielt die Kommissarin ihr eine Visitenkarte hin und meinte: „Ich muss mich jetzt verabschieden. Wenn Tobias Reinert auftauchen sollte oder Sie sonst etwas über ihn in Erfahrung bringen, klingeln Sie durch. Seine Stiefeltern sind sehr in Sorge um den jungen Mann!"

Der Gesichtsausdruck der Frau drückte noch immer Langeweile und wenig Mitgefühl für ihren vermissten Freund aus. Frau van Gästern war nicht koscher, da war sich die Kommissarin absolut sicher. Und sie würde herausbekommen, was mit ihr los war.

Auf dem Rückweg zum Polizeipräsidium fuhr Sandra am Hamburger Kaiserkai vorbei. Sie kurvte eine Weile vor Reinerts Wohnung ergebnislos hin und her auf der Suche nach einem Parkplatz. Schließlich stellte sie den Wagen ins Parkverbot und legte vorne in die Scheibe ihren Dienstausweis. Es würde sicher nicht lange dauern.

Die Wohnung von Tobias Reinert war klein und sauber. Wohnung wie Mobiliar waren neu und alles sah eher aus, als sei der Besitzer nur eine Woche im Jahr hier wohnhaft. Sie blickte sich kurz um, öffnete mit ihren Einweghandschuhen die Schubladen eines kleinen Sekretärs, aber es fand sich nichts, was sie weiterbrachte. Eine Police für den Wagen und eine Hausratversicherung. Dann noch ein kleiner Hefter für Bankauszüge, die keine großen Beträge auswiesen. Alles in allem kein Erfolg.

Sandra brachte den Dienstwagen zurück und gab Papiere und Schlüssel ab. Auf dem Weg vom Polizeipräsidium zurück ins Hotel rief Frau Deters auf ihrem Handy an. Sandra hatte gerade die U-Bahn beim

Hauptbahnhof verlassen und war im Begriff, die Treppe hinaufzusteigen, als es klingelte. Die Frau war völlig außer sich und Sandra musste sie erst beruhigen, bevor sie verstand, was sie wollte.

„Also, Frau Deters, nun mal langsam. Was ist passiert?"

Einen Moment, schien es, als versuche die Frau, sich zusammenzureißen, dann meinte sie: „Ein Erpresser hat sich gemeldet …!"

Ein Schluchzen war zu hören und die Kommissarin wartete einen Moment, bis die Frau weitersprach: „Ein Umschlag! Er verlangt 500.000 Euro, sonst wird er Tobi töten!"

Erschrocken über diese Meldung, war Sandra inzwischen oben in der Wandelhalle des Hamburger Hauptbahnhofs angekommen. Mitteilungen über Zugverbindungen und die lauten Gespräche Hunderter von Reisenden um sie herum machten sie total nervös. Der Lärm ließ ein vernünftiges Gespräch nicht zu und so bat sie Frau Deters um einen Moment Geduld. Sie hielt auf der Stelle inne und suchte nach einem ruhigeren Platz. Seitlich lag die Gepäckaufbewahrung des Bahnhofs und die Kommissarin begann sich mit der Menge dorthin zu schieben. Sie hoffte, dort in Ruhe telefonieren zu können. Der Hamburger Bahnhof schien ihr wie ein riesiger Ameisenhaufen. Nur dass es dort wohl strukturierter zugeht, glaubte sie zu wissen. Nachdem sie ein Ehepaar fast umgerannt und mehrere Personen angestoßen hatte, erreichte sie die Gepäckaufbewahrung am Ausgang der Wandelhalle. Sandra hatte Glück: Der vollständig gekachelte Raum war menschenleer und endlich konnte sie ihr Gespräch mit Tobias' Stiefmutter weiterführen.

„Hallo, Frau Deters, hören Sie mich?"

Zum Glück hatte die Frau nicht aufgelegt.

„Steht auch etwas über eine Geldübergabe in dem Schreiben?"

„Ja, Frau Holz!", weinte die Frau.

„Das ist sicher ein Trittbrettfahrer, ansonsten muss er uns beweisen, dass er Tobias wirklich entführt hat."

„Es lag noch etwas in diesem Umschlag, Frau Holz!"

„Ja, und was war das?"

„Ein blutverschmiertes Unterhemd von Tobi!"

11

Sandra lenkte den Mini in Eversten von der Autobahn A 28 und gelangte über die Hundsmühler Straße in die Bodenburg Allee, dem Wohnsitz von Familie Deters. Seitlich des Hauses war diskret ein schwarzer VW Passat abgestellt und am Kennzeichen erkannte die Kommissarin sofort, dass es sich um einen Wagen der Oldenburger Polizeidirektion handeln musste. Sie hatte nach dem Telefonat mit Frau Deters Marc Argenberg informiert, ihren Koffer gepackt und war gleich zurück in die Huntestadt gefahren. Die Hotelabrechnung würde von der Hamburger Mordkommission übernommen, insofern gab es da keine Probleme. Und Kollege Schweiss würde sie die Gründe ihrer überstürzten Rückfahrt später mitteilen. Jetzt – knapp drei Stunden nach ihrer Abfahrt aus Hamburg – klingelte sie an der Tür der Hausnummer 12, einer kleinen Villa nahe des Oldenburger Niklasteiches.

Kommissar Argenberg öffnete ihr die Tür und bat die Kollegin herein. „Gut, dass du kommst, die beiden sind fix und fertig!"

„Ich kann es mir denken, Marc."

Sie blieben im Flur stehen. Drinnen hörte Sandra Schluchzen und dazwischen eine männliche Stimme: „Im Prinzip ...!" Eindeutig erkennbar: Kommissar Schmitz war auch anwesend.

„Habt ihr noch etwas herausbekommen?", fragte sie den Kollegen auf dem Gang.

„Unterhemd und Kuvert haben wir der Spusi übergeben. Auch die Fingerabdrücke der beiden", Marc nickte mit dem Kopf in Richtung der Stimmen. „Das

Hemd wurde in einem neutralen Kuvert versandt. Abgestempelt heute Morgen, hier in Oldenburg. Vom Brief habe ich eine Kopie. Das Original ist auch schon weg. Ja, und das Unterhemd – so die Eltern – gehört wohl tatsächlich Reinert. Er trug immer die gleichen mit seinem eingewebtem Namen!"

Die letzten vier Worte hatte der Kommissar langsam und übertrieben formuliert. Sandra war kurz in Versuchung zu grinsen – ließ es dann aber.

„Ja, Sandra. Wenn sich herausstellt, dass das Blut …!" Marc Argenberg zuckte mit den Schultern.

„Okay, dann müssen wir es ernst nehmen. Zeig mir bitte den Brief!"

Sandra spazierte hinter dem Kollegen her in ein großes Wohnzimmer. Herr und Frau Deters saßen auf einem alten Ledersofa und ihr Kollege Schmitz lümmelte sich auf einem Stressless-Sessel. Als die Kommissarin das Zimmer betrat, rutschte er etwas nach oben, blieb aber sitzen.

„Hallo, Herr und Frau Deters!", begrüßte sie das Paar per Händedruck und warf Schmitz – der endlich aufgesprungen war – ein dienstliches Lächeln zu.

Marc hielt der Kollegin ein DIN-A4-Blatt hin. Sandra glaubte zu erkennen, dass es am Computer geschrieben worden war: Die Schrift extrem sauber und klar, der Brief vermutlich ausgedruckt mit einem Laserdrucker.

Ich habe Tobi Reinert entführt und in meiner Gewalt. Gegen ein Lösegeld von 500.000 Euro in 50- und 100-Euro-Scheinen (keine fortlaufenden Nummern) wird er freikommen.

Die Geldübergabe findet am Sonntag, dem 18. Mai 2014, auf dem Wechloyer Flohmarkt am Posthalterweg statt. Ver-

packen Sie das Geld in eine ALDI-Tüte und legen Sie es am Sonntagmorgen, genau um 10 Uhr 50, in den Lenkerkorb eines Fahrrads unter die darin befindliche Jacke. Wo Sie das Fahrrad finden und wie Sie es erkennen, werde ich Ihnen mittels des beiliegenden Funkgerätes mitteilen. Ich werde mich pünktlich um 10 Uhr 40 bei Ihnen melden. Vorher sollten Sie das Gerät nicht einschalten.

Sandra hatte die Worte schon mindestens dreimal gelesen. Der Schreibstil war sauber und fehlerlos. Es musste sich bei dem Verfasser um einen Menschen mit guter Schulbildung handeln. Die vier im Raum Anwesenden hatten sich währenddessen still verhalten und die Kommissarin erwartungsvoll angeschaut.

„Was meinen Sie, Frau Holz?", fragte Herr Deters, als die Kommissarin endlich vom Blatt aufblickte.

„Ich gehe nicht davon aus, dass es sich um Profis handelt. Aber das macht die Sache nicht einfacher. Auf jeden Fall war es richtig von Ihnen, nichts selbstständig zu unternehmen. Wenn der oder die Männer Tobias Reinert entführt haben, werden wir ihn zurückholen. Gesund natürlich, also machen Sie sich keine Sorge."

Die Kommissarin war noch immer dabei, eine Erklärung für die Übergabezeit zu finden. 10 Uhr 50, warum genau zu dieser seltsamen Zeit? Es musste eine Bewandtnis haben. Sonst hätte der Entführer doch 11 Uhr vereinbart. Egal wie sie auch darüber nachdachte, ihr fiel keine Erklärung dazu ein.

Sandra hatte bei ihrer Mutter und bei Nachbarn regelrecht um Flohmarkt-Artikel gebettelt. „Es handelt sich um einen guten Zweck", klärte sie auf, und alle waren froh gewesen, den Müll aus Garage und Keller so unkompliziert loszuwerden. Auch Marc Argenberg hatte einige Dinge von zu Hause mitgebracht und noch einen Tapeziertisch beigesteuert. Kathrin, Marcs Verlobte, bestand darauf, an dem Flohmarkt teilzunehmen, und da das Ganze nicht nach einer gefährlichen Aktion aussah, stimmte Sandra zu. In Absprache mit der Flohmarktleitung hatten sie sich einen Standplatz ausgesucht, von dem sie augenblicklich mit dem Dienst-Audi das Wechloyer Flohmarktgelände verlassen konnten. Erst sah es für das Wochenende – was das Wetter betraf – schlecht aus. Regen und Gewitter nach dem heißen Samstag sagten die Meteorologen voraus und Sandra wusste nicht, ob sie sich darüber freuen sollte. Schönes Wetter hieß: viele Besucher und wenig Überblick. Und bei schlechtem Wetter wäre es möglich gewesen, dass es dem Entführer zu gefährlich schien und sie die Sache abblasen müssten. Das Blut auf dem Unterhemd gehörte tatsächlich Tobias Reinert. Die Kollegen im Oldenburger Labor hatten es nach einem Abgleich mit DNA aus dem Elternhaus festgestellt. Bei dem Funkgerät handelte es sich um Kinderspielzeug, das man vor einigen Wochen bei Tchibo kaufen konnte.

„Was kostet das Ess-Service?", fragte eine alte Dame mit einer blauen IKEA-Tasche. Sie schien eine professionelle Flohmarktgängerin zu sein, denn als Sandra *zwei Euro* sagte, erhellte sich ihr Blick, und in Windeseile waren die Geldübergabe und das Einräumen des sechsteiligen Service in den blauen IKEA-Beutel abgeschlossen.

„Sandra, wenn du alles verschenkst, sind wir lange vor elf Uhr ausverkauft!", lachte Kathrin, die hinter der Kommissarin auf einem Campingstuhl saß und sich gerade einen Kaffee eingeschenkt hatte. Die Frau an ihrer Seite lachte laut mit und drückte den Kopf des aufgeschreckten Hundes neben sich sanft nieder. Sandra hatte auf einen sogenannten Mantrailer oder Personenspürhund bestanden, obwohl die Kollegen von der Hundestaffel sich erst dagegen sträubten.

„Was soll das auf dem Flohmarkt bringen?", fragten sie, doch die Kommissarin setzte ihre Forderung energisch durch.

„Ja, und wenn das nicht auffällig ist, vier Personen an einem leeren Flohmarktstand." Marc Argenberg verschluckte sich fast an seinem Kaffee vor Lachen. Die Stimmung war gut und auch die Verkäuferinnen und Verkäufer der Stände links und rechts von ihnen schienen nett. Ein junges Paar interessierte sich für die alte Mikrowelle, die das angehende Ehepaar Argenberg gestiftet hatte. „Zur Hochzeit hagelt es jede Menge neue!", hatten sie gemeint und noch einen Staubsauger, einen alten Akkubohrer sowie ein Rührgerät ihrer Eltern beigepackt.

„Fünfundzwanzig Euro", ließ Sandra – inzwischen, was die Preise anging, vorsichtiger geworden – das Paar wissen und die beiden zogen kopfschüttelnd von dannen.

„Der Jugend kann man es nicht recht machen!", lachte Sandra und schaute auf ihre Uhr. Es war inzwischen kurz vor halb elf und sie überprüfte zum x-ten Mal die Tätigkeit des Funkgerätes.

„Bald sind die Batterien leer, Sandra!", lachte Marc und Sandra machte eine Bewegung, als würde sie das Gerät auf den Kollegen werfen. Der wich im Zeitlupentempo aus, was wieder allseits Gelächter hervorrief.

Sandra überdachte noch einmal die Situation: Überall auf dem Flohmarkt waren Beamte in Zivil verteilt und einigen machte es sogar Spaß, an einem Sonntag auf diese Art ein paar Überstunden zu bekommen. Sandra hatte schon Bedenken, später den einen oder anderen Kollegen mit Plastiktüten voller Einkäufe in der Hand wiederzutreffen. Sie und Marc waren mit Knopf im Ohr über Funk mit allen Kolleginnen und Kollegen verbunden, und außerhalb Wechloys waren an jeder Zufahrtsstraße so unauffällig wie möglich zivile Fahrzeuge aufgestellt. Sogar an drei Polizeibeamte der Fahrradstreife hatte Sandra gedacht. Die warteten an unterschiedlichen Positionen auf ihren Einsatzbefehl. Das eingehende Funkgespräch mit dem Entführer sollte in einem in der Nähe befindlichen VW-Bus aufgefangen und nach Möglichkeit geortet werden. Man hatte vonseiten der Technik erklärt, dass eine Ortung hier wenig erfolgversprechend sei. Zumindest eine Aufnahme der Entführerstimme war erklärtes Ziel.

„Conny, warum heißt der Hund eigentlich Xaver?", wollte Marc wissen. Sandra stellte löblich fest, er wollte die fremde Kollegin der Hundestaffel, die neben Kathrin saß, in ihr Team miteinbeziehen.

„Bei Xaver handelt es sich um einen bayrischen Gebirgsschweißhund und so hat man sich für Xaver entschieden. Wobei er noch weitere Namen hat, aber die stehen in den Papieren." Der Hund hatte bei seiner Namensnennung stets den Kopf angehoben, ihn dann aber wieder abgelegt.

„Hier eins, noch fünf Minuten bis Showtime!" Die Kommissarin gab über Funk bekannt, dass alle Bereitschaft herstellen sollten und die „WM" in fünf Minuten beginnen würde. Die Idee, als Einsatznamen für diese Aktion „WM" zu verwenden, kam von der Kommissarin. Den Entführer, so hatten sie festgelegt, wollte man über Funk „Schweini" nennen. Argenberg hatte Beckenbauer vorgeschlagen, aber den Namen des Fußballers fand Sandra unpassend, und außerdem war er zu lang. Marc hatte es auch sofort eingesehen.

„In einer Minute startet die WM, wir werden Schweini kriegen", flüsterte Sandra und Marc Argenberg war während der Ansage an ihre Seite getreten. Er schaute sich um. Einige Flohmarktbesucher, die sich vor ihrem Tapeziertisch drängten, wunderten sich bestimmt über Sandras vermeintliches Selbstgespräch.

Punkt „zehn Uhr vierzig" war auf ihrer digitalen Armbanduhr zu lesen. Sandra trat etwas zurück, schaltete das Funkgerät ein und wartete. Als nach einer Minute sich noch niemand gemeldet hatte, blickte sie nervös zum Kollegen.

„Vielleicht hat der eine andere Uhr!", meinte Marc und sah eher relaxed aus.

„Hallo, ist da jemand?" Endlich ertönte nach einem kratzenden Geräusch eine männliche Stimme.

„Ja, hallo! Wie geht es meinem Sohn Tobias?" Sandra war klar, sie wagte sich auf dünnes Eis. Sollte der Entführer die Stimme von Frau Deters kennen, könnte das den Abbruch der Lösegeldübergabe bedeuten. Sie hatte sich bemüht, ihre Stimme etwas älter klingen zu lassen. Ihrer Mutter waren diese Sprechübungen zu Hause aufgefallen, und auf ihre Frage hatte die Tochter von einem Gag für einen Kollegengeburtstag gesprochen.

„Haben Sie das Geld?"

„Ja, das habe ich. Wie und wann werden Sie Tobias freigeben?", wollte Sandra wissen.

„Wenn das Geld in meinem Besitz ist und mich keiner verfolgt, lasse ich ihn augenblicklich laufen. Es geht ihm gut", erklärte der Entführer.

Jetzt musste es aber genug der Fragerei sein, sagte sich die Kommissarin.

„Hören Sie genau zu", meinte nun der Entführer, „ich sage es nur einmal: In der ersten Reihe des Flohmarktes lehnt an einem Unterstand für Einkaufswagen ein weißes Fahrrad der Marke MARS. Es ist mit einem roten Fahrradschloss gesichert. Legen Sie die Aldi-Tüte in den vorderen Korb des Fahrrads unter die Jacke. Dann verschwinden Sie. Sollte ich etwas Verdächtiges bemerken, bin ich weg und Tobias …! Sie verstehen. Und jetzt bringen Sie das Geld sofort dorthin. Sie haben maximal fünf Minuten Zeit." Ein Knacken im Lautsprecher des Billiggerätes verriet, dass der Mann abgeschaltet hatte.

„Eins an alle: Ihr habt es gehört. Weißes Fahrrad mit rotem Schloss an einem Unterstand für Einkaufswagen. Wer dort in der Nähe ist, schlendert unauffällig hin. Ende!"

Sandra griff durch die offene Scheibe des Audis und zog die mit den Eurobündeln gefüllte Aldi-Tüte hervor. Dazu nahm sie einen Damen-Hut, setzte ihn auf und winkte kurz den drei anderen zu. Xaver hatte diese Aktion als Beginn seiner Tätigkeit gedeutet und war aufgesprungen. Schwanzwedelnd blickte er der Kommissarin nach.

Sandras Schätzung nach war, der besagte Unterstand keine hundert Meter Luftlinie von ihrem Flohmarkttisch entfernt. Sie hatten einen guten Standplatz gewählt, lobte sie sich während ihres Spurtes durch die Menge. Sie zog den Reißverschluss ihrer Lederjacke hinauf bis zum Kinn und danach einen Einweghandschuh über. Der Flohmarkt am heutigen Sonntag schien ganz Oldenburg und dazu die halbe Umgebung angelockt zu haben. Es war fast kein Durchkommen und hin und wieder war die Kommissarin fast so weit, „Polizei! Machen Sie Platz!" zu brüllen. Die Schnäppchenjäger waren wie im Rausch und drängelten sich vor den Verkaufsständen. Natürlich hatte man vonseiten des Betreibers nur die für die Sicherheit festgelegte Laufffläche geopfert. So war es möglich, mehr Flohmarktstände unterzubringen, was auch wieder mehr Einnahmen bedeutete. Der Entführer hat Nerven, dachte die Kommissarin, in fünf Minuten zum Fahrrad! Sie hätte ja auch weiter außerhalb stehen können, was dann? Vorne erblickte Sandra endlich den Stand für die Einkaufswagen. Da war auch schon das weiße Rad. M-A-R-S! Die vier Buchstaben des Herstellernamens konnte sie mit etwas Fantasie seitlich auf dem Rahmen erahnen. Sie mussten schon etwas abgekratzt sein. Ein altes Rad, vermutete die Kommissarin. Auch das rote Schloss leuchtete aus der inzwischen kürzer werdenden Entfernung.

„Was rempelst du mich an, du blöde Schlampe?" Ein tätowierter Typ im Unterhemd, an der Leine einen schwarzen Hund mit bösem Blick, hatte Sandra an ihrer Lederjacke festgehalten. Jetzt bitte nicht noch so etwas, ging es ihr durch den Kopf. Sie überlegte rasend schnell, wie sie aus der Sache wieder heraus und zum Fahrrad kam. Sie entschied sich für die sichere Variante, entschuldigte sich höflich bei dem Typ und schob seinen Arm von ihrer Schulter. „Beim nächsten Mal, Fräuleinchen …!", grinste der Kahlgeschorene durch eine Reihe schlechter Zähne. Endlich war Sandra beim Fahrrad angekommen. Sie zog den Hut etwas tiefer ins Gesicht. Vorne hing der Korb. Sie hob die Jacke, die darin lag, etwas hoch, legte die Aldi-Tüte darunter und deckte alles wieder ab. Den Kopf nach unten geneigt, bewegte sie sich wieder zurück in das Getümmel. Um den Unterstand herum herrschte jede Menge Betrieb. Seitlich fiel ihr ein großer Stand mit zwei Frauen auf, die Käse in großen Tüten verkauften. Sie standen etwas erhöht und hatten ihre üppige Oberweite in ein enges Shirt geklemmt. Über Bügelmikrofone priesen sie ihre Ware an: „Keine 30 Euro, nein: keine 20, auch keine 15 Euro – für fünf … ja … fünf Kilo feinsten Käse. Der Wert der Tüte liegt bei fünfzig Euro und ihr bekommt sie für … unglaubliche vierzehn Euro. Wer da nicht zuschlägt, ist selber schuld." In dem Moment hörte Sandra die Menge aufschreien. Eine der Damen hatte den Kopf eines Kaufinteressenten zwischen ihre Oberweite geschoben, was eine Hochstimmung hervorrief. Manche mussten sich ihr Geld schon sauer verdienen, dachte Sandra kurz. Eines war sicher, der Entführer hatte den Platz gut gewählt, hier war echt Party.

„Hier eins an alle, der Pokal ist übergeben", waren die ersten Worte der Kommissarin, die sie an die Kollegen weitergab.

„Drei für eins! Ich stehe am Stand mit den Maschinen, unweit vom Bike, habe Blickkontakt", war im Headset zu hören, als Sandra sich wieder zurück zum Stand drängte. „Fünf für eins, bin auch gerade dort eingetroffen!"

Beruhigt drosselte Sandra ihr Tempo, sie wollte nicht erneut mit einem der Besucher in Streit geraten.

„Eins für alle! Wie sieht es aus. Ist der Pokal noch da?", fragte die Kommissarin

„Positiv eins, hier drei. Es hat sich bisher noch nichts getan am Bike. Schweini ist noch nicht aufgetaucht."

Der ließ sich aber auch Zeit, fluchte Sandra. Inzwischen waren einige Minuten vergangen und keiner der Kollegen hatte sich wieder gemeldet.

„Hier drei. Eins, bitte kommen! Beim Bike ist plötzlich ein Menschenauflauf. Mein Blick auf das Geschehen ist eingeschränkt. Die anderen Kollegen müssen jetzt Kontakt aufnehmen. Irgendetwas läuft da. Ich gehe mal näher ran."

Sandra sah in die neugierigen Augen von Marc, Kathrin und ihrer Kollegin von der Hundestaffel. „Da geht was in die Hose, Kollegen. Lasst das nicht zu!"

12

Einige Minuten später waren Sandra und Conny plus Xaver dabei, durch die Menge bis zum Einkaufswagenunterstand zu rennen. Der Hund machte Eindruck auf die Menschen und so kamen sie schneller voran als die Kommissarin wenige Minuten zuvor. Es war proppenvoll auf dem Flohmarkt und Sandra hatte das Gefühl, beim Ende eines Werder-Spiels gegen den Strom der Stadionbesucher anrennen zu müssen. Endlich beim Fahrrad angekommen, fanden sie es in leicht schiefer Position vor. Es war aber noch immer am Unterstand festgekettet. Sandra erkannte den Kollegen Kommissar Schmitz. Er stand unmittelbar daneben und tat so, als schreibe er auf seinem Handy eine SMS. Ihr fiel auf, dass er sich kleidertechnisch speziell für den Flohmarkt ausgestattet hatte, und, wäre die Situation nicht so tragisch, hätte Sandra am liebsten laut losgelacht. Das musste Schmitz' erster Flohmarktbesuch sein und die Klamotten schienen wohl dem Container einer Kleidersammlung entnommen. Der Korb am Fahrrad wirkte leer, nur die alte Jacke baumelte seitlich hinunter. Sandra war sofort klar, das Geld war weg. Ob es der Typ genommen hatte oder ein Flohmarktbesucher? Sie konnten nur hoffen, dass es der Entführer war, der die markierten Scheine jetzt besaß. Wenn Tobias Reinert irgendetwas geschehen würde, nicht auszudenken.

Schmitz sah die Kollegin kommen und lief ihr entgegen.

„Das Geld ist weg", schrie er durch den Lärm, der noch immer vom Käsestand herüberschwappte. „Die

Frauen vom Käsestand", er zeigte zur Seite, „haben eben verpackte Käseproben in die Menge geschmissen. Kistenweise. Ja, und gierig haben sich alle darauf gestürzt. Das hat – im Prinzip – einen Riesentumult ausgelöst. Wie ein Typ mir mitteilte, sind die Frauen wohl mit dem Käsestand bei jedem Flohmarkt dabei und veranstalten das pünktlich zu jeder Stunde. Der Typ hatte wohl auch hier gewartet, um sich kostenlos mit Käse einzudecken."

Schmitz schien begriffen zu haben, was seine Aussage bedeutete, und resigniert ließ er plötzlich die Schultern sinken. „Tut mir leid, Frau Oberkommissarin."

Sanda grinste: Schmitz hatte während seiner Ausführung nur einmal „Im Prinzip" benutzt. Das – so fand sie – war auf jeden Fall einen Bonus wert: „Schluss jetzt, Kollege Schmitz. Sagen Sie einfach Sandra zu mir!"

Der Schweißhund ließ sich nicht durch die seitlich wegspringenden Besucher auf dem Flohmarktgelände Wechloy beirren. Seit Xaver vor weniger als einer Minute an der Jacke im Fahrradkorb gerochen hatte, rannte das Tier wie besessen über den Parkplatz. Gerade hatte ein Mann versucht, ihnen auszuweichen. Dabei war er wohl etwas unglücklich gegen einen Tapeziertisch gefallen und hatte ihn umgerissen. Hinter sich hörte Sandra das Geschrei und Gemecker des Mannes und wohl auch die des Standinhabers. Frauchen Conny hatte die Jacke in eine Plastiktüte gesteckt und sie dem Hund über die Nase gestülpt. Ein paar Sekunden durfte Xaver die Duftspur aufnehmen. Dann nahm Conny die Tüte wieder ab und schon zog der Hund an seiner langen Leine. Sie hatten auf ihrem

Lauf, an zig Verkaufsständen vorbei, gerade das seitliche, zum Fahrradgeschäft B.O.C. gelegene Ende des Wechloyer Flohmarktes erreicht. Die Menschen hinter ihnen blieben staunend stehen und schauten dem Paar mit dem Hund kopfschüttelnd nach. Sandra wollte sich lieber nicht damit beschäftigen, was sie dabei dachten. Wie Conny schon im Vorfeld berichtete, folgte der Hund nicht der Fuß-, sondern einer Geruchsspur. Auch eine Flucht auf dem Fahrrad würde dem Erpresser nichts bringen, hatte die Kollegin von der Hundestaffel erklärt. „Aber verschwindet der Typ im Auto, haben wir verloren!", rief Conny während des gemeinsamen Spurtes in Richtung eines Marktes für Tiernahrung. Der Hund gab das Tempo vor und Sandra war froh, auf ihre gute Kondition zurückgreifen zu können. Auch Conny schien fit. Die Kommissarin nahm sich vor, sie später einmal danach zu fragen, ob sie vielleicht auch Marathon lief. Plötzlich blieb der Hund abrupt stehen. Was hatte er? Im Moment sah man weit und breit keinerlei Personen. Einige Meter vor ihnen entfernten sich zwei Radfahrer vom Flohmarkt. War der Erpresser darunter? Erneut zog der Hund an und sie folgten ihm, inzwischen mit beschleunigtem Atem. Die Temperaturen lagen im angenehmen Bereich, aber nicht unbedingt für einen längeren Sprint in Tageskleidung geeignet. Xaver wollte nun die viel befahrene Straße überqueren. Zebrastreifen kannte er wohl nicht. So hielt Sandra die Autos an, die zuversichtlich hofften, auf dem *Famila*-Gelände einen Parkplatz zu ergattern. Weiter rannten sie seitlich an den Geschäften vorbei. Dann links, Sandra wusste, am Ende lag der Schnäppchenmarkt Zimmermann. Sie liefen inzwischen sicher schon zwei oder drei Minuten. Ob der Entführer Wechloy schon verlassen hatte? Dann waren die ganze Rennerei und der Aufwand ohne Erfolg. Schlimmer noch, sie musste Herrn und Frau Deters mitteilen, dass sie versagt hatte. Versagt hier in Wechloy. Wo das *Famila* doch so etwas wie ihre abgeschlossene Vergangenheit war. Der Hund schlug nun einen Haken und sprintete nach rechts, am seitlichen Parkplatz von *Staples* vorbei. Schließlich über die breite Ammerländer Heerstrasse. Das Warten auf die grüne Fußgängerampel war unmöglich und so mussten die beiden Frauen aufpassen, dass man sie und den Hund nicht anfuhr. *McDonalds* kam in Reichweite. Ob der Typ …? Nein, das glaubte Sandra nicht. Doch dahinter lagen Wohngebäude. Die Siedlung *Am Tegelbusch*. Dahinter der *Drögen-Hasen-Weg*, eine ihrer abendlichen Laufstrecken. Bei den Hausbesitzern dort handelte es sich, so wusste sie, eher um gut betuchte. Vielleicht ein Rechtsanwalt in Geldnot? Sollte es ja geben. Ihr fiel Jan, der Hamburger Medienanwalt, ein. Sie hätte es ja mal mit ihm probieren können. Nein, der war ihr doch zu arrogant. Aber vielleicht war bei ihm nur alles gespielt und Jan eine Seele von Mensch? Vor einigen Tagen hatte der 31-Jährige ein Foto von sich neben einem *Mercedes SLK* gepostet. Im offenen Sportwagen durch die Hansestadt zu flitzen, wäre vielleicht nicht das Schlechteste gewesen. Sandra riss sich aus dem Gedanken, denn der Hund blieb erneut stehen. Plötzlich zog Xaver nach rechts auf den Parkplatz seitlich des *McDonalds*-Gebäudes. Hier waren nur wenige Fahrzeuge geparkt, fiel der Kommissarin auf. Der Hund hechelte etwas und lief auf drei von Fahrzeugen belegte Parkplätze zu. Bei einem weißen Beetle Cabriolet, der zwischen einem Golf und einem Suzuki Swift stand, machte er abrupt halt. Sandra und Conny stolperten fast, so unverhofft traf sie dieser Stopp des Tieres. Sandra registrierte, dass innen im offenen Wagen ein jüngerer Mann saß. Er schien sie bisher nicht bemerkt zu haben und war mit irgendetwas auf seinem Schoß beschäftigt. Der Hund sprang nun laut bellend am Wagen hoch und Sandra dachte sofort mit Schrecken an die Kratzer im Lack des Beetle. Der Mann im Volkswagen erschrak fürchterlich. Er hob den Kopf und schaute sie mit aufgerissenen Augen an. Sandra trat schnell einen Schritt näher. Als sie ins Wageninnere und auf den Schoß des Mannes blickte, lag dort eine aufgerissene Aldi-Tüte, aus der Bündel mit Euroscheinen quollen.

Der junge Mann saß in sich zusammengesunken auf dem Stuhl vor einem fast leeren Schreibtisch. Nur ein Mikrofon war vor ihm aufgebaut und das Szenario glich wie aufs Haar denen aus Tausenden von Kriminalfilmen. Sandra empfand dies jedes Mal so, wenn sie zu einer Vernehmung ging. Sie hatte Sascha Linke eine Weile durch den Spiegel, der das Vernehmungszimmer von dem Dienstzimmer trennte, zugeschaut. Er bewegte sich kaum. Der Mann war völlig fertig, aber Mitleid fehl am Platz, auch wenn es sich bei Linke tatsächlich um einen Trittbrettfahrer handeln sollte. Zumindest hatte er das bei seiner Verhaftung zum Ausdruck gebracht. Der junge Mann wurde dermaßen überrascht von seiner Festnahme, dass seine ersten gestammelten Worte überhaupt keinen Sinn ergaben. So ließ die Kommissarin ihm und sich Zeit und erst jetzt, zwei Stunden später, bestand sie auf einer Erklärung.

Linke hob den Kopf, als Sandra eintrat. Doch nur so wenig, dass er sehen konnte, wer den Raum betrat. Unversehens verfiel er wieder in die Position des Beleidigten. Sandra kannte das von anderen Kriminellen.

Sie weigerten sich zuzugeben, dass sie jemand anderem Unrecht getan hatten. Vielmehr wollten sie sich rausreden oder besser reinwaschen durch Erklärungen bis weit zurück in ihre Jugend oder gar in ihre Kindheit.

„Vernehmung Sascha Linke durch Oberkommissarin Sandra Holz, Sonntag, den ..., 14 Uhr ...", sie schaute auf die Uhr, „... 53. Lassen Sie uns beginnen, Herr Linke. Belehrt sind Sie. Sie hatten bei der Verhaftung erzählt, Sie hätten Tobias Reinert nicht entführt. Das Ganze sei ein Versuch gewesen, zu Geld zu kommen. Bleiben Sie bei der Behauptung?"

Der Angesprochene hob nun den Kopf und schaute die Kommissarin mit Tränen in den Augen an. Es war ihr nicht aufgefallen, dass Linke geweint hatte. Aber das kam vor und sie wartete auf eine Antwort. Erst räusperte sich der Mann, dann begann er: „Ich wollte Tobi eins auswischen. Wo immer er sich gerade rumtreibt."

Sandra sah, dass Linke seine Fäuste geballt hatte. Oft kam es bei Vernehmungen zu Übergriffen auf die vernehmenden Beamten. Sie warf einen prüfenden Blick zum Spiegel, hinter dem sie Kommissar Schmitz wusste.

Linke schwieg nun. „Sie wollten ihm also eins auswischen. Heißt das, Sie haben ihn nicht in Ihrer Gewalt?"

Linke nickte.

„Und das soll ich Ihnen glauben. Der ganze Aufwand mit Fahrrad, Funk, Erpresserbrief – nur, um Reinert eins auszuwischen?"

Erneut nickte der Mann.

„Hören Sie, Herr Linke, so kommen wir nicht weiter. Dann erklären Sie mir doch einmal, wenn das

Ganze nur inszeniert war, wie sind Sie an das blutige Unterhemd gekommen?"

Linke wischte sich mit dem Handrücken durch ein Auge und erklärte dann: „Tobi hatte bei einem Besuch in meiner Wohnung Nasenbluten. Und bevor ich ein Tuch besorgen konnte, lief alles auf das Hemd. Ich habe es erst waschen wollen, dann aufgehoben ... als Andenken."

Sandra überlegte kurz. Das klang nicht nach Ausrede, doch war sie nicht restlos von seiner Geschichte überzeugt.

„Und da haben Sie – um ihm eins auszuwischen – einen solchen Aufwand betrieben?"

„Ich ... brauchte dringend Geld. Tobi hatte sich ja seit Wochen nicht mehr gemeldet und sonst ... er hat mich hin und wieder unterstützt, müssen Sie wissen."

„Kannten Sie Reinert von der Schule oder woher?"

„Nein, wir trafen uns in einem Club in Flensburg, wo auch mein Studium begann, bevor es hier in Oldenburg klappte. Ja, und so kam das."

„Und Sie haben keinerlei Information darüber, wo sich Tobias Reinert aufhält?"

„Nein! Ich erfuhr aus der Presse, dass Tobi wohl abgetaucht sein sollte. Ja, und nach dem letzten Krach mit ihm ...!"

„Erzählen Sie mir von diesem Krach!"

Dieses Mal war das andere Auge dran. Als Linke sich die Tränen herausgerieben hatte, meinte er: „Wir sind im Streit böse aneinander geraten. Die Sache sei beendet, erklärte Tobi; das war am 19. April, einem Samstag. Er kam nach dem Spiel sofort zu mir in die Wohnung und schrie mich an. Ich hatte hier in Oldenburg einen etwas speziellen Saunaclub besucht, müssen Sie wissen. Und jemand muss es ihm wohl gesteckt haben."

So ganz glaubhaft war die Geschichte nicht, und noch erschien der Kommissarin nicht alles nachvollziehbar. Obwohl sie da so eine Vermutung hatte.

„Sagen Sie, Herr Linke, Sie sprachen von – beendeter Sache –, das klingt mehr als nach einer Freundschaft?"

Linke war plötzlich aufgesprungen und schrie weinend auf. Keine fünf Sekunden später öffnete sich die Tür und Kommissar Schmitz stürzte herein. Doch Linke hatte sich an der Tischplatte festgeklammert und schrie mehrere Male: „Wir haben uns doch geliebt, wir haben uns doch geliebt!"

13

Sandra war auf dem Weg nach Wildenloh. Sie wollte noch joggen und plante für heute eine andere Strecke als sonst. Nachdem sie am gestrigen Sonntag nicht gelaufen war und auch eben noch das Protokoll abgeschlossen und alles andere über die vermeintliche Entführung von Tobias Reinert zusammengetragen hatte, wurde es Zeit, den Kopf freizubekommen. Laufen war dazu die beste Möglichkeit. Die Vernehmung von Sascha Linke war beendet und es war nur schlüssig, dass der Haftrichter den jungen Mann nach Prüfung in die Justizvollzugsanstalt Oldenburg einweisen musste. Auch wenn der Erpressungsversuch – wie es Linke ausdrückte – nur eine Retourkutsche oder ein Racheakt an seiner großen Liebe Tobias Reinert war. Trotzdem blieb es ein Verbrechen. Die Eltern von Tobias nahmen das Ergebnis der Aktion mit gemischten Gefühlen auf. Einerseits hatten sie gehofft, die Warterei auf ein Lebenszeichen sei zu Ende und Tobias wieder frei, andererseits waren sie natürlich froh darüber, dass das blutverschmierte Unterhemd vom Nasenbluten ihres Ziehsohnes herrührte. Doch noch immer gab es keinerlei Spuren über den Verbleib des Stürmerstars. Linke konnte im weiteren Verlauf der Vernehmung nachweisen, dass seine homosexuelle Beziehung zu Reinert tatsächlich der Wahrheit entsprach und keine falsche Behauptung war. In der Wohnung von ihm fanden die Beamten bei der Durchsuchung Bild und Tonmaterial, das aussagekräftig genug war. Im Protokoll stand, Linke habe Reinert mit einem anderen Mann betrogen und der wollte – nachdem er es wusste

– die einjährige Beziehung sofort beenden. Dabei war es zu Handgreiflichkeiten gekommen. Linke gestand, dass das Nasenbluten und somit die Blutflecke auf dem Unterhemd von seinem Schlag ins Gesicht von Tobias Reinert stammten. Er hielt es also anfänglich nicht mit der kompletten Wahrheit. Auch erklärte Linke, es sei aus Notwehr geschehen. Man habe sogar von späterer Heirat gesprochen, schrieb die Kommissarin ins Protokoll, obwohl sie das überzogen fand. Als Marc Argenberg ihren Bericht gelesen hatte, erzählte er von einem Fußballspieler, der wenige Wochen zuvor, kurz nach Ende seiner Karriere, sein Comingout verkündete. Marc spekulierte, dass Reinert mit seiner Situation nicht zurechtkam und sich das Leben genommen haben könnte. Sandra hatte dieser These interessiert zugehört. Anschließend beleuchteten beide Kommissare eine Weile das Für und Wider einer solchen Kurzschlusshandlung. Doch bald waren sie sich einig: Was brachte die ganze Diskussion darüber, wenn es keine Leiche gab? Herr und Frau Deters hatten die Meldung über Tobias' Verlangen nach dem gleichen Geschlecht gefasst aufgenommen. Sandra war sich nicht sicher, ob sie davon wussten oder es zumindest ahnten. Sie musste unbedingt in den nächsten Tagen wieder nach Hamburg, um mit den Vertretern des Fußballvereins, aber auch mit Tobias' angeblicher Geliebten zu sprechen. Bei einer kurzen Recherche am Nachmittag hatte sie ein Foto dieser Lulu van Gästern bei einem Escortservice entdeckt. Es war naheliegend, dass Tobias Reinert die Frau vorschob, um von seiner Homosexualität abzulenken. Das würde die Frau der Kommissarin noch beantworten müssen. Sandra überlegte, die unsympathische Dame sogar wegen Behinderung und Falschaussage anzuzeigen. Aber das wollte sie von deren Bereitwilligkeit beim nächsten Treffen abhängig machen.

Da war doch wieder dieser schwarze Chevrolet? Schon gestern Abend war ihr der dunkle Van mit der dänischen Nummer aufgefallen. Stand er nicht vor dem *Arkdeniz*, dem türkischen Restaurant, unweit ihrer Wohnung? Oder sah sie schon wieder Gespenster? Vor allem, was dunkelfarbige Busse anging, hatte sie ihre Phobie noch nicht ganz ausgestanden. Überall sah sie diese Dinger. Der Polizeipsychologe schlug ihr vor, sich selbst einen zu kaufen. Aber zumindest einen zu leihen und ein paar Tage darin rumzufahren. Es sollte wohl ein Scherz sein.

Sie bog gleich hinter dem Waldhaus Wildenloh rechts von der Friedrichsfehner Straße ab. Obwohl es regnete, standen noch genügend Fahrzeuge auf dem Waldparkplatz. Es schien, dass sie trotz der schlechten Witterung und der dazu beginnenden Dämmerung nicht alleine auf der Laufstrecke war. Das beruhigte sie etwas. Sie stieg aus dem Mini und zog draußen eine dünne Jacke über das Laufhemd. Dann bückte sie sich noch einmal und steckte ihr kleines Handy ein. Nachdem sie den Wagen abgeschlossen hatte, begann sie, sich aufzuwärmen. Die Übungen waren Routine und nach wenigen Minuten fühlte sie sich bereit, loszurennen. Mit gemächlichem Schritt lief sie Richtung Wald. Schon vor einer Weile hatte sich ihre Blase gemeldet und sie hatte gehofft, dass diese noch eine Stunde durchhielt. Aber das schien nicht der Fall zu sein. Doch beim Laufen ständig an die Toilette zu denken, machte auch keinen Sinn. Sie schaute sich um, kein Läufer weit und breit. Sie betrat den Wald und tappte vorsichtig seitlich ins Gehölz auf der Suche nach einer geeigneten Stelle. Als ihr irgendwie alles als Toilette ungeeignet vorkam, zog sie an Ort und Stelle ihre Shorts herunter und setzte sich. Es musste halt ausnahmsweise so gehen. Ein großhubiger Motor war plötzlich bei der Straße zu hören. Hier zwischen Oldenburg und der Ammerländer Ortschaft Friedrichsfehn herrschte stets reger Verkehr, beruhigte sie sich selbst. Doch der Wagen schien langsamer zu werden und stoppte wenige Meter von ihr auf dem unbefestigten Parkplatz. Das fehlte noch, ein Trupp Läufer, die hier einfielen und sie hier bei ihrer Notdurft erwischten. Schnell zog sie ihre Hose wieder hoch. Die Angelegenheit musste noch warten. Leise Stimmen waren nun zu hören. Sie wollte aus dem Gebüsch treten, doch dann blieb sie stehen und bemühte sich, durch die Büsche zu erkennen, um wen oder was es sich handelte. Das Erste, was sie sah, war eine große schwarze Autofront. Vorne prangte ein riesiges Chevrolet-Logo. Da war doch schon wieder dieser dunkle Wagen. Das konnte kein Zufall sein. Sie schob sich etwas höher, um das Nummernschild zu erkennen. Tatsächlich, es handelte es sich um ein dänisches Kennzeichen. Wenn sie bloß ihr Smartphone dabei hätte! Das alte Laufhandy hatte keine eingebaute Kamera. Sie las die Nummer ab und versuchte, sie sich einzuprägen. Diese verdammten Versicherungskennzeichen ergaben keinen Sinn und man konnte sie sich zudem noch schlecht merken. Inzwischen hatten sich die Türen des Wagens geöffnet und zwei Männer in schwarzen Anzügen waren ausgestiegen. Etwas untypisch für Läufer, grinste Sandra in sich hinein. Sie stellte sich gerade vor, wie diese Typen mit den Anzügen und den Lederschuhen auf die 5000-Meter-Strecke gingen. Die Männer redeten miteinander, aber aus der Entfernung konnte sie kein Wort verstehen. Auch wurde es langsam dunkler. Die beiden sahen asiatisch aus, glaubte sie zu erkennen. Plötzlich bog ein Kleinwagen auf den Parkplatz. Sie hatte ihn nicht kommen gehört. Die Männer wohl auch nicht, denn sie sprangen sofort zurück in den Chevrolet und schlossen die Türen hinter sich. Wenn sie jetzt davonfuhren, hatte sie sich sicher getäuscht. Der kleine Wagen kam etwas weiter seitlich auf dem Parkplatz zum Stehen. Aus ihm sprangen zwei bunt gekleidete Läufer heraus und spazierten vergnügt in den Wald. Sandra machte sich ganz klein, bis sie an ihr vorbeigelaufen waren. Wieder hörte sie ein Türenschlagen, und als sie sicher war, dass die Läufer fort waren, erhob sie sich. Die beiden Asiaten hatten den Transporter wieder verlassen und waren neben ihren roten Mini getreten. Durch die Scheiben des Wagens, erkannte Sandra, blickten sie in das Fahrzeug. Einer telefonierte dabei laut. Der andere hatte eine Taschenlampe in der Hand und leuchtete das Wageninnere ab. Jetzt war es genug, da ging irgendetwas nicht mit rechten Dingen zu und sie musste herausbekommen, was. Sandra drückte die Notrufnummer und gab einem Kollegen in der Zentrale ihre Position durch. Sie machte die Sache dringlich und bat um Unterstützung. Sie schaute auf die Uhr. Die Kommissarin war gespannt, wie lange die Polizisten bis hierher brauchten. Kurz überlegte sie, zum Wagen zu laufen und die Typen anzusprechen. Aber es wurde immer dunkler, und als Frau alleine gegen zwei Männer? Nein, das war keine gute Idee. Es war sicherer, auf Verstärkung durch die Kollegen zu warten. Plötzlich rief einer der Männer aufgeregt etwas zum anderen. Die beiden schauten sich verstört an, dann liefen sie zurück zu ihrem Wagen, starteten den Motor und schossen – eine Sandfontäne hinter sich wegschleudernd – in Richtung Friedrichsfehn.

Keine Minute später fuhr ein Streifenwagen auf den Waldparkplatz.

Sandra saß im Büro des Polizeirates und ihr Kollege Marc Argenberg neben ihr.

„Und Sie meinen, dieser Vorfall hat etwas mit Ihnen zu tun?", fragte Dreling seine Mitarbeiterin. Sie war gestern Abend nicht mehr gelaufen und, nachdem sie die Polizeibeamten aufgeklärt hatte, nach Hause gefahren. Das dänische Kennzeichen konnte sie zum Glück wiedergeben und man versprach, die Kollegen zu verständigen und nach dem Wagen zu schauen. Für eine Fahndung schienen allen die Fakten nicht ausreichend. Sandra fand noch abends in einer Autobörse den Wagentyp. Es handelte sich um einen Chevrolet Express Cargo. Wahrscheinlich die größere Version. Sie erinnerte sich an den lauten Motor. Und zu Dienstbeginn am nächsten Morgen berichtete sie Dreling von dem Ereignis.

„Die wollten vielleicht deinen Mini kaufen!", versuchte Marc die Angelegenheit etwas zurückzustufen.

„Lassen Sie das, Kollege Argenberg", rügte Dreling den Kommissar. „Das müssen wir schon ernst nehmen. Obwohl – der dunkle Wagen … das klingt schon etwas nach Mafia. Frau Holz, Sie hatten doch noch in Hamburg zu tun? Ich befürworte also die Verlängerung Ihres Aufenthalts im LKA für eine weitere Woche. In der Zeit werden wir uns Gewissheit darüber verschaffen, was es mit den dänischen Typen auf sich hat."

Sandra fand, Dreling hatte ein paar weise Worte gesprochen. Sie verabschiedete sich und verschwand mit Kommissar Argenberg in ihrem Büro.

„Marc, wir haben inzwischen drei Baustellen am Laufen." Sie zählte sie unter Zuhilfenahme ihrer Finger auf: „Erstens: Der Tod des englischen Paares auf dem Campingplatz, zweitens: Die Suche nach Tobias Reinert, ja, und drittens: Die gestrige Sache."

Argenberg nickte. „Du hast recht und jetzt verlässt du uns und ich muss mit dem dusseligen …!" Sandra hatte einen Zeigefinger über ihre Lippen gelegt und äußerte: „Du wirst jetzt aber bitte keinen Kollegen beleidigen!"

Marc hielt beide Hände vor sich und meinte: „Mea culpa, mea culpa, mea maxima culpa!"

„Fahre bitte als Erstes zu den infrage kommenden Spargelhöfen in Meppen und Sandkrug und suche nach einem auffälligen Typen ohne Körperbehaarung!"

Marc grinste! „Das wollte ich eigentlich dir überlassen!" Er versuchte, eine weibliche Stimme nachzumachen und sagte: „Entschuldigen Sie, bitte entkleiden Sie sich. Ich muss mal schauen, ob sie Körperbehaarung anbieten können!" Er schlug sich vor Lachen auf die Schenkel, doch Sandra war irgendwie nicht zum Lachen zumute. Der gestrige Abend mit dem Auftauchen dieses schwarzen Transporters lag ihr noch ganz schwer im Magen.

14

Im Hotel Village im Stadtteil St. Georg erwartete sie
das gleiche Zimmer wie beim letzten Besuch. Sicher
war es Zufall, fand sie, als man das bei ihrem Anruf
von unterwegs bestätigte, doch sie sah es als gutes Zeichen. Sie fuhr dieses Mal mit der Bahn nach Hamburg
und hatte auf den Mini verzichtet. Es gab ihr ein bes-
seres Gefühl, anonymer zu sein, statt mit dem auffällig roten Wagen herumzufahren. Vor allem war sie in
Hamburg nicht auf Parkplätze und Parkhäuser ange-
wiesen. Auf dem Weg zum Hotel stieg ihr zum wiederholten Male dieser Uringeruch seitlich des Bahn-
hofes in die Nase. Auch heute roch es wieder extrem.
Bei der Überquerung einer Fußgängerampel am Steindamm fiel ihr ein im Papierkorb wühlender Obdach-
loser auf. Das schien hier in Hamburg ein richtiger
Sport zu sein. Ständig hatte sie während ihrer Anwesenheit hier Menschen auf der lukrativen Suche nach
Leergut beobachtet. Konnte es sein, dass die Konsu-
menten dauernd auf das Pfand verzichteten und damit
die Papierkörbe der Hansestadt füllten? Eher glaubte
sie inzwischen, dass die Stadt Hamburg aus sozialen
Gründen von unten immer wieder Plastikflaschen
nachschob. Ein stetiger Kreislauf also.

Ihr Hamburger Kollege Schweiss hatte sie an diesem
Mittwochabend im Hotel abgeholt und in ein türkisches Restaurant in der Nähe geführt. „Hier gibt es den
besten Döner Hamburgs", hatte er geschwärmt. Sandra ließ es offen, ihm mitzuteilen, dass Döner so ziemlich das Letzte war, was sie an Gerichten mochte. Zu

allem Glück schmeckte ihr das Essen doch tatsächlich gut. Sie hatte einen Hähnchen-Döner bestellt mit viel Krautsalat und Pommes. Dazu ein alkoholfreies Weizen – der Wirt besaß keine Konzession für alkoholische Getränke.

„Ich habe mein Lebens-Alkoholpensum schon in den ersten fünfzig Jahren ausreichend erfüllt", gestand Schweiss und nippte an einem Glas Mineralwasser. „Und was hat es mir eingebracht? Zwei schlecht funktionierende Nieren und eine kaputte Leber."

Im Laufe des Abends erzählte Schweiss der jungen Kollegin von seinen Alkoholexzessen. Aber auch von der Alkoholsucht seiner Frau. Diese war, so Schweiss, vor sieben Jahren an Leberzirrhose gestorben. „Zuerst hat es mich aus der Bahn gestoßen – dann bin ich aufgewacht!" Nur der kleine Sohn der einzigen Tochter habe den Kommissar am Leben gehalten, erklärte er. Und dass er sich arrangiert habe zwischen Arbeit, Dialyse und dem, was er als „wiedergefundenes Familienleben" beschrieb. Er klärte sie darüber auf, dass Alkohol nicht nur Gift für die Leber sei, sondern dass sich auch im menschlichen Filtersystem Niere hohe Konzentrationen der ausgefilterten Giftstoffe des Alkohols ansammelten. Und dass dies zum akuten Einsetzen von Nierenschmerzen und im schlimmsten Fall – wie bei ihm – zu einem Versagen der Nieren führen könnte. „Zwei Vormittage in der Woche verbringe ich an der Dialyse. Anderen geht es schlimmer!"

Sandra war bei diesen Schilderungen ganz still geworden. Sie hatte eigentlich vor, nach dem Outing des Kollegen von ihren Erlebnissen zu erzählen. Ließ es dann aber. Das „Reinen-Tisch-machen" hatte Zeit für später.

„Ja, Sandra, was soll ich sagen. Sei froh, dass du gesund bist, eine nette Familie hast und dass dein bisheriges Leben in vernünftigen Bahnen verlief!", endete Alexander Schweiss seine Ausführungen und bestellte noch ein Mineralwasser.

„Wenn der wüsste!", dachte Sandra.

Noch hatte man die Vereitelung der vorgetäuschten Entführungssache in Oldenburg geheim halten können, ging es Sandra durch den Kopf, als sie nach Lübeck fuhr. Dieses Mal hatte sie sich bei Frau van Gästern telefonisch angemeldet und schon dabei war das schlechte Gewissen der Dame deutlich zu spüren.

„Sie wollten Tobias also heiraten?", fragte die Kommissarin, als sie mit einer Tasse Kaffee in den Händen auf deren Sofa in der Lübecker Wallstraße 35 saß.

„Also! Wissen Sie, Frau Kommissarin, ich meine, Sie sind ja eine Vertrauensperson. Ihnen kann ich es ja sagen."

„Ich bitte darum!"

„Tobi wollte nicht, dass alle davon wussten! Seine Karriere …" Sie druckste herum, kam nicht auf den Punkt, doch Sandra ließ sie schmoren. Wenn sie nicht alles auf den Tisch legte, war sie dran.

„Sie werden es nicht glauben, aber Tobi und ich, wir haben nie … nein, Tobi war schwul! Jetzt ist es raus." Frau van Gästern war aufgestanden und an einen mit Flaschen überladenen, kleinen Tisch spaziert. Sie griff dort nach einem Flakon mit brauner Flüssigkeit und hielt ihn hoch: „Auch ein Cognac?"

Sandra winkte dankend ab.

Die Frau goss sich einen halben Schwenker voll, trank das Glas in einem Zug leer und kam dann zurück.

„Jetzt geht es mir besser. Ich weiß, Frau Kommissarin, Sie haben schon durchschaut, dass ich einen etwas ... speziellen Beruf ausübe?" Sie kreuzte ihre Beine übereinander und diese Redepause veranlasste Sandra, „In der Tat" zu erwidern.

„Ich habe Tobi über meinen Beruf kennengelernt. Erst buchte er mich für einen Abend. Wir fuhren zu einem Neujahrsempfang im Fußballstadion, langweilige Sache. Ich habe mit Fußball null am Hut! Beim zweiten Mal musste ich ihn begleiten, als ein Sponsor alle St. Pauli-Spieler mit Frauen und Freundinnen eingeladen hatte. Ja, und dann wieder bei einer Scheckübergabe des Vereins, den Tobi stets unterstützte. Ich meine, *Phönikks* heißt er. So ging das ein paar Wochen."

Sandra nickte zustimmend.

„Dann wurde mir das Hin und Her zu viel. Tobi rief an, als ob er eine Putzfrau bestellen würde, die seine Wohnung nach einer Party aufräumt. Er meinte dann, du musst kommen, ich brauch dich. Aber so einfach ging das nicht. Ich musste stets Buchungen anderer ... Männer rückgängig machen und mir Ausreden einfallen lassen. Erst bekam ich Probleme mit der Agentur, dann mit dem Geld. Sie müssen wissen, auch ich muss meinen Lebensstandard halten!"

Sandra glaubte zu wissen, was sie meinte.

„Ja, und dann habe ich ihm gesagt, ganz oder gar nicht! Und er hat sofort zugestimmt."

„Er hat Ihnen also die Wohnung gemietet und zahlt Ihnen wohl noch eine monatliche Apanage? Und alles, ohne dass Sie ... etwas nachgeholfen haben?"

„Sie meinen, ich hätte seine Neigung ausgenutzt und ihm gedroht, ihn ...? Nein, ich mag Tobi, er ist ein ganz lieber – und nur, weil er schwul ist? Viele Männer sind schwul. Beim Fußball ist das natürlich nicht so gerne gesehen."

Sandra hatte genug gehört. Sie bat die Frau, mit ihrem Personalausweis in den nächsten Tagen zur Lübecker Polizei zu gehen, und wollte die Kollegen telefonisch von deren Erscheinen in Kenntnis setzen. So musste die Zeugin nicht noch bis Hamburg fahren. Doch Frau van Gästern schien das gar nicht zu gefallen.

„Man kennt mich hier, Frau Kommissarin. Ich möchte lieber zu Ihnen nach Hamburg kommen und dort alles zu Protokoll geben!"

Sandra hatte nichts dagegen einzuwenden.

Abends im Hotel Village klingelte ihre Mutter sie an. Sandra hatte sich für heute eine zweite heiße Dusche gegönnt und rief nach dem Abtrocknen zurück. Wahrscheinlich plante Mutter schon den Termin für die standesamtliche Hochzeit, dachte sie mit Schrecken. Doch Frau Holz wusste anderes zu berichten.

„Weißt du, wen ich heute getroffen habe, Sandra?"

Ihr war klar, jetzt kam wieder dieses Frage-und-Antwort-Spiel, das Mutter so schätzte. Aber heute ließ die Tochter sie ohne Widerspruch gewähren.

„Du glaubst es nicht, die Mutter von Helene, Frau Lütjenjans."

Sandra glaubte ihrer Mutter.

„Und was meinst du, was die erzählt hat?"

Sandra wusste es nicht, aber sie war sich sicher, ihre Mutter würde es nicht für sich behalten können. Wahrscheinlich war Helene schwanger von einem Typen aus dem Lauftreff. Oder sie hatte im Lotto gewonnen. Irgend so etwas!

„Du wirst es nicht glauben, mein Kind!"

Sandra lief es eiskalt den Rücken herunter. Wenn die Mutter sie „mein Kind" nannte, gab es stets schlechte Nachrichten.

„Helene ist verschwunden!"

15

Man hatte es vor der Presse nicht geheim halten können und so stand die Meldung vom Verschwinden des St. Pauli-Stürmers am heutigen Tag in allen Hamburger Zeitungen. „Tobias Reinert – homosexueller Stürmerstar des FC St. Pauli – tot? Nahm er sich das Leben?", schrieben sie, aber auch: „Starb Tobias Reinert im einschlägigen Hamburger Milieu? – Leiche bisher nicht aufgetaucht." Die Hamburger Presse hatte aber auch Ideen. Ob sie die Schlagzeilen auswürfelten?

Die vorgetäuschte Entführung und die Lösegeldforderung in Oldenburg wurden auch in diversen Berichten erwähnt. Man sprach dort von einem gut geplanten Verbrechen und dass es durch den Einsatz eines sogenannten Mantrailers verhindert worden war. Eine Kommissarin wurde nicht erwähnt, wunderte sich Sandra.

Sandra hatte diese Halbwahrheiten schon am Hauptbahnhof in den Zeitungsauslagen gelesen. Auch auf dem Infoscreen in der U-Bahnlinie 1 auf ihrem Weg nach Alsterdorf wurde darüber berichtet. Es schien Tagesgespräch in Hamburg zu sein. Sie hörte auf dem Bahnhof, wie die Wartenden über diese Sache diskutierten und zwei Typen in der Bahn darüber ihre Sprüche klopften: „Da hat der Tobi seinen Hintern wohl dem Falschen entgegengestreckt!" Wie arm und dumm waren doch manche Menschen, dachte Sandra. Samstags schreien sie noch zu Tausenden deinen Namen und montags haben sie dich schon entsorgt.

Alex Schweiss saß noch „beim Arzt", wie die Kollegen Sandra mitteilten. Inzwischen wusste sie, dass er regelmäßig zur Dialyse ging.

„Guten Morgen, sind Sie die Kollegin aus dem schönen Oldenburg?"

Ein Mann hatte kurz an die offene Tür des Büros geklopft und war dann ohne Aufforderung eingetreten. Er grinste Sandra an und schien auf die Antwort zu warten.

„Das ist richtig, ich komme aus Oldenburg. Und Sie sind ...?"

Der Mann streckte seine Hand vor und machte sich bekannt: „Kötter, Sam Kötter. Ich bin gebürtiger Ammerländer."

Sandra schlug ein: „Schön, Sie kennenzulernen. Sind Sie aus Westerstede?" Das war das Einzige, was ihr im Moment einfiel.

„Ja, fast. Meine Familie wohnt in Zetel."

„Und Sie pendeln – oder wohnen Sie hier in Hamburg?"

„Nein", erklärte Kötter, „ich fahre nur am Wochenende nach Zetel. Seit sechs Jahren schon. Eigentlich wollte ich schon lange wieder zurück nach Niedersachsen, aber Sie wissen ja, die Bürokratie ...!"

„Das heißt, Sie suchen jemanden, der mit Ihnen die Stelle tauscht?"

„So sieht's aus!"

Sam Kötter strahlte glücklich, als Sandra diese Frage stellte, und sofort erkannte sie die Möglichkeiten, die sich daraus ergaben. „Warten Sie, Kollege Kötter, ich hole Kaffee ...", und schon war sie in den Aufenthaltsraum verschwunden.

Hauptkommissar Kötter hatte ihr nach Rückkehr das Du angeboten und danach machten sie es sich ge-mütlich. Er kannte einige Kollegen aus der Polizeidirektion Oldenburg und erklärte, schon einige Anläufe einer Versetzung dorthin versucht zu haben. Immer vergebens. Die einzige Chance sah er in gegenseitigem Tausch einer gleichwertigen Stelle.

Nach einer Weile rückte er mit dem Grund seines Besuches heraus. Sandra hatte es schon geahnt und während des Gespräches über eine Antwort nachgedacht.

„Also, Sandra, ich dachte, wenn es dir hier gefällt und du hier bleiben möchtest, dann könnten wir doch die Stellen tauschen?"

Etwas ängstlich schaute der Mann sie an. So, als habe er Angst vor ihrer Ablehnung. Er hatte sich aufgerichtet und blickte sein Gegenüber erwartungsvoll an. Sandra zögerte kurz und ließ sich alles noch mal durch den Kopf gehen.

„Im Prinzip, Sam, möchte ich gerne hier in Hamburg arbeiten. Ich wohne seit dreißig Jahren in Oldenburg und etwas Abwechslung würde mir sicher guttun. Ich weiß nur nicht, ob diese Versetzungsabsicht etwas zu früh kommt. Ich hatte eher das nächste Jahr anvisiert."

Der Kommissarin war aufgefallen, dass sie jetzt auch schon dieses „Im Prinzip" des Kollegen Schmitz in ihren Wortschatz aufgenommen hatte.

Sam Kötter war etwas in sich zusammengefallen und nickte stumm.

„Wie lange würden denn die Formalitäten einer Versetzung dauern?", fragte Sandra.

„Ich hatte vor zwei Jahren schon einmal die Gelegenheit. Ein Kollege aus Wilhelmshaven wollte hierher. Der Liebe wegen. Aber als alles in trockenen Tüchern war, machte die Dame mit ihm Schluss und er blieb bei seiner Mama!"

Sam hatte die letzten Worte so einfühlsam gesagt, dass die Kommissarin lachen musste.

„Er blieb bei Mama! Mir geht es ähnlich, ich wohne auch noch bei Mama!"

Kötter schaute etwas ungläubig. Doch Sandra nickte: „Ja, es ist wahr. Ich bin Single und habe eine kleine Wohnung oben in meinem Elternhaus. Sam, ich möchte dir jetzt nichts versprechen. Ich werde die Tage noch darüber nachdenken, auch was die Wohnungssuche angeht. Ich gebe dir auf jeden Fall bis Ende nächster Woche Bescheid."

„Alles klar, Sandra. Und bei der Wohnungssuche kann ich dir sicher helfen: Ich habe unweit von hier, in der Rathenaustraße, eine kleine Mansardenwohnung. Die Vermieter würden dem Mieterwechsel mit einer alleinstehenden Kollegin sicher zustimmen. Ganz liebe Leute!"

Nach dem Gespräch mit Kötter rief Sandra in Oldenburg an. Marc Argenberg, so erzählte ein Kollege, sei dienstlich unterwegs, und sie glaubte zu wissen, wo er sich gerade aufhielt. Auf dem Handy erreichte sie ihn dann.

„Hi, Marc, kennst du Sam Kötter, einen Kollegen aus dem Polizeipräsidium in Hamburg?"

Als Marc verneinte, wechselte sie sofort das Thema: „War nur so eine Idee! Dann bringe mich bitte mal auf den aktuellen Ermittlungsstand, Marc."

„Du erreichst mich mit guten Nachrichten, Sandra. Ich komme soeben von einem Spargelhof aus der Nähe von Meppen. Es gibt zwei davon dort unten im Emsland. Doch erst auf dem letzten Hof bekam ich einen Tipp. Wir sind bisher doch davon ausgegangen, dass man nur polnische Spargelhelfer beschäftigt? Das scheint aber nicht immer der Fall zu sein. Inzwischen greift man auf Tschechen zurück, warum auch immer."

„Das ist ja interessant, Marc. Dann solltest du die Kollegen der tschechischen Polizei um Amtshilfe bitten. Vielleicht hat es dort schon irgendwelche Übergriffe mit CO_2 gegeben. "

„Genau das werde ich morgen früh tun!", bestätigte der Kollege.

Nachdem es von seiner Seite sonst nichts zu berichten gab, erzählte Sandra ihm von ihren Erlebnissen hier in Hamburg, unter anderem von ihrem Treffen mit Frau van Gästern.

„Sie hat heute Morgen das Protokoll unterschrieben, Marc. Sie heißt in Wirklichkeit Olga Nikolewna und stammt aus Gorki."

„Gorki? Kenn ich!" Sandra war gespannt, was der Kollege meinte.

„Stadt an der Wolga mit fünf Buchstaben: Gorki!"

Sandra lachte laut ins Telefon: „Die Olga von der Wolga!"

„Marc, meine Mutter hat mir gestern vom Verschwinden einer Schulfreundin erzählt. Helene Lütjenjans-Hass aus Oldenburg. Weißt du etwas darüber?" Nachdem der Kollege das verneinte, beendeten sie das Gespräch.

Sandra fiel plötzlich die morgendliche Fahrt mit der U 3 nach Alsterdorf ein. Sie wollte ihrem Kollegen noch von ihrem Erlebnis erzählen und es dann vergessen. Zusammen mit ihr war heute Morgen am Hauptbahnhof ein ziemlich heruntergekommener Typ eingestiegen und setzte sich auch noch neben sie. Sie hatte kurz den Atem angehalten, dann aber feststellen müssen, dass die Ausdünstung des vielleicht 30-Jährigen sich im Rahmen hielt. Er schien sehr nervös, beobachtete ständig die Aktivitäten der anderen Fahrgäste im Wagen. Die Kommissarin vermutete schon ein Verbrechen. Vor dem Stopp bei den Landungsbrücken schrie er regelrecht die englische Ansage *„Please exit here for harbour boat trips"* mit. Anschließend lachte er über sein Verhalten und schlug sich fest auf die Knie. Sandra taten die Ohren weh und erst als sie sich laut räusperte, stellte er das dämliche Lachen etwas ein. Fortan inspizierte er nur noch sie. Beim Halt auf St. Pauli war er endlich aufgesprungen und schien die Absicht zu haben auszusteigen. Er schrie in das Quietschen der Bremsen: „Please exit here for fucking and blow jobs!" Grinsend verließ er den U-Bahn-Wagen. Einige Reisende ohne Headset hatten den Kopf geschüttelt. Sandra war froh, dass alles gut gegangen war.

16

Die Kommissarin hatte vor dem Einschlafen ihr Handy
lautlos gestellt. Alles Wichtige konnte bis morgen warten. Sie wollte durchschlafen und befürchtete, in der
Nacht durch den Klingelton erschreckt zu werden.

Es musste schon gegen Morgen sein, als Sandra
wach wurde. Es war ihr, als bewegte sich das Bett. Nur
ganz leicht. Sie hielt den Atem an, dachte anfangs an
ein leichtes Erdbeben – aber hier in Hamburg? Dann
schaltete sie die Nachttischlampe an und schüttelte
über sich selbst den Kopf: Es war ihr Handy, das unter
ihrem Kopfkissen lag. Der Klingelton war zwar abgeschaltet, aber der Vibrationsalarm ging noch. Auf dem
Display erschien: „Marc Argenberg". Die Zeiger der
Uhr leuchteten: drei Uhr 54. Wenn Marc um die Zeit
anrief, hieß das nichts Gutes.

„Mensch, Sandra, ich dachte schon, ich erreiche
dich nicht. Ich bin kurz vor Cuxhaven. Wir hatten
einen Anruf von der dortigen Polizeidienststelle. Auf
einem kleinen Campingplatz gab es einen Übergriff
auf zwei junge Mädchen eines Pfadfinderlagers.
Einer erwachsenen Aufsichtsperson ist bei einem
Rundgang gegen 2 Uhr 30 ein Mann aufgefallen, der
sich am Zelt der beiden Jugendlichen zu schaffen gemacht hat. Als die Aufsicht den Typ zur Rede stellen
wollte, flüchtete er. Die Kollegen aus Cuxhaven erklärten, der Mann sei der verdächtigen Person noch
ein Stück gefolgt. Dann habe der ihm etwas entge-
gengeworfen und ihn am Knie verletzt. Er musste die
Verfolgung abbrechen. Und was meinst du, was er
geworfen hat?"

Sandra hatte keine Lust auf Ratespiele im Morgengrauen und stöhnte: „Jetzt komm schon, Marc!"

„Es handelte sich um eine Kohlensäureflasche, 2 kg. Und das Beste steht auf einem Etikett: Eigentum des Spargelhofs Cadenberge!"

Sandra hatte die LKA-Bereitschaft angerufen und man stellte ihr tatsächlich umgehend einen Streifenwagen zur Verfügung. Wahrscheinlich musste man erst Alexander Schweiss anrufen und sein Einverständnis einholen, aber das war ihr schnuppe. Sie drängte auf dem schnellsten Weg zu diesem Spargelhof in Cadenberge. Die uniformierten Beamten sahen das Ganze wohl eher in Hamburger Gemächlichkeit. Als die Kommissarin aber ihre Forderung etwas verschärfte, schalteten sie das Blaulicht an und benötigten für die 100 km auf überwiegend Bundesstraße knappe 80 Minuten.

Marc hatte den Hof absperren lassen und das Blaulicht von vier Streifenwagen erhellte gespenstisch den flachen Gebäudetrakt des Spargelbetriebes. Sandra fand Marc in einem Unterkunftsblock seitlich des Hauptgebäudes. Er war in Begleitung von Kommissar Schmitz und einem kräftigen Herrn im gestreiften Schlafanzug mit Morgenmantel darüber, der lautstark am Schimpfen war: „Ständig Ärger mit der Polizei! Die Bande schafft immer Probleme. Im nächsten Jahr nehme ich wieder Polen. Sie sind fauler – aber es gibt weniger Ärger."

Sandra war von hinten an die drei herangetreten und legte Marc die Hand auf die Schulter. Er drehte sich um und grinste. Erst jetzt sah die Kommissarin die Gruppe von Männern und Frauen, die zum Teil im Nachtgewand in dem großen Saal auf Bierbänken saß.

Es musste sich um dreißig bis vierzig Personen handeln, überschlug sie kurz.

„Gibt es einen Dolmetscher?", fragte Kommissar Argenberg den Bauern neben sich. „Natürlich, haben Sie gedacht, das übernehme ich auch …!"

Ein strenger Blick des Kommissars ließ ihn verstummen. Zwei Männer waren sofort aufgestanden und zu der kleinen Gruppe getreten.

„Wir sprechen Ihre Sprache. Aber das bringt uns hier keinerlei Vergünstigungen!", ließen sie die Beamten wissen. Der Inhaber des Spargelhofes kochte.

„Sind alle Spargelhelfer denn hier versammelt?", fragte Schmitz. Der Bauer schien einem Wutanfall nahe, doch einer der Deutsch sprechenden Tschechen antwortete ihm. „Natürlich nicht. Einige wohnen außerhalb. Oder schlafen im Auto, um die hohe Übernachtungspauschale zu sparen."

Sandra hörte den Bauern zetern: „Von wegen hoher Übernachtungspauschale …!"

„Wir suchen eine männliche Person", begann Kommissar Argenberg, „eine, die keine Kopfbehaarung trägt."

„Im Prinzip eine mit Glatze!", fügte Schmitz laut hinzu.

Sandra schaute in die Reihen der Spargelhelfer. Da saßen einige Kahlköpfige.

„Dieser Mann rasiert aber nicht nur seinen Kopf, auch Körperhaare scheint er nicht besonders zu mögen."

Der Übersetzer kratzte sich am Kopf und meinte dann: „Sie meinen sicher Livio. Livio Mazolesku! Ja, der rasiert ständig an sich herum. Die Frauen, die unsere Duschen reinigen, haben ihn schon ermahnt, das sein zu lassen. Und sie haben recht, ständig sind unsere Abflüsse verstopft."

Sie hatten einen Namen und damit einen Verdächtigen. Marc teilte Sandra im anschließenden Gespräch mit, er habe die Duschhäuser auf dem Otterndorfer Campingplatz schließen und versiegeln lassen, bis die Spurensicherung eintraf und sie sich vornahm. Er wusste auch zu berichten, dass die beiden Mädchen wohl noch bewusstlos waren, aber es vonseiten der Ärzte des Rhön-Klinikums in Cuxhaven hinsichtlich der Genesung keinerlei Bedenken gab. Die CO_2-Flasche war eindeutig als Eigentum des Cadenberger Bauern identifiziert worden. Der Tscheche mit dem Namen Livio Mazolesku wurde sofort zur Fahndung ausgeschrieben. Marc versprach, ein Foto des Tatverdächtigen aufzutreiben und die Kollegin auf dem Laufenden zu halten. Hier konnte Sandra nichts mehr tun. Die Kommissarin ließ sich noch in der Nacht von den Polizeibeamten zurück nach Hamburg bringen.

17

Sie hatte darauf verzichtet, den Wecker zu stellen, und war durch Schläge an der Tür aufgewacht. Das laute Klopfen musste sie mitten aus ihrem Traum gerissen haben, denn sie erinnerte sich sofort an die Einzelheiten. Sie nahm an einem Marathonlauf teil und wie es schien, war sie – kurz vor dem Ziel – an erster Position. Alle anderen – ob Männer oder Frauen – überholte sie leichten Schrittes. Doch wenige hundert Meter vor dem Ziel traf sie auf den rot gekleideten Italiener Luca-Matteo. Er war wohl noch vor ihr auf der Strecke, hatte sich aber einen Fuß in einem Einlaufgitter seitlich der Laufstrecke eingeklemmt. Mit seinen rehbraunen Augen bat er Sandra flehend um Hilfe. Für einen Moment überlegte sie, weiterzulaufen. Dann stoppte sie und half ihm aus dem Hindernis, während einige Läufer an ihr vorbeirannten und hämisch grinsten. Miteinander liefen Luca und sie dann los …

Den gemeinsamen Zieleinlauf bekam Sandra aufgrund der Störung leider nicht mehr mit. Erneut rumpelte es an der Zimmertür. Sie schaute auf ihre Uhr auf dem Nachttisch: 9 Uhr 12.

Sie vermutete das Zimmermädchen und rief: „Ich brauche noch einige Minuten!"

Sie vernahm Schritte, die sich entfernten.

Unter der erfrischenden Dusche ließ sie die gestrige Nacht noch einmal Revue passieren. Die Aufklärung der Campingplatzgeschichte erwies sich wohl so weit als abgeschlossen. Sicher musste der Mann noch gefasst werden, aber da war sie voller Zuversicht. Doch über den Verbleib des Fußballers gab es noch immer keinerlei Hinweise. Ihr fiel der Anruf der Mutter ein. „Helene ist verschwunden!" Ob das ernst zu nehmen war? Sandra trocknete sich ab und cremte die Haut ein. Nachdem sie ihre Kleidung angelegt hatte, lief sie nach unten, vielleicht gab es noch einen Kaffee. Der Speisesaal war leer und Erika, die hinter der Rezeption stand, erkannte die Situation sofort.

„Sicher hatten Sie gestern eine lange Nacht, ich werde Ihnen Kaffee und ein Croissant holen!", und schon verschwand sie wieder in der kleinen Küche.

Sandra musste Helenes Mutter anrufen, um zumindest nachzufragen, was passiert sei. Doch zunächst wählte sie Helenes Handynummer: *Ihr gewünschter Gesprächspartner ist zurzeit nicht erreichbar,* meinte eine digitale Frauenstimme. Sandra besaß nicht die Rufnummer von Familie Lütjenjans in Oldenburg, so googelte sie im Smartphone, wurde auch schnell fündig und rief dort an. Erika brachte inzwischen den Kaffee und das Croissant und schlich leise davon.

„Hallo, Frau Lütjenjans, hier ist Sandra Holz. Sie erinnern sich? Aus der Siebenbürgen Straße!"

Die Frau schien gleich zu wissen, wer am Apparat mit ihr sprach, und antwortete: „Natürlich kenne ich dich, Sandra. Also, ich meine natürlich, Frau Holz. Sie sind doch bei der Polizei …!"

„Sie können gerne beim Du bleiben, Frau Lütjenjans. Meine Mutter erzählte mir, dass Helene zurzeit nicht erreichbar ist?" Sandra hatte sich bemüht, es locker zu formulieren.

„Das ist richtig, Sandra. Sie war abends noch einkaufen, wollte zum Mitternachts-Shoppen in die Schlosshöfe. Und als ich am nächsten Morgen in ihr Zimmer schaute, fand ich das Bett unbenutzt vor."

„Hatte sie nicht ein eigenes Appartement hier in Oldenburg?"

„Doch, natürlich. Eine Eigentumswohnung unweit unseres Hauses. Aber sie schlief seit ihrer Rückkehr aus Frankfurt meistens bei uns."

Sandra dachte an die Vorteile einer eigenen Wohnung und wunderte sich, dass Helene sie nicht nutzte. Wie gerne hätte sie mit der Schulfreundin getauscht.

„In der Wohnung haben Sie sicher schon nach ihr geschaut?"

„Natürlich, schon am gleichen Morgen. Ihre Kleider lagen durcheinander auf dem Bett. Gerade so, als wäre Helene zum Joggen gegangen und nicht …! Weißt du, Sandra, du bist Polizistin, dir kann ich es ja erzählen. Ich weiß nicht, was da in Frankfurt passiert ist die letzten Jahre. Mit ihrem Mann und ihrem Job! Helene hat nie viel darüber berichtet. Nur, dass sie in ärztlicher Behandlung war. Eine Nervensache, hat sie erklärt. Ich glaube, es waren Depressionen und sie wollte nie darüber sprechen. Dabei ging es den beiden in Hessen so gut! Aber ich kenne das von meiner Schwiegermutter, das kann bis zu Selbstmordversuchen …!"

Sandra glaubte plötzlich, dass Frau Lütjenjans den Hörer abgedeckt hatte. Aus welchem Grund auch immer. Vermutlich ging ihr die Sache sehr nahe.

„Hallo, Frau Lütjenjans!"

„Ja, Sandra, Entschuldigung. Ich habe nur ein Taschentuch geholt. Was können wir da nur machen?"

„Haben Sie es auch bei Helenes … Exmann versucht?"

„Also, die Scheidung ist ja noch nicht ausgesprochen, aber er wohnt wohl in den USA; und ich habe keine Telefonnummer von ihm. Aber, Sandra, zu ihm wollte sie auf keinen Fall mehr zurück."

„Waren Sie denn schon bei den Kollegen auf der Dienststelle?"

„Du meinst sicher die Polizei? Ja, da war ich vorgestern. Die haben erklärt, ich müsse abwarten. Helene sei erwachsen und könne ihren Aufenthaltsort frei wählen. Du wirst das kennen. Sie meinten, ich solle in ein paar Tagen wiederkommen."

Sandra erinnerte sich an ihr Gespräch vor knapp zwei Wochen mit Herrn und Frau Deters. Denen hatte sie das Gleiche erklären müssen. Frau Lütjenjans erzählte noch von Helenes plötzlicher Freude am Laufen, vom Hamburg-Marathon und dass die Tochter sich schon für einen weiteren Marathon im kommenden Monat Juni angemeldet habe. Davon wusste Sandra nichts. Sie machte der Frau Mut und versprach, sich wieder bei ihr zu melden.

Im Polizeipräsidium erklärte ihr die Dame im Geschäftszimmer, dass Hauptkommissar Schweiss den Tag freigenommen hatte. Sandra setzte sich in das leere Büro des Kollegen und suchte nach Lösungen. Alles schien total verworren. Menschen waren plötzlich verschwunden, dann diese Sache mit dem dänischen Chevrolet, dem Van. Es ergab keinen Sinn, und egal welchen Gedankengang sie auch einschlug, am Ende landete sie stets in einer Sackgasse. Das Einzige, was alle drei Betroffenen gemeinsam hatten, war die Liebe zum Laufsport. Und die Teilnahme am Hamburg-Marathon vor mehr als drei Wochen. Aber auch das ergab keinen Sinn. Sie holte sich einen Kaffee und sprach mit einem ihr unbekannten Kollegen über das Wetter. Dann kehrte sie ins Büro zurück. Sie beschloss, sich vom Organisationsteam des Marathonlaufes eine Teilnehmerliste kommen zu lassen. Zu ihrer Verwunderung dauerte das nur wenige Minuten. Als sie sich dem Geschäftsführer der „Marathon Hamburg Veranstaltungs GmbH" gegenüber als Mitarbeiterin von Hauptkommissar Schweiss vorstellte, schickte der die Liste sofort auf den Weg.

Eine halbe Stunde später saß sie vor dem Bildschirm. Geschäftsführer Lucas Eisenthal hatte auch eine paar Daten des Marathons mitgesandt: 16.691 Anmeldungen, letztendlich 13.307 am Start und 12.857 Finisher. Sie rechnete kurz durch: 450 Läufer hatten das Ziel nicht in der vorgegebenen Zeit erreicht. Doch eine ganze Menge. Hinzu kamen 6.000 Staffelläufer. Die Aussage, 3.500 Anmeldungen aus 70 Nationen, überraschte sie. Sie rief die Teilnehmerliste auf und scrollte durch eine Unendlichkeit von Namen und Adressen. Zuerst sortierte die Kommissarin die Tabelle nach dem Land, dann nach den Vornamen. Ob es mehrere Luca-Matteos gab? Tatsächlich gab es nur einen. Eigentlich war das, was sie gerade machte, nicht im Sinne des Dienstherrn. Oder doch? Sie nahm sich vor, den Italiener einfach als Zeugen zu sehen, und schon war ihr schlechtes Gewissen verschwunden.

Luca-Matteo Ferraro wohnte laut Liste in der Böckmannstraße 14, in 20099 Hamburg. Ferraro, welch ein Name! Kein Wunder, dass die Mama ihren Jungen rot ausgestattet hatte, grinste die Kommissarin. Auch eine Telefonnummer war angegeben. Aber ein Anruf schien Sandra zu aufdringlich. Sie suchte auf einer digitalen Hamburg-Karte nach der Straße. Welch ein Zufall, die Böckmannstraße lag unweit des Hotel Village im Stadtteil St. Georg. Da würde sich doch ein abendlicher Spaziergang anbieten. Ihr Herz hüpfte bei dem Gedanken. Sofort kamen Zweifel bei ihr auf. Vermutlich öffnete eine dickliche Italienerin mit drei kleinen

Schreihälsen an der Schürze ihr die Haustür. Sie verdrängte sofort dieses Klischee einer italienischen Mama. Nein, sie würde es offiziell machen und sich als Vertreterin des Gesetzes zu erkennen geben.

Ihr kam der Gedanke, herauszufinden, ob es auch andere Marathon-Läufer gab, die nach dem 4. Mai als vermisst gemeldet waren. Aber wie sollte sie das anstellen? Im Zentralrechner des Landeskriminalamtes eine Nachforschung in Auftrag zu geben, schien ihr im Moment noch zu aufwendig und übertrieben. Also freute sie sich erst einmal auf den Abend und die Suche nach ihrer Marathonbekanntschaft.

Luca-Matteo saß ihr mit einem Glas Rotwein gegenüber und das Grinsen in seinem Gesicht stand dort seit mindestens dreißig Minuten. Sandra wollte ihn schon bitten, die Gesichtszüge zu verändern, befürchtete aber, ihn damit zu verärgern.

Sie war gegen 18 Uhr zur Böckmannstraße spaziert. Aus dem Hotel hinaus dann rechts und einige Querstraßen weiter lag die Straße. Unweit der Polizeidienststelle „Hamburg-Mitte". Zuerst hatte sie etwas Angst davor, bei der Adresse vielleicht etwas Sonderbares vorzufinden. Einen Sexclub oder Schlimmeres. Aber es handelte sich um eine kleine ruhige Nebenstraße. Doch auch hier, seitlich des Steindammes, war Europa allgegenwärtig. Ein türkisches Kebab-Restaurant, ein anatolischer Juwelier und gegenüber auf der anderen Straßenseite die Moschee einer islamischen Gemeinde. Ja, und wohl auch Luca-Matteo mit seiner italienischen Familie. Vor Hausnummer 14 waren Klappsessel und Tische aufgebaut. Rot-weiß karierte Tischdecken flatterten im Wind. Sandra sah das schon aus der Ferne. „La Famiglia – Ristorante tipica cucina italiana" stand in großen Lettern auf zwei eher aus der Mode gekommenen Lichtwerbekästen. Sandra schaute nach oben. Das Haus hatte mehrere Stockwerke und die Pizzeria lag ebenerdig. Links des Gebäudes führten einige Stufen zu einer Haustür. Die Kommissarin hatte oben nach einer Klingel gesucht, die auf die Bewohner hinwies. Doch der Name Ferraro war dort nicht zu finden. Sie entschloss sich dazu, im La Famiglia zu Abend zu essen. Draußen fuhr ein lärmendes Motorrad vorbei und sofort nahm sie ihr Vorhaben, an der Straße zu speisen, zurück. Sie betrat den Gastraum. Es war wohl noch zu früh für den großen Ansturm und Sandra hatte, was Plätze anging, die freie Auswahl. Sie setzte sich an einen Zweiertisch unweit der Tür. Sofort erschien ein älterer Herr und brachte ihr freundlich grüßend die Speisekarte. Sie entschied sich für eine *Zuppa di Gamberetti* und als Hauptspeise für *Fettuccine al Gorgonzola e Spinaci*. Die Räumlichkeiten, aber auch das Interieur waren Standard italienischer Restaurants der 70er Jahre. Sandra vermutete, man hatte aus Gründen der Tradition, außer einer Erneuerung des Anstriches, bisher wenig verändert. Sie bestellte zum Essen eine Karaffe Bardolino, einen trockenen Rotwein vom Gardasee. Der Ober brachte Weißbrot und gesalzene Butter und im nächsten Gang den Wein. Sandra entschied sich erst zu essen, bevor sie nach Luca-Matteo fragen wollte.

Die Krabbensuppe war besonders lecker und auch die Bandnudeln mit Blattspinat in Gorgonzolasauce waren nicht nur etwas für das Auge. Innerhalb kürzester Zeit hatte sich das Ristorante gefüllt und Lebensfreude und laute Konversation von Gästen – überwiegend italienischer Abstammung – zeigten auch bei Sandra positive Wirkung.

Gerade führte sie die Gabel zum Mund, als ein Mann mit einer roten Schürze vor ihr stand. Sie hob den Kopf und schaute in die braunen Augen von Luca-Matteo.

„Sandra, welche Überraschung! Wie hast du mich gefunden?"

Der Italiener strahlte Sandra an und griff nach ihrer Hand. „Ich habe sogar bei der Marathonleitung angerufen und mich nach deiner Adresse erkundigt, vergebens. Ich war kurz davor, einen großen Ballon über Hamburg schweben zu lassen. Mit der Aufschrift *„Sandra – wo bist du?"*

Inzwischen hatte die Kommissarin ihm erklärt, wie sie an seine Adresse gekommen war und Luca-Matteo zeigte sich überrascht von ihrem Beruf und die Art und Weise des Zusammentreffens. „Obwohl", erklärte er, „das Wie ist doch egal. Wichtig ist, wir haben uns wiedergefunden."

Sandra geriet ins Staunen über diese Worte und sah erneut die dickliche Ehefrau vor sich, die ihr mit den Kindern an der Küchenschürze die Tür öffnete.

Im weiteren Verlauf des Gesprächs hatte der Mann ihr mitgeteilt, er sei noch immer Junggeselle und dass dies mit seinem Beruf als Koch zu tun habe. Lange Jahre reiste er wohl auf Kreuzfahrtschiffen umher, bis seine Eltern ihm im letzten Jahr die Leitung des Ristorante „La Famiglia" übertrugen. Er hatte nach dem Vater – es handelte sich um den Mann, der hier kellnerte – und der Mutter gerufen, die sofort aus der Küche zum Tisch eilten, und ihnen „seine Sandra" vorgestellt.

„Ich habe euch doch von dieser Frau beim Marathon vorgeschwärmt – hier ist sie!" Sandra war das Ganze etwas peinlich. Vor allem, als „Papa" und „Mama" sie vor sämtlichen Gästen drückten und alle Besucher plötzlich auch noch spontan applaudierten.

„Wann bist du mit der Arbeit fertig, Luca-Matteo?"
„Sag einfach Luca, Sandra. Das ist nicht so lang!"
„Gut, Luca, wann können wir uns in Ruhe unterhalten?"
„Das wird sicher bis 22 Uhr dauern. Und nur, wenn ich Mama bitte, die Küche zu säubern und alles für morgen vorzubereiten", meinte Luca und lächelte: „Aber das macht sie gerne!"
Luca lief zurück in die Küche. Doch nicht, ohne ihr das Versprechen abgenommen zu haben, ihn um 22 Uhr abzuholen. Sandra versuchte währenddessen, die Rechnung zu begleichen. Doch das war nicht möglich. Lucas Vater lehnte den Empfang des Geldes kategorisch ab, und als sein Gesicht schon leicht verärgerte Züge annahm, ließ Sandra es sein.

Sie spazierten durch einen kleinen Park, keine zweihundert Meter vom *La Famiglia* entfernt. Das war das Faszinierende an der Metropole Hamburg: Unweit von jeglichem Stress durch Fahrzeugverkehr und Menschenmassen befanden sich immer wieder kleine und größere Grünflächen, die zur Erholung einluden.

Luca hatte Wort gehalten und war pünktlich vor den Restauranteingang getreten. Er hakte Sandra wie selbstverständlich unter, und vom selben Moment an fühlte sie sich bestens aufgehoben. Er erzählte von seinen Großeltern, die im letzten Jahr verstorben waren und ihm ihr kleines Haus in Bad Oldesloe vererbt hatten. Das habe er etwas umgebaut und verbringe hier die eher seltenen, freien Tage. Auch dass eine Etage im elterlichen Haus in der Böckmannstraße sein Eigentum sei, berichtete Luca. Die Wohnungen lagen in einem Anbau an die Pizzeria und aus diesem Grund hatte Sandra den Eingang nicht auffinden können. Sandra erklärte auf seine Frage nach einem Lebensgefährten, dass es bisher noch nicht richtig geklappt habe. Auch sie schob es auf den Beruf. Sofort ergriff er ihre Hand und so liefen sie weiter.

„Luca, ich wollte dich etwas fragen. Das ist auch der Grund meiner dienstlichen Recherche."

Der Italiener schien sofort gemerkt zu haben, dass das private Gespräch unterbrochen war. Er ließ ihre Hand los und bot ihr einen Platz auf einer kleinen Holzbank unter einer Laterne an. Inzwischen war es draußen dunkel geworden. Luca-Matteo zog ein silbernes Zigarettenetui heraus und fragte Sandra: „Stört es dich, wenn ich meine Feierabendzigarette rauche?"

Sandra verneinte das.

„Also, was hast du auf dem Herzen?", fragte der Mann zwischen zwei tiefen Zügen.

„Ich bearbeite einige Fälle, bei denen es sich um vermisste Personen handelt. Alle sind – Zufall oder nicht – am 4. Mai den Hamburg–Marathon mitgelaufen."

Sandra wartete auf eine Frage, doch Luca schwieg.

„Ist dir seit unserem Lauf etwas Ungewöhnliches aufgefallen?"

Luca überlegte und schüttelte dann den Kopf: „Nein, eigentlich nicht!"

„Ich dachte es mir. Ist auch lediglich eine Vermutung. Was meinst du, warum Menschen einfach verschwinden?"

„Da gibt es sicher unterschiedliche Gründe. Vielleicht wegen einer unglücklichen Liebe ...", er grinste Sandra verschmitzt an, „dann, um dem Fiskus zu entkommen, also wegen einer Steuersache. Oder auch, um vor der Polizei zu fliehen. Dann sicherlich bei Selbstmord. Obwohl, ich bin da nicht so erfahren, aber Selbstmörder wollen doch, dass man sie findet, und möchten, dass Angehörige und Freunde um sie trauern, oder nicht?"

Sandra zuckte mit den Schultern und wollte seine Überlegungen nicht einfach unterbrechen.

„Planen Selbstmörder nicht ihre Tat?"

„In vielen Fällen sicher, Luca", meinte Sandra. „Fallen dir sonst noch irgendwelche Gründe ein?"

„Entführung natürlich. Dann sexuelle Delikte. Bei Kindern und Jugendlichen hört man das doch oft. Sie tauchen einfach nicht mehr auf. Werden von Mördern irgendwo ... Sandra, müssen wir das fortsetzen?"

Sandra sah ein, dass Luca recht hatte, und sie pflichtete ihm bei. Genug der Strapazen.

„Ich habe noch eine Flasche kühlen Rosé in meinem Appartement, hast du vielleicht Lust?", fragte Luca und seine warmen Augen funkelten sanft. Ein Mann mit solchen treuen Augen kann keine Dummheiten machen, glaubte Sandra und nickte bestätigend. Händchen haltend und lachend liefen sie zurück zum Steindamm.

18

Die Kommissarin saß mit Alexander Schweiss in dessen Büro am Bruno-Georges-Platz. Sie hatte den Kollegen über alles bisher Gelaufene ins Bild gesetzt. Von der Campingplatzsache ihrer Oldenburg-Dienststelle bis hin zur gestrigen Begegnung mit Luca-Matteo. Natürlich verschwieg sie ihm, wie nahe sich die beiden gestern Abend schon gekommen waren. Auch dass der Italiener sie für den Sonntag in sein Haus in Bad Oldesloe eingeladen hatte. Schweiss hielt die Verbindung zum Marathon für etwas zu weit hergeholt. Er bat die Kommissarin, noch einmal mit den Verantwortlichen des FC St. Pauli über Tobias Reinert zu reden. Sandra pflichtete dem Kollegen bei. Vielleicht konnte sie dort noch etwas in Erfahrung bringen.

Pressesprecher Bäumler hatte nach ihrem Anruf und der angekündigten Befragung wohl den Vorstand des FC St. Pauli sowie den Trainer über das Treffen informiert. Denn als er die Kommissarin in einen Besprechungsraum am Millerntor geleitete, saßen dort weitere drei Herren, die sich als Vorsitzender, Schriftführer und Mannschaftstrainer vorstellten. Sandra war erfreut darüber, dass man die Sache endlich ernst nahm. Es handelte sich ja auch um einen Menschen, der vermisst wurde, und nicht um den Transfer eines Spielers.

Die Besprechung am Millerntor hatte sie nicht weitergebracht. Alle sahen es als „Worst Case" an, wenn Tobias Reinert bis zu den Relegationsspielen nicht mehr auftauchen würde. Der Verein sagte der Kommissarin jegliche Hilfe und Unterstützung zu. Sie bat, sich noch den Arbeitsplatz des Stürmers anschauen zu dürfen, und man geleitete sie durch eine Metalltür direkt in den Tribünenbereich.

„Klopfen Sie, wenn ich Ihnen öffnen soll", hatte Bäumler freundlich gemeint und sie alleine gelassen.

Wandmalereien und Graffitis prägten die seitlich offenen Gänge und den Weg zu den überdachten Plätzen des Stadions am Millerntor. Das Rund war menschenleer und nur über ihr hörte sie ein Hämmern. Als ihr Blick nach oben ging, machte sie einen Mann aus, der in luftiger Höhe die gläserne Dachverkleidung instand zu setzen schien. Sie ließ sich auf einem braunen Plastiksitz mit der Nummer zwanzig nieder und blickte hinunter auf das leere Grün des Spielfeldes. Plötzlich schien es, als höre sie den lauten Lobgesang Tausender Fans auf den Spieler Tobias Reinert. Es war ihr, als spüre sie den gleichen Druck, den der Spieler auf dem Rasen ertragen musste. Dieser wöchentliche Kampf um sportliche Höchstleistungen. Um Siege, und natürlich um Tore. Sandra hatte sich nie mit dem Thema befasst. Doch nun empfand sie Hochachtung diesen jungen Männern gegenüber. Was musste in ihnen vorgehen, wenn sie versagten, Tore ausblieben oder sie gar einen Elfmeter verschossen? Konnte so etwas zu einem übergroßen Lebensdruck führen, der dann im Suizid endete? Einem Fußballspieler war das doch passiert. Sie erinnerte sich dunkel daran. Und gerade jetzt passierte vielleicht das Gleiche mit Tobias Reinert, dem Stürmerstar des FC St. Pauli? Ein seitlich schräg an einem Betonpfeiler aufgehängter BMW Mini brachte sie wieder zurück in die Realität und sie überlegte, welchem Zweck die Präsentation des Wagens dienen sollte. Ein Kunstwerk oder eher Werbung der renommierten deutschen Automarke? Sie wollte nachfragen. Einige Meter von ihr entfernt klemmte zwischen zwei Pfeilern der Spielfeldabsperrung ein Bierbecher. Sandra stand von ihrem Sitz auf und begann zurückzulaufen. Als sie sich noch einmal zum Platz umdrehte, hatte eine starke Windböe den Plastikbecher weggerissen.

Die Kommissarin verließ das Vereinsgebäude am Millerntor und telefonierte anschließend mehrere Male mit Oldenburg. Doch auch Marc Argenberg konnte ihr nicht weiterhelfen. Die einzige Information die er lieferte, war, dass tschechische Grenzbeamte den dringend Tatverdächtigen Livio Mazolesku am Grenzübergang nach Kraslice – unweit der sächsischen Stadt Klingenthal – festgenommen hatte. Und dass ein Auslieferungsverfahren gestellt worden war. Es schien nur noch eine Frage der Zeit, bis Mazolesku in der Bundesrepublik seine gerechte Strafe empfangen würde. Dieser Mann übte in den nächsten Jahren keine Verbrechen mehr aus. Da war sich die Kommissarin sicher.

Die restlichen Tage der Woche kämpfte sich Sandra durch die Liste der Marathon-Teilnehmer. Stichprobenartig telefonierte sie einzelne Läufer ab, ließ aber auch den LKA-Rechner nach Personen suchen, die seit dem 4. Mai 2014 vermisst wurden.

19

Das Haus von Luca-Matteo Ferraro lag im 1976 eingemeindeten Sehmsdorf, unweit der schleswig-holsteinischen Kreisstadt Bad Oldesloe. Es stand als letztes Gebäude in einer kleinen Straße namens Hofkamp und gespannt erwartete Sandra ihre Ankunft dort. Sie hatte gestern viel nachgedacht über den heutigen Tag und auch über die Nacht. Denn Luca fragte sie, ob es ihr recht wäre, sie erst am nächsten Morgen wieder nach Hamburg zu bringen. Sein Wunsch war es, mit Sandra zusammen aufzuwachen und gemeinsam zu frühstücken. Sandra hatte zögernd zugesagt, obwohl sie unsicher war. Gewiss, sie war 30 Jahre alt und ungebunden. Doch sich dem Mann zu schnell hinzugeben, schien ihr übereilt. Dann dachte sie an Sören, ihre letzte große Liebe. Es war fast genau ein Jahr her, dass er verstorben war. Sein Todestag, der 16. Mai 2013, würde ihr sicher ewig in Erinnerung bleiben. Der frühe Vogel fängt den Wurm, war der Spruch ihrer Mutter, als Sandra ihr von Luca erzählte. Das war wieder typisch Mutter und auch nicht ernst zu nehmen. Sie wollte erst einmal sehen, wie es sich in Bad Oldesloe entwickeln würde.

Lucas Oldtimer – ein Alfa-Romeo Spider Cabriolet – brachte sie sicher über die Autobahn 1 hierher, und trotz der lauten Fahrgeräusche im offenen Auto unterhielten sie sich bestens. Luca hatte in Hamburg einen Korb voller Gemüse und Flaschen im Kofferraum seines Wagens geladen und, in Oldesloe angekommen, alles ins Haus transportiert.

„Soll ich dich über die Schwelle tragen, Sandra?", frotzelte er und sie war sich absolut sicher, dass er es mit ihrer Zustimmung auch gemacht hätte.

Es war Mittagszeit und er lud Sandra ein, auf der Terrasse Platz zu nehmen. Sie lehnte sich in den dunklen Rattan-Sesseln zurück und genoss den sonnigen Tag. Überhaupt hatten sie die letzten Tage Glück mit dem Wetter, freute sie sich. Der Italiener überraschte sie eine Stunde später mit einem leckeren Drei-Gänge-Menü und der Rotwein, den sie nicht gewohnt war, ließ sie müde werden. Luca outete sich als Formel-1-Fan und bat Sandra, mit ihm im Wohnzimmer vor dem riesigen Flachbildschirm den *Grand Prix von Monaco* anzuschauen. Schnell war sie an seiner Seite eingeschlafen, und erst als sie aufwachte, bemerkte sie, dass er den Ton abgeschaltet hatte. „Du hast ja überhaupt nichts gehört von dem Rennen!", bemerkte sie, erstaunt von so viel Fürsorge.

„Ich dachte, du hast dir nach all der anstrengenden Arbeit als Kriminalbeamtin etwas Schlaf verdient!"

Nachmittags schlenderten Sandra und Luca Hand in Hand über die Felder und tauschten Jugenderlebnisse aus. Auf einer Bank unweit des Hauses saßen sie über eine Stunde aneinandergekuschelt und erzählten – mit Blick auf ein Maisfeld – von ihren Erfahrungen mit den ehemaligen Partnern. Luca erklärte, er habe schon einmal kurz vor einer Heirat gestanden. Die Frau aus der italienischen Stadt Ancona habe aber keinen Mann gewollt, der nur zweimal im Jahr für ein paar Wochen nach Hause kommt. Bevor er seine Arbeit als Koch bei der Costa-Linie beenden konnte, hatte sie die Verlobung aufgehoben. Sandra sprach von den drei Jahren mit Johannes und auch vom Tod des Luftwaffenmajors Sören Heitland. Er drückte Sandra fest an sich, als er merkte, dass sie weinte. Zusammen saßen sie noch eine Weile dort, ohne zu reden. Dann teilte Sandra ihm ihren Entschluss mit, im Herbst nach Hamburg zu ziehen.

„Ich habe einen Kollegen, dem würde ich eine Freude machen, und ich selbst hätte große Lust auf diese Herausforderung."

Luca war sprachlos, dann meinte er: „Es gibt noch jemanden, dem du damit eine große Freude machen würdest."

Eng umschlungen spazierten sie zurück in das Haus im Hofkamp.

20

Schweiss kam am Montagmorgen erst gegen elf Uhr ins Büro. Das passte Sandra gut. So bemerkte niemand, dass sie ihre Karte erst um 9 Uhr 30 in das Zeitaufnahmegerät steckte. Sie rief vorher bei Sam Kötter an. Zum Glück war der Hauptkommissar im Dienst. Er fiel aus allen Wolken, als Sandra ihm ihren Entschluss mitteilte.

„Das freut mich, Sandra, aber es ist doch nicht wegen einer großen Liebe?"

Lachend einigten sich die beiden, dass Kötter alle Schritte vorbereiten und auch das Gespräch mit dem Abteilungsleiter übernehmen wollte. Sie musste vorher unbedingt noch mit Dreling telefonieren. Er sollte es nicht von den Hamburger Kollegen erfahren. Auch Schweiss teilte sie im Voraus ihre Versetzungsabsicht mit. „Natürlich nur, wenn du mich noch haben willst!", schloss sie die Erklärung.

Der Kollege machte nicht viel Aufhebens davon. Meinte nur: „Toll, Sandra, freue mich. Dann weiterhin auf gute Zusammenarbeit." Er prostete ihr mit seinem Becher Kaffee zu und nahm einen großen Schluck.

Inzwischen waren erste Ergebnisse ihrer Recherchen da. Der Computer hatte noch weitere drei Erwachsene ausgespuckt, die nach dem 4. Mai als vermisst gemeldet worden waren. Alle drei waren beim Hamburg-Marathon angetreten: Eine 24-jährige Frau aus dem emsländischen Leer wurde seit dem 11. Mai vermisst, ein junger Mann aus Binz auf Rügen seit dem 7. Mai und ein 48-Jähriger aus Kaufbeuren seit dem 13. Mai.

Aus den Akten ging hervor, dass es keinerlei Anhaltspunkte oder Vermutungen der Angehörigen gab, was mit den drei Personen geschehen sein könnte. Sandra fühlte sich bestätigt durch diese Erkenntnisse und teilte sie sofort Hauptkommissar Schweiss mit.

„Sandra, frag bei den zwanzigtausend Personen nach, die am 4. Mai in Hamburg gelaufen sind. Du wirst sicher drei oder mehr darunter finden, die in den letzten vier Wochen von einem Auto angefahren wurden."

Die Kommissarin konnte keinen Zusammenhang zu ihrer Ermittlung erkennen und Schweiss sah es ihr wohl am fragenden Gesichtsausdruck an.

„Entschuldige, das war vielleicht etwas überzogen. Ich wollte dir damit nur erklären, dass statistisch gesehen so etwas vorkommen kann. Ohne aufwendige, kriminelle Energie."

Sandra wechselte das Thema, um die Diskussion zu beenden. Für heute hatte sie genug.

Als sie an der Rezeption des Hotel Village nach ihrem Schlüssel fragte, tat die Hausdame ganz geheimnisvoll. „Oben auf Ihrem Zimmer … also, wir haben sie einfach … hochgebracht."

Sandra verstand nur Bahnhof. Doch als sie die Tür des Raumes öffnete, war ihr alles klar. Auf dem kleinen Tisch stand in einer Vase, die ihren Inhalt fast nicht halten konnte, ein riesen Strauß Rosen. Rote, gelbe und weiße Rosen, bunt gemischt. Dazwischen klemmte ein kleines rotes Kuvert. Sandra hatte schon eine bestimmte Vermutung über den Absender und faltete das Anschreiben auf: „Danke, Sandra, für die schöne Nacht. Die Rosen entsprechen dem Tag unseres Kennenlernens: 4.5.14. Würde dich gerne heute Abend sehen. 22 Uhr? Dein Luca."

Sie zählte die langstieligen Blumen. Der Strauß bestand aus vier weißen, fünf gelben und vierzehn rote Rosen.

Auf dem Weg zu Luca ließ sie sich die gerade anlaufende Beziehung noch einmal durch den Kopf gehen. Dass sie sich Sonntagnacht nicht so unter Kontrolle hatte, war ihr im Nachhinein eher unangenehm. Obwohl Luca ein seriöser und aufmerksamer Liebhaber war. Er hatte nichts von ihr gefordert und bei jeder noch so kleinen Bewegung ihrerseits die Handlung gestoppt. Erst wenn sie es zuließ, liebkoste er sie weiter. Sie hatten überhaupt nicht an Verhütung gedacht, fiel ihr anschließend auf. Wahrscheinlich sah der Italiener, wie die meisten Männer, in ihr die stets Pillen schluckende Verhütungsmaschine. Aber das war jetzt doch zu dick aufgetragen und tat Luca Unrecht. Innerlich entschuldigte sie sich bei ihm. Was wäre, wenn sie ein Kind bekäme? So früh in der aufkeimenden Beziehung? Als sie im La Famiglia eintraf, fand sie an dem Wunsch, bald Mutter zu werden, schon fast Gefallen.

Luca hatte sie gebeten, bei ihm im Appartement einzuziehen, und sie erklärte sich nach kurzer Überlegung damit einverstanden. Er verlor viele Sätze über das Einsparen von Hotelkosten und über den Sinn der regelmäßigen Einnahme von Mahlzeiten. Doch Sandra merkte, er versuchte, seine Unsicherheit zu überspielen.

Sie hatte ihn dann, mitten in einem seiner Überredungsversuche, am Kopf gepackt und fest auf den Mund geküsst. „Ja, ja, ja!" Er wirkte so gerührt, dass es ihr schon unangenehm war. Erst als es hell wurde, trat sie auf die regennasse Böckmannstraße. Mist, sie hatte keinen Schirm dabei.

Hauptkommissar Schweiss stand schon im Flur, als sie eintraf. „Es gibt Neues im Fall Aisha!"

Sandra musste erst in ihrem Gehirn ein paar Hebel umstellen, bis sie verstand, was der Kollege meinte.

„Du brauchst gar nicht erst deinen Mantel abzulegen, wir fahren gleich ins Krankenhaus nach Altona."

Auf der Fahrt zur Asklepios-Klinik erzählte Schweiss der Kollegin, was vorgefallen war.

„Kranarbeiter haben heute Nacht in der Nähe des Containerterminals Altenwerder eine schwer verletzte Person aufgefunden. Papiere hatte sie keine, nannte aber dem Krankenhauspersonal ihren Namen: Selçuk Akabai. Es handelt sich wohl um den vermissten Bruder von Aisha Cicekurt oder so ähnlich. Also, du weißt schon, dem toten Mädchen aus der Elbe."

Der Wagen hatte inzwischen das Othmarsche Krankenhaus erreicht. Wie ein alter Ostblockplattenbau wuchs es in den Himmel Hamburgs und Sandra war sich nicht sicher, ob sie es architektonisch gelungen fand. Der Verletzte liege noch auf der Intensivstation, so der diensthabende Arzt. Und nur auf ihr Drängen erlaubte er den Beamten „einen kurzen Blick auf den Patienten", wie er es ausdrückte.

Selçuk Akabai hatte innere Verletzungen durch Messerstiche davongetragen und musste – so der Mediziner – schon bestimmt zwei Tage im Containerhafen gelegen haben.

„Nur der Witterung und einer sehr guten Kondition des Mannes ist es zu verdanken, dass er den Verlust an Blut nicht mit dem Tode bezahlt hat." Sandra fand, der Arzt sollte Krimidrehbücher schreiben.

Akabai war bei vollem Bewusstsein, als Schweiss und die Kollegin – zugeknöpft wie die Imker – sein Krankenzimmer betraten.

„Können Sie uns sagen, wer Sie so zugerichtet hat?", wollte Schweiss von dem Türken wissen, nachdem er Sandra und sich als Kriminalbeamte vorgestellt hatte. Die Stimme des Kollegen klang durch den Mundschutz leicht undeutlich.

Es dauerte eine Weile, bis der Mann reagierte. Dann starrte er sie mit seinen tiefdunklen Augen zornig an. Und zuckte mit den Schultern.

„Das heißt, Sie können oder wollen es nicht verraten?"

Der Verletzte nickte.

Die Kommissarin hatte registriert, dass der Arzt soeben an das Fenster getreten war, welches Flur und Krankenzimmer trennte. Er schaute mit skeptischem Blick durch das Glas.

„Sind Sie der Bruder von Aisha Cicekliyurt …?"

Selçuk Akabai bäumte sich plötzlich auf und riss dabei den Ständer mit der Infusionsflasche um. „Aisha, was ist mit Aisha?", schrie er überlaut.

Nachdem der Arzt die beiden Kommissare aus dem Krankenzimmer herausgebeten hatte, waren sie noch nach Altenwerder gefahren, um den Fundort des Mannes anzuschauen. Doch die Spusi hatte den Ort schon freigegeben und so blieb es für die beiden Kommissare nur eine Spritztour durch das regnerische Hamburger Wetter.

„Was hältst du von der ganzen Geschichte, Alex?"

„Kannst du dich an den Fall der 16-jährigen Morsal erinnern, Sandra?"

Sandra überlegte kurz und schüttelte dann den Kopf. Sie waren auf der Rückfahrt und die Kommissarin hatte aus Langeweile den Polizeifunk eingeschaltet. Nun drehte sie den Lautstärkeknopf etwas zurück.

„Es muss im Mai 2008 gewesen sein. Morsal war 16 Jahre alt und wurde von ihrem älteren Bruder auf St. Georg erstochen."

„Um Gottes willen, was war der Grund?"

„Ein sogenannter Ehrenmord. Also ein Mord, der aus vermeintlich kultureller Verpflichtung heraus innerhalb des eigenen Familienverbands verübt wird. Um die Familienehre wiederherzustellen."

Sandra schwieg. Dann fragte sie: „Und was hat zu diesem Mord geführt?"

„Das Übliche. Die aus Afghanistan stammende Familie der 16-Jährigen war mit dem westlichen Lebensstil des Mädchens nicht einverstanden gewesen. Morsals Lebenswandel hatte das Ehrgefühl ihrer patriarchalischen Familie verletzt. Und ihr Bruder hatte damals versucht, sie wieder in die Spur zu bringen. Erst mit Schläge und Misshandlungen. Einige Male mussten die Kollegen ausrücken. Aber dass es letztendlich zum Mord kam, damit hatte keiner gerechnet."

„Und ihr Bruder war der Mörder?"

„Richtig", erklärte Hauptkommissar Schweiss, während sie am Hauptbahnhof vorbeifuhren. Schweiss musste plötzlich scharf bremsen und die Kommissarin prallte unsanft in ihren Sicherheitsgurt. Überrascht schaute sie nach vorne. Ein dunkler Mercedes der S-Klasse mit einem Leipziger Kennzeichen hatte Schweiss die Vorfahrt genommen. Zum Glück konnte er noch rechtzeitig stoppen, aber der Hauptkommissar erging sich sofort in einer endlosen Schimpftirade über die Fahrweise der Ostdeutschen. Er war kaum zu beruhigen. „Hätten die noch ihre Papp-Trabbis, würden die sich das nicht trauen. Überhaupt, die sind doch 40 Jahre auf Feldwegen gefahren und jetzt S-Klasse. Wenn es nach mir ging, sollte man …!"

Sandra konstatierte, Schweiss war kein Freund von den Bewohnern der ehemaligen DDR. Sie selbst mochte keine Diskriminierung, egal welcher Art. Darüber musste sie mal mit ihrem Vorgesetzten sprechen. So etwas konnte er sich denken, aber nicht laut aussprechen. Er gab schon einen eigenartigen Typ ab, doch jetzt ging es um ein wichtigeres Thema. Sie unterbrach Schweiss und erinnerte ihn an ihre Unterhaltung. Sofort beruhigte er sich wieder.

„Ja, ist schon gut! Also, nicht weit von hier ist die Tragödie passiert. Der Bruder von Morsal wurde bereits am Tag nach der Tat von uns festgenommen und später von einem Gericht zu lebenslanger Haftstrafe verurteilt."

„Schlimme Sache!", meinte Sandra.

„Tatsächlich. Weißt du, mich hatte man damals beim Prozess als Zeuge geladen. Was ich noch schlimmer erlebte, war die Reaktion der Mutter auf das Urteil. Sie geriet völlig außer sich und versuchte, aus dem Fenster zu springen. Ich glaube, die Verurteilung des Sohnes hat sie schmerzhafter empfunden als den Tod der Tochter."

„Und du meinst, der Tod Aishas und die Verletzung ihres Bruders Selçuks könnten auch im Zusammenhang mit einem Ehrenmord stehen?"

„Ich denke schon. Warum sonst sollte jemand eine junge Mutter töten?" Alexander Schweiss kratzte sich am Kopf.

„Sie könnte vor ihrem Ehemann die Flucht ergriffen haben. Aber sie hat zwei kleine Kinder. Die einfach im Stich zu lassen, das macht man als Mutter nicht!", empörte sich Sandra.

„Wenn es schlimm kommt, warum nicht?"

Während Sandra schwieg, war erneut eine Meldung im Polizeifunk zu hören.

„War da nicht etwas mit Amoklauf? Mach doch bitte mal lauter, Sandra!"

Die Kommissarin erhöhte die Lautstärke und wieder kam die Durchsage.

„Achtung! Amoklauf in der Asklepios-Klinik in Altona. Ein bewaffneter Mann hat einen Kollegen verletzt und sich mit einer Geisel auf der Intensivstation verschanzt. Wer in der Nähe ist, bitte dort übernehmen. Das SEK ist alarmiert. Aufgrund einer Großdemonstration in Fuhlsbüttel kann sich dessen Eintreffen etwas verzögern."

Sandra und ihr Kollege schauten sich überrascht an, dann meinte Schweiss: „Sandra, gib eine Meldung ab, dass wir nur wenige Minuten entfernt sind und nach Altona fahren werden."

21

Eine Stunde nach ihrer Abfahrt aus der Altonaer Klinik bremste Alex den Passat scharf vor dem Eingang des Gebäudekomplexes. Die Besatzung eines Streifenwagens hatte schon mit dem Absperren begonnen und jede Menge Personen verließen mit verängstigtem Blick das Krankenhaus.

„Gib mir einen kurzen Sachstandbericht, Kollege!", rief der Hauptkommissar, während er, seinen Dienstausweis wie ein Schild vor sich haltend, auf einen der Uniformierten zurannte. Die beiden Kriminalbeamten hatten sich schnell ihre Schutzwesten übergezogen und den Wagen mit offenen Türen stehen gelassen.

Der Polizeibeamte hatte Schweiss erkannt und kam gleich zur Sache: „Oben saß wohl ein Kollege auf der Intensivstation zur Bewachung eines Patienten. Dem ist eine verdächtige Person aufgefallen und diese hat, als er ihn ansprach, sofort zugestochen. Das war die Aussage einer Schwester, die den Notruf abgesetzt hat. Wir sind sofort hierher gefahren, und während wir das Gelände absperrten, ist ein weiterer Kollege nach oben gerannt. Ist das SEK unterwegs?"

Die Frage des Uniformierten registrierten Sandra und ihr Kollege schon nicht mehr. Bereits bei der Aussage „Bewachung eines Patienten" hatten sie sich entgeistert angeschaut und waren losgestürmt.

„Halt, nehmen Sie das Funkgerät mit!", rief der Kollege und Sandra brach ihren Spurt ab und kehrte zurück. Sie riss ihm förmlich das Gerät aus der Hand.

Schweiss wartete am Klinikeingang auf sie und fast gleichzeitig griffen sie nach ihren Waffen. Dann betraten die beiden die Eingangshalle des Krankenhauses. Drinnen war es seltsam still und nur wenige Menschen hielten sich noch dort auf. Der Weg zur Intensivstation war ihnen bekannt und vorbei an einigen verunsicherten Besuchern und weiß gekleidetem Krankenhauspersonal rannten sie zu einem der Aufzüge. Den Personen, die davor standen und warteten, riefen sie zu: „Sie bleiben hier unten. Verlassen Sie sofort das Krankenhaus, oben läuft ein Polizeieinsatz!"

Das Warten auf den Fahrstuhl dauerte eine Ewigkeit. Obwohl – Sandra hatte auf ihre Armbanduhr geschaut – bis zum Eintreffen noch keine Minute vergangen war.

Wenn es so ablief, wie sie vermuteten, handelte es sich bei der Person um den Mann, der schon einmal versucht hatte, Selçuk Akabai umzubringen. Und wohl auch um den Mörder von Aisha Cicekliyurt. Der Lift fuhr sanft in die Höhe und hielt wie gewünscht im sechsten Stock. Der Klingelton, der ihre Ankunft anzeigte, riss Sandra aus ihren Überlegungen. Die Kriminalbeamten sprachen während der Fahrt kein Wort. Sandra hatte plötzlich das Gefühl, Schweiss und sie verband irgendetwas. Wie bei der Vernetzung zweier Computer wusste sie, was der ältere Kollege verspürte und was er plante. Bisher war ihr Schweiss eher seltsam und unberechenbar vorgekommen. Doch jetzt wuchs plötzlich ein starkes Vertrauen zu dem Mann. Sie wusste nicht, warum.

Langsam öffnete sich die Tür des Aufzugs und vorsichtig traten sie aus der sterilen Umgebung des Edelstahlgehäuses. Der Flur, der zur Intensivstation führte, schien menschenleer. Schweiss gab ein Zeichen und gleichzeitig liefen sie los. Es waren keine zehn Meter, bis der Flur in einer Doppeltür endete, aber Sandra kam die Distanz viel länger vor. Kurz vor den verschlossen Türen stoppte Schweiss plötzlich und hob seinen Arm. Auch Sandra blieb stehen. Der Kollege wies rechts auf eine kleine Nische und Sandra machte einen Schritt nach vorn, um zu sehen, was er meinte. Hinter einem kleinen Tisch und einem Sessel hatte sich eine Person versteckt. Sie war weiblich und hatte einen weißen Kittel an. Es musste sich um jemand vom Krankenhauspersonal handeln. Die Frau hielt sich den Arm und weinte leise vor sich hin. Sandra näherte sich der Nische und bückte sich zu der verängstigt wirkenden Frau hinunter. Sie flüsterte: „Was ist passiert? Ist die Verletzung vom Täter?"

Die Schwester nickte und ihr Weinen hatte aufgehört. Ihr Blick wechselte von Angst in Wut und dann meinte sie: „Er lief einfach rein, und als der Polizist aufstand, hat er ihm ein Messer mehrfach in den Bauch gestochen. Ich wollte dem Polizisten helfen, da hat er ..." Sie zeigte auf die Blutung unterhalb ihrer Schulter.

„Ist es schlimm?", fragte Schweiss, der sich den beiden genähert hatte. Er ließ dabei keinen Blick vom Eingang der Intensivstation.

Die Frau schüttelte den Kopf. „Nur ein kleiner Schnitt. Ich habe Glück gehabt, er hat mich nicht voll erwischt!"

„Sie müssen verarztet werden. Fahren Sie mit dem Aufzug nach unten. Können Sie mir sagen, wo sich der Mann jetzt aufhält?", wollte Sandra wissen.

„Er muss noch auf der Station sein. Mehrere Ärzte, Schwestern und auch die Patienten sind noch drin." Die Augen der Krankenschwester begannen sich wieder mit Flüssigkeit zu füllen. Sandra legte ihr die Hand auf den gesunden Arm.

„Ich denke, sie haben sich im Personalraum versteckt. Es gibt ein zentrales Verschlusssystem für alle Räume, das haben wir ausgelöst. Die sind in Sicherheit", erklärte sie weiter.

„Ein Sicherheitssystem?" Schweiss schien verwundert.

„Richtig, es ist eine Art Amok-Warnsystem. Nicht nur die Schulen haben aus den letzten Amokläufen gelernt!"

„Gibt es noch einen weiteren Ausgang aus der Intensivstation?", fragte Sandra.

„Es gibt einen direkten Lift zum Parkhaus. Einen weiteren Aufzug kann er nur mit einem Schlüssel betätigen."

„Und den hat er nicht?"

Die Schwester grinste die Kommissarin trotz ihrer Schmerzen an. Sie hatte sich erhoben und stand nun aufrecht und gefasst wirkend vor den Beamten.

„Haben Sie hier noch einen zweiten Polizeibeamten gesehen?"

Die Frau schüttelte den Kopf.

Schweiss schien es plötzlich eilig zu haben. „Besten Dank, Schwester. Fahren Sie nach unten. Komm, Sandra, und gib schnell den Kollegen dort die aktuellen Infos durch. Dann wollen wir mal nach dem Bürschchen schauen."

„Hallo, hier Oberkommissarin Holz, können Sie mich hören? Ende!", flüsterte Sandra in das Mikrofon des Funkgerätes.

„Höre Sie super, Ende."

„Wir sind oben auf Intensivstation. Wie uns eine verletzte Schwester erklärt hat, sind die Patienten und das Krankenhauspersonal wohl in Sicherheit. Ein Amok-Warnsystem hat die Türen verschlossen. Die Frau kommt mit dem Lift nach unten, kümmern Sie sich bitte um die Verletzte. Der Täter muss sich noch auf der Station befinden. Er könnte aber auch in Richtung Tiefgarage verschwunden sein. Lassen Sie die Ein- und Ausgänge zur Tiefgarage sperren – sofort. Und geben Sie über die Krankenhaus-Lautsprecher die Mitteilung heraus, dass niemand mehr die Garage betreten soll. Ja, und Ihren Kollegen konnten wir hier oben nicht finden. Kommen, ob verstanden!"

Der Polizeibeamte draußen beim Eingang hatte alles registriert, und noch während Schweiss und Sandra durch die pneumatisch sich öffnenden Edelstahltüren in das Innere der Intensivabteilung schritten, schallte es durch die Krankenhauslautsprecher: „Durchsage an alle. Im Krankenhaus läuft ein Polizeieinsatz. Bitte betreten sie nicht die Tiefgarage. Sollten Sie sich dort gerade aufhalten, verlassen Sie diese umgehend. Achtung, ich wiederhole: Hier im Krankenhaus läuft ein Polizeieinsatz. Halten Sie sich fern aus der Tiefgarage."

22

Auch auf der Intensivstation des Altonaer Krankenhauses herrschte diese gespenstische Stille. Der Lärm,
den die Türpneumatik verursachte, hatte sich wieder
gelegt, und Sandra blieb stehen. Sie horchte ange-
spannt nach vorne. Leise Geräusche waren zu hören.
Sie kamen aus den Krankenzimmern und wurden
wohl von medizinischen Geräten ausgelöst. Die gleich-
mäßigen Töne beruhigten sie und gaben ihr ein Gefühl
von Sicherheit. Auf dem vielleicht dreißig Meter langen Flur der Station war zunächst niemand zu sehen.
Weiß gekalkte Wände, unterbrochen von ... sie zählte
vierzehn Türen, die seitlich abgingen. Aber sie würde
nicht auf diese Zahl wetten. Der fensterlose Flur wurde
durch eine Armada von versteckten Lampen beleuchtet, und für einen Moment fiel Sandra der Tag vor vielen Jahren ein, als sie und ihre Mutter den schwer verletzten Vater im Oldenburger Klinikum aufsuchen
wollten. Sie hatten die Information von seinem Unfall
bekommen und sich sofort auf den Weg begeben.
Doch als sie auf der Station eintrafen, war der Vater
schon verstorben. Ehefrau und Tochter hatten keinerlei Chance, sich noch zu verabschieden.

Sandras Atemfrequenz stieg schlagartig an und
Schweiss bemerkte es sofort.

„Was ist los?", fragte er fürsorglich.

Sandra schüttelte den Kopf. Langsam bewegten sich
die beiden weiter. Dabei immer die Türen links und
rechts im Blick. Sandra lief links und ihr Kollege rechts
an der Wand des Flures entlang. An jeder Tür hielten
sie kurz inne. Sandra sicherte und Schweiss versuchte,

die Tür zu öffnen – und umgekehrt. Doch die Schwester schien mit ihrem Hinweis zur Schließanlage recht zu haben. Bisher hatten sich keine Zimmertüren öffnen lassen. Die Beamten erreichten einen Raum mit einem kleinen Fenster, durch das man hineinschauen konnte. Er lag auf Sandras Seite; sie bückte sich und blickte vorsichtig in das Innere. Eine Kaffeemaschine und eine offene Tüte, wie man sie für Backwaren nutzt, waren auf einem kleinen Schränkchen zu erkennen. Es musste sich um den Personalaufenthaltsraum handeln. Drinnen konnte man niemanden ausmachen. Wenn sich dort Personal aufhielt, musste es sich gut versteckt haben.

Schweiss schnipste mit den Fingern und Sandra erschrak. Er wies nach vorne. Wenige Meter vor ihnen, bei einem Tisch, lag eine Person auf dem Boden. Zunächst sah man nur seine Füße. Schweiss winkte mit der Hand und beide setzten sich wie auf Kommando in Bewegung. Nach ein paar Schritten erkannten sie, es handelte sich bei der Person um den verletzten Kollegen, der zur Bewachung Akabais eingesetzt worden war. Seine jetzt sichtbar gewordene Uniform ließ das vermuten. Sie bewegten sich schneller. Plötzlich blieb Schweiss stehen und Sandra tat es ihm gleich. Irgendetwas am Ende des Ganges hatte ein Geräusch verursacht. Sofort herrschte wieder Ruhe. Sie warteten einen Moment, bevor sie weiterliefen. Endlich erreichten sie den entkräfteten Polizisten. Schweiss machte Sandra ein Zeichen, nach dem Mann zu schauen. Er blieb stehen – seine Waffe im Anschlag – und sicherte den Flur. Sandra warf noch einen schnellen Blick nach vorne, doch nichts Verdächtiges geschah.

Sie bückte sich zum Kollegen, der genau gegenüber des Zimmers lag, in dem sie vor einer knappen Stunde den Türken Akabai besucht hatten. Die Tür des Zimmers stand offen, registrierte die Kommissarin. Hatte hier das System versagt?, fragte sie sich.

„Kümmere du dich um den Kollegen, ich schau nach Akabai!", raunte Schweiss Sandra zu und diese nickte.

Sie glitt zu Boden und lehnte sich mit dem Rücken zur Wand neben den Verletzten. Von hier aus hatte sie eine gute Sicht über den Flur und konnte sich trotzdem des Mannes annehmen. Ihre Waffe hatte sie vor sich abgelegt.

Der verletzte Beamte hatte die Augen geschlossen und erst jetzt sah Sandra die große Menge Blut unter ihm. Seine schwarze Uniformjacke wies an mehreren Stellen Schäden auf. Hier musste der Täter auf den Kollegen eingestochen haben. Sie fühlte am Hals des Mannes nach seinem Puls. Erst spürte sie nichts und erschrak. Dann war dort doch ein kleiner Impuls.

„Er lebt!", raunte sie Schweiss zu, der gerade aus dem gegenüberliegenden Krankenzimmer trat.

„Gut, im Zimmer ist niemand. Das Bett ist leer. Ruf nach einem Arzt. Man soll den Kollegen versorgen." Dann lief Schweiss weiter über den Flur und war bald an dessen Ende angekommen.

„Er muss zur Tiefgarage runtergefahren sein!"

Sie hatten den Aufzug nach oben holen müssen und das allein schien ihnen schon ein Zeichen dafür zu sein, dass sie mit ihrer Vermutung – der Täter hielt sich in der Tiefgarage auf – recht haben könnten.

Sandra hatte über Funk von der Verletzung des Kollegen berichtet und auch die Intensivstation als täterfrei erklärt. Sofort öffnete sich der Personalraum und mehrere Ärzte und Schwestern kümmerten sich um den Verletzten, aber auch um ihre Intensivpatienten.

Auf der Fahrt nach unten in die Garage gab Schweiss der Kollegin Instruktionen.

„Hattest du schon mal das Vergnügen, in einer Tiefgarage ...?"

Sandra schüttelte den Kopf.

„Nicht gut, aber egal. Wir werden jede Menge Autos vorfinden. Ideale Verstecke. Vielleicht hat der Täter auch eines geöffnet und befindet sich im Innenraum. Auch die Betonpfeiler bieten sich als Schutz für ihn an. Schieß sofort, wenn er uns angreift. Wir müssen davon ausgehen, dass er kaltblütig ist. Mit etwas Glück besitzt er nur ein Messer!"

Sandra hatte verstanden. Sie hatten sich links und rechts des Aufzuges in Position gestellt, als die Türen auffuhren. Nach ein paar Sekunden, die Türen waren gerade wieder im Begriff sich zu schließen, stellte Schweiss den Fuß hinein, und sie öffneten sich erneut.

„Los, komm!"

Beide betraten die kühle Weite der Tiefgarage. Neonleuchten an der Betondecke warfen surreales Licht in den Raum, den Katakomben ähnlich. Es roch nach Gummi und kalten Abgasen. Sandra überkam eine leichte Übelkeit. Zur Ablenkung bemühte sie sich, einen ersten Eindruck des vor ihr liegenden Umkreises zu gewinnen.

Die niedrige Fahrzeugabstellfläche bestand aus sechs länglichen Reihen, drei davon gut gefüllt mit Fahrzeugen jeglicher Marken. Eine Reihe war komplett leer. Dazwischen befand sich die Zu- beziehungsweise Abfahrt. Der obskure Vergleich mit einer Autobahn im Stau erschien ihr plötzlich vor Augen, keine Ahnung, wie sie darauf gekommen war. Zu ihrer Linken, ganz am Ende des Bereiches, erkannte die Kommissarin an einem großen Hinweisschild die Einfahrt zur Tiefgarage. Die sechs Reihen, fiel ihr auf, waren einmal unterbrochen von einer halbhohen Betonmauer. Auch dahinter konnte man sich gut verstecken. Am rechten Ende des Raumes fiel ihr ein kleines, grünes Schild auf. Es war beleuchtet und Sandra war sofort klar, dort hinten befand sich eine Tür, und das Schild verwies auf den Notausgang. Sie stellte sich auf die Fußspitzen. In dieser Position konnten sie alle abgestellten Wagen besser einsehen.

„Der Notausgang!", flüsterte Schweiss und zeigte nach hinten. Sandra nickte zustimmend. Es war nichts zu hören hier unten. Weder der Motor eines Fahrzeugs noch die Schritte von Personen. Gespenstisch ruhig kam es Sandra hier vor. Sie hatte auf ihre Uhr geschaut. Es war genau 12 Uhr. „High Noon!", flüsterte sie dem Kollegen zu und tippte dabei auf das Gehäuse ihrer Uhr.

Schweiss schaute verständnislos.

„Sandra, leg dich auf den Boden und schaue zwischen den Fahrzeugen nach einer Bewegung. Ich komme so schlecht runter", er grinste etwas und meinte dann: „Ich werde mich inzwischen nach vorne schleichen."

Sandra hob ihren Daumen, als Zeichen verstanden zu haben. Dann ging sie in die Knie und ließ sich auf den kalten Beton gleiten. Überall am Boden waren Spuren von Gummiabrieb und sie ärgerte sich für einen Moment über die Verschmutzung ihrer geliebten Lederjacke. Doch dann verdrängte sie den Gedanken als absurd. Sie bemühte sich, leise zu sein, trotzdem verursachte ihre Bewegung Geräusche. Als sie endlich lag, schlich Schweiss davon. Sandra sah, dass er sich immer in der Weise weiterbewegte, dass ein Fahrzeug ihm Deckung bot. Hin und wieder blieb er stehen und schaute zurück zur Kollegin. Jedes Mal, wenn sie ihm signalisierte „Alles in Ordnung!", setzte er seinen Weg fort. Plötzlich wurde eine Tür aufgerissen. Ein starker Luftzug verriet ihnen schon vor dem eigentlichen Öffnungsgeräusch diesen Vorgang. Erschrocken fuhr Sandra aus ihrer Position hoch. Auch Schweiss hatte sich instinktiv hinter einen VW Golf gebückt. Sandra schaute durch die Scheiben der Fahrzeuge Richtung Tür. Eine Person im weißen Kittel konnte man dort hinten erkennen, die gerade aus dem Notausgang die Garage betrat. Etwas unschlüssig und zögernd stand sie da. Ahnte sie, dass hier ein Polizeieinsatz lief?

„Verlassen Sie sofort die Garage, hier läuft ein Polizeieinsatz!", schrie die Kommissarin und im selben Moment zog sie in Zweifel, ob das eine gute Idee gewesen war. Der Mann schaute sich kurz um und verschwand sofort wieder hinter der Tür. Mit einem Quietschen schloss sich der schwere Eingang und der Luftzug hatte sofort nachgelassen. Schweiss schaute die Kollegin leicht entgeistert an. Kopfschüttelnd lief er weiter. Spätestens jetzt wusste auch der Täter, dass sich Polizeibeamte in der Tiefgarage aufhielten. Aber was hätte sie tun sollen? Den Mann ins Messer des Verbrechers rennen lassen? Vielleicht war er ja auch gar nicht hier, sondern längst nach draußen geflüchtet? Und sie schlichen hier rum wie die Pfadfinder. Sie verfolgte Schweiss mit ihren Blicken. Der lief gerade hinter einem hohen Audi Q8 vorbei und blickte durch das Rückfenster in den Wagen. Plötzlich zuckte Sandra zusammen. War da nicht eine Bewegung? Sie rutschte etwas an die Seite und versuchte, vorbei an zig Reifenpaaren, etwas zu erkennen. Tatsächlich, vielleicht dreißig Meter von ihr entfernt, konnte sie zwischen den Reifen ein Paar Stiefel ausmachen. Es musste sich um den Gesuchten handeln. Sie hob etwas den Kopf. Dort hinten stand ein roter Pick-up. Ob der rote Wagen das Fahrzeug des Mannes war? Sie musste Schweiss warnen, er lief genau auf den Lieferwagen zu. Vielleicht noch fünf Autos, und der Kollege würde ihn erreicht haben.

Sie räusperte sich und zum Glück drehte sich Schweiss sofort zu ihr um.

Sie machte eine Handbewegung nach vorne und rief „Pick-up!" Schweiss verstand sofort, blieb stehen und ging in Deckung. Sandra hatte ihre liegende Position verlassen und sich erhoben. Sie stellte sich neben einen breiten Betonpfeiler und bemühte sich, die Person beim Wagen aufzuspüren.

Plötzlich ertönte Schweiss' Stimme. Durchsetzt von einem leichten Echo rief er: „Hier ist die Polizei, kommen Sie mit erhobenen Händen hinter dem Pick-up hervor."

Sandra war sicher, Schweiss schien den Mann von seinem Standort aus besser sehen zu können. Sie verfolgte, wie ihr Kollege nun mit vorgestreckter Waffe neben dem Audi hervor auf den Gang trat. Tatsächlich bemerkte sie nun auch eine Bewegung neben dem roten Fahrzeug. Ob der Mann sich stellen würde? Dann schob sich eine schwarzhaarige Gestalt in dunkler Lederjacke seitlich neben den Wagen und es sah aus, als werfe sie etwas zur Seite. Ein metallenes Geräusch ertönte und eine Sekunde später konnte Sandra einen Gegenstand neben dem Wagen liegend auf dem Beton erkennen. Die Kommissarin hoffte, dass es sich um ein Messer handelte. Sie ließ Hauptkommissar Schweiss nicht aus den Augen, und mit einem Mal nahm sie wahr, als richte der Kollege seine Pistole etwas nach unten. Schweiss schaute gerade zu ihr, als Sandra eine plötzliche Bewegung des Täters registrierte. Irgendetwas in ihr sagte, dass ihr männlicher Kollege in Gefahr war. Sie riss die Pistole hoch und schoss, ohne darüber nachzudenken, in Richtung des Dunkelhaarigen. Der Schuss brach und noch bevor der Knall das Ende der Tiefgarage erreicht hatte, griff sich der Täter an die Brust und fiel in sich zusammen. Gleichzeitig rannten sie und Schweiss zum Pick-up.

Als beide dort ankamen, lag der Mann seitlich auf der Bodenmarkierung und blutete aus einer Wunde an der Brust. Er hatte die Augen geöffnet und schaute erstaunt auf die Frau über ihm.

Ihr Kollege Schweiss sah verärgert aus. „Sandra, warum hast du auf ihn geschossen? Er hatte das Messer doch schon weggeworfen!"

Die Kommissarin wischte sich die feuchte Stirn mit dem Handrücken ab und lächelte matt: „Ich erinnerte mich schlagartig, dass der verwundete Kollege oben auf der Intensivstation auch eine Pistole gehabt hatte."

Schweiss schaute etwas ungläubig zur Kollegin. Dann machte sie eine Handbewegung zu dem Körper des am Boden liegenden Mannes und sein Blick folgte ihr.

Der Mann mit der Lederjacke hielt eine Polizeipistole in seiner Hand.

„Da habe ich dir ja mein Leben zu verdanken, Sandra?", krächzte Schweiss. Seine Stimme schien etwas lädiert. Schuld war sicher die kurze Pressekonferenz, die er noch im Foyer des Krankenhauses hatte geben müssen. Nun befanden sie sich auf der Rückfahrt zum Polizeipräsidium. Sandra errötete etwas vor Verlegenheit. Wie vor wenigen Minuten, als Schweiss die Oldenburger Kollegin den Pressevertretern vorgestellt und von ihrer Heldentat berichtet hatte. Die Kommissarin verweigerte aus gutem Grund Fotoaufnahmen und bat die Anwesenden, auch auf ihre Namensnennung zu verzichten. Aus ermittlungstaktischen Gründen, erklärte sie. Sie hatten nach der Festnahme des Mannes in der Tiefgarage auch den zweiten Polizeibeamten gefunden. Er lag tot unter der Plane des roten Pick-ups. Der Kollege musste dem Mann nach unten gefolgt und dann hinterhältig von ihm erstochen worden sein. Bei der Pressekonferenz wurde eine Trauerminute durchgeführt.

„Die Presse war ganz schön zugeknöpft", fand Sandra nach längerem Schweigen. Der Tod des noch jungen Kollegen hatte sie schwer getroffen.

Hauptkommissar Schweiss zuckte mit den Schultern, dann fragte er: „Was hast du erwartet? Applaus?"

Er schien schon wieder auf Normaltemperatur zu sein und dieses Mal zuckte Sandra mit den Schultern.

„Dann hätten Sie zum Zirkus gehen müssen, werte Frau Kollegin!", fügte er hinzu.

Jetzt musste Sandra lachen und Schweiss fiel mit ein.

Nach einer Weile meinte er: „Dieser Selçuk hat sich selbst das Leben gerettet!", und erneut nickte Sandra. Irgendwie war sie mundfaul.

„Hätte er den Täter nicht auf dem Flur gehört und sich in der Dusche versteckt, er wäre sicher auch tot. Er wird uns später Genaueres über den Mord an seiner Schwester berichten müssen."

„Ein trauriger, aber erlebnisreicher Tag!", stellte Sandra abschließend fest und Schweiss nickte.

Die Vernehmung Selçuks führte zum Ergebnis, dass der Ehemann Aishas der Anstifter der beiden Morde war. Man hatte die Hautspuren unter Aishas Fingernägeln mit dem des Täters aus der Tiefgarage verglichen und sie stimmten überein. Er war es, der die junge Frau am 1. Mai 2014 am Elbstrand ertränkt hatte. Doch nachdem der Täter in der Tiefgarage an seiner Schusswunde verstorben war, konnte er nichts mehr dazu aussagen. Und eine Verurteilung von Aishas Ehemann war somit in große Ferne gerückt. Aus diesem Grunde gab die Mordkommission Hamburg die weiteren Ermittlungen nach Batman an die türkischen Kollegen ab. Mit geringer Hoffnung, dass Herr Cicekliyurt seine gerechte Strafe empfangen würde.

23

Luca hatte Sandra abends in den Arm genommen und auf ihre Erzählungen aus der Klinik stark betroffen reagiert.

„Dass dein Job so gefährlich ist, macht mir ausgesprochen Angst!", meinte er besorgt.

Sie spielte die Sache herunter und erklärte, dass so etwas zum Glück nicht auf der Tagesordnung stehe. Als Luca sich beruhigt hatte, informierte er Sandra darüber, dass seine Familie auf der Suche nach einem zweiten Koch sei. Er hätte schon lange darüber nachgedacht, kürzer zu treten. Eine Sechs-bis-Siebentagewoche konnte auf Dauer nicht gut gehen. Es standen im Restaurant wohl zwei hervorragende Köche in der engeren Auswahl und die sollten am Pfingstwochenende von Mama auf Herz und Nieren geprüft werden.

„Das heißt, ich habe von Samstag bis Montag frei, Sandra. Was hältst du davon, wenn ich dir über Pfingsten meine Heimat zeige? So, wie du sie noch nie gesehen hast."

Sandra hielt viel davon und teilte ihm ihr Interesse daran mit. Luca freute sich wie ein Kind: „Ich habe schon gedacht, du wirst sicher Pfingsten bei deiner Mama verbringen."

Alleine wie er schon Mama sagte, verursachte Extrasystolen bei Sandra. Sie brachte ihm an diesem Abend die neue CD ihrer Lieblingsband „The National" mit, eingewickelt in ferrari-rotem Geschenkpapier. Nachdem sie ihm von der Band erzählt hatte, war er schon ganz gespannt, sie beim Kochen zu hören.

„Eigentlich höre ich lieber Angelo Branduardi, Antonello Venditti oder Eros Ramazzotti. Wie es sich für einen echter Italiener gehört. Ich bin in Velletri, in den Albaner Bergen, geboren", fügte er stolz und grinsend hinzu. „Aber es darf ja auch mal etwas Amerikanisches sein. Wenn ich nur keine Hamburger essen muss!"

Sandra trat ihm ganz zart gegen das Schienbein.

Die drei Pfingsttage waren im Nu vorüber. Das Wetter war überwiegend sonnig und nur am Samstag wurde es etwas gewittrig. Sandra und Luca unternahmen Fahrradtouren an der Elbe, spazieren durch den Hamburger Zoo und er kaufte ihr auf dem Dom ein Gespinst aus Zuckerwatte. Auch das Miniatur-Wunderland in der Speicherstadt besuchten sie gemeinsam. Von morgens früh bis spät in die Nacht kannte Luca kein Erbarmen mit Sandra. Sogar einen Hubschrauberflug über Hamburg hatte Luca gebucht, und als er ihr das kurz zuvor mitteilte, war sofort der Tod ihres Freundes Sören in New York wieder präsent. Luca entschuldigte sich für den Fauxpas. Aber sie winkte ab. Es war ihre Schuld. Sie gab Luca als Todesursache des Luftwaffenpiloten lapidar nur einen Unfall an. So ließ sie ihn gewähren und auch der Rundflug zu zweit war wunderschön. Sie genoss diese lang ersehnte und ihr seit Langem fehlende Fürsorge des Mannes. Abends fuhren sie zurück nach Sehmsdorf und lagen vor dem Fernseher.

„Liebste Sandra, ich habe noch eine kleine Überraschung für dich", meinte Luca, kurz bevor sie schlafen gingen.

„Das ganze Wochenende war eine Überraschung", flüsterte sie dem Italiener ins Ohr und knabberte an seinem Ohrläppchen. Er schob ihren Kopf sanft zur Seite und zog ein weißes Kuvert hinter einem Kissen hervor. Dieses hielt er Sandra hin.

„Du Schlingel, hast es die ganze Zeit schon hier liegen gehabt!" Sie warf mit einem Kissen nach ihm und er wich geschickt aus.

Im Umschlag befanden sich zwei Konzerttickets für Sandras Lieblingsband „The National". Die Gruppe um Sänger Matt Berninger spielte am kommenden Mittwoch, 11. Juni, im Hamburger Stadtpark.

Mit „Terrible Love" als letzte Zugabe von „The National" auf der Freilichtbühne im Hamburger Stadtpark hörte es auf. Das Konzert der „Band aus New York City mit krachledernen Riffs, güldenen Melodien und soften Balladen", wie das Hamburger Abendblatt heute Morgen seine Leser informiert hatte, endete nach vierundzwanzig Songs gegen 22 Uhr. Sandra hatte den ganzen Tag gebetet, dass das Wetter halten möge. Der Wetterbericht prognostizierte für heute, Mittwoch, den 4. Juni, eher Bewölkung und eine hohe Regenwahrscheinlichkeit. Doch der Regen hielt sich fern – zur Freude der Musiker und vor allem der Zuhörer im Winterhuder Stadtpark – und sonnig konnten sie auch die Musik der beiden Vorgruppen genießen.

Luca und Sandra hatten – mit Schirm und einer Decke bewaffnet – gegen 17 Uhr 30 die S 1 zum Bahnhof „Alte Wöhr" genommen. Beide waren ausgelassen und bester Stimmung. Luca scherzte beim Halt des HVV-Wagens in Friedrichsberg: „Weißt du, wo es die meisten Zurückgebliebenen gibt?" Sandra wusste es nicht und plötzlich hatte sie das Gefühl, dass etliche Mitreisende auch unbedingt die Antwort hören wollten.

„In Hamburg natürlich!"

Sandra erstarrte förmlich über die freche Antwort des Italieners und erwartete einen Aufschrei der sicher fünfzig Hamburger im Wagen der S-Bahn. Doch die blieben zunächst ruhig und schienen auf seine Erklärung zu warten.

„Hör genau hin, Sandra, Liebes", rief Luca plötzlich und alle um sie herum waren für einen Moment mucksmäuschenstill.

„Bitte zurückbleiben!", rief die digitale Ansagestimme draußen durch den Lautsprecher. Nach einer kurzen Pause schallte ein befreites Lachen durch die Runde.

Das Konzert startete pünktlich um 18.30 mit lauschigem Akustik-Folkpop von „The Middle East". Das Paar hatte sich mit ausreichend Getränken versorgt und ganz vorne bei der Bühne einen Liegeplatz reserviert. Der frühe Konzertbeginn schien für viele berufstätige Konzertbesucher etwas problematisch zu sein, was die halbvolle Rasenfläche vermuten ließ. Luca erklärte Sandra, dass alle hier stattfindenden Veranstaltungen aufgrund von Beschwerden der Anwohner um 22 Uhr beendet sein mussten. Nach „The Middle East" und 35-minütigem texanischem Rock von „Midlake" begannen die fünf „Nationalisten" gegen 20 Uhr 15 ihr Set mit dem Song „Runaway". Inzwischen war die Freilichtbühne proppenvoll und Luca und Sandra hatten den Liegeplatz zugunsten zweier Stehplätze im Gedränge getauscht. Sandra hatte sich auf einige Lieder der Gruppe besonders gefreut, doch nicht alle ihre Wünsche wurden erfüllt. Luca, der sonst eher den italienischen Schmusesongs zugeneigt war, schien die Musik der amerikanischen Band gut zu gefallen. Als das Paar nach Konzertende zusammen mit gefühlten

4.000 Besuchern durch den Park zurücklief, äußerte er sich sehr positiv. „Weißt du Sandra, dass ich heute erst zum dritten Mal ein Konzert hier auf der Freilichtbühne besucht habe? Im letzten Jahr war Eros hier und einige Jahre zuvor – ich glaube, es war 2011 – Zucchero. Aber das hier hat mir besonders gut gefallen. Tolle Musik machen die Jungs!" Sandra schmiegte sich eng an Luca. Sie hatte unter der Lederjacke nur ein Shirt und langsam begann sie zu frieren. Sie gingen zum S-Bahnhof Alte Wöhr, als Luca vorschlug: „Lass uns noch ein wenig durch den Park spazieren. Die S-Bahn wird eh überfüllt sein. Zur Saarlandstraße und der U 3 sind es wenige Minuten. Hältst du das durch?" Die Anspielung bezog sich auf ihr Frieren, doch tapfer nickte sie und zeigte dabei ein freudiges Gesicht. Wenn Luca noch Lust auf einen Bummel in der Dämmerung durch den Park hatte, wollte sie kein Spielverderber sein. So schlenderten sie parallel zur Saarlandstraße und diverse Konzertbesucher taten es ihnen gleich. In einem Biergarten am Ufer des Stadtparksees setzten sie sich und tranken kühles Weizenbier. Der Biergarten war malerisch gelegen und gut besucht. Sandra war wieder einmal klar geworden, wie richtig ihr Entschluss war, sich nach Hamburg zu orientieren. Auf dem Parkplatz, der in ihrem Blickfeld lag, war ein stetiges Kommen und Gehen. Plötzlich erschrak sie. War das nicht der dunkle Chevrolet-Transporter mit dem ausländischen Nummernschild, der dort auf dem Platz stand? Sie stieß Luca sanft an: „Ich hatte dir doch von dem schwarzen Wagen erzählt, in Oldenburg. Dort hinten, schau mal …!"

Luca sprang auf und lief Richtung Parkplatz, als der Wagen plötzlich startete und Richtung Saarlandstraße verschwand.

„Du hast dich sicher getäuscht, Sandra", meinte er, als er zurückkam. „Hier in Hamburg fahren sicher Hunderte dieser dunklen Kisten."

Wenig später hatten sie den Biergarten verlassen und liefen entlang der Saarlandstraße Richtung U-Bahnstation. Es war inzwischen dunkel geworden und Sandra war froh, bald im warmen Wagen zu sitzen.

Der Verkehr neben ihnen rollte für Hamburger Verhältnis noch recht ordentlich und auch eine Polizeisirene schoss gerade eben lautstark an ihnen vorbei. Das weiße U auf blauem Grund, das auf die Hamburger U-Bahn hinwies, war schon in Sichtweite, als ein lautes Reifenquietschen neben ihnen das Paar aus dem Gespräch riss. Sandra zuckte instinktiv zusammen und zog Luca etwas zur Seite. Sie erwartete jeden Moment den Zusammenstoß zweier Fahrzeuge. Als sie den Kopf wandte, erkannte sie einen dunklen Transporter, der seitlich von ihr stand. Vorne auf dem Kühlergrill prangte eine Art goldenes Kreuz. Der Chevrolet, ging es ihr sofort durch den Kopf. Luca schien erstarrt zu sein und war wohl noch immer bemüht, den Vorgang einzuordnen. Unter lautem Hupen von Fahrzeugen, die dem mitten auf der rechten Spur stehenden Wagen auszuweichen versuchten, hatte sich eine Schiebetür geöffnet und zwei groß gewachsene, asiatisch aussehende Männer mit dunklen Sonnenbrillen sprangen heraus. Sie rannten sofort auf das Paar zu. Sandra war klar, dass es sich um dieselben Typen von Oldenburg handeln musste, und sie ging sofort in Abwehrstellung. Luca hatte einen Schritt nach vorne gemacht und sich schützend vor seine Freundin gestellt. Er hielt den kleinen Schirm als Verteidigung vor sich.

„Was soll das?", rief er den anstürmenden Männern entgegen. Sandra versuchte, im Dunkel zu erkennen, ob sie Waffen besaßen. Aber das schien nicht der Fall. Doch sie zuckte zusammen. Einer hielt etwas in der Hand. Es konnte ein Messer sein. Inzwischen hatte ein Asiate Luca erreicht, ergriff den kräftigen Italiener am Arm und warf ihn mit geübtem Griff auf den Boden. Sandra war zunächst wie erstarrt. Warum Luca, sie war doch das Ziel? Für einen Moment schossen ihr Bilder durch den Kopf: Wechloy im März 1997, der dunkle VW-Bus, die Klappbox mit Lebensmitteln, Setzer. All das lief innerhalb von Millisekunden wie ein Film vor ihren Augen ab. Sofort setzte die Realität wieder ein. Sie registrierte, dass die beiden Männer dabei waren, ihren Freund an den Armen in den mit laufendem Motor wartenden Bus zu zerren. Jetzt erkannte sie durch die getönten Seitenscheiben vorne einen Fahrer sitzen. Luca schien bewusstlos, er rührte sich nicht. Was hatten sie mit ihm gemacht? Die Befehlsgewalt über ihre Muskeln kehrte zurück. Mit einem Satz war sie bei den Männern, die gerade im Begriff waren, den Oberkörper des Italieners in den Wagen zu hieven. Diese hatten nicht mit dem Angriff seiner Begleiterin gerechnet und Sandra schlug mit einer kurzen Faustbewegung einem Mann in die Nierengegend. Sofort ließ er Luca los, griff sich an die Seite und verlor bei der Bewegung seine Sonnenbrille. Trotz der Dunkelheit blickte Sandra in zwei kühle, aber erstaunt wirkende Augen. Sie hörte eine Tür schlagen. Das war nicht gut. Ihr zweiter Schlag traf den Mann fest am Kinn. Seine Augen wurden weich und verloren sich ins Nirgendwo. Sandra war überrascht, dass der andere Typ nicht eingriff, sondern noch immer bemüht war, Luca in den Transporter zu bekommen. Der bewusstlose Asiate rutsche im Zeitlupentempo über die Schwelle der Schiebetür und blieb auf dem Asphalt des Bürgersteiges liegen. Plötzlich kam er wieder zu sich und rappelte sich auf. Sandras Hand schmerzte. Sicher hatte sie sich bei dem Schlag etwas gebrochen oder mindestens verstaucht. Doch der Schmerz war ihr gerade egal. Inzwischen hörte Sandra laute Rufe. Sie kamen aus geringer Entfernung. Vielleicht eilte ihnen jemand zu Hilfe, überlegte sie schnell. Sie zog die verletzte Faust zurück in Position und visierte den zweiten Typen an, als sie seitlich Schritte hörte. Jemand, der ihnen beistand? Doch ihre Hoffnung wurde jäh zerstört, als eine weitere Sonnenbrille mit einem asiatisch wirkenden Gesicht neben ihr auftauchte. Sie hatte den Schlag des Mannes kommen sehen und war sofort nach unten ausgewichen. Dann riss es ihren Kopf bedenklich nach hinten und noch im Reflex war ihr der Arm nach vorne geschnellt und hatte den Mann am Kopf getroffen. Dann riss ein Feuerwerk an Schmerzen sie aus ihren Gedanken und sie fühlte, wie es ihre Beine wegriss. Noch einmal schlug sie mit dem zweiten Arm zur Seite in der Hoffnung, einen der Angreifer zu verletzen. Beim Auftreffen auf dem Boden wurde es ihrem Körper zu viel und sie versank in eine dunkle, aber schmerzfreie Zone.

24

„Sie wacht auf, na endlich!"

Sandra wunderte sich etwas, dass Alexander Schweiss neben ihrem Bett stand. Sie hatte die Stimme sofort dem Kollegen zugeordnet und sah sich bestätigt, als sie ihre Augen wenige Millimeter öffnete. Was machte Alex hier? Hatte sie verschlafen und er kam, um sie zu wecken? Nein, sie wohnte ja nicht mehr im Hotel Village, sondern bei ... Luca. Jetzt kamen die Erinnerungen zurück. Luca und sie spazierten noch durch den Stadtpark. Dann der dunkle Transporter. Was war mit Luca? Sie wollte sich mit den Händen abstützen und aufrichten, doch die dazu notwendigen Muskeln verweigerten ihren Dienst.

„Bleiben Sie besser liegen, Frau Holz", meinte eine zweite Stimme direkt neben ihr. Sie war weiblich und gehörte – nach einem schnellen Blick von Sandra – einer Frau mit Kurzhaarfrisur, die – einen weißen Kittel trug. *Dr. House,* ging es Sandra durch den Kopf und sie konnte sich nicht erklären, warum. Eins stand fest, sie lag in einem Krankenhaus. Denn die Lampen und blinkenden LEDs neben ihr sprachen sehr dafür.

„Was ist ... geschehen?" Das war ihre Stimme, da unterlag sie keinem Zweifel. Obwohl die Laute, die ihren Mund verließen, wie durch den Lautsprecher eines alten Grammofons tönten.

„Was ist geschehen? Wo ist Luca?" Sie hatte erneut die Frage gestellt und dabei war ihr der Freund eingefallen. Der Klang im Ohr erschien ihr jetzt schon bedeutend angenehmer.

„Sandra, ich bin es, Alex. Es gab einen Überfall. Bei der Saarlandstraße. Aber bevor ich von dir Einzelheiten hören möchte, musst du dich noch etwas ausruhen."

Sie hörte Schritte, sah, wie die Frau in Weiß sich wegbewegte. Sie erwartete das Schlagen einer Autotür, dann wurde ihr wieder die sichere Umgebung der Krankenstation bewusst. Eine wohlige Wärme kroch durch ihre Blutbahn in den Körper und Sandra hatte das Bedürfnis, ihre Lederjacke auszuziehen. Dann war nichts mehr.

Der nächste Versuch sich aufzurichten, klappte schon etwas besser. Es musste einige Zeit seit dem letzten Vorhaben verstrichen sein. Seitlich erblickte Sandra Fenster. Dahinter waren helle Streifen zu erkennen. Obwohl es im Zimmer dunkel war. Draußen schien Tag zu sein, wo immer sie sich auch befand. Und man hatte – um sie schlafen zu lassen – die Jalousien heruntergefahren. Aber die Tages- oder Nachtzeit war nicht das, was Sandra im Moment beunruhigte. Über ihr baumelte an einem Kabel ein weißer Schalter. Sie versuchte, ihn zu erreichen. Schob sich nach und nach einige Zentimeter höher. Aber er hing zu hoch. Sie fiel zurück auf die harte Matratze. Panik überkam sie. Was war geschehen? Ihre Erinnerung kehrte langsam wieder. Was war mit Luca? Sie hatte gekämpft gegen diese Männer, waren es nicht drei? Bruchstückweise rief sie sich die Details ins Gedächtnis zurück. Plötzlich öffnete sich leise die Tür des Krankenzimmers. Etwas Weißes huschte hinein. Dr. House? Nein, die Person wirkte ihr etwas kräftiger als die Dame vom letzten Mal.

„Sie müssen noch ruhen, es ist viel zu früh für Bewegungen", meinte die Stimme. Sandra wollte schreien, doch bevor der Befehl die Stimmbänder erreichte, wurde es erneut schwarz um sie herum.

„Hallo, Frau Holz. Sie haben brav geschlafen, aber jetzt ist es Zeit, etwas Nahrung zu sich zu nehmen."

Durch die Jalousien schimmerte es noch immer hell. Sandra lag schon eine Weile wach und hatte versucht, ihre Gedanken zu ordnen. Diese schlimmen Ereignisse – ob in den letzten Stunden oder vor Tagen – waren ihr nicht klar. Sie lagen abgelegt wie Puzzlesteine irgendwo in ihrem Gedächtnis. Einigen Steinen war sie noch auf der Spur. Doch eins stand fest: Sie lag hier aufgrund eines verübten Verbrechens.

„Luca!" Was war mit Luca? Sie schrie es laut heraus und die Schwester zuckte zusammen. Fast hätte sie ein Tablett fallen lassen. Sie trat an die Bettseite der Kommissarin, stellte das graue Tablett mit einem Teller auf ein Schränkchen und fuhr die Rückenlehne des Bettes etwas höher. Sandra konnte nun auch besser erkennen, wo genau sie sich befand. Dass sie in einem Krankenbett lag, bestätigten ihr die Geräte neben sich und die komplett weiß gehaltenen Möbel. Aber auch die Schwester an ihrer Seite.

„Wo genau bin ich?"

„In Eppendorf, im UKE!", antworte die Frau artig.

UKE? Was zum Teufel war das wieder für eine Abkürzung?

„Was heißt ... UK ... E?" Vorsichtig machte Sandra wieder von ihren Stimmbändern Gebrauch und sie schienen gut zu funktionieren. Erfreut darüber hängte sie noch einen Satz daran: „Wie lange liege ich schon hier?"

„UKE ist die Abkürzung für *Universitätsklinikum Hamburg-Eppendorf*, Frau Holz. Und wie lange sie hier liegen? Ich denke, Ihr Kollege sollte Sie über die Umstände aufklären. Der sitzt schon seit einer Weile draußen auf dem Flur. Sobald ich Sie gefüttert habe, werde ich ihn rufen."

Sandra wollte protestieren, hatte aber sofort eine Ahnung, dass es zu keinem Erfolg führen würde. Sie ließ es, schluckte dafür die Kartoffelsuppe, die die Frau ihr per Löffel in den Mund träufelte. Sie tat gut, die lauwarme Suppe. Vor allem veränderte es ihren Geschmack im Mund, stellte sie fest. Sie vergaß, darüber nachzudenken, wie der Geschmack vor der Suppe gewesen war.

„Sandra, wie immer beim Essen?", grinste Schweiss wenige Minuten später. Er hatte sich zwar einen Stuhl herangezogen, saß aber doch auf der Seite von Sandras Krankenbett. Die Schwester warf ihm einen bösen Blick zu, vermied es aber aus irgendeinem Grund, ihn zurechtzuweisen. Nachdem die Frau das Zimmer mit dem Hinweis „Und nicht zu lange, Herr Kommissar, Frau Holz ist noch schwach. Und die Gehirnerschütterung …!" verlassen hatte, warf sich Schweiss mit einer Drehbewegung auf das dünne Möbel und Sandra sah schon regelrecht vor ihren Augen, wie man ein zweites Bett für den verletzten Kollegen in den Raum schob. Doch der Stuhl hatte ihr Flehen erhöht und hielt.

„Diese Schwestern! Ich habe sowas von einer Aversion gegen weißes Bettzeug und gegen die Klamotten, die das Personal trägt. Ja, und gegen Krankenhäuser überhaupt. Ich sag es dir, Sandra, mich bringen keine zehn Pferde mehr in solch eine Bude."

Sandra verstand die bitteren Worte des Kollegen nicht ganz, versuchte aber einen verständnisvollen Blick.

„Ach, vergiss es! Aber jetzt erzähl mal! Du bist doch dazu in der Lage, nach all den Betäubungsmitteln?"

Ihr fragender Blick löste sofort eine Informationsbereitschaft bei dem Kollegen aus und Schweiss erklärte: „Sie mussten deine Schulter einrenken und einen …", Schweiss zog einen zerknitterten Zettel aus der Jackentasche, „… ich zitiere die Ärztin: Bruch des 5. Mittelhandknochens unterhalb des Köpfchens mit Abkippung nach handflächenwärts mit einer Kirschnerdrahtschienung operativ wiederherstellen. Die Hand hast du dir wohl beim Aufprall auf die Straße gebrochen. Und die kleine Gehirnerschütterung. Ja, und dazu gab es kostenlosen Schlaf." Er lachte über seinen Witz.

Erst jetzt wurde der Kommissarin bewusst, dass etwas mit ihrer Hand nicht stimmte. Die lag nicht sichtbar unter der Bettdecke und Sandra zog sie vorsichtig darunter hervor. Zusammen mit Schweiss bestaunte sie den weißen Verband, der ordentlich, aber dick über einer Gipsschicht angebracht war.

„Alex, die Hand wurde nicht durch den Sturz gebrochen …!"

Schweiss schaute neugierig. „Ach so, wie denn?"

„Ich habe einem der Typen den Kiefer zerschmettert."

Schweiss fuhr etwas in die Höhe und blickte überrascht zur Kollegin. Sein Blick wandelte sich in Stolz.

„Meine Hochachtung, Sandra. Das nenn ich doch mal ungleichen Kampf. Drei Männer gegen eine Frau. Und ein Mann trägt einen Kieferbruch davon?" Wieder lachte der Hauptkommissar mit eigenartigen Geräuschen.

„Den zweiten habe ich auch getroffen …, aber was ist mit Luca. Haben sie ihn …?"

Schweiss stoppte abrupt das seltsame Geräusch und wurde sofort ernst. „Er und der schwarze Wagen waren verschwunden, als die Kollegen eintrafen. Wir hatten zwar von Zeugen das dänische Kennzeichen des Chevrolet Explorers. Aber diese Nummer, das war offensichtlich, lässt keinerlei Rückschlüsse auf den Halter zu. Das Kennzeichen haben sich die Halunken – woher sie auch sind – selbst gebastelt."

Sandra wartete auf ein erneutes Lachen, doch es blieb aus, und das beunruhigte sie.

„Sofort als uns die Nachricht des Überfalls erreichte, haben wir Hamburg dichtgemacht. Es wurden die Notfallpläne durchgespielt – und wir hatten vielleicht tolle Pläne", schwärmte Schweiss. „Ja, so hat man den Wagen noch in der Nacht entdeckt. Und zwar auf einem Parkplatz seitlich der Willy-Brandt-Straße. Die Spusi hat ihn inzwischen total auseinandergenommen. Es ist der an der Tat beteiligte Wagen, ohne Zweifel. Man hat drinnen die Jacke von Luca-Matteo Ferraro gefunden … mit seinen Papieren. Ja, so sieht es aus."

Sandra wurde plötzlich ganz schlecht. War es diese Aussage über ihren Freund oder waren es die Nachwirkungen der Narkose. Sie hatte das Gefühl, sich übergeben zu müssen, und schaute flehend zu Schweiss.

„Eine Schale …!", flüsterte sie und geistesgegenwärtig hielt ihr der Kollege den Teller mit dem Rest der Suppe hin.

„Nun haben Sie die Patientin genug ausgefragt, Herr Kommissar. Sehen Sie nur, es ist ihr schon ganz schlecht von der Anstrengung. Also, für heute ist es genug!"

Die Schwester hatte Sandras Anfall von Übelkeit mitbekommen und Schweiss stand schuldbewusst mit dem Teller Erbrochenes in der Hand am Bett und schaute die Schwester an.

„Geben Sie her, und dann raus!", wies sie ihn im Befehlston an. Das zog. Schweiss nickte, dann wandte er sich Sandra mit resigniert zuckenden Schultern zu. „Vielleicht hat sie recht, Sandra. Ich werde morgen früh wiederkommen. Ja, und draußen sitzt ein uniformierter Kollege. Also, mach dir keine Sorgen. Dir wird nichts geschehen!"

Um ihr eigenes Leben machte sich die Kommissarin gerade am wenigsten Sorgen, aber das behielt sie für sich. Als Schweiss die Tür hinter sich zuziehen wollte, rief sie ihm nach: „Wie lange bin ich schon hier, Alex?"

„Keine 24 Stunden!"

25

Nach und nach hatte sich das bisher zwischen den Lamellen der Jalousien hervorblinzelnde Tageslicht der dämmrigen Beleuchtung ihres Krankenzimmers angepasst. Die letzten Stunden hatte Sandra still diesen Vorgang beobachtet und dabei nachgedacht. Als kein Licht mehr durch die Fenster kam und es draußen völlig dunkel wirkte, hatte die Kommissarin noch immer keine Antwort auf ihre Fragen. Lucas Eltern waren am Nachmittag gekommen, um ihr einen kurzen Besuch abzustatten. Doch man hatte sie nicht vorgelassen. Sie schienen verzweifelt zu sein und verstanden nicht, was hier vorging, so die Schwester. Wie auch? Ihr selbst ging es nicht anders. Und sie, Kommissarin bei der Mordkommission, konnte den untröstlichen Eltern keinerlei Erklärung über Ursache und Verbleib des einzigen Sohnes geben.

Später tauchte noch einmal die Ärztin zu einer abendlichen Visite auf. Sie meinte, dass die Hand in einigen Wochen vollständig ausgeheilt und wiederhergestellt wäre. Und dass man plane, Sandra ausnahmsweise schon am Samstag entlassen zu können.

„Warum nicht schon morgen?", fragte Sandra enttäuscht, und die Ärztin verwies auf die Narkose und den damit verbundenen Risiken. Sie würde also noch weitere 36 Stunden hier in Eppendorf verbringen müssen. Nach der Ärztin kam noch einmal Alexander Schweiss vorbei. Sandra hörte draußen das Geschrei, als er der Schwester die erneute Belästigung, wie diese sich ausdrückte, klarmachte. Er brachte auch keine Neuigkeiten mit, freute sich aber, dass die Kollegin das

Krankenhaus schon am übernächsten Tag verlassen durfte.

„Warum Luca? Warum nicht ich? Sie waren doch schon in Oldenburg aus irgendeinem ihr unbekannten Grund hinter ihr her. Und jetzt haben sie meinen Freund entführt", fragte sie sich immer wieder.

Auch Schweiss stellte sie diese Frage, doch auch er wusste keine Antwort. Zumindest hatte man den Ablauf des Überfalls rekonstruiert und Schweiss informierte sie darüber. Während die Täter versuchten, Luca-Matteo ins Auto zu zerren, hatte ein Pärchen, das vom Biergarten am Stadtteich kam, den Überfall beobachtet. Sie setzten sofort einen Notruf ab und wenige Minuten später schon waren die Kollegen vor Ort. Der dunkle Transporter, den das Paar beschrieb, war aber schon mit Luca verschwunden. Sandra – so erklärte der Kollege weiter – erwachte wohl kurz und teilte den Kollegen mit, dass sie Polizistin sei und es sich allem Anschein nach um eine Entführung handele. Auch den Namen von Hauptkommissar Schweiss habe sie genannt. Ein hinzugerufener Krankenwagen transportierte Sandra dann ins nächstgelegene Krankenhaus. Und das war hier in Eppendorf die Universitätsklinik.

Sandra hielt es im Bett nicht aus und bat die Nachtschwester um Erlaubnis, aufzustehen. Ihr Rücken schmerzte und sie brauchte etwas Bewegung. Es war nach 23 Uhr und die Schwester hatte – oh Wunder – nichts dagegen einzuwenden unter der Voraussetzung, dass sie den Tropf, an dem sie angeschlossen war, mitnahm. Sandra versprach es und verließ unter den kritischen Blicken der Frau ihr Bett. Beim Aufstehen fühlte sie noch ein kleines Schwindelgefühl. Ließ es sich aber tunlichst nicht anmerken. Dann ging es besser und sie trat auf den Flur.

Totenstille herrschte hier draußen und bis auf einen uniformierten Kollegen, der schräg gegenüber ihres Zimmers saß und in einer Fußballzeitung blätterte, war der Gang menschenleer.

„Wo wollen Sie denn hin? Hauptkommissar Schweiss meinte …!" Der Uniformierte schien nicht glücklich über Sandras Ausflug und war aufgestanden.

Sandra winkte ab. „Kein Problem, Kollege. Ich bleibe auf dem Flur, muss mir nur etwas die Beine vertreten." Sie zeigte auf den mit Rollen versehenen Ständer und die daran baumelnde Infusionsflasche. „Weit komme ich damit ohnehin nicht."

Man sah dem Beamten die Skepsis an. Doch er setzte sich wieder und schaute der Kommissarin nach, wie sie und der Ständer Richtung Schwesternzimmer verschwanden.

Die Schwester bot ihr sofort eine Tasse Tee an und Sandra trank die warme Flüssigkeit im Stehen.

„Es ist sehr ruhig heute hier auf der Station!", erklärte Sandra.

„Das ist richtig! Zurzeit haben wir, was Transplantationen angeht, wenig zu tun. Sie hätten letzte Woche hier liegen müssen, da gingen Tag und Nacht die Alarmglocken."

Sandra verstand nicht und fragte nach. Die Schwester informierte sie darüber, dass man die verletzte Kommissarin auf Drängen von Hauptkommissar Schweiss nach der Operation in diesen ruhigen und besser einsehbaren Flügel der Transplantationschirurgie gelegt hatte.

Sandra war es eigentlich egal, in welcher Abteilung sie die letzten Nächte im Krankenhaus verbringen würde. Sie bedankte sich für den Tee und spazierte den langen Flur einmal hinunter und dann wieder zurück. Der Uniformierte ließ sie dabei nicht aus den Augen. Am Ende des Flures befand sich der Aufenthaltsraum für Patienten. Ein Schild an der geschlossenen Tür wies darauf hin.

Als sie zum zweiten Mal bei dem Polizisten vorbeikam, erklärte sie ihm, sich ein wenig in diesen Aufenthaltsraum setzen zu wollen. Dort war es sicher angenehmer als im sterilen und geruchsintensiven Krankenzimmer. Der nickte und erneut lief sie den Gang hinunter. Die Blicke des Mannes spürte sie auf ihrem Rücken.

Der Aufenthaltsraum war stockdunkel und Sandra verzichtete darauf, nach einem Lichtschalter zu suchen. Sie setzte sich gleich vorne auf einen kleinen Sessel und schob die Infusionsflasche neben sich. Sofort morgen würde sie etwas unternehmen. Zwar wusste sie noch nicht, was, aber sie hatte die Verantwortung für ihren Freund und musste gewährleisten, dass er unverletzt wieder zu ihr zurückkam. Zunächst brauchte sie ihren Tablet-PC und ein funktionierendes WLAN-Netz. Wichtig war jetzt, den Kontakt zur Außenwelt wiederherzustellen.

Ein stetiges Brummen – mal ansteigend, mal abschwellend – irritierte sie etwas. Zunächst vermutete sie eine defekte Klimaanlage oder eine Neonröhre. Aber da alles dunkel war, konnten es die Deckenleuchten nicht sein. Sie versuchte sich über das Brummen hinaus zu konzentrieren. Welchen Grund gab es, dass die Männer Luca mitgenommen hatten und nicht sie? Verwechseln konnten sie beide nicht. Auch wenn es Asiaten waren, den Unterschied zwischen Männlein und Weiblein sollten sie kennen. Sandra lachte laut, doch es klang eher nach Verzweiflung. Vielleicht wollten die Männer gar nichts von ihr und Luca hatte etwas mit der Mafia zu tun. War sie, als sie den Chevrolet zum ersten Mal registrierte, schon mit dem Italiener zusammen? Nein, auf keinen Fall. Also das schied definitiv aus.

Wenn sie bloß dieses Brummgeräusch abstellen könnte. Aber vielleicht wollte man sie mit der Entführung erpressen? Als Kriminalbeamtin hatte sie Zugang zu geheimen Informationen und Computerpasswörtern. Aber warum hatte man sich bisher nicht gemeldet und warum entführte man Luca und nicht zum Beispiel ihre Mutter?

„Mist!", schallte es durch den dunklen Aufenthaltsraum. Sandra zuckte über ihre eigenen Worte zusammen. Auch der Beamte am Ende des Flures war aufgesprungen, hatte sich aber sofort wieder gesetzt, als er sah, dass die Kommissarin dort unversehrt saß. Sandra fiel ein, sie hatte ihre Mutter noch nicht über die Verletzung und ihren Aufenthalt hier im Krankenhaus informiert. Die machte sich doch sicher Sorgen.

„Wenn dieses blöde Brummgeräusch nicht endlich aufhört …!", entfuhr es ihr weithin hörbar.

Plötzlich flüsterte eine dünne und piepsige Stimme hinter ihr: „Entschuldigung! Ich bin schuld an dem Brummen!"

Sandra erschrak heftig und schrie überrascht auf. Ein dumpfes Getrampel dröhnte durch den Flur.

Sandra hatte sofort das Licht im Aufenthaltsraum eingeschaltet. Sie stand in der Zimmertür, hinter der sich der schwer atmende Polizeikollege aufhielt. In einer Ecke des Raumes hatte die Kommissarin einen jungen Mann ausgemacht. Er lümmelte auf einem der Sessel; seine langen Beine hatte er auf einen zweiten abgelegt. Sandra fand, dass er abgemagert und krank aussah.

Der Uniformierte war – nachdem die Kommissarin ihm erklärt hatte, dass alles in Ordnung sei – wieder abgezogen.

Erneut entschuldigte sich der junge Mann: „Tut mir leid, wenn meine Maschine sie erschreckt hat. Das wollte ich nicht!"

Erst jetzt registrierte Sandra eine kleine, dunkle Box, die neben dem Mann auf dem Boden stand. Und jetzt waren auch die Brummgeräusche deutlich zuzuordnen: Sie entsprangen diesem Gerät. Sandra musste das Teil ahnungslos angeschaut haben, denn der junge Mann erklärte ihr plötzlich: „Das ist mein Herzunterstützungssystem!"

Eine Stunde später lag die Kommissarin wieder im Bett und versuchte, ihren Adrenalinspiegel herunterzufahren. Sie konnte es nicht glauben, aber das Treffen mit Marco Redlin – dem jungen Mann mit dem Herzunterstützungssystem – schien eine Fügung des Himmels gewesen zu sein.

„Dich schickt der Himmel, Marco. Ich danke dir von Herzen und wünsche dir alles Gute und eine baldige Operation!", hatte sie gesagt und ihn fest gedrückt, bevor sie den über ihre Worte überraschten Mann Richtung Krankenzimmer verließ.

Marco hatte sie sofort mit Du angeredet, das Sandra absolut nichts ausmachte. Er erklärte ihr, dass er seit einem Jahr auf ein Spenderherz wartete und es einmal schon fast so weit gewesen wäre. Aber dann, so der

23-Jährige aus Kiel, habe der Spender die falsche Blutgruppe gehabt. Er ließ die Kommissarin wissen, dass ein Kunstherz eine mechanische Pumpe sei, die das Herz unterstützt, indem es andauernd Blut in den großen Gefäßkreislauf pumpt. Sein Herz sei noch vorhanden, erklärte er weiter, aber man habe das Kunstherz zur Unterstützung in seine rechte Brust eingesetzt. Von dort würde sein Blut über einen Rotor in den Körperkreislauf befördert. Betrieben würde die Pumpe mittels Strom. Er hatte seine Schlafanzugjacke etwas hochgeschoben und der Kommissarin Schläuche und Kabel gezeigt, die aus seinem Bauch zur Pumpe und Steuereinheit lief. Die Pumpe, die mit zwei Akkus betrieben wurde, war es auch, die das Geräusch verursachte.

Auf Sandras Frage, wie es zu seiner Herzschwäche gekommen sei, antwortete Marco: „Ich leide an einer sogenannten dilatativen Kardiomyopathie, einer gravierenden Erkrankung des Herzmuskels, bei der meine Herzkammern und Herzvorhöfe vergrößert sind. Dadurch ist die Pumpfähigkeit meines Herzens eingeschränkt."

Und als Sandra sich erkundigte, ob das angeboren sei, meinte er: „Nein, als Ursache vermuten die Ärzte eine Virusinfektion im Kindesalter." Fast eine Stunde unterhielten sich die beiden über den Sport. Marco war begeisterter Hockeyspieler und hatte vor seinen gesundheitlichen Problemen beim 1. Kieler HTC gespielt. Sandra erzählte von ihrer Freude am Laufsport, vom Hamburg-Marathon und auch von ihrem Beruf.

„Das muss ja total spannend sein! Oberkommissarin bei der Mordkommission!" Marco wollte wissen, welche Fälle sie gerade bearbeite, doch sie erklärte ihm von ihrer Schweigepflicht. Als er sich enttäuscht darüber äußerte, erzählte sie doch von den Entführungsfällen und dass man sie aus diesem Grunde wohl überfallen und verletzt hatte.

Als Marco über Müdigkeit klagte, verabschiedete sich Sandra von dem netten jungen Mann.

„In welcher Zeit bist du den Marathon gelaufen, Sandra?", fragte Marco, als die Kommissarin aufstand.

„Drei Stunden, vierundvierzig!"

„Wow, das ist verdammt gut für dein erstes Mal. Ich würde eine Million Euro ausgeben für ein gesundes Herz, das mich den Marathon in dieser Zeit laufen ließe."

Nach wenig Schlaf machte Sandra am nächsten Morgen der Ärztin klar, dass sie sich selbst – auf eigene Verantwortung – schon am morgigen Samstag aus der Universitätsklinik Eppendorf entlassen würde. Erst hatte sie geplant, bereits heute zu verschwinden, aber das schien ihr aus gesundheitlicher Sicht doch zu unsicher. Nach einem Brötchen mit Marmelade und zwei Tassen Kaffee, auf die sie statt des labbrigen Tees bestand, fühlte sie sich wieder der Sache gewachsen.

Sie hatte schon früh mit Schweiss telefoniert, der ihr eine Stunde später seinen Tablet-PC brachte und den Zugang zum Krankenhaus-WLAN regelte. Sandra erzählte dem Kollegen von ihrem nächtlichen Gespräch mit dem kranken Marco und Alex hörte schweigend zu. Auch als sie endete und fragend zu ihm hinüberblickte, sprach er kein Wort. Erst als sie „Was meinst du?" sagte, begann der Hauptkommissar zu reden.

„Was du sagst, macht Sinn, Sandra. 20.000 Marathonläufer sind 20.000 potenzielle Organspender. Wenn man es geschickt anstellt und an die medizinisch notwendigen Informationen kommt, dann wäre das wie … Organ on demand, also: Organe auf Abruf."

„Und die, wie du sagst, *medizinisch notwendigen Infos*, hat der Marathon-Veranstalter schon vor jedem Start, Alex!"

„Wie meinst du das?"

„Also, durch die Abgabe von Blut; auch wenn es nur der Tropfen aus dem Ohrläppchen ist, wissen die Veranstalter die Blutgruppe aller Läufer. Und die restlichen Angaben über uns schreiben wir doch selbst in die Aufnahmebogen!"

Sandra war außer sich und das verursachte bei ihr starke Kopfschmerzen. Sofort wurde sie an ihre Gehirnerschütterung erinnert.

„Fahr wieder runter, Sandra. Du bist noch nicht so weit, um dich vollends aufregen zu können. Aber was sagst du da, ihr habt Blut abgegeben? Für einen Marathonlauf?"

Sandra nickte und fasste sich dabei an den Kopf. Sie hoffte, das Pochen würde bald aufhören.

„Seltsam und ungewöhnlich. Aber eins ist sicher, die HASPA steckt nicht dahinter. Die sind zwar Veranstalter, aber die haben Geld ohne Ende. Die haben das nicht nötig."

„Aber wer dann, Alex?" Langsam wurden die Schläge im Schädel Sandras erträglicher.

„Was ist mit dem Chip-Hersteller?"

26

Kurz nachdem Schweiss das Krankenzimmer verlassen hatte, rief Polizeidirektor Dreling, der Leiter der Oldenburger Polizeidirektion, Sandra auf dem Handy an. Er wünschte ihr gute Besserung und erklärte, dass man in Oldenburg nichts dagegen habe, wenn sie nach Genesung noch einige Tage ihren Dienst in Hamburg ausüben würde. Die Kommissarin erwähnte in einem Nebensatz den Kollegen, der aus der Hamburger Dienststelle nach Oldenburg wechseln wollte.

„Nachtigall, ick hör dir trapsen!", lachte Dreling und verstand sofort.

Auch ihr Kollege Marc Argenberg hatte sich gemeldet und sie setzte ihn über alles Erlebte – inklusive ihrem Entschluss, nach Hamburg zu wechseln – in Kenntnis.

Er war erschüttert: „Hast du dir das gut überlegt? Aus dem beschaulichen Oldenburg in die Verbrechensmetropole Hamburg?"

„Nun übertreib mal nicht, Marc!" Sandra wechselte sofort das Thema. Es war jetzt nicht der Zeitpunkt, solche Dinge zu besprechen. Marc bot ihr jegliche Hilfe an und sie freute sich über so viel Kollegialität. „Egal wie ich dir helfen kann, Sandra. Lass es mich wissen!"

Der Überfall auf die Kommissarin schien bis zur Huntestadt durchgedrungen zu sein. Auch hatte sie es endlich geschafft, ihre Mutter anzurufen. Aber Sandra spielte die Sache herunter: „Ein wenig die Handknöchel verletzt, aber sonst ist alles gut." Von der Entführung Lucas und ihrem geplanten Standortwechsel verriet sie vorerst nichts.

Sandra hatte sich vor einer Stunde ins WLAN eingewählt und war dabei, Licht ins Dunkel zu bringen. Marco Redlins verzweifelter Appell zum Kauf von Organen brachte sie auf diese Fährte, und eines war absolut sicher: Sie war auf der richtigen Spur.

Sie überlegte, wenn gut betuchte Menschen – egal wo auf der Welt – gesundheitlich beeinträchtigt waren, konnten sich diese einfach ein neues Organ per Katalog bestellen? Ihr fiel ein, schon oft hatte sie von Ungereimtheiten bei der Vergabe von Organen gehört. Aber alles eher spekulativ. Sicher machten es sich die Verantwortlichen bei der Verteilung nicht einfach und alles lief bestimmt nach festgelegten Kriterien ab. Aber überall gab es schwarze Schafe und Geld regiert bekanntlich die Welt. Also: Hier jemandem schnell ein paar Scheine zugesteckt und das Organ wandert zu Herrn XY. Aber das würde voraussetzen, dass ein Mensch sterben und sein Organ – wie in Deutschland per Gesetz geregelt – vorab zur Transplantation freigegeben sein musste. Oder dass die Angehörigen nachträglich eine postmortale Entnahme erlaubten. Sandra recherchierte im Internet: Allein in der Bundesrepublik – so stand es in einem Zeitungsbericht – würden 12.000 Menschen derzeit auf ein Spenderorgan warten. Und dort war auch zu lesen, dass jeden Tag drei Menschen starben, die ein neues Organ benötigten. Würden reiche Menschen für sich oder ihre Lieben auch monatelang warten wollen? Den eventuellen Tod eines Kindes oder des Ehemannes in Kauf nehmen? Oder würden sie versuchen, die Beschaffung eines Herzens oder einer Niere zu beschleunigen? Sie versuchte, die Kurve zum Hamburg-Marathon und zu den entführten Personen zu bekommen. Wenn also dieser Chip-Hersteller und Vertreiber HEALTH mit einer Bande von Geiselnehmern und Ärzten zusammenarbeitete und die – vor dem Marathon abgegebenen – medizinischen Werte zusammentrug, wäre es doch ein Leichtes, bei einer Anfrage nach einem Organ in seine Liste zu schauen und zu sagen: Schauen Sie, da haben wir das Passende!

„Sehen Sie zum Beispiel Frau Holz! Sie ist jung und sportlich. Sie hat den Marathon in 3 Stunden 44 gelaufen und ihre Blutgruppe passt auch. Also spricht das für beste Organ-Qualität. Wenn Sie also ihre Überweisung tätigen würden? Wir kümmern uns um den Rest!"

Sie stoppte ihre Überlegungen. Jetzt steigerte sie sich da in etwas hinein, was sie nicht beweisen konnte. Doch obwohl das noch Theorie blieb, die Entführungen von Tobias Reinert, von Helene Lütjenjans, aber auch die Asiaten auf dem Oldenburger Parkplatz bei der Laufstrecke waren es nicht. Und natürlich Luca! Er war auch den Hamburg-Marathon gelaufen. Ob sie auch seine Organe …? Sie konnte und wollte sich das nicht ausmalen. Sie rief erneut Schweiss auf dem Handy an und erreichte ihn sofort am Arbeitsplatz. In wenigen Sätzen hatte sie ihm ihre Spekulationen erzählt.

„Solange wir nichts beweisen können, ist es nur Phantasie, Sandra", meinte der Kollege. „Trotzdem glaube ich, dass wir auf dem richtigen Weg sind. Ich werde weitere Kollegen darauf ansetzen, die Listen vermisster Marathonläufer abzuarbeiten. Auch sollen die mal überprüfen, seit wann und auch wo überall dieser HEALTH-Chip eingesetzt wurde."

Schon am Nachmittag – Sandra hatte gerade einen kleinen Mittagsschlaf beendet – gab es erste Ergebnisse: Das neue Zeitmessungssystem mit dem HEALTH-Chip hatte den bisherigen Champion-Chip wohl schon im letzten Jahr verdrängt. Aufdringliche Werbung, hochgradige Versprechungen und sicher die eine oder andere Vorteilsnahme eines Organisationsverantwortlichen hatten inzwischen dazu geführt, den Chip zu etablieren. Nicht alle Marathon-Organisatoren – so war nachzulesen – hatten sich bisher dafür entschieden. Aber doch einige. Auch im Ausland fand er schon Anwendung. So stattete die HEALTH-Corporation außer Hamburg die Läufe in Frankfurt, Berlin und Madrid aus. Auch beim Mekka des Marathons – dem New York-Marathon – hatte sich HEALTH durchgesetzt, und die über 50.000 Finisher erreichten am 3. November 2013 mit dem Chip in der Startnummer die Ziellinie. Allein die Liste der Läufe im Restjahr – gesponsert by HEALTH – ließ sich sehen. Weitere Einsatzorte und Daten dazu fand die Kommissarin auf der Webseite der Firma. Der nächste Lauf, so die Tabelle auf der Homepage, sollte der Förde-Lauf in Kiel am 15. Juni sein. Das war ja schon übermorgen, fiel Sandra siedend heiß ein.

Wenn sie aber nun auf der falschen Spur war und der Chip solche Erkenntnisse überhaupt nicht hergab? Sie war plötzlich voller Zweifel und suchte weiter im Internet nach Diskussionen über Chips für Zeitmessungen. Auf der Seite der Technischen Universität Harburg wurde sie fündig. Die Studenten der Fachrichtung Elektrotechnik unterhielten in einem öffentlich zugänglichen Forum eine eigene Rubrik über „Chip-Design". Sandra versuchte, sich aus Hunderten von schriftlichen Aussagen einen geeigneten Reim zu machen. Ein Student namens Gerrit Winter war öfters vertreten. Er schien vertraut mit dieser Technik zu sein und immer wieder stieß sie auf Beiträge unter diesem Namen. Sie googelte nach ihm. Wieder hieß der Link www.tuhh.de. Dort berichtete man freudig über die Annahme eines Elektroingenieurs Gerrit Winter nach Abschluss seines Masterstudiums zur Promotionszulassung an der Technischen Universität Hamburg-Harburg. Sie schaute auf das Datum des Berichts. Er stammte schon vom vorherigen Jahr. Sie forschte weiter und las einen aktuellen Hinweis zur bestandenen Promotion mit „magna cum laude", also großem Lob. Sie fand auch die Dissertation des jungen Ingenieurs, die von Sportzeitmessung mit Transponderchips handelte. Winter war *ihr* Mann, da war sie sich sicher. Zum Glück stand unter der Arbeit außer dem Namen des frischgebackenen Dr.-Ing. auch eine Mailadresse. Eine Handynummer wäre auch zu viel verlangt, glaubte Sandra. Sie schrieb Winter unter ihrem privaten Mailaccount, dass sie dringend Hilfe benötige. Dass sie Kommissarin sei und im Bereich Zeitmessung durch Chips ermittele. Dass musste reichen. Eigentlich reagierten die jungen Leute fix, wenn es sich um eine Antwort auf eingehende Mails handelte. Dem Smartphone sei Dank. Aber wenn Gerrit Winter inzwischen die Adresse geändert hatte oder sich gar im Ausland aufhielt? Sie hatte den Gedanken noch nicht fertig ausgeführt, als ihr Handy klingelte. Die Nummer war ihr unbekannt und sie nahm den Anruf entgegen.

„Hallo, Frau Kommissarin, oder soll ich Frau Holz sagen? Hier spricht Gerrit Winter aus Harburg."

27

Hatte Sandra einen gestriegelten jungen Mann im dunklen Hugo Boss-Anzug erwartet, wurde sie böse enttäuscht. Bei Gerrit Winter handelte es sich um einen großen, schlanken Mann mit rotem Haar und einem Dreitagebart in der gleichen auffälligen Farbe. Ein Langzeitgrinsen im Gesicht, saß er in abgewetzten Jeans und im Baumwollhemd auf den Stufen beim Eingang des *Instituts für Mikrosystemtechnik* in der Harburger Schlossstraße 20. Schon bei ihrem Telefongespräch gestern fand sie den jungen Mann charmant und nett. Vor allem, da er ihr sofort jegliche Hilfe anbot. Sie verabredeten sich für Samstagnachmittag und Sandra hoffte, dass die Ärzte sie auch wirklich entlassen würden. Tatsächlich klappte alles und ihr Kollege, Hauptkommissar Schweiss, kam sogar und holte Sandra mit seinem Privatwagen – einer älteren B-Klasse – ab. Zusammen fuhren sie zunächst nach St. Georg. Lange überlegte sie, ob sie das Angebot von Lucas Eltern annehmen und in seinem Appartement in der Böckmannstraße seine Rückkehr abwarten sollte. Dann entschied sie sich dagegen und lehnte das freundliche Angebot ab. Schweiss besorgte ihr sofort wieder ihr altes Zimmer im Village. „Obwohl keines frei war!", wie er betonte. Das ging doch nicht mit rechten Dingen zu! Ob er dort irgendwelche Aktien drin hatte? Vielleicht war er früher selber Stammkunde und der Besitzer musste noch etwas „gutmachen". Egal, sie war ihm dankbar, denn es hätte sie beruflich zu sehr abgelenkt, bei Luca zu wohnen, und sie fand die Neutralität des Village eindeutig besser.

Gerrit Winter war sofort klar, was Sandra mit ihrer Spekulation über den neuen HEALTH-Zeitmessungs-chip meinte. Er hatte – wie er sich ausdrückte – den Chip schon länger im Auge, und bat sie, eine Startnummer zu beschaffen und mitzubringen. Nachdem ihre Startnummer in Oldenburg lag, fiel ihr die von Luca ein. Die Kommissarin ließ sich von Schweiss noch in die Böckmannstraße bringen und fand das Papier nach einiger Suche in Lucas Sporttasche. Sie musste sich kurz setzen, als sie den Fund in ihren Händen hielt. Das war der Anfang ihrer Liebe. Dieses Stück Papier beziehungsweise das von ihr mit der Startnummer F 1996. Sie ließ ihren Tränen freien Lauf und trocknete sie mit Lucas rotem Ferrari-Shirt ab, das auch in der Tasche lag. Dann fuhr Schweiss sie ins Hotel Village und Sandra legte sich erst einmal wieder hin.

Gerrit Winter war aufgestanden und erst jetzt sah Sandra, dass der junge Doktor fast zwei Meter maß.

„Muss ich Sie als Herr Doktor ansprechen?", fragte Sandra freundlich und grinste ihn an. „Obwohl der Dresscode für einen Doktor ...!" Sie schaute nach unten auf die Jeans, die ihr, was die Länge anging, etwas zu knapp bemessen schien.

Auch Winter schaute an sich hinunter, um dann seinen Blick auf die Kommissarin zu richten. „Ja, ich weiß auch nicht. Eigentlich liegt mir das Förmliche nicht so. Aber man hatte mir diese Doktorandenstelle regelrecht aufgeschwatzt und nun bin ich es halt. Sie müssen wissen, dazu gab es auch noch ein Gehalt als wissenschaftlicher Mitarbeiter. Also, was will man mehr?" Er hielt ihr seine riesige Hand hin und sie schlug ein.

„Danke, Dr. Winter, dass Sie sich bereit erklärt …", begann Sandra und sie stoppte, als sie sah, dass Winter sich vor Lachen auf die Oberschenkel klopfte.

„Jetzt hören Sie aber auf, Frau Kommissarin." Das Wort Kommissarin hatte er extrem in die Länge gezogen. „Können wir uns nicht auf Gerrit und …"

„Sandra!", sagte die Kommissarin.

„… Sandra einigen?"

Die Kommissarin nickte und Winter schloss vor ihr eine übergroße Gebäudetür auf.

„Als Mitarbeiter hat man den Vorteil, auch mal samstags in die Forschung zu gelangen." Er schloss hinter ihr ab und sie durchquerten ein Foyer, auf dessen rechter Seite eine breite, geschwungene Treppe nach oben führte.

„Wie hoch müssen wir?", fragte die Kommissarin und hatte sofort an ihre angeschlagene Gesundheit gedacht.

„In den vierten Stock!", antwortete Winter und war stehen geblieben. Er schien den Grund ihrer Frage sofort durchschaut zu haben.

„Das ist ein sehr altes Gebäude. Bis 1979 gehörte es der *Vereinigten Harburger Ölfabrik.*"

Sandra verstand nicht ganz, was das mit ihrer Frage zu tun hatte.

„Aus diesem Grund", fuhr Winter fort, „verfügt das Gebäude zwar über einen Aufzug …"

Sandra atmete auf.

„… der leider in der 1. Etage endet. Die restlichen drei Stockwerke müssen wir also zu Fuß bewältigen."

Langsam stiegen sie die Stufen in den vierten Stock nach oben und Sandra fragte sich nach jedem Tritt, ob sie nicht besser noch einen Tag im Krankenhaus hätte verbringen sollen. Durch einen Vorraum, eine Glastür und einen langen Flur gelangten sie endlich in das, wie Winter sie aufklärte, Messlabor des Instituts.

Das Labor sah für Sandra eher nach Abstellraum Hunderter elektronischer Mess- und Prüfgeräte aus. Zielstrebig lief Gerrit auf einen Tisch zu.

„Setz dich doch bitte und dann lass mich diesen Hightech-Chip mal sehen."

„Du hast diesen HEALTH-Zeitmessungschip noch nie in den Händen gehalten?"

Sandra wunderte sich etwas, als Gerrit Winter den Kopf schüttelte, und sie übergab ihm Lucas Laufnummer.

„Es gab bisher tausend andere Dinge, die wichtiger waren. Warum sollte ich mir also einen besorgen?", meinte er, noch immer dieses verschmitzte Grinsen im Gesicht.

Während er Sandra die generelle Funktion von Zeitmessungschips erklärte, schnitt er mit einem kleinen Messer den hauchdünnen Baustein aus dem Papier. Vorsichtig ließ er ihn auf seine Fingerkuppe fallen. Er war so klein, dass Sandra zweimal hinschauen musste, um das schwarze Etwas dort zu erkennen.

„Gott, ist der winzig!"

Gerrit Winter nickte und es schien, als zeige sein Blick Ehrfurcht vor diesem technischen Bauteil.

„Diese Laufchips bei Marathons sind sogenannte RFID-Transponder. Sie teilen beim Überschreiten der Ziellinie dem Erfassungssystem die Kennnummer der Läufer mit." Er schaute zu Sandra und ergänzte: „Der männlichen und weiblichen natürlich. Sie sind sehr preiswert, denn sie sind passiv. Enthalten also keine Batterie. Und mit ihnen kann, dass weißt du als Marathonläuferin auch, deine individuelle Netto- und

Brutto-Zeitnahme während der Veranstaltung durchgeführt werden. Und das funktioniert auch bei Abertausenden von Sportlern."

Inzwischen hatte Winter den Chip unter eine Art Mikroskop gelegt. Er schaltete das Gerät zusammen mit einem großen Monitor ein.

„Schau, Sandra, jetzt kannst du den Chip in voller Größe sehen."

Tatsächlich erschien auf dem TFT-Monitor vor ihr ein schwarzes Kunststoffquadrat mit silbernen Wicklungen darauf. Es erinnerte Sandra an einen schwarzen Sportplatz mit etlichen silbernen Laufbahnen drumherum.

Als Sandra Gerrit diesen Vergleich schilderte, lachte der: „Ich sehe schon, Laufen steht bei dir an erster Stelle. Nein, die von dir als Laufbahnen bezeichnete Wicklung ist die Antenne, die um den Chip herumläuft. Mich erinnert sie immer an ein Labyrinth."

Beide mussten lachen.

„Aber eines kann ich dir schon mal sagen, Sandra. Der beim Sport bislang verwendete Zeitmessungschip erfasst und verarbeitet selbst keinerlei Daten. Er kontrolliert also nicht die Streckenkonformität der Wettkämpfer. Dazu benötigt man ein komplexeres GPS-System."

Als Sandra etwas spärlich schaute, erklärte er ihr seine Worte. „Stell dir vor, du möchtest zwar eine gute Zeit haben, aber nicht die ganze Strecke laufen. Was machst du?"

„Ich bescheiß mich doch nicht selber." Gerrits Lachen war kurz eingefroren nach Sandras verbalem Ausrutscher. Doch sofort grinste er wieder.

„Richtig, so sehe ich das auch. Aber sollte jemand anderer Auffassung sein, kann er sich ja zwischenzeitlich abholen lassen oder mittels U-Bahn die Strecke etwas verkürzen."

„Dann erreicht er eine bessere Zeit."

„Genau", grinste Winter. „Noch besser wäre für den Veranstalter eine komplette digitale Aufzeichnung des Laufes. Doch da dies zu aufwendig ist, beschränkt man sich bei der Zeitmessung auf einige Abschnitte während des Laufes. Einerseits wird dort die Zwischenzeit der Läufer gestoppt, was für die Athleten interessant sein dürfte, anderseits fällt es den Organisatoren auf, wenn eine der Messungen fehlt. Ja, und dann bist du disqualifiziert."

Sandra nickte überzeugt. Darüber hatte sie sich noch keinerlei Gedanken gemacht.

„Dieser Chip hier, das kann ich schon jetzt sagen, bevor ich ihn zerlege, ist aktiver Art. Er sendet ständig ein Signal. Zumindest für eine beschränkte Zeit – je nach Ausdauer der Batterie. Wie weit das Signal reicht, kann ich noch nicht sagen, aber dazu ...! Sandra, was ist mit dir?"

Die Kommissarin hatte sich geduscht und war auf dem Weg zur Pizzeria „La Famiglia". Lucas Eltern hatten das Restaurant zwar bis auf Weiteres geschlossen, aber ihre zukünftige Schwiegertochter – wie Mama Ferraro sie einmal nannte – zum Essen eingeladen. Schweren Herzens stimmte sie zu. Eigentlich war sie nicht in der Verfassung, den Eltern eines Vermissten Beistand zu geben. Zumal es für die Eltern so aussehen musste, als sei sie der Auslöser der Entführung. Nachdem es ihr in der Universität schlecht geworden war, hatte sich Gerrit Winter vorbildlich um sie gekümmert. „Mein Erste-Hilfe-Kurs war doch tatsächlich nicht umsonst!", grinste er, als die Kommissarin mit tiefer liegendem Kopf und Kissen unter den Beinen zu sich kam. „War ich bewusstlos?", fragte sie und Gerrit zuckte mit den Schultern. Winter brachte sie sofort mit seinem Citroën 2CV nach St. Georg und begleitete sie sogar bis in ihr Hotelzimmer. Sandra hatte etwas Bedenken, dass man den alten Wagen aus dem Halteverbot abschleppen könnte, und Gerrit sofort wieder nach unten geschickt.

„Ich rufe dich an, sobald ich den Mikrochip seziert habe!", lachte Winter und rannte sportlich die fünf Etagen des Village nach unten.

Sie war sich nicht sicher, ob sie den Zeichen ihrer angeschlagenen Gesundheit folgen und das Ganze den Kollegen überlassen sollte. Doch nach kurzem Schlaf und zwei Müsliriegeln fühlte sie sich wie neu.

Exakt eine Stunde später hatte Gerrit Winter angerufen und ihr seine Verwunderung kundgetan. „Ich habe ja mit allem gerechnet, aber dieses Teil ist ja der absolute Burner. Ein Chip mit Batterie und Antenne. So ein Sender mit der Ausstattung wird sicher einige Euro kosten. Und den lassen die einfach mit der Startnummer zurück? Die müssen ja Geld im Überfluss haben!"

Die Aussage Winters deckte sich mit Sandras Vermutung über den hoch bezahlten Handel mit illegalen Organen. Doch sie vermied es, irgendeine Andeutung darüber zu verlieren.

„Also, die eingesetzte Batterie wird – so schätze ich – gerade mal fünf bis maximal zehn Minuten Daten liefern. Eher weniger. Aber das ist auch verständlich. Die Batterien sind auch heute noch das Problem. Die Größe, Sandra. Je größer, desto länger halten sie. Und hier in diesem dünnen Streifen muss es sich um eine Art von *Paper Lithium Cell* handeln. Die sind nur 0,5

Millimeter dick und passen zum Beispiel auch in eine Smartcard. Ich denke, die Batterie auf dem Chip hat eine Kapazität von maximal 5 Milliamperestunden bei 3,7 Volt. Läuferdaten konnte ich keine wiederherstellen. Ich vermute, das System hat sie gelöscht, als …!" Gerrit hatte seine Ausführung unterbrochen und meinte nach einer kurzen Pause: „Das interessiert dich nicht, Sandra, oder?"

Als Sandra mit „Nun ja" antwortete, übernahm Winter wieder das Gespräch. „Die Batterie auf dem Chip, so sieht es aus, wird durch eine starke magnetische Schleife aktiviert. Ich nehme an, bei der Startlinie. Dann beginnt ein Mikrosender, Daten und somit Informationen zu einem in der Nähe befindlichen Empfänger zu übermitteln. Sandra? Du solltest mir bitte genau jetzt sagen, was es mit diesem Mikrochip und deinen Ermittlungen auf sich hat!"

Bevor Sandra die Frage Winters beantwortete, wollte sie noch Folgendes wissen: „In welchem Umkreis sendet der Chip nach Aktivierung?"

„Ich schätze, keine 300 Meter, und da bin ich schon sehr optimistisch!"

28

Sandra saß in einem zivilen Polizeiwagen und sie fuhren schweigend auf der Autobahn Richtung Kiel. Hauptkommissar Schweiss unterstütze das Vorhaben, als die Kollegin ihm alles erklärt hatte und wies wohl auch den Fahrer an, die Kommissarin nicht über das normale Maß während der Fahrt zu unterhalten. Sandra erinnerte sich plötzlich an den Sandkruger Mühlenweg und ihre Fahrt zu diesem bewegenden Gespräch mit Frau Müller-Konden im letzten Jahr. So ähnlich kam sie sich vor, als sie nun zur Anmeldung des Fördelaufs nach Kiel fuhr. Sie nannte vor ihrer Abfahrt Gerrit Winter telefonisch noch ein paar Details zu dieser Ermittlung. Nicht zu viel, die Abhörsicherheit ihres Handys war absolut ungenügend. Er begriff schnell und versprach, sich weiter mit dem Chip zu beschäftigen. Gerrit machte sie aber auch gleich darauf aufmerksam, dass die von ihr gewünschte Ortung der Verbrecher nicht einfach werden würde, und diese Aussage verursachte bei Sandra starke Magenbeschwerden.

Ihr war bei ihren Überlegungen zur Aufklärung des Verbrechens sofort der Fördelauf eingefallen. Aber auch dass die Anmeldefrist längst verstrichen war. Hatte nicht Helenes Mutter erzählt, die Tochter würde dort mitlaufen? Nach Rücksprache mit Frau Lütjenjans, die noch immer nichts über den Verbleib ihrer Tochter wusste, stellte sich heraus, dass Helene in Kiel gemeldet war. Helenes Mutter gab Sandra die Registrierungsnummer des Laufes durch und Marc Argenberg kümmerte sich noch um die Kopie des Reisepas-

ses der Kommissarin. Sandra hoffte, so durch die Anmeldung zu gelangen. Ihr erklärtes Ziel war, Hinweise
zum Sender und zu den Drahtziehern zu finden.

„Du wirst doch dort sicher nicht mitlaufen wollen?",
äußerte sich Schweiss sichtlich entrüstet. Erst nachdem
ihn Sandra beruhigen konnte, hatte er der Aktion zugestimmt. Und er versprach, sich um einen Wagen der
Polizeitechnik zu bemühen. Dieser – so plante Sandra
– sollte den Empfänger der Läuferdaten beim morgigen Lauf in Kiel auffinden. Ein SEK würde dann dafür
sorgen, dass die Verbrecher festgenommen und zur
Vernehmung gebracht wurden. Sandra war klar, dass
überwiegend der Wunsch nach Lucas gesunder Rückkehr Vater ihrer Gedanken war. Aber sie sah keinen
anderen Weg, zu einem Erfolg zu kommen. Wenn
Luca noch lebte, dann hatten sie morgen eine kleine
Chance. Und die hieß es zu nutzen.

Den Abend mit Lucas Eltern empfand sie als sehr an-
strengend. Das Ehepaar lebte in einer Maisonette-
wohnung über der ihres Sohnes Luca. Die verfügte
sogar über einen kleinen Lift.

„Wir werden ja auch älter", meinte Herr Ferraro, als
Sandra aus dem Lift direkt ins Wohnzimmer trat.

Auf Sandras Frage nach einer Rückkehr im Alter in
ihr Heimatland Italien winkten sie nur ab. Ansonsten
wurde es ein recht schweigsamer Abend. Nicht dass
die Eltern ihr Vorwürfe gemacht oder geweint hätten.
Nein, es wurde nur wenig gesprochen, und das Thema
Luca wurde so gut wie möglich aus der Konversation
herausgehalten. Doch schwebte es stets über den drei
Köpfen. Dafür war allen die stille Trauer anzumerken
und ließ auch die beste italienische Pizza zum belegten
Knäckebrot werden.

Schweiss rief gegen Abend an. Sandra war wieder von der Marathon-Anmeldung in Kiel zurück und saß erschöpf im Frühstücksraum des Hotel Village. Sie hatte sich mangels Service selbst einen Tee gekocht und ließ den Tag Revue passieren. Schweiss druckste irgendwie rum, und nachdem er minutenlang Unwichtiges erzählt hatte, meinte Sandra: „Komm zum Punkt, Alex. Du willst doch etwas loswerden!"

„Ach so, ja. Na gut, du hast recht, Sandra. Es gibt keine guten Nachrichten. Ich hatte nach unserem letzten Gespräch den Staatsanwalt angerufen und ihm den Sachverhalt erklärt. Den benötigten Wagen der Technik morgen, das SEK, die ganze Chose! Ja, Staatsanwalt Wirtz war etwas überfordert damit. Du musst wissen, er ist recht neu. Aber das nützt nichts. Er hat im Moment das Sagen. Und wenn er ablehnt, ...!"

Sandra traute ihren Ohren nicht. Sie riss sich hier ihren Allerwertesten auf, ohne Rücksicht auf ihre angeschlagene Gesundheit, und dieser Hamburger Sesselfurzer lehnte den Einsatz mir nix, dir nix ab? Sie merkte, wie Übelkeit in ihr aufstieg, und sie trank schnell einen Schluck Tee aus der Tasse vor ihr.

„Alex", bat sie eindringlich, „du musst alles daransetzen, dass wir morgen Erfolg haben!"

Sie hörte regelrecht, wie Schweiss auf der anderen Seite der Kommunikation schwer schluckte.

„Hast du ihm erzählt, dass es um die Rettung von Menschenleben geht? Und auch um das von Luca!"

„Das mit den Menschenleben weiß er natürlich. Luca habe ich nicht erwähnt. Sonst hätten sie dich womöglich noch im Visier."

Sandra wusste, was der Kollege meinte.

„Und jetzt?"

„Ich habe keine Ahnung", erklärte Alex und sie glaubte ihm.

Sie lief nach oben in ihr Zimmer und packte ein paar Sachen ein. Dann telefonierte sie lange. Später ließ sie sich ein Taxi kommen. Ihr Ziel war das gleiche wie schon heute Morgen. Die Landeshauptstadt Kiel.

Um null Uhr dreißig klopfte es an Sandras Zimmertür. Sie hatte mit etwas Glück dieses Einzelzimmer außerhalb Kiels bekommen. Wegen des Fördelaufs war in der Stadt ansonsten alles belegt. Sie war bisher nicht eingeschlafen und nun erleichtert, das Klopfen zu hören. Leise erhob sie sich vom Bett und trat angezogen an die Tür. Tatsächlich, es war Gerrit Winter. Er hatte es geschafft und sein Versprechen wahrgemacht. Als Hauptkommissar Schweiss die Aktion für abgeblasen erklärte, wollte sich die Kommissarin nicht damit abfinden. Eine Weile dachte sie nach, weinte und war gefrustet. Dann gab es für sie nur noch einen Ausweg und der hieß: Dr.-Ing. Gerrit Winter. Sie rief ihn an und erklärte ihm alles. Von ihrer Liebe und den Entführungen bis zur Ablehnung der Aktion durch den Staatsanwalt. Sie hatte hin und wieder Bedenken wegen der Gefahr des Abhörens. Doch dann schwanden diese Überlegungen zugunsten der Ängste um ihren Freund Luca. Am Ende des langen Gespräches erklärte sich Winter bereit, von der Universität Harburg eine kleine Ausrüstung zu organisieren und ihr am morgigen Fördelauf bei der Suche nach den Verbrechern zu helfen.

„Ich bin unverheiratet und habe noch keine Nachkommen. Da ist es doch erstrebenswerter, als Märtyrer für das Vaterland zu sterben."

Dieser als Spaß gemeinte Satz war nicht ohne jegliche Wahrheit, wusste Sandra. Die Typen in ihren schwarzen Chevrolets kannten kein Pardon. Hier ging es um extrem viel Geld. Und so ein schlaksiger, rothaariger Elektroingenieur stellte maximal geistig einen höherwertigen Gegner für sie dar.

Grinsend wie immer betrat Gerrit Winter das Zimmer. Sie erzählte dem Inhaber der Frühstückspension nichts von Winters geplantem Besuch. Besser ist besser, dachte sie. Sie hatte bei ihrer Ankunft noch um ein paar Brote gebeten und diese wurden kommentarlos von einer Angestellten der Pension gebracht. Nun bot sie Gerrit das Essen zusammen mit einer Flasche Wasser an.

„Die Kommissarin hat ja an alles gedacht. Du hast uns doch nicht als Ehepaar hier angemeldet?", griente der junge Mann und Sandra blieb etwas die Luft weg.

29

Nachdem mit der Anmeldung, inklusive der Abgabe des Tropfen Blutes, gestern am HEALTH-Stand alles geklappt hatte, war Sandra zuversichtlich, am heutigen Sonntag einen entscheidenden Schritt weiter in Richtung Verbrechensaufklärung zu kommen. Gerrit hatte seinen alten Citroën mit etwas Schwierigkeiten in der Nähe des *Cruise Terminals* beim Kieler Ostseekai abgestellt und ihr das per SMS mitgeteilt. Sandra selbst stand schon um neun Uhr bei der Abgabe ihrer Tüte. 10 Uhr 20, also recht spät, sollte Startzeit des Marathons sein, und sie wollte alles genauso machen, wie es dem eigentlichen Ablauf entsprach. Das war schon eine andere Sache hier in Kiel. Von 16.000 Sportlern in Hamburg auf knapp 2.000, das entsprach schon fast einer familiären Atmosphäre. Die einzige Angst, die Sandra umgab, war, dass die HEALTH-Mitarbeiter wussten, dass Helene Lütjenjans-Hass an diesem Marathon gar nicht hätte teilnehmen können. Denn wenn ihre Theorie stimmte, befand sich die Schulfreundin in deren Händen. Gerrit hatte am Abend in der Pension noch einmal den Chip in der Laufnummer bewundert, bevor sie beide Nummern an ihrem Laufshirt befestigte. Hier in Kiel unterschied der Veranstalter – was die Laufnummer anging – nicht, ob Männlein oder Weiblein. Das war bei knapp 2.000 Läuferinnen und Läufern wohl auch nicht notwendig. Sandra erhielt die für sie unbedeutende Nummer 1761. Schon um 10 Uhr stand sie im Startblock E.

„Gegenüber Hamburg habe ich mich schon um einen Block verbessert", lachte sie und bemühte sich, locker zu wirken. Ein paar Männern um sie herum fiel das auf.

Sie lachten mit und einer meinte: „Ja, Laufen macht Spaß!" Wenn der wüsste!

Seitlich neben ihnen erhob sich das Kreuzfahrtschiff mit dem schönen Schriftzug *Health of the World*. Ein passender Name, dachte Sandra schon gestern, als sie zum ersten Mal den Ozeanriesen mit seinen zwölf Etagen bewundert hatte. Was würde sie darum geben, mit Luca eine Reise auf diesem Schiff antreten zu dürfen, statt hier in eine unsichere Zukunft zu schauen. Vierzehn Tage auf dem Meer, am liebsten in die Karibik. Dort, wo es schön warm war. Das würde sicher auch dem gebürtigen Südländer Luca gefallen.

„Tolles Schiff!", erklärte eine kleine Frau plötzlich neben ihr. Beide schauten gemeinsam an dem Teil hoch.

„Ob sie es glauben oder nicht, junge Frau, mein Mann und ich werden am Dienstagmorgen mit der *Health of the World* zu einer Asien-Kreuzfahrt starten. Wir haben so lange gewartet und jetzt wollen wir es noch einmal wagen." Die letzten Worte hatte die Frau eher geseufzt als gesprochen und Sandra glaubte, da steckte mehr dahinter.

Doch schon gab die Frau bekannt: „Eigentlich trage ich meine Schmerzen nicht gerne nach außen, aber Sie sehen aus wie jemand, der einen auffängt. Mein Mann hat Alzheimer und ich denke, gegen Ende des Jahres werde ich es nicht mehr alleine schaffen. So wollte ich jetzt, wo er noch lichte Momente hat, mit ihm … na, Sie wissen schon."

Sandra zuckte zusammen, eine Lautsprechermeldung kündigte den Start an.

Irgendetwas war schiefgelaufen. Sandra atmete schwer und ihr Kopf und ihre Lungen taten weh. Sicher war es keine gute Idee, sich schon wenige Tage nach dem Überfall und der Operation solchen Belastungen auszusetzen, aber ausruhen konnte sie später. Dann, wenn Luca und die anderen Vermissten wieder gesund in Freiheit waren. Gerade hatte sie nach wenigen hundert Metern den Lauf abgebrochen und die Laufstrecke zur Seite verlassen. Gerrit sollte sich doch melden. Er hatte zwei kleine Funkgeräte mitgebracht und ihr eines davon ausgehändigt. Winter hatte gemeint, beide sollten auf das Handy verzichten. Das Mobilfunknetz sei bei solchen Veranstaltungen sowieso überlastet. Für einen kurzen Moment war Sandra erschrocken. Die kleinen Geräte erinnerten sie stark an die Verfolgung des vermeintlichen Entführers von Tobias Reinert auf dem Wechloyer Flohmarkt. Aber bei genauerem Hinsehen waren sie höherwertig und von einem anderen Hersteller.

„Gerrit! Hörst du mich?", flüsterte sie in das handtellergroße Teil.

Die Menschen in ihrer Umgebung waren schon aufmerksam auf sie geworden und blickten sie argwöhnisch und zum Teil verdutzt an. Kein Wunder, welche Sportlerin bricht schon knapp einen Kilometer nach dem Start einen Marathonlauf ab.

„Hallo, Sandra, ich bin's. Hörst du mich?"

Na endlich! Sandras Ängste schwanden und sie machte sich bemerkbar.

„Alles klar, Gerrit. Wo steht dein Wagen?"

Er beschrieb ihr die Position des alten Citroëns: „Ich stehe an der Hegewischstraße. Du findest mich leicht. Über die Straße verläuft eine Fußgängerbrücke, also nicht weit vom Start entfernt. Du müsstest die Brücke eigentlich von deiner Position aus sehen können." Tatsächlich, nur vielleicht hundert Meter vor ihr lag die modern gebogene Brückenkonstruktion. Sie musste sich beeilen. Ihr war klar, die Männer hatten nicht die Absicht, den ganzen Tag an der Strecke zu verbringen. Wenn das Sendesignal des Chips aufgrund der schwachen Batterie nach wenigen Minuten abbrach, würden sie sicher zusammenpacken und verschwinden. Sandra lief nun die restlichen Meter, um dann Richtung des Brückenaufganges abzubiegen. Es dauerte einen Moment, bis sie sich durch die dichte Menge Sportbegeisterter an der Laufstrecke durchgekämpft hatte.

„Was ist denn mit dir?", fragte sie plötzlich ein kleiner Junge. Er stand seitlich an der Hand eines Mannes am Brückengeländer. Dem Mann – augenscheinlich der Vater des Jungen – schien die Frage eher unangenehm, denn er zog den Kleinen sofort etwas zurück in die Menge. Doch der neugierige Blick des Jungen haftete noch einen Moment auf ihr, während sie die Fußgängerbrücke betrat. Sie war heute Morgen gestartet wie immer. Schnell und flüssig hatte sie sich der Gruppe angepasst, ungeachtet ihres gesundheitlichen Zustandes. Das sollte sich nun rächen. Wieder überkam sie ein Schwindelgefühl und sie lehnte sich an das Geländer. Sie hatte von hier einen tollen Blick auf die Strecke und auf die letzte Läufergruppe, die gerade unten vorbeirannte. Gerade mal fünf Wochen war es seit Hamburg her. Auch dort stand sie auf der Brücke und schaute auf die Strecke.

Ein Asiate in buntem Hemd und großkalibrigem Teleskop an seiner Nikon kam ihr entgegen und musterte sie. Freundlich bot er ihr seine Hilfe an. Um Gottes willen, alles, nur das nicht, dachte Sandra. Sie bedankte sich und lief trotz des Schwindelgefühls die Schräge hinunter, Richtung Gerrits Parkplatz. Sie hatte sofort ein schlechtes Gewissen. Sicher hatte der Mann es nur gut gemeint. Sie musste sich zurücknehmen und nicht alle Asiaten über einen Kamm scheren.

Gerrit Winter erwartete sie schon bei seinem Wagen. Sein roter Schopf ragte wie eine Warnleuchte über allen Fahrzeugen des riesigen Parkareals und schon von Weitem winkte er der Kommissarin zu. Sicher war es auch einfacher für ihn, sie zu erkennen, vermutete Sandra. Sie schien wohl die Einzige, die mit einer Startnummer des Fördemarathons über die Fußgängerbrücke rannte, und hoffte, dass die Männer im dunklen Chevrolet sie nicht entdeckt hatten.

„Kann es losgehen?" Gerrit war voller Tatendrang. Er riss ihr die Startnummer regelrecht vom Leib und Sandra erinnerte sich an ihr letztes Wochenende mit Luca in Sehmsdorf. Sie hatte seine Liebkosungen genossen und lange so etwas entbehrt und …! Sie brach den Gedanken schleunigst ab. Nur keine Sentimentalitäten. Das lernte man in der hohen Schule der Kriminalistik – Emotionen enden oft tödlich.

Gerrit Winter war unter der Heckklappe des grasgrünen Wagens verschwunden. Zum Glück spielte das Wetter mit. Regen hatte man nicht vorhergesagt für den heutigen Tag in der Landeshauptstadt Schleswig-Holsteins.

Nach wenigen Minuten rief der Elektroingenieur: „Mensch, Sandra, hast du ein Glück, sie senden! Aus welchem Grund auch immer, benötigen sie zum Auffinden der Läuferdaten ein Sendesignal. Zwar empfange ich das nur schwach, aber immerhin, wir sind drin!"

Mit grinsendem Gesicht zeigte er auf einen Alukoffer, der ein paar kleine elektronische Geräte und ein Mini-Notebook beinhaltete. In der Mitte auf einem Mini-Sockel thronte majestätisch der winzige, fast unsichtbare Mikrochip. Sandra schaute auf die Uhr. Seit ihrem Lauf über die Startmatte waren bald fünf Minuten vergangen.

„Bald sind fünf Minuten um, Gerrit! Denk an die Batterie!"

Winter nickte und zum zweiten Mal, seit sie ihn kannte, verzichtete er auf sein ständiges Grinsen. Er drehte am Knopf eines Gerätes, dann an einem zweiten. Plötzlich jubelte er. „Ich hab die Kerle. Sie stehen ... einen Moment", wieder machte er sich an Knöpfen zu schaffen, tippte etwas auf der kleinen Computertastatur und Sandra verstand – nichts. Dafür klingelte jetzt ihr Handy. Sie schaute auf das Display. Hauptkommissar Schweiss! Es war schon das dritte Mal, dass er heute Morgen anrief. Sicher wollte er sich vergewissern, dass sie keine Dummheiten machte. Aber sie unterdrückte den Anruf. Später war immer noch Zeit dafür. Gerrit hatte inzwischen ein paar Daten auf einen Zettel geschrieben und hielt ihr grinsend das Papier hin: N 54.328712 E 10.142226 stand darauf geschrieben. Es handelte sich um Koordinaten, das war der Kommissarin sofort klar. Gerrit hämmerte wild auf seinem Handydisplay herum. Dann rief er freudig: „Sie stehen beim Schwanenweg. Wie lauten Ihre Befehle, Agent?"

Sandra hatte sich schnell umgezogen und ihre Pistole ohne Halfter in das Hosenbund gesteckt. Wie üblich überzeugte sie sich erst, ob die Waffe gesichert war. Als Gerrit die Pistole sah, wich erneut das Grinsen aus seinem Gesicht.

„Meinst du nicht, wir sollten die Polizei benachrichtigen?", meinte er kleinlaut.

So richtig hatte Sandra noch keinerlei Strategie, was den Ablauf der nächsten Minuten anging.

„Du kannst noch ein Stück mitlaufen. Dann bleibst du in sicherem Abstand zu dem Wagen oder dem Ort, wo sich die Typen aufhalten. Ich lasse dir mein Handy da. Solltest du Schüsse hören oder irgendetwas Ungewöhnliches, ruf sofort Hauptkommissar Schweiss an. Er weiß, was zu tun ist." Die Kommissarin bearbeitete nervös ihr Handydisplay. Dann reichte sie es Winter mit den Worten: „Es ist eingestellt, du musst nur noch *wählen* drücken." Mit ernstem Nicken nahm ihr Gerrit das Handy ab.

„Gut, also, bis gleich. Verbindung halten wir über die Funkgeräte. Aber bitte nicht nachfragen. Das könnte Probleme bringen. Ich werde als Erste Kontakt aufnehmen." Gerrit nickte.

„Und, Sandra!"

Sandra war stehen geblieben und hatte sich umgedreht.

„Achte auf einen Wagen mit einer großen Außenantenne!"

30

Der Kieler Schwanenweg lag Luftlinie nur knapp einen Kilometer vom Parkplatz entfernt, direkt am Botanischen Garten, und so war die Kommissarin in wenigen Minuten bei der kleinen Straße angekommen. Zunächst konnte sie keinen schwarzen Transporter ausmachen. Vielleicht saßen die Männer heute in einem anderen Wagen oder sie hatten sich eigens für diesen Lauf eine Wohnung in der Nähe der Laufstrecke angemietet. Erschrocken über diese Gedanken blieb sie stehen. Wieder wurde ihr schlecht und auch das Schwindelgefühl schien in greifbarer Nähe. Sie setzte sich auf eine nahe gelegene Parkbank. Von dort hatte die Kommissarin einen guten Blick Richtung Schwanenweg. Der Rand des Kieler Parks war nur spärlich bewachsen und auf der Straße war nichts Außergewöhnliches zu erkennen. Von rechts schallte laute Musik aus Lautsprechern herüber und zwischendurch vernahm sie die Stimme des Moderators. Der war, so glaubte Sandra, bemüht, die wartende Menge bei Laune zu halten.

Sie stand auf und bewegte sich weiter nach links. Der Lärm an der Strecke wurde augenblicklich leiser und sie stoppte knapp neben einem großen Gebäudekomplex. Es könnte sich um ein kleines Krankenhaus handeln, dachte sie. Nicht schlecht. Wenn ihr etwas zustoßen würde, hätte sie gleich die optimale Versorgung. Die Straße war komplett zugestellt mit Wagen jeglicher Typen. Kein Wunder, dachte Sandra. Jeder wollte so nah wie möglich bei der Laufstrecke parken. Kiel verfügte zwar über ausreichend Busse, aber keine

U-Bahn-Strecke. Da wurde schon eher der Wagen genutzt, vermutete sie.

Zuerst sah sie die große Antenne, die weit über die Fahrzeuge hinausragte. Dann sah sie auch den dunklen Wagen, an dem die Antenne angebracht war. Zwischen einem Miet-Lkw und einem Kleinwagen abgestellt, stand er dort. Beängstigend und schwarz. Der Fahrer hatte ihn in Fahrtrichtung zur Hauptstraße, parallel zur Kieler Förde, geparkt. Wohl aus gutem Grund, glaubte Sandra zu wissen: So konnten die Verbrecher sicher schnell die Flucht ergreifen. Sie beobachtete den Wagen genau und meinte, ein Schaukeln der Karosserie zu erkennen. Doch das Fahrzeug stand ruhig. Wahrscheinlich musste sie näher heran.

„Gerrit?"

„Oh Gott, ich sterbe hier vor Angst um dich!", übertrieb der junge Ingenieur.

Sandra hatte erst eine geeignete Antwort parat, ließ es dann aber. „Gerrit, ich habe den Wagen gefunden. Ein schwarzer Chevrolet Explorer mit einer Antenne auf dem Dach. Er steht, wie du geortet hast, am Schwanenweg. Ziemlich im oberen Bereich. Also bei der Klinik oder was immer das dort für ein Gebäude ist. Ich werde etwas näher rangehen, um das Kennzeichen deutlicher zu sehen. Dann melde ich mich erneut."

„Alles klar. Sei vorsichtig. Ende!"

Sandra wartete einen Moment in der Hoffnung, dass sich Personen auf dem Schwanenweg bewegten. Doch alle Anwohner waren in ihren Häusern oder an der Strecke des Förde-Laufs.

Es war ihr eigentlich zu gefährlich, alleine den Schwanenweg entlangzuspazieren. Womöglich handelte es sich um die gleichen Typen wie in Oldenburg oder auch beim Hamburger Stadtpark und sie erkannten ihr ehemaliges Opfer. Mist, warum hatte sie keine Mütze aufgesetzt. Doch jetzt war es zu spät. Sie zog den Reißverschluss ihrer Lederjacke bis unters Kinn, wischte sich etwas durch die Haare und trat aus der Grünanlage auf den Fußgängerweg, der parallel des Schwanenweges verlief. Für einen Moment überlegte sie, ob es nicht besser gewesen wäre, den Wagen von hinten anzusteuern. Doch das brachte jetzt nichts. Der Aufwand, um das Krankenhaus herumzulaufen, erschien ihr zu groß. Womöglich war der Wagen bis dahin verschwunden.

Sie näherte sich in gemächlichem Gang dem Chevrolet. „Nur nicht auffallen", dachte sie. Eine Autolänge vor dem Wagen hatte sie erstmals vollen Blick auf die Front. Tatsächlich, ein dänisches Kennzeichen. Ob es sich um das Tatfahrzeug aus Hamburg handelte, konnte sie nicht sagen. Auf jeden Fall war es einer der gleichen Wagen, die sie aus Oldenburg und Hamburg kannte. Ihr Herz schlug schnell und sie spürte die Impulse bis hoch in den Kopf. Jetzt nur nicht schlappmachen, rief sie sich selber zu. Noch vielleicht zwei Meter bis zum Wagen. Vorne hinter der dunkelgetönten Frontscheibe war niemand zu entdecken. Das beruhigte sie. Die Verbrecher mussten innen vor ihren Geräten sitzen, glaubte die Kommissarin zu wissen. Vermutlich schwer beschäftigt mit dem Empfang der Läuferdaten. Sie zog schnell ein Papiertaschentuch aus der Jacke. Tat, als putze sie sich die Nase. Es war sicher von Vorteil, ihr Gesicht etwas zu verdecken. Noch zwei Schritte, noch einer. Gerade als sie den Wagen längs passierte, ihren Blick etwas zum Park abgewandt, schrie jemand laut hinter ihr: „Sandra, Achtung!" Die Stimme kam ihr bekannt vor, doch sie hatte keine Zeit, darüber nachzudenken. Hinter sich hörte sie plötzlich Schritte und zur gleichen Zeit war vor ihr ein Asiate aus dem dichten Gebüsch getreten. Sein Gesicht kleidete ein weißer Verband, der vom linken Ohr bis fast zum rechten hochreichte. Er schien absolut von der Situation überrascht und – was seine weitere Handlung anging – leicht überfordert zu sein. So stand er der Kommissarin gegenüber und fingerte an den Knöpfen seiner Hose.

Sandra erkannte den Mann sofort wieder. Es handelte sich um den Typen, den sie während ihres Abwehrversuchs beim Stadtpark zu Boden geschlagen hatte. Sandra überlegte nicht lange. Der Aufruf eben drückte Gefahr aus und sie hatte sich sofort seitlich in das unbefestigte Gelände geworfen. Sie war mit der gebrochenen Hand aufgekommen, aber es schien alles in Ordnung zu sein. Schmerzen spürte sie nicht, dem Gips sei Dank. Im Fallen sah sie noch, wie der Typ mit der Kieferverletzung eine Waffe unter seiner dunklen Jacke hervorzog. Sie riss mit der gesunden rechten Hand ihre eigene Pistole aus dem Hosenbund. Ein dünner Knall drang an ihr Ohr. Dann noch einer. Schoss der Mann auf sie? Aber sie spürte keine Schmerzen. Auf jeden Fall benutzte er einen Schalldämpfer. Sie war augenblicklich froh, damals auf dem Schießstand auf Anraten des Kollegen Anton Schimick auch die Übungen mit der rechten Hand geschossen zu haben. Das nahm ihr augenblicklich die Furcht vor dem Handwechsel. Der Typ im Anzug richtete die Pistole nun auf sie. Sie entsicherte die Waffe und während sie zielte, gab es erneut einen Knall. Diesmal lauter. Dann noch zwei. Sie mussten von der gegenüberliegenden Straßenseite gekommen sein. Gerrit? Nein, der hatte keine Waffe und Anweisung, beim Wagen zu bleiben. Der Asiate fasste sich an die Brust und brach zusammen. Nun lag er wenige Meter von ihr entfernt auf dem Boden des Gehweges. Er rührte sich nicht. Eine Finte? Sie hatte keine Zeit, das näher zu beleuchten. Der Chevrolet! Das war doch ihr Ziel.

Erschrocken nahm sie wahr, dass innen im Wagen jemand den kräftigen Motor startete. Das Dröhnen brachte augenblicklich ihre Kopfschmerzen zurück. Sie sprang auf und lief gegen das aufkommende Schwindelgefühl in Richtung des schwarzen Wagens. Sie riss an der Schiebetür und tatsächlich ließ sie sich öffnen. Drinnen saß – einen großen Computerbildschirm vor sich – ein weiterer Asiate, der sie erstaunt anstarrte. Ähnlich wie eben noch sein Kollege. Vorne am Steuer, den Kopf zu ihr gedreht, erkannte sie einen weiteren Mann. Sollte sie auf die Wehrlosen schießen, in den Wagen, oder nur den Fahrer außer Gefecht setzen? Noch während sie diese Gedanken bearbeitete, schob sich der Chevrolet mit quietschenden Reifen von seiner Position. Der Griff der halb offenen Schiebetür wurde Sandra aus der Hand gerissen. Sie sprang etwas zurück, bevor der Wagen sie mitriss. Er streifte den vor ihm stehenden Kleinlaster und schob ihn etwas zur Seite. Dann beschleunigte das Fahrzeug.

„Nein, nicht wegfahren!", schrie Sandra voller Wut. „Ich muss Luca und die anderen retten! Wie soll ich das bloß schaffen, wenn die verschwinden …!"

Wieder fielen Schüsse. Einer, ein zweiter, dann noch einer. Der Wagen machte einen Schlenker. Prallte erneut gegen einen parkenden Wagen, wich nach links aus. Nun drehte der Fahrer wieder auf und raste ein Stück über den gegenüberliegenden Gehweg. Dann ertönte ein weiterer Schuss. Wie von Geisterhand riss es den dunklen Transporter nach links in Richtung einer Gebäudeeinfahrt. Im Moment sah es für die Kommissarin so aus, dass der Fahrer die sichere Hauptstraße erreicht hatte. Der Wagen knallte lautstark gegen eine Hauswand und blieb stehen. Etwas Rauch stieg vorne aus der zusammengeschobenen Motorhaube.

Eine krächzende Stimme sagte plötzlich unfassbare Worte zu ihr: „Bleib liegen, Sandra. Ich bin es, Alex!"

Sandra saß im Einsatzwagen der Holsteinischen Polizei, einem VW-Bus, und dieses Mal machte ihr das Fahrzeug überhaupt keine Angst. Im Gegenteil, sie war froh darüber. Gerade ließ sie die Geschehnisse von vor knapp einer halben Stunde Revue passieren. Alexander Schweiss hatte ihr mit den letzten fehlenden Details dabei geholfen und erklärt, nach seinen vergeblichen Anrufen sofort die Kollegen in Kiel informiert zu haben. Sie hatten Sandras Handy schnell geortet und sich auf den Weg zum Terminal am Ostseekai gemacht. Zeitgleich sei er, Hauptkommissar Schweiss, eingetroffen. Sandras Kollege habe eine Abkürzung benutzt und sie waren per Zufall durch den Schwanenweg gefahren.

Die Kriminalbeamten sahen noch, wie Sandra sich ins Gebüsch warf und der Asiate zu schießen begann. Ein Kollege aus Hamburg schoss sofort zurück und verletzte den Mann tödlich. Das von der entgegengesetzten Straßenseite anrückende SEK hinderte dann den Fahrer des schwarzen Chevrolets mit Schüssen an der Flucht. Er war, so Schweiss, schwer verletzt auf dem Weg in eine Kieler Klinik.

„Auf wen hat der Typ geschossen, Alex? Doch nicht auf mich?", fragte Sandra, als der Kollege geendet hatte.

Für einen Moment bewahrte er Stillschweigen. Sandra wurde es noch übler als ihr bereits war. „Gerrit?", rief sie. „Nein, bitte nicht Gerrit!". Doch Schweiss nickte stumm.

31

Schon am nächsten Tag um acht Uhr saß Sandra im Büro der Mordkommission am Bruno-Georges-Platz in Hamburg. Sie hatte noch abends Gerrit im Krankenhaus besucht, doch man ließ sie nicht zu ihm. Nach einem glatten Lungendurchschuss wurde dem jungen Mann wohl durch eine Notoperation das Leben gerettet. Doch die Ärzte hüllten sich – was eine Prognose anging – bislang in Schweigen. Sandra war völlig durcheinander. Wenn Winter starb, hatte sie nichts erreicht und durch ihr unüberlegtes Handeln – wie Schweiss es auf der Rückfahrt formulierte – vielleicht den Tod eines jungen Menschen verursacht. Sie war voller Sorge und stellte ihre Schmerzen in den Hintergrund. Erst verbot Schweiss ihr, zum Dienst zu erscheinen. „Sandra, dein eigenmächtiges Vorgehen wird sicher Konsequenzen haben. Die Staatsanwaltschaft ist informiert." Doch noch auf der Fahrt rief der Staatsanwalt auf dem Handy des Kollegen an. Nach einem kurzen einseitigen Gespräch beendeten sie das Telefonat und Schweiss grinste in das Gesicht der Kommissarin. „Wenn man vom Teufel spricht! Also, dieser Staatsanwalt Wirtz hat wohl mit einem Oldenburger Staatswalt namens von Garth gesprochen ..."

„Von Grath!", verbesserte ihn Sandra und Schweiss schaute sie bitterböse an.

„Von mir aus auch von Grath. Irgendwie haben die beiden sich abgesprochen. Wirtz, die Pfeife, erlaubt dir, morgen den Dienst – mit gewissen Einschränkungen – wieder aufzunehmen."

„Und wieso dieser plötzliche Sinneswandel?"
„Sie glauben, wir sind auf der richtigen Fährte."

Tatsächlich hatte Marc Argenberg über das Wochenende weiter recherchiert und zufällig eine Information zu einer Entführung beim New York-Marathon im letzten Jahr gefunden. Die Akte lag beim saarländischen LKA. Doch dort wurde sie – aus welchem Grund auch immer – unter *Raub* abgelegt. Sandra telefonierte noch in der Nacht mit Marc. Der bestätigte ihr diese Entdeckung und schickte ihr den Link zur digitalen Akte auf den Rechner im Polizeipräsidium.

„Ich denke, das wird dich weiterbringen, Sandra!",
verabschiedete er sich. Und gab ihr als Hochzeitszeitpunkt den 28. Juli an. Den 30. Geburtstag seiner zukünftigen Ehefrau, erklärte er. „Und beeil dich, dass du alle Hamburger Verbrecher bis dorthin dingfest gemacht hast. Ich zähl auf dich."

Sandra hatte es mit Tränen in den Augen versprochen.

Die Akte des Saarländers Ludwig Buballer las sich für Sandra wie eine Vorlage zu einem Tatort-Krimi. Sandra saß im Hamburger Präsidium und war dabei, sie regelrecht aufzusaugen. Vielleicht sollte sie sich hin und wieder ein paar Details zu kriminellen Geschehnissen aufschreiben und später in ihrem Ruhestand Krimis schreiben.

Ludwig Buballer hatte zu Protokoll gegeben, einen Tag nach seinem Marathonlauf in New York, am 4. November 2013, auf dem Weg zum Hotel in einen dunklen Wagen gezerrt und entführt worden zu sein. Er gab weiter an, man habe ihn betäubt, er sei aber während der Fahrt aus irgendeinem Grund wieder aufgewacht. Er hatte es vorgezogen, sich weiterhin betäubt zu stellen, und konnte seine Fesseln lösen. Seine frühere Ausbildung zum Einzelkämpfer bei der Bundeswehr war ihm – so seine Aussage – da wohl zugutegekommen. Beim New Yorker Pier 88 konnte er der Verfolgung durch die beiden asiatisch aussehenden Männer entgehen. Unweit des Kreuzfahrtschiffes *Health of the World*, erklärte er, hatten sie bei einem Versorgungstor angehalten und Anstalten gemacht, ihn auszuladen. Er sei hundert Meter weiter in ein Terminal gerannt und habe sich dort in einer Menge von Reisenden versteckt. Über die sofort eingreifende Security war ihm die Flucht gelungen. Wie der Bericht aussagte, nahm die New Yorker Polizei die Sache nicht ernst und erst in seiner Heimatstadt Völklingen erstattete der Zurückgekehrte „Anzeige gegen unbekannt".

Kollege Schweiss war, während sie die Akte las, verschwunden. Nun kam er zurück, in Begleitung des Abteilungsleiters.

Der begrüßte die Kommissarin freundlich und meinte: „Sicher ist jetzt nicht der richtige Zeitpunkt, Frau Holz. Aber wann dann? Fakt ist, Hauptkommissar Kötter hat über mich einen schriftlichen Versetzungsantrag nach Oldenburg eingereicht. Er hat als Tauschstelle die von Ihnen eingetragen. Wenn dem so ist, und der Kollege Schweiss hat mir das bestätigt, habe ich nichts dagegen, Sie ab Oktober hier in unseren Reihen begrüßen zu dürfen." Sandra versuchte ein Lächeln, war sich aber nicht sicher, ob es gelang. „Über Ihre abenteuerliche Arbeitsweise müssen wir aber noch reden, versprochen?"

Mit geröteten Wangen sprang die Kommissarin auf und ergriff die vorgestreckte Hand von Polizeirat Breit.

Mit den Worten „Und nun bringen Sie die Sache zu Ende, Kollegen!" verließ Breit das Büro.

Schweiss hatte den Schreibtischstuhl an eines der beiden Fenster gerückt und schien zu relaxen.

Irgendetwas an dem Bericht des entführten Saarländers löste bei Sandra ein Signal aus. Aber in diesem Moment verhinderte der Abteilungsleiter weitere Gedanken. Sie las den Polizeibericht ein weiteres Mal durch. Adrenalin schoss durch ihre Blutbahn und es wurde ihr regelrecht schwarz vor Augen. Schweiss bemerkte, dass die Kollegin einen Schwächeanfall hatte, und schnellte hoch.

„Das ist alles zu viel für dich, Sandra!" Er schenkte ihr ein Glas Mineralwasser ein und sie nahm es dankbar an.

„Nein, Alex, das ist es nicht. Ich glaube, ich habe die Lösung!" Sie trank einen Schluck Wasser und Schweiss setzte sich. Den Stuhl zog er vom Fenster zu Sandra.

„Im Bericht stand doch etwas vom New Yorker *Pier 88* und dem Kreuzfahrtschiff *Health of the World?*"

Der Kollege nickte.

„In Kiel, gestern beim Start des Fördelaufs, stand ich wenige Meter entfernt von einem Kreuzfahrtschiff mit Namen: *Health of the World.*"

„Du meinst, es könnte sich ... bei der Schifffahrtslinie um diese verbrecherische *HEALTH Corporation* handeln?"

„Genau! Und weißt du, was ich noch glaube, Alex?"

Erwartungsvoll schaute der Hauptkommissar die junge Oldenburger Kollegin an.

„Gestern Morgen in Kiel stand ich wenige Meter von der Lösung und von Luca-Matteo entfernt."

32

„Habt ihr in Hamburg etwas Falsches geraucht oder handelt es sich um einen verspäteten Aprilscherz?" Der Kieler Staatsanwalt war bemüht, die Fassung zu bewahren und seine Worte nicht noch mehr entgleiten zu lassen.

Sandra schaute Alexander Schweiss an und dessen Blick wanderte zu Polizeirat Breit und dem ebenfalls im Raum befindlichen Hamburger Staatsanwalt Wolters. Zum Glück, so hatte sich Breit ausgedrückt, war Wolters aus dem Urlaub zurück und Staatsanwalt Wirtz kümmerte sich wieder um andere Angelegenheiten.

„Wir stehen kurz vor der Kieler Woche und Sie verlangen, ein Kreuzfahrtschiff aus der Dreimeilenzone in den Hafen zurückzuholen? Also, bei allem nötigen Respekt, werte Kollegen. Das klingt für mich sehr abenteuerlich und hat den Hauch von *Stirb langsam 5*!"

Als die anderen verständnislos in das große Display schauten, das den Kieler Staatsanwalt mit Namen Meiering zeigte, ergänzte dieser schnell: „Nun ja, für die, die es nicht wissen: Das ist ein Bruce Willis-Thriller!"

Es sah aus, als betrachte Meiering seine deutliche Meinung zu der Sache als nicht reversibel. Sein bisher verzerrtes Gesicht auf dem Display der Konferenzschaltung wurde etwas weicher, und der Hamburger Staatsanwalt sah seine Chance gekommen.

„Werter Kollege, es handelt sich fürwahr nicht um einen Aprilscherz, und hier im Raum sitzen keine Raucher!" Er warf einen prüfenden Blick in die Runde und als niemand etwas entgegnete, fuhr er fort. „Wir haben ausreichend Beweise dafür, dass es sich bei der *Health of the World* nicht nur um ein Kreuzfahrtschiff mit dem Ziel der Erholung handelt. Vielmehr vermuten wir in ihrem Bauch eine komplette medizinische Station, in der man in der Lage ist, Menschen regelrecht auszuweiden, um an ihre Organe zu gelangen. Meine Beamten haben herausgefunden, dass diese Organe in großem Stil entnommen und an betuchte Empfänger im asiatischen Raum – sicher auch darüber hinaus – verkauft werden. Und wie ich Ihnen schon anfangs erklärt habe, werden auf dem Schiff auch deutsche Personen festgehalten." Der Hamburger Staatsanwalt trat näher an die im Monitor eingebaute Kamera: „Ich verstehe Ihre Ängste, aber wir sollten an unsere deutschen Mitbürger und ihre Familien denken. Ich habe hier zahlreiche Vermisstenmeldungen, und wir sind uns sicher, sie wurden Opfer dieser *HEALTH Corporation*. Wenn Sie sich weigern, muss ich den Generalstaatsanwalt einschalten. Ansonsten sind die Menschen tot und das Schiff und die Beweise über alle Berge."

Die Beamten im Konferenzraum des Hamburger Polizeipräsidiums waren sich einig, die Worte von Wolters entsprachen vollends der Wahrheit. Er würde bei einer ablehnenden Haltung vonseiten Kiels sofort weitere Schritte einleiten! Man konnte ahnen, wie hin- und hergerissen Staatsanwalt Meiering war. Auch Sandra erlebte gerade dieses Wechselbad an Gefühlen. Warm, kalt und kalt, warm. Eine Art Frühstadium der Wechseljahre, befürchtete sie. Wenn die Verantwortlichen nicht bald zu einem eindeutigen Entschluss kamen, war alles zu spät. Die *Health of the World* war schon vor Stunden ausgelaufen und entfernte sich Richtung ihres ersten Zielortes – nach Liverpool. Die Kommissare Schweiss und Holz waren den ganzen Vormittag damit beschäftigt, die geplanten Stopps des Schiffes mit Marathonläufen auf der Route in Verbindung zu bringen. Und sie hatten Unglaubliches herausgefunden: Das Schiff fuhr doch tatsächlich, ähnlich einem Linienbus, diverse europäische Städte an, in denen kurz vor seiner Ankunft oder sogar während der kurzen Liegezeit am Terminal große Laufsportaktivitäten stattfanden. In Rotterdam war es der *Holland-Lauf*, in Bordeaux der *Médoc Marathon*, dann Lissabon, Barcelona, Palma de Mallorca über Cagliari in Sardinien nach Palermo, um sich dann nach dem *Athen Authentic Marathon* kurz vor dem Suez-Kanal aus Europa zu verflüchtigen. Beide fanden diese Unverfrorenheit – wie ein Lumpensammler die Strecke abzufahren – geradezu grotesk und absolut widerwärtig. Obwohl, wie es Schweiss ausdrückte, ein wenig Genialität dahinterstecken würde. „Das meine ich, ohne diese unmenschlichen Verbrechen beschönigen zu wollen."

Aber alle gesammelten Erkenntnisse hatten bisher noch nicht dazu geführt, den Kieler Staatsanwalt zu überzeugen.

„Ich hätte große Lust, meine Dame, meine Herren, um diplomatischen Verwicklungen zu entgehen, die konsularische Vertretung der Bahamas in Frankfurt zu informieren und sie dazu zu bewegen, das Schiff zurückzurufen."

Lauter Protest der Hamburger war die Folge.

„Ja, ich weiß, dass Ihnen die Zeit davonläuft. Bis der Honorarkonsul der Bahamas die Erlaubnis beim nächsten Botschafter in London eingeholt hat, dauert es Stunden wenn nicht Tage und …"

„… bis dahin hat man die Menschen auf See entsorgt und alles wieder zurückgerüstet. Das wird nicht sehr hilfreich sein, dieses Verbrechen aufzudecken!", hatte

Hauptkommissar Schweiss den Staatsanwalt unterbrochen.

Das schien dem Mann gar nicht zu passen und man sah, wie er nach Worten suchte, um den gerade in Ungnade gefallenen Beamten zurechtweisen zu können. Dann ließ er es und meinte. „Also gut, ich habe zwar noch fünf Jahre bis zu meiner Pension und hoffe inständig, dass ich sie nach dieser Sache auch antreten darf. Ich werde die *Fregatte Bredstedt* losschicken, das Schiff zu stoppen. Die Bundespolizei soll den Kahn zusammen mit dem SEK auseinandernehmen."

Dem Wort „Kahn" folgte erleichtertes Gelächter aus Hamburg.

33

Sandra saß in der luxuriösen Lobby des Kreuzfahrtschiffes *Health of the World* und sie hatte sich von einem
asiatischen Steward ein Mineralwasser bringen lassen.
Entgegen der Empfehlung von Staatsanwalt und Abteilungsleiter bestand sie darauf, die Aktion zu begleiten. Als sie das Küstenwachschiff *Bredstedt* im Kieler
Hafen betrat, überkam sie ein gutes Gefühl, was den
Ausgang des Einsatzes anging. Sandra suchte sich
draußen seitlich des Rettungsbootes einen trockenen
und sicheren Platz. Sie wollte nicht wie die Kollegen
die Fahrt oben auf der Kommandobrücke verbringen.
Sicher wäre dort etwas Ablenkung gewährleistet, aber
sie brauchte frischen Sauerstoff, auch wenn er mit
etwas Regen vermischt war. Sie folgten dem Schiff mit
knapp 18 Meilen pro Stunde und holten den Riesen
schon nach etwas mehr als drei Stunden, kurz nach
Ende der Dreimeilenzone, ein. Gewaltig wie ein Wol-
kenkratzer stand das mächtige Schiff im krassen Gegensatz zur *Bredstedt*. Sandra staunte darüber, wie das
Kreuzfahrtschiff vom Punkt in der Ferne nach und
nach die tatsächliche Höhe annahm. Oft durfte sie solche Schiffe schon auf der MEYER WERFT in Papen-
burg bewundern. Doch jedes Mal war es eindrucksvoll
für die Kommissarin, die tatsächlichen Ausmaße zu
sehen.

Man hatte vonseiten der Staatsanwaltschaft darauf
verzichtet, den Kapitän der *Health of the World* schon
vorher über die Nacheile zu informieren. Mit *Gefahr im
Verzuge* wollte sich der Staatsanwalt im Fall eines Miss-
erfolges rausreden, so Wolters vor ihrer Abfahrt aus

Hamburg. Es dauerte nach Aufforderung der Bundespolizei noch fast fünfzehn Minuten, bis das Schiff endgültig zum Stehen kam, und weitere zwanzig Minuten, bis die etwa dreißig eingewiesenen Männer des Sondereinsatzkommandos und auch Sandra das Schiff über eine wackelige Leiter und eine kleine Versorgungstür an der Seite betraten. Obwohl man dem Kapitän per Funk alle Aktivitäten bis zu ihrem Eintreffen untersagt hatte, war der schiffseigene Hubschrauber aufgestiegen und verschwand, noch während des Eindringens der deutschen Kräfte, am Horizont.

Eine Stunde waren die schwarz gekleideten Männer des SEKs schon im Schiff unterwegs. Die Passagiere beruhigte man mit dem Hinweis einer vorgezogenen Rettungsübung und der niederländische Kapitän vernahm mit kalkweißem Gesicht die Geschichte des Einsatzleiters. Sandra sah sich eher als geduldet und war bemüht, sich stets abseits des Geschehens zu halten. Endlich kam Bewegung in die Sache. Hauptkommissar Rudolf, der Einsatzleiter des SEK, kehrte mit seinem Stellvertreter zurück und setzte sich zu der Kommissarin.

„Frau Kollegin, es scheint, dass Sie recht hatten. Wir haben in einem der unteren Geschosse des Schiffes – angehängt an die Krankenstation – weitere Räume aufgetan. Operationssäle, die man wohl fluchtartig verlassen hat. Sogar einen … ", Rudolf schwieg einen Moment, „… einen toten Mann haben wir auf einem OP-Tisch aufgefunden. Ich bin kein Arzt, aber man war wohl gerade dabei, ihm Organe zu entnehmen, als die Bande gewarnt wurde."

Sandra hatte den Atem angehalten. Sofort dachte sie an ihren Freund Luca. Dem Kollegen hatte sie nichts über ihre privaten Interessen an diesem Fall mitgeteilt, und Rudolf vermutete sicher, dass die Sache generell der Kollegin auf den Magen schlug.

„Von den Operationssälen aus besteht die Möglichkeit, über eine Schleuse das Schiff zu verlassen beziehungsweise … Sie hatten es angedeutet, um Beweismaterial zu entsorgen."

Der Kriminalbeamte sprach von Körperteilen der Organspender und plötzlich wurde es Sandra übel.

„Ist Ihnen nicht gut?" Rudolf war aufgesprungen.

„Nein, lassen Sie nur, es geht schon!" Sandra hatte schnell etwas Mineralwasser in ihr leeres Glas gegossen und getrunken. So langsam erholte sie sich wieder.

„Gibt es Überlebende?" Die Kommissarin musste endlich wissen, ob mit dieser Aktion auch Leben von vermissten Marathonläufern gerettet worden waren.

„Einen Moment, Frau Kollegin!" Rudolf war gerade dabei, einer Anfrage im Funkgerät zu antworten. Dann meinte er: „In einem riesigen ‚Schlafraum' mit etwa hundert Betten haben meine Männer sechzehn Personen gefunden. Alle sind betäubt, werden aber gerade von den Schiffsärzten untersucht."

„Schiffsärzte?" Mehr konnte Sandra nicht herausbringen.

„Ja, ich weiß, das klingt suspekt. Aber ich bin der Meinung, die Besatzung hat von der Organentnahme unter ihren Füßen nichts gewusst. Natürlich laufen da noch diverse Vernehmungen. Meine Kollegen – darunter ein ausgebildeter Rettungssanitäter – überwachen die Arbeit des Schiffsärzteteams."

Sandra beruhigte sich langsam.

„Kann ich mir … das anschauen?", fragte sie etwas zögerlich.

„Sicherlich! Der Kapitän hat den Auftrag, nach Kiel zurückzufahren. Natürlich unter Aufsicht einer meiner Männer auf der Brücke. Ich wollte sowieso nach unten. Wenn Sie mich also begleiten wollen? Wie ich hörte, werte Kollegin, ist es alleine Ihnen zu verdanken, dass wir diese Schweinerei heute aufgedeckt haben?"

Sandra nickte verlegen.

34

Sandra war dem Kollegen durch kleine teppichver-
kleidete Gänge mit hochwertigen Bildern und Stichen
an den Wänden gefolgt. Hier herrschte Luxus pur,
ging es ihr durch den Kopf. Dieses Schiff war sicher
nichts für Pauschalurlauber. Eher musste es überwiegend von ganz Reichen gebucht werden, nahm sie an.
Auf ihrem Weg begegneten ihnen keine Bedienstete
oder Gäste. Plötzlich erinnerte sie sich an die Notfall-
übung. Dort sollten sich alle aufhalten.

Ein ganz in Gold gehaltener Aufzug brachte sie über
einige Stockwerke in die Tiefe der *Health of the World*.
Lautlos glitt er nach unten in den Bauch des Riesen. Irgendwie erwartete sie, das Meeresrauschen zu hören.
Sie wusste nicht, wie sie auf diese kindliche Idee kam,
und musste grinsen. Hauptkommissar Rudolf musterte sie etwas, sagte aber nichts. Nachdem sie den Lift
verlassen hatten, liefen sie knapp eine Minute durch
weniger gut ausgestattete Gänge. Als ob sich der
Prunk in sozialen Abstieg gewandelt hatte. Hier war
sicher die Schiffsbesatzung untergebracht? An der
Krankenstation stießen sie auf einen schwarz gekleideten Mann der Sondereinsatztruppe, der dort wohl
Wache schob. Er grüßte die beiden Kollegen kurz und
öffnete eine Doppeltür. *Maintenance – Instandhaltung*
prangte fett auf der Tür. Vor Sandra lag ein Raum mit
diversen Geräten und Werkzeugen, die sauber an den
Wänden über Schablonen aufgehängt waren.

„Lassen Sie sich nicht täuschen. Hier sind wir schon
im geheimen Teil der Bande!"

Sandra war etwas zusammengezuckt, als Rudolf sie einwies. Vor einem riesigen Schrank mit der Aufschrift *Parts for Dieselaggregats* stand ein weiteres Mitglied des SEKs.

„Machst du uns bitte mal auf?", bat der Hauptkommissar und der Mann drückte einen versteckten Knopf. Nach einer kurzen Pause bewegte sich – wie von Zauberhand – der Metallschrank zur Seite. Nach und nach wurde ein Durchgang sichtbar.

„Ja, die haben keinerlei Kosten und Mühen gescheut ... sicher war Geld das geringste Problem der Bande."

Sandra nickte und trat hinter Rudolf durch die frei gewordene Öffnung. Noch immer schienen sie die eigentliche Station noch nicht erreicht zu haben. Weiter liefen sie durch einen kurzen Flur. Dann erneut durch eine Schleuse und nun gelangten sie in einen kleinen Raum. Ein Esstisch, mehrere Bettnischen und seitlich eine Kaffeebar wiesen ihn als Schlaf- und Aufenthaltsraum aus.

„Hier hat wohl das Ärzte- und Schwesternteam genächtigt. Wir gehen davon aus, dass sich noch einige davon unter die Passagiere gemischt haben müssen. Aber keine Angst, wir vergleichen gerade die Listen der gebuchten Reisenden und der Schiffsbesatzung."

Rudolfs Grinsen war ansteckend und Sandra tat es ihm gleich.

„Links liegen die beiden modernen Operationssäle."

Rudolf deutete auf zwei Türen, die seitlich abzweigten. Sie hatten Bullaugenfenster und dahinter vermutete Sandra den von Rudolf erwähnten ausgeweideten Mann.

„Sie sollten darauf verzichten, den Raum zu betreten. Das ist nichts für schwache Gemüter."

Sandra war nicht glücklich über diese Worte und zeigte es dem Kollegen mit einem zornigen Gesicht. Sofort entschuldigte er sich.

„Ich wollte Ihnen nicht zu nahe treten, Kollegin. Dachte nur an die Situation oben."

Die Kommissarin nahm es ihm nicht übel, obwohl sie dem Kollegen gerne von ihren Erfahrungen in Oldenburg im Keller des Gebäudes 48 auf dem Fliegerhorst im letzten Jahr berichtet hätte.

„Vergessen Sie es", meinte sie nur, „ich werde es überleben!"

Rudolf drückte mit dem Finger den einen Flügel einer Doppelschwingtür auf und ließ die Kollegin eintreten. Vor Sandra öffnete sich ein Saal in der Größe eines Handballfeldes. Er musste fast die gesamte Schiffsbreite einnehmen und war vollgestellt mit Betten. Sicher waren es mehr als hundert. Keine Nachttische, keine sonstigen Möbel – nur Betten. Sandra nahm ihre Schätzung zurück. Wahrscheinlich sind es zweihundert, korrigierte sie sich nach kurzem Überschlagen. Ein Beamter aus Rudolfs Team kam ihnen entgegen. Er nickte knapp in Sandras Richtung und stellte fest: „Die in den Betten aufgefundenen Männer und Frauen", der Mann machte eine Armbewegung in den Saal, „sind, soweit wir es zum jetzigen Zeitpunkt beurteilen können, bei guter Gesundheit. Wie es scheint, hat man ihnen über einen längeren Zeitraum irgendwelche Barbiturate injiziert und der Arzt rechnete mit ein paar Stunden, aber auch einem Tag, bis sie aufwachten. Man hat ihnen wohl noch keine …", der Mann stockte kurz, atmete tief ein und erklärte dann, „Organe entnommen."

Der große Saal roch sauber und hygienisch. Ihre putzverliebte Mutter würde hier ihre wahre Freude haben, dachte Sandra, und diese Überlegung lenkte sie für einen Moment von dem Schrecken ab, der sie umgab. Das Licht im riesigen Raum war gedimmt und eher düster und sie empfand es als äußerst kühl hier unten. Plötzlich erschauderte die Kommissarin leicht. Doch sie riss alle ihre verbliebenen Kräfte zusammen und lief plötzlich los.

Innerhalb weniger Minuten war die Kommissarin an dreizehn Schlafenden in ihren Betten vorbeispaziert. Am liebsten wäre sie jedoch gerannt. Doch Eile brachte nichts, laut Aussage des SEK-Kollegen waren alle wohlauf. Da musste sie keine Panik verbreiten. Sie hatte jede einzelne Person intensiv betrachtet und dabei geprüft, ob sie ihr irgendwie bekannt vorkam. Aber das war bisher nicht der Fall gewesen. Die zehn Männer und drei Frauen, die sie bisher sah, hatten ihre Augen fest geschlossen. Ihre Gesichter spiegelten Zufriedenheit wider. Was immer die Ärzte ihnen verabreicht hatten, es schien sie zu entspannen und ihnen keinerlei Schmerzen zu verursachen. Wie Puppen lagen sie auf dem Rücken, die Decke bis über die Brust und die Arme seitlich neben sich liegend. Diejenigen, die hierfür verantwortlich waren, schienen Wert auf Einheitlichkeit zu legen. Als die Kommissarin schon fast aufgegeben hatte, Luca zu finden, trat sie an Bett Nummer zwölf. Sie zählte mit. Schon an drei weiblichen Patienten war sie vorbeigelaufen. Nach Aussage des SEKs mussten es fünf Frauen sein. Also hatte sie noch zwei zu erwarten. So langsam wurde die Wahrscheinlichkeit, Luca gesund aufzufinden, immer geringer. Sie war bemüht, sich ihre Ängste und die Nervosität nicht anmerken zu lassen. Hauptkommissar Rudolf lief mit ernstem Blick direkt hinter ihr.

„Luca!" Tatsächlich, vor ihr unter dem weißen Laken lag ihr Freund und ihr Leben, Luca-Matteo. Sie hatte den Namen laut herausgeschrien, aber der Leiter des SEKs verzog keine Miene. Lucas Brust hob und senkte sich gleichmäßig und sein Gesicht zeigte entspannte Züge. So als ob ihn im Schlaf ein schöner Traum begleitete, dachte Sandra. Sie beugte sich zu dem Italiener herunter und küsste ihn auf die Stirn. Plötzlich war ihr alles egal. Sollte Rudolf doch wissen, dass der Mann, der da lag, das Liebste war, was sie hatte. Sie ließ ihren Tränen freien Lauf und weinte sich die angestaute Verzweiflung aus dem geschundenen Körper.

Mit den Worten „Bin gleich zurück" verschwand der Leiter des SEKs plötzlich.

Wollte er sie alleine lassen, um nicht zu stören? Sandra hatte ihr feuchtes Gesicht an das von Luca gepresst. Seine Wangen waren warm und glatt. Für einen Moment fiel ihr ein, dass man ihn und die anderen rasiert haben musste. Warum das? Doch noch während sie darüber grübelte, hörte sie erneut Schritte hinter sich. Rudolf war zurückgekommen. Sandra hob ihren Kopf und blickte in das freundlich lächelnde Gesicht ihres Kollegen. In seiner Hand hielt er einen weißen Stuhl.

„Alex Schweiss hatte mich schon längst über Ihren vermissten Lebensgefährten informiert! Setzen Sie sich doch, Frau Kollegin, und bleiben Sie bis zum Einlaufen in den Hafen hier unten."

Rudolf hatte den Stuhl neben das Bett geschoben und Sandra ließ sich einfach fallen.

35

„Vom Tod kann sich niemand freikaufen, keiner kann Gott ein Lösegeld zahlen. Der Kaufpreis für ein Leben ist zu hoch, niemand wird je so viel zahlen können, um ewig zu leben. Reiche und weise Menschen müssen ebenso sterben wie unvernünftige Narren; alle müssen ihren Besitz für andere zurücklassen. Das Grab ist die ewige Heimat aller, darin liegen sie für immer, auch wenn auf Erden viel Land nach ihnen benannt wurde. Denn der Mensch bleibt trotz seines Reichtums nicht am Leben, sondern muss sterben wie die Tiere.“

Psalm 49 (Luther 1912)

Heute war der 13. Juli 2014 und während die Fußballfans auf dem ganzen Erdkreis dem Weltmeisterschaftsendspiel zwischen Deutschland und Argentinien im Maracanã-Stadion in Rio de Janeiro entgegenfieberten, stand sie, Oberkommissarin Sandra Holz, im türkischen Gülyazi auf einem muslimischen Friedhof unweit der Grenzen Iraks und Syriens.

Vieles war geschehen, seit sie auf dem Kreuzfahrtschiff neben Lucas Bett getreten war und ihre Zuversicht wiedergefunden hatte.

Nach Rückkehr der Einsatzkräfte von der *Health of the World* und dem Bekanntwerden des ganzen Ausmaßes der Morde an vielen Menschen zum Zwecke der Organentnahme hatte man in Kiel spontan einen Gottesdienst angeboten. Auch die Kommissarin und einige Männer des SEKs besuchten die Messe. Der Pfarrer hatte sich vorbereitet und sprach mit dem vorgetragenen Psalm 49 den Mördern und Organhändlern jeglichen Segen Gottes ab. Sandra nutzte an diesem Tag die Stunde in der Kirche, um sich zu sammeln. Freundin Helene war nicht unter den aufgefundenen Personen im Krankensaal. Das bedeutete Schlimmes und sie nahm sich vor, die Nachricht persönlich der Mutter zu übermitteln. Auch Tobias Reinert blieb verschwunden. Man ging davon aus, dass der Fußballspieler nie wieder auftauchen würde. Die Männer auf dem Schiff hatten alle medizinischen Unterlagen in Papierform, aber auch auf Datenträgern mitgenommen. So war es für die Kriminalbeamten zunächst unmöglich, in diese Richtung weiterzuermitteln.

Sandra hatte am Tag nach der Schiffsaktion für den Rest der Woche Urlaub genommen. Sie wollte bei Luca und seiner Familie sein und dazu alle ihre Gedanken ordnen. Luca war noch in der Nacht aufgewacht. Man transportierte ihn auf ihre Anweisung und mit dem Einverständnis des Arztes sofort nach ihrer Ankunft im Kieler Hafen in einem Krankenwagen nach Hamburg. Sandra saß die gesamte Fahrt neben ihm, hielt seine Hand und fieberte seinem Aufwachen entgegen. Doch Luca schlief noch tief bei ihrer Ankunft in Hamburg.

Erst gegen Abend – Sandra saß zusammen mit Lucas Eltern an seinem Bett im Altonaer Krankenhaus – schlug er seine Augen auf. Die Freude aller war riesengroß. Sein Gesundheitszustand – so die Hamburger Ärzte – sei gut. Er war etwas geschwächt und sollte daher zur weiteren Überwachung noch einen Tag in der Klinik bleiben. Luca fehlte die gesamte Erinnerung: Vom Tage der Entführung beim Stadtpark bis zu seinem Erwachen heute. Sandra bat ihn um Verständnis, die Geschichte zunächst ruhen zu lassen. Es würde die Zeit kommen, ihrem Freund alles zu erklären. Im Moment gab es Wichtigeres: Ihr Zusammensein.

Gerrit Winter war im Kieler Krankenhaus nach Tagen des Komas erwacht. Auch ihn hatte die Kommissarin besucht. Die Ärzte versicherten Sandra, er würde wieder komplett hergestellt werden. Aber auch dass es seine Zeit dauern würde. Er versuchte zu lächeln, als er aufwachte und sie neben seinem Bett sitzen sah. Hätte er Sandra nicht gewarnt, wäre sie jetzt vielleicht tot. Oder zumindest schwer verletzt. Sie musste ihm unbedingt danke sagen. Später, wenn er wieder auf den Beinen war.

Sandra hatte einen ihrer freien Tage eingeplant, um eine Wohnung in St. Georg zu mieten. Luca wusste nichts davon. Er lag noch zur Beobachtung im Krankenhaus, als sie loszog. Wahrscheinlich hätte er auch gleich protestiert. „Du wohnst bei mir, ist doch klar!", hörte sie ihn sagen. Aber irgendwie ging ihr das zu schnell. Von Mama zu Luca. Dazwischen war nichts. Seit der Trennung von Johannes und ihrem Wiedereinzug in das Elternhaus wünschte sie sich, einmal ihre eigenen vier Wände einrichten zu dürfen. Doch sie hatte es sich einfacher vorgestellt, in Hamburg Mietraum zu erwerben. Auf das Wohnungsangebot von Sam Kötter verzichtete sie zunächst, dafür aber fand sie zwei interessante Mietangebote in einer Immobilienbörse im Internet. Sie hatte sich die dort angegebenen Besichtigungstermine rausgeschrieben und geplant, eine der Wohnungen zu mieten. Sicher war sie nicht blauäugig, aber ihr Status als Beamtin, ihr Gehalt und ein sauberer Schufa-Nachweis sollten ihr doch eine Wohnung vor jedem Bafög beziehenden Langzeitstudenten einbringen. Als sie in der Frühe bei der ersten offenen Besichtigung die Schlange vor dem Mietsblock am Hansaplatz sah, rutschte ihr Interesse an der „Schönen 2-Zimmer-Wohnung in zentraler Lage" für 795 Euro Kaltmiete in den Keller und sie erhoffte sich mehr Erfolg am Nachmittag bei einer weiteren Besichtigung in unmittelbarer Nähe. Zwar schreckte der Mietpreis von 1020 Euro kalt für 68 Quadratmeter die am Morgen so stark vertretenden Studentinnen und Studenten, aber dafür waren jede Menge Afrikaner an der Wohnung interessiert. Verwundert darüber, ließ sie sich von einem überheblich wirkenden Makler dazu überreden, einen Bogen mit ihren persönlichen Daten auszufüllen. Zumal ihr die Wohnung tatsächlich zugesagt hätte. Doch auf dem Rückweg zu Luca ins Krankenhaus erschien ihr die Miete doch zu übertrieben und schwer bezahlbar für eine ledige Oberkommissarin. Auch war sie nicht mehr sicher, ob das Umfeld des Gebäudes ihren Vorstellungen von Wohnen entsprach. Sie rief sofort den Makler an und verlangte, den Bogen zu vernichten. Sie würde wohl doch Lucas Angebot, mit ihr zusammen in der Böckmannstraße und auch in Sehmsdorf zu leben, probeweise annehmen.

Hauptkommissar Schweiss und das Team der Mordkommission enthüllten während ihrer Abwesenheit noch mehr Hintergründe des Organschmuggels um die *HEALTH Corporation*. Internationale Kriminalbehörden untersuchten weitere Schiffe der Linie und entdeckten darin Operationssäle, ähnlich dem der *Health of the World*. Wie man aus Nassau mitteilte, hatte man auch irgendwelche Drahtzieher dingfest gemacht. Aber Hauptkommissar Schweiss war der Meinung, dass man hier nur die „Ersatzbank" den Ermittlern zum Fraß vorgeworfen hatte.

„Das Morden um Gesundheit wird weitergehen. Unter anderem Namen und mit einer anderen Taktik. Aber es wird nicht aufhören!", erklärte er Sandra und resigniert nahm sie es zur Kenntnis. Die Presse überschlug sich natürlich über Wochen mit Berichten. Ganze Folgen über den *Mörder-Chip in der Startnummer* wurden abgedruckt. Eines war sicher, die Abgabe von Blut bei sportlichen Aktivitäten gehörten ein für alle Mal der Vergangenheit an. Auch waren alle Lauf-Veranstalter wieder zur alten Chip-Zeitmessung zurückgekehrt. Sie hatten nicht viel Aufhebens daraus gemacht. Die Ausrichter wollten für ihr Verhalten natürlich keine Schuld eingestehen.

Später hatte Alex Schweiss die Kollegin darüber informiert, dass man im Falle der kleinen Aisha nicht weiter ermittelte. Der Leichnam sei jetzt zur Beerdigung freigegeben. Um alles korrekt abzuwickeln, ließ man extra eine türkisch-deutsche Kriminalbeamtin aus Istanbul kommen. Sie erschien ohne das erwartete Kopftuch und war Sandra sofort sympathisch. Leyla Sayfalar erklärte, dass nach muslemischem Glauben Aisha schon lange der Erde hätte übergeben werden müssen. Und dass es jetzt nicht einfach sein würde, den Leichnam in Aishas Heimat Uludere zu bestatten. Sandra hatte lange mit der türkischen Kommissarin gesprochen, bis sich diese bereit erklärte, doch den Weg für eine sunnitische Bestattung zu ebnen.

Der Flug mit Aishas sterblichen Überresten durch Turkish Airlines von Hamburg über Istanbul und Weiterflug von Ankara nach Batman, irgendwo in Ostanatolien, dauerte dreizehn Stunden. Erst gegen zwanzig Uhr stiegen Sandra und Leyla auf dem Flugplatz in der Schwarzmeer-Region in den wartenden Kleinbus. Der Spezialsarg mit Aisha wurde auf einen geschmückten Anhänger geladen und zunächst für den Transport abgedeckt. Für die Verhältnisse hier, meinte Leyla, sei das eine ordentliche Sache. Acht Stunden dauerte die Fahrt nach Uludere und erst bei Sonnenaufgang zeigte der türkische Fahrer auf das erste Hinweisschild von Aishas Heimatstadt.

Auf dem Flug von Ankara nach Batman war es Sandra plötzlich übel geworden und die Flugbegleiterin versorgte sie mit einigen Erfrischungstüchern. Auf dem Flugplatz bat Sandra Leyla, sie in die Apotheke zu begleiten. Die Übelkeit konnte nicht vom Flug kommen, machte sich die Kommissarin Gedanken. Das war schließlich keine Transall, in der sie flogen, sondern ein moderner Flieger. Schon einige Wochen waren seit ihrer letzten Periode vergangen und sie fühlte sich wie damals bei ihrer ersten Schwangerschaft. Freude stieg in ihr auf. Es bestand kein Zweifel, sie trug Lucas Kind unter ihrem Herzen, und der werdende Vater erholte sich zusehends und durfte das Aufwachsen seines Kindes erleben. Sie bat Kollegin Leyla, ihr die türkische Anleitung des Schwangerschaftstests zu übersetzen. Sie zögere noch, den Test zu benutzen, und wolle sich Zeit lassen, hatte sie Leyla erklärt, bevor beide in dem kleinen Bus zur Fahrt nach Uludere starteten.

36

Es waren wenige Menschen gekommen, um an der sunnitischen Beerdigung der schon vor Wochen verstorbenen Türkin Aisha Cicekliyurt teilzunehmen. Leyla hatte Sandra die kurdischen Eltern der Toten vorgestellt und gemeinsam mit der Mutter vergoss sie viele Tränen. Auch Aishas Bruder Selçuk war zurück in seiner Heimatstadt Gülyazi. Von seinen Verletzungen noch nicht ganz erholt, saß er im Schatten in einem verschlissenen Rollstuhl.

„Seine Eltern pflegen ihn", erklärte Leyla.

Aishas Vater schien wie versteinert, als man den Sarg mit der toten Tochter aus dem Anhänger hob. Da es nicht erlaubt war, die Tote öffentlich aufzubahren, hatte Leyla die Eltern beruhigt, dass sie die Lage der Leiche schon beim Einsargen gekennzeichnet habe. Die Gesichtszüge des Vaters entspannten sich, als die türkische Kommissarin ihn darüber informierte, dass Aishas Leichnam entsprechend den Vorgaben des Korans mit dem Gesicht nach Mekka beerdigt werden würde. Die Mutter der Toten ließ für die Kommissarin übersetzen, wie traurig sie sei, dass sie ihre Tochter nicht mehr habe waschen und ankleiden können. Dafür erklärte sie zu Sandras Verwunderung, dass Aisha nun unweit vom Grab ihres Bruders Necip beerdigt würde. Als Sandra von dem tragischen Unfall durch die türkische Luftwaffe und dem so verursachten Tod des 16-jährigen Jungen erfuhr, wurde ihr bewusst, dass die Eltern mit Aisha nun auch ihr zweites Kind verloren hatten. Und fast auch das dritte und letzte!

Die Kommissarin erkundigte sich auch nach den Kindern der Verstorbenen und man erklärte ihr, der Ehemann Aishas und Vater von Feride und Altan, Galip Cicekliyurt, habe die Teilnahme der Kinder nicht erlaubt. Auch er sei nicht anwesend, um seiner so jung verstorbenen Ehefrau die letzte Ehre zu erweisen. Sandra war nur zu klar, warum, doch es würde schwer werden, dem Mann etwas nachzuweisen. Erneut stieg Wut in ihr auf.

Bevor die eigentliche Zeremonie begann, hatte Sandra noch einmal die kleine Toilette des Friedhofs von Gülyazi aufgesucht. Ein kleines Häuschen ohne fließendes Wasser und nur mit einem Plumpsklosett. Sie schaffte es nach einigen Versuchen, Urin auf die entsprechende Stelle des Schwangerschaftstests zu tröpfeln und betete, dass – wie angegeben – zwei violette Linien im Ergebnisfeld ihre Schwangerschaft bestätigen würden. Während die Verwandten das Grab Aishas zuschaufelten und der Hodscha, der Religionsgelehrte, das Totengebet sprach, nahm Sandra den Teststab aus ihrer Lederjacke und betrachtete ihn ehrfürchtig.

Als sie den Kopf hob, blickte sie in das neugierige Gesicht ihrer türkischen Kollegin Leyla. Sandra grinste – trotz des traurigen Anlasses – und hob den Daumen weit nach oben.

Misaki und Hayato Shimotuma standen Hand in Hand vor einem der getönten Fenster im ersten Stock des Okayama University Hospitals. Ihr Blick ging die wenigen Meter nach unten zu einer kleiner Rasenfläche, auf der sich ein einsamer Baum im Wind behauptete. Etwa im Zehn-Minuten-Takt waren in den letzten vierzehn Stunden Krankenwagen eingetroffen und wieder davongefahren. In jedem, so waren sich die beiden in den letzten Stunden einig geworden, lagen Schicksale. Ob junge oder alte Menschen, ob Krankheit oder ein plötzlicher Unfall. Alle Personen, die zur Behandlung hierher gebracht wurden, hatten eine persönliche Vergangenheit. Aber alle wünschten sich sicher auch eine Zukunft. Wollten ihr weiteres Leben mit ihren Lieben verbringen. So wie das Ehepaar Shimotuma. Erst hatten sie versucht, etwas zu schlafen. Aber es war ihnen nicht gelungen und so saßen sie die ganze Zeit – meist alleine – in dem großen Warteraum des Transplantationszentrums hier in der Universitätsklinik von Okayama. Als die Ärzte Tochter Mio vor ihren Augen in den Lift schoben, waren sie zuversichtlich, dass sie Stunden später wieder gesund in ihren Armen liegen würde. Inzwischen war diese Zuversicht abgebröckelt wie der Putz am gegenüberliegenden Gebäudetrakt.

„Zeit heilt alle Wunden!", war der erste Satz, den Hayato nach etwas mehr als einer Stunde herausbrachte. Seine Ehefrau Misaki konnte nichts damit anfangen, nickte aber zustimmend. Sie wollten sich zu-

sammenreißen. Sie hatten sich schon vorher abgesprochen, während der Operation nicht über ihre Hoffnung und ihre Ängste zu sprechen. Das klappte bisher
gut. Aber Schweigen kann auch töten. Inzwischen war
die Vorgabezeit der Chirurgen längst überschritten
und sie hätten sich jetzt von einem Arzt ein paar Worte
zum Ablauf der Operation gewünscht. Oder nur ein
aufmunterndes Augenzwinkern, einen kurzen Gruß.
Doch so handelte man in seinem Land, wusste Hayato.
Japanische Ärzte waren keine großen Redner, Schweigen ihr höchstes Gebot. Und erst nach Abschluss des
Eingriffes wurde man vom Erfolg oder Misserfolg in
Kenntnis gesetzt.

„Ein Leben ohne Mio ist ein Leben ohne Zukunft",
war sich das Ehepaar bei der Diagnose der Tochter
„schwere Schädigung des Herzmuskels" damals einig. Sie
wollten nicht ohne sie sein. Vor allem wollten sie alles
in ihrer Macht Stehende tun, um Mio ein hohes Alter
zu ermöglichen. Inzwischen lebte Mio schon drei
Jahre mit der Herzschwäche. Wenn man von einem
Leben sprechen konnte! Begonnen hatte es mit einer
Erkältungskrankheit, als die Tochter dreizehn Jahre
alt war.

„Wie das halt bei Jugendlichen so ist!" Die Eltern
hatten damals der Aussage des Hausarztes Glauben
geschenkt. Vater Hayato war ein bekannter, japani-
scher Architekt und viel unterwegs. Er baute ein Fußballstadion und ein Hochhaus nach dem anderen. Er
hielt sich damals in Dubai auf, erinnerte sich der Mann
gerade wieder an den Ursprung ihres familiären Nie-
dergangs. Ehefrau Misaki hatte ihn telefonisch darüber informiert, dass Mio in der Schule zusammenge-
brochen sei. Sofort brach er alle Gespräche mit dem
Scheich ab und war in seinem Privatflieger zurück

nach Okayama geflogen. Nach einigen Untersuchungen an der Kranken hatten die Ärzte auch genügend Informationen parat: Es handele sich um eine Herzmuskelentzündung, die durch einen Coxsackie-Virus der Gruppe B ausgelöst worden war. Die Folge dieser Infektion und einer entsprechenden Immunreaktion wäre eine Zerstörung der Herzmuskelzellen sowie das umgebende Bindegewebe einschließlich der darin liegenden kleinen Gefäße. Es könne sich im schlimmsten Fall – bei einer sehr akuten Verlaufsform – innerhalb kürzester Zeit eine lebensbedrohliche Herzschwäche entwickeln.

„Daraus resultierende Herzrhythmusstörungen …", so die Ärzte, „… könnten zum plötzlichen Herztod führen."

„… zum plötzlichen Herztod führen!"

„Hayato, mein Liebster, was meinst du?"

Erschrocken nahm der Mann seine nach außen getragene Erinnerung wahr. „Entschuldige, ich habe nur geträumt!"

„Mit offenen Augen?"

Hatte Misaki gelacht? Ja, sie tat es. Wann war es zum letzten Mal, dass seine liebe Frau gelacht hatte? Es musste mindestens ein Jahr her sein. Hayato sah es als gutes Omen und nahm Misaki in seine Arme.

„Wir haben viel Leid erfahren müssen. Wir haben es ertragen. Und nun wird die Sonne aufgehen und die Dürreperiode ist vorbei."

„Weißt du noch, wie Mio anfänglich immer von ‚Mio-Karditis' sprach?", meinte die Frau.

„Ja", entgegnete ihr Mann. „Sie hat es nie ernst genommen, ja, bis …!"

Schritte waren zu hören. Erst leise, dann wurden sie lauter. Eine Durchgangstür öffnete sich luftbetrieben.

Das Ehepaar wagte nicht, sich umzudrehen. Den Blick durch die Fensterscheibe auf die Weite der Insel Honshū gerichtet, gaben sie einander Halt.

„Entschuldigung, Herr und Frau Shimotuma!"

Erst jetzt drehten sie sich gemeinsam zum Sprecher um. Es handelte sich um Professor Asako, den Chefarzt hier im Transplantationszentrum.

Der Arzt machte eine kleine Verbeugung und erklärte dann: „Es ist alles sehr gut verlaufen. Das Herz hat beim ersten Stromimpuls zu schlagen begonnen. Als ob es nur darauf gewartet hätte, wieder Blut zu befördern. Ein besonders starkes Herz." Der grauhaarige Chirurg nickte zur Unterstützung seiner Aussage mit dem Kopf.

Der Händedruck der beiden intensivierte sich über die Schmerzgrenze hinaus. Dann fielen sie sich in die Arme und sturzbachartig lösten sich ihre lang zurückgehaltenen Tränen und rannen über ihre Wangen.

„Sie können Mio in einer halben Stunde durch die Scheibe in ihrem Zimmer sehen!", verabschiedete sich Professor Asako.

Sie mussten sich setzen. Beide hatten bis zum jetzigen Augenblick durchgehalten, doch nun, nach der guten Nachricht, waren ihre Kräfte aufgebraucht.

„Hayato?"

„Ja, meine Liebe?"

„Wie glücklich können wir uns schätzen, dass Mio im letzten Moment dieses Spenderherz erhalten hat."

„Ja, das ist richtig!"

„Die Person, in der es vorher geschlagen hat, wird in Mio weiterleben."

Andächtig nickte der Mann und strich seiner Ehefrau liebevoll über ihr Haar.

„Hayato, ich möchte gerne, dass du herausfindest, wer der Spender war. Ich möchte mehr über ihn wissen. Vielleicht kann Mio später – wenn sie wieder gesund ist – auch die Eltern kennenlernen?"

Hayato hatte sich aufgerichtet und schaute Misaki mit warmen Augen an.

„Tut mir leid, meine Liebe, das wird nicht gehen. Die Angaben über den Spender sind absolut anonym und es gibt keine Möglichkeit, etwas über ihn herauszufinden."

Misaki Shimotuma schaute enttäuscht zu ihrem Mann. „Gibt es denn zumindest einige Informationen über diese Person?"

„Nur so viel, dass es sich um einen 22-jährigen Fußballspieler aus Europa gehandelt hat. Er wurde wohl bei einem Autounfall getötet."

1. Hannah und Eddie Flynt

2. Aisha Cicekliyurt

3. Ludwig Buballer

4. Tobias Reinert

5. Helene Lütjenjans

1. Hannah und Eddie – Auf der Suche nach Leben

„Hi, Eddie!" Hannah Flynt hatte sich gerade auf die Liege im Campingbus gelegt und beim schwachen Licht der Beleuchtung ihrem Schmöker gewidmet, als ihr Ehemann durch den Eingang des Vorzeltes spazierte.

„Hi, Süße! Werde schnell duschen und bin dann zurück."

Hannah nickte und winkte ihm nach. Wie glücklich sie doch sein konnten. Die Frau legte das Heft beiseite und schwelgte in Erinnerungen: Wie jung sie waren, als sie sich beim Studium in Oldenburg begegneten. Sie selbst hatte nach fünf Semestern Jura in Birmingham zwei Auslandssemester Deutsch und Eddie eines in Mikrobiologie an der dortigen Universität eingelegt. Und die Kommilitonen machten sich lustig: „Da müssen die beiden aus England nach Niedersachsen kommen, um sich kennen- und liebenzulernen". Es war wirklich ein seltsamer Zufall: Die junge Frau aus Stourbridge und der drei Jahre ältere Mann aus Swansea. Aber wie sie es sah, war es vorherbestimmt, dass sich beide in Deutschland trafen und zueinanderfanden. In ihrer Heimat wären sie sich sicher nie über den Weg gelaufen. Sie hätten andere Partner gefunden und wären vielleicht nie so glücklich geworden, wie sie es jetzt waren. Dabei sah es zuerst nicht danach aus. Nach ihrer Rückkehr in die Heimat trennten sich zunächst ihre Wege – trotz der großen Zuneigung. Hannah begann nach Abschluss ihres Studiums auf Anraten ihres Onkels eine diplomatische Ausbildung. Und Eddie studierte die restlichen Semester in Bristol weiter. Das

Paar hatte sich vorgenommen, erst ihre berufliche Zukunft zu ordnen, um sich danach zu treffen und weitere Pläne zu schmieden. Doch die Zeit heilt Wunden und legt einen Schleier des Vergessens über alles, wusste die Frau inzwischen. Hannah erinnerte sich, wie die zunächst regelmäßigen Telefonate Eddies immer weniger wurden – und dann ganz ausblieben. Sie bekam ein Jobangebot von der Botschaft in Kairo und nahm es sofort an. Eddie ging ganz in seiner Forschung auf und als sie nach einem Jahr – bei einem Aufenthalt in der Heimat – Eddie aufsuchte, lebte er bereits mit einer anderen Frau zusammen. Und war Vater eines Säuglings. Sie hätte sterben können, als er ihr seine Vaterschaft freudestrahlend mitteilte. Doch sie hatte sich zusammengerissen und erst draußen im Wagen losgeheult. Sie war doch selber schuld. Auf die dumme Idee einer vorübergehenden Trennung war natürlich sie gekommen. Daraufhin bewarb sie sich erneut auf einen diplomatischen Posten im Ausland. Egal wohin, schrieb sie in den Antrag. So verbrachte sie die nächsten drei Jahre in Kabul, die sie extrem prägten. Gesund zurück, rief Eddie eines Abends bei ihr an. Er habe sich schon vor einiger Zeit von Frau und Tochter getrennt, erzählte er, und wollte sie gerne treffen. Ja, und so fand die unterbrochene Liebe ihre glückliche Fortsetzung.

Hannah schaute auf die kleine Uhr im VW-Bus. Sie hatten das Stück gemeinsam auf einem Londoner Flohmarkt entdeckt. Und da die Uhr aus einem alten Fahrzeug der Marke VW stammte, hatten beide beschlossen, sie in ihrem Campingbus einzubauen. Und tatsächlich brachte Eddie das alte Teil wieder zum Laufen. Jeden Morgen ihres dreiwöchigen Liebesurlaubs – wie sie es nannten – machten sie es zur gemeinsamen Zeremonie, das mechanische Werk aufzuziehen. Es war inzwischen so etwas wie ein Ersatzaltar des christlichen Paares. Eddie meinte einmal, er warte nur darauf, dass Hannah die Uhr anbetete. Sie hatten schallend gelacht und waren dann zurück in ihr Bett geklettert.

Heute duschte Eddie länger als sonst. Ihr leuchtete ein, dass er nach seiner sportlichen Aktivität sauber zu ihr auf die Liege steigen wollte. Obwohl heute kein *Dry and Error Day* war. Sie hatte sich aus einer Art Verzweiflung heraus entschlossen, nach monatelangen vergeblichen Versuchen eine Schwangerschaft zu erreichen, den Liebesakt so zu nennen: *Dry and Error.* Ihr Frauenarzt riet ihnen, es nicht täglich zu versuchen. Alle drei Tage Verkehr wären ideal. Das Sperma hätte sich dann wieder gut gebildet und der Arzt machte ihnen erneut Hoffnung. Aufgrund ihres unregelmäßigen Zyklus war die Berechnung des Eisprungs bei ihr nicht möglich und so liebten sie sich regelmäßig. Hannah überlegte: Erst morgen war wieder *Dry and Error.* Doch hatte sie schon seit einigen Wochen ein gutes Gefühl, was eine bevorstehende Schwangerschaft anging. Sie wollte es Eddie aber erst mitteilen, wenn absolute Sicherheit darüber bestand.

Hannah hatte den Liebesroman wieder aufgenommen und blätterte abwesend in den Seiten. In einem Forum, in dem sich ausschließlich Frauen mit Babywunsch trafen, las sie einmal, dass Liebesromane stimulierend sein sollten. Ganze Stapel davon verschlang sie inzwischen schon. Doch bisher vergebens. An Eddie konnte es nicht liegen. Seine kleine Tochter aus erster Ehe wurde nächsten Monat schon drei Jahre alt. Auch fanden Ärzte bei einer Untersuchung, dass Eddies Sperma von bester Qualität sei.

Hannahs Lust auf ein Glas Wein regte sich. Heute würde Alkohol ausnahmsweise erlaubt sein. Sie kletterte aus dem Bus und entnahm dem kleinen Kühlschrank im Vorzelt eine angebrochene Flasche Weißwein. Das halbvolle Glas in der Hand, kehrte sie wieder zurück. Sicher musste sie heute Nacht wieder raus – für kleine Mädchen. Eddie foppte sie dann immer, aber in der Angelegenheit war sie extrem anfällig. Vor allem hier in diesem Campingbus.

Nachdem sie ihrem Kinderwunsch schon ein Jahr vergeblich nachgegangen waren, versuchten sie es mit einer künstlichen Befruchtung, einer sogenannten *Intrazytoplasmatischen Spermieninjektion*. Es war ihre Idee gewesen, erinnerte sich Hannah. Eddie lehnte es zunächst aus religiösen Gründen ab. „Wenn Gott nicht will, dass du schwanger wirst, sollten wir auch nicht medizinisch eingreifen und nachhelfen". Doch irgendwann überzeugte sie ihn und er stimmte endlich zu. Aber auch diese Methode brachte nicht den gewünschten Erfolg. Eddie erklärte die künstliche Befruchtung schlicht als menschenunwürdig. Vor allem, dass seine Frau in seiner Gegenwart breitbeinig vor dem Arzt und ihm liegen musste, hatte ihn aufgebracht. Auf diese demütigende Art den Kinderwunsch zu stillen, das war nichts für ihn. Nach drei Inseminationen brachen sie das Ganze ab und versuchten es wieder nach der herkömmlichen Methode.

„Das macht auch mehr Spaß!", hatte Eddie gegrinst.

Wie auf Kommando erschien sein gut gelauntes Gesicht hinter dem Gazefenster des Vorzeltes.

„Darf ich eintreten, schöne Frau?", spaßte er und öffnete dabei den Reißverschluss.

„Weißt du, was ich eben erlebt habe?"

„Nein", meinte Hannah neugierig, während Eddie das feuchte Handtuch über die provisorische Wäscheleine im Vorzelt hängte.

„In der ersten Dusche stand ein kahlköpfiger Mann und er hat wohl vergessen zu verriegeln. Ich habe natürlich in Gedanken die Tür zu seiner Dusche geöffnet und stand genau vor ihm!"

„Und was willst du mir jetzt sagen? Dass sein Geschlechtsteil erheblich andere Ausmaße hatte als dein kleines Ding?" Einen Lacher ausstoßend, schob sie sich schon einmal aus Vorsicht vor Übergriffen nahe an die Seitenverkleidung des alten VW-Bullis. Mit einem Satz war ihr Ehemann auf die Liege gesprungen und der Bus wackelte so gefährlich wie ein Schiff bei Seegang. Hannah hatte Angst um das jahrzehntealte Holz unter ihr, doch es hielt.

„Was hast du da gesagt!", rief Eddie. „Du undankbares Weib!" Er hatte sich sanft auf sie gelegt und küsste sie. „Nein, der Typ in der Dusche – ich glaube, es war ein Holländer – war dabei, sich die Beine zu rasieren. Das sah vielleicht aus!"

Beide lachten und amüsierten sich über die Vorlieben einiger Menschen. Hannah fühlte Verlangen in Eddie aufsteigen. Auch sein Kuss schmeckte danach. Sie suchte und fand den kleinen, alten Schiebeschalter über ihr, der die Innenbeleuchtung unterbrach.

„Eddie! Hat der Frauenarzt nicht gesagt, alle drei Tage?", rief sie mit etwas erhobener Stimme. Ihr Mann war schon unter der Decke verschwunden und sie fühlte seinen warmen Mund auf ihrer Bauchdecke. Nur ein leises Murren war aus dieser Richtung zu hören.

„Nun gut, überredet! Zwei Tage sollten auch ausreichen!"

Durch das Gazefenster oben im Hubdach konnte sie eine Handvoll Sterne erkennen. Wie schön war ihr gemeinsames Leben doch – und es würde sicher bald noch schöner werden: Zu dritt! Hannah schloss die Augen und zog Eddie noch fester an sich. Da war ein Zischlaut seitlich neben ihr. Erst wollte sie darüber nachdenken – dann war ihr das Geräusch egal. Was immer es war, jetzt zählte nur ihre Liebe. Müdigkeit machte sich plötzlich in ihr breit. Sie kam ganz unverhofft und sie dachte sich nichts dabei. Hannah betete, wach zu bleiben, bis ihr Liebster …!

Der Schrei wollte nie enden. Es war ihr, als stürze sie einen Abgrund hinunter. Tiefer und tiefer. Sie hörte lautes Gebrüll und vermutete sich als den Verursacher. Sie versuchte, nach den vorbeigleitenden Felsvorsprüngen zu greifen und den Sturz abzufangen. Plötzlich wechselte das felsige Gestein. Hänge mit saftigen Wiesen schwebten an ihr vorbei. Sie war voller Hoffnung, dass dies den Aufprall mildern würde. Die schrillen Laute wurden nun intensiver. Dann sah sie sich an endlosen Spiegeln vorüberfliegen. Diese zeigten verschwommen ihren Körper, ihr Gesicht. Dabei fiel ihr auf, ihre Lippen waren verschlossen. Aber wie konnte es sein, dass sie schrie – bei geschlossenem Mund? Sie hielt den Atem an. Trotzdem wuchsen die Hilferufe ins Unerträgliche. Ihre Trommelfelle schienen kurz vor dem Bersten. Aber wenn nicht sie schrie, wer dann? Sie vermutete, dass es aus mehreren Kehlen kommen musste. Das beruhigte sie etwas.

„Aisha, du schlechte Ehefrau und noch schlechtere Mutter. Hörst du nicht deine beiden Kinder rufen? Willst du endlich nach ihnen schauen und sie säugen? Ich werde gleich meinen Sohn Galip bitten, seine siebenschwänzige Peitsche mitzubringen, um von dir Gehorsam abzuverlangen!"

Mit bebendem Herzen registrierte Aisha, dass alles nur ein böser Traum gewesen sein musste. Die Worte ihrer Schwiegermutter klangen in ihren Ohren, doch sie waren ihr absolut egal. Was ihr gerade mehr Kummer bereitete, war, dass ihr Unterkörper schmerzte, als habe man ihr einen brennenden Holzscheit zwischen die Beine geschoben. Die Geburt ihres zweiten Kindes war gerade einmal vierzehn Tage her und erst hatte sie Hoffnung, dass der andauernde Schmerz von dieser unerfreulichen Entbindung herrührte. Natürlich war die Geburt eines Kindes für jede junge Frau ein freudiges Ereignis. Umso mehr hier in Südostanatolien, wo Kinder zu gebären und die Gunst des Gatten zu erhalten für jede Frau den absoluten Lebensinhalt bildeten. Doch Aisha war gerade nicht nach Freude. Sie würde in wenigen Wochen ihren vierzehnten Geburtstag feiern und es war noch kein Jahr her, da wurde Tochter Feride mittels Kaiserschnitt in dieses eintönige Leben, hier nahe der syrischen Grenze, gezerrt. Ehemann Galip hatte auf diesen Eingriff bestanden und die Ärzte im Krankenhaus von Uludere waren erst voller Ablehnung, dann aber dankbar über die großzügige Spende des Mannes. Obwohl einer normalen Geburt – so viel hatte die damals 13-Jährige mitbekommen – nichts im Wege gestanden hätte. Nein, der Schmerz, den Aisha im Unterleib fühlte, kam nicht von den beiden Geburten oder von sonstigen Frauenbeschwerden. Es war ihr Ehemann, der gestern Abend nach einem Männerabend alkoholisiert nach Hause kam und beschlossen hatte, dass Aishas Schonzeit gerade beendet sei. Seit ihrer Hochzeit vor weniger als drei Jahren war sie es gewohnt, ständig für ihn verfügbar sein zu müssen. Zu jeder Tages- und Nachtzeit. Noch nicht einmal vor ihren Blutungen hatte Galip Respekt. Doch so lauteten die islamischen Gesetze der Ehe: Stetigen Gehorsam der türkischen Frau ihrem Mann, dem Oberhaupt der Familie, gegenüber. Nach der zweiten, natürlichen Geburt von Sohn Altan vor wenigen Tagen hatte sie gehofft, nicht sofort wieder seinen schweren Körper auf ihrem zu fühlen und seinen eklig riechenden Atem im Gesicht zu spüren. Vor allem sein riesiges und nimmersattes Genital war es, dass ihr diesen Schmerz zufügte und ihre Wunde erneut hatte aufreißen lassen. Galip, ihr Ehemann, war damals Aishas erste Begegnung mit dem männlichen Geschlecht. Abgesehen von ihrem Vater und den Brüdern Selçuk und Necip. Schon im Kindesalter hatte Vater Mehmet seine einzige Tochter dem reichen Winzer Galip Cicekliyurt für ein Brautgeld von fünf Kamelen angeboten. Nur Aishas Mutter war es zu verdanken, dass Galip sie nicht schon mit zehn Jahren in seine Gemächer schleppte und ständig vergewaltigte. Zwei Jahre musste der damals 54-Jährige noch schmachten, dann konnte auch Aishas Mutter nichts mehr für ihre Tochter tun. Der Vater setzte sich durch und ein Iman vollzog die Trauung. Später verstand Aisha ihren geliebten Vater. Er brauchte die Kamele. Die Dürre der letzten Jahre hatte der armen Familie stark zugesetzt.

Zwischen ihren Schenkeln klebte es, und allein der Gedanke an ihr Blut und seine Körperflüssigkeit dort unten bei ihrer Scham trieben den Schmerz auf eine gefährliche Spitze. „Wenn du dich jetzt nicht sofort um deine Brut kümmerst ...! Und zieh dein Kopftuch an, aber plötzlich!"

In diesem Moment spürte das Mädchen ihre vor Schweiss nassen Haarsträhnen auf der Stirn. „Dein missratener Sohn hat mir das Kopftuch in der Nacht während seiner Besteigung heruntergerissen", wollte sie der Alten entgegnen. Doch die Qual, die ihr jegliche Kraft raubte, ließ es nicht zu. Noch immer schrien ihre beiden Kinder. Die einjährige Feride wachte wohl vom Hungergebrüll ihres kleinen Bruders auf. Irgendwie war Aisha das alles egal. Sie konnte nicht rechnen und auch nicht lesen. Aber sie hatte zumindest gelernt, bis zehn zu zählen. Ihr Vater hatte es ihr in ihrer Kindheit beigebracht. So war sie in der Lage, wenn der Vater sie auf die Weide schickte, die wenigen Ziegen zu hüten, stets abzuzählen, ob die Herde vollständig war. Hin und wieder zählte sie nun auch die Kinder von Müttern, die sich bei ihnen als Gäste einfanden. Es waren etliche Frauen darunter, die noch keine zwanzig Jahre alt waren und schon sieben Bälger schreiend über den Markt hinter sich herzerrten. Würde es ihr auch einmal so ergehen? Was sie auszeichnete, war sicher nicht ihr Intellekt. „Es ist deine Schönheit!", erklärte die Mutter der jugendlichen Aisha und sie verstand es damals nicht. Warum auch? Hier in Uludere, im Südosten der Türkei, war jedem jungen Mädchen bewusst, wie das Leben ablief. Als Gebärmaschine und Mutter einer mehr oder weniger großen Kinderherde. Ein Mädchen ihres Alters erzählte damals – während eines Besuchs des Weingutes – von ihrer guten Schulausbildung in der Stadt. Sehnsüchtig hatte Aisha zugehört, während sie die kleine Feride stillte.

Der Schmerz ließ inzwischen etwas nach und Aisha schob ihre Füße vorsichtig über den Bettkasten. Sie hatte die letzten Nächte zum Schlafen das alte Holzbett im Gästezimmer gewählt. Voller Hoffnung, dass ihrem Ehemann die Lust auf sie, in diesem kleinen Verschlag, vergehen würde. Aber ihr Plan war nicht aufgegangen. Sie setzte ihre Füße auf den Boden und versuchte, sich aufzurichten. Erst beim dritten Mal klappte es. Die ersten beiden Versuche brach sie aufgrund eines Schwindelanfalls ab. Als sie schwankend auf den Füßen stand und mit kleinen Schritten zum Bettchen ihres Kleinsten schlich, war ihr klar geworden, dass sich heute ihr junges Leben ändern würde. Verändern musste! Selçuk, ihr großer Bruder, hatte sie schon mehrfach gebeten, mit ihm mitzukommen in ein fernes Land. Seit dem Tod ihres Bruders Necip am 28. Dezember 2011, bei einem Angriff der türkischen Luftwaffe, machte sich Selçuk noch mehr Sorgen um seine kleine und einzige Schwester. Aisha erinnerte sich, dass türkische Luftwaffenjets die Jugendlichen für Terroristen gehalten hatten. Dabei schmuggelten sie nur Dieselkraftstoff von Syrien in die Türkei. Necip starb damals 16-jährig mit weiteren dreiunddreißig jungen Türken, erinnerte sich die 13-Jährige. Das Fatale daran war, dass die Regierung die Familie großzügig abgefunden hatte. Hätte der Vater ihre Hochzeit noch etwas verschoben, wäre dieses Unglück, als dass sie ihre Ehe empfand, wahrscheinlich erst gar nicht über sie hereingebrochen.

Bruder Selçuk hatte schon in frühester Jugend das elterliche Haus verlassen und sein Glück in Istanbul gesucht. Und auch gefunden. Später war der inzwischen 26-Jährige über Beziehungen in dieses weit entfernte Land gekommen, dass er Almanya nannte. Und es schien ihm gut zu gehen. Aisha wusste, er liebte seine kleine Schwester über alles und war bereit, ihr zur Flucht zu verhelfen. Mehr als einmal sprachen sie über dieses Vorhaben. Doch dann hatte sie ihr Gatte erneut geschwängert und Selçuk war das Risiko zu groß geworden.

„Du musst warten bis nach der Geburt", raunte er ihr zu. Was waren schon neun Monate in einem versauten Leben gegen die Aussicht auf lebenslange Freiheit? Aisha ließ erneut alles stumm über sich ergehen. Doch jetzt? Wie oft hatte sie sich gefragt, was aus Feride und Altan, dem Neugeborenen, werden würde? So alleine, ohne die leibliche Mutter? Eigentlich konnte sie bisher keinerlei Bindung zu ihren beiden Kindern aufbauen. Die Schwiegermutter brauchte Aisha nach der Geburt nur noch als Babysitter und Milchspender. Das war ihr bewusst geworden, als sie ihre Mitfrauen betrachtete. Diese waren gut als billige Hilfskräfte zur Traubenlese in den Weinbergen zu gebrauchen. Ja, und nachts, wenn Galip Lust auf die eine oder andere seiner vier Frauen verspürte. Aisha zog ihr Kopftuch über und legte Altan an eine ihrer geschwollenen Brüste. Sie musste sich überlegen, was sie auf der Flucht mit der Milch anstellen wollte. Der Bruder schlug ihr vor, auf dem Lkw, der sie auf seiner Ladefläche mitnehmen sollte, sich so lange wie möglich davon zu ernähren. Sie hatte ein paar Früchte eingepackt und draußen unter einem Haufen Stroh einige Wasserflaschen versteckt. Wenn die Sonne ganz hoch stand, sollte der Lkw seitlich des Anwesens auf sie warten. Er würde sie mitnehmen in eine Stadt, die „Hamburg" oder so ähnlich hieß. Dort wollte Selçuk sie in Empfang nehmen und hinterließ ihr seine Telefonnummer. Sollte es scheitern und sie sich nicht wie vereinbart dort treffen, hatte er ihr die Anschrift eines Frauenhauses aufgeschrieben. Beides musste sie auswendig lernen und dann den Zettel wegwerfen. „Wenn deine Flucht schiefgeht, darf nichts auf mich hinweisen", warnte er sie eindringlich. Ihr war klar, Selçuk setzte sein Leben aufs Spiel, um ihr zu helfen. Hier unten in Anatolien galten andere Gesetze. Und Galip Cicekliyurt hatte hier in der Provinz Şırnak viel Einfluss und noch viel mehr Geld. Als Aisha die beiden Schreihälse gesättigt in ihre Kinderbettchen zurückgelegt hatte, sah sie die Schwiegermutter auf einem Pferdekarren sitzend in die Stadt fahren. Das Glück war ihr hold. Sie schaute zum Himmel, die Sonne erreichte fast den Zenit. Aisha küsste ihre schlafenden Kleinen auf die Stirn, nahm das Obst und die Flaschen mit Wasser und verließ das Anwesen. Ihr war endgültig klar, nur tot könnte man sie nach Uludere zurückbringen.

3. Ludwig Buballer – Zurück ins Leben

Als der Saarländer Ludwig Buballer aufwachte, erschien ihm vieles ungereimt. Er fühlte sich wie nach einer durchzechten Nacht, und da er dies in seinem 40-jährigen Leben hundertfach durchstehen musste, glaubte er sofort an einen Rückfall. Hatte er doch schon vor Jahren mit dem Alkoholkonsum aufgehört – und jetzt hier in New York der Rückfall? War er vielleicht nach dem Lauf versackt? Hatte ihn die Freude an dem erfolgreich beendeten New York-Marathon in eine Kneipe geführt und er Rex – wie er damals seinen inneren Schweinehund nannte – nicht aufhalten können? Nein, das Letzte, an das er sich erinnerte, war seine Rückfahrt von Manhattan ins Hotel. An der Station *Grand Avenue* in Queens hatte er die Subway verlassen und war in Richtung des *Pan American Hotels* am Queens Boulevard spaziert. Den letzten Tag in der amerikanischen Metropole wollte er nutzen, um noch einige Einkäufe zu tätigen. Und um dieser grandiosen Kulisse Lebewohl zu sagen.

„Bin ich vielleicht in eine der zahlreichen Bars gegangen und habe mich dort vor lauter Euphorie …? Nein!" Er wurde hellwach bei dem Gedanken eines Rückfalls und versuchte, seine Augenlider zu öffnen. Sie schienen nicht zu gehorchen, denn es blieb weiterhin völlig dunkel um ihn herum. Vielleicht aber lag es ja nicht an den Augenlidern. Womöglich war die Umgebung, in der er sich befand, stockdunkel. Aber wo war er? Bars oder Kneipen sahen – was Lichtverhältnisse anging – anders aus. In seinem Hotelzimmer konnte er auch nicht sein.

Dort war immer Tag. Auch nachts. Der Queens Boulevard duldete keine Atempause. Er war eines von vielen Herzen New Yorks. Wenn es aufhörte zu schlagen, war New York tot. Aber wenn er nicht in seinem Zimmer lag, wo befand er sich dann? Er versuchte, mit einer Hand ein Augenlid zu berühren, doch es war nicht möglich. Seine Hände ließen sich nur wenige Millimeter bewegen. Ein Schlaganfall, fuhr es ihm durch den Kopf. Schon vor Jahren, als seine Sauferei und die übermäßige Tablettenzufuhr ihren Zenit erreicht hatten, prophezeiten die Ärzte, zu denen er unregelmäßig ging, dem Saarländer die Gefahr eines Schlaganfalles. Unangenehme Wärme schoss plötzlich durch seinen Körper, als er bemerkte, dass auch seine Beine sich weigerten, Bewegungen zuzulassen. Der Kopf? Was war mit seinem Kopf? Ein leichtes Anheben gelang und er atmete auf. Zumindest den konnte er bewegen. Er spürte aber, dass er zu wenig Kräfte hatte, um es erneut zu tun. Als der Wärmeschub vorbei war, lauschte er ins Dunkle. Auf Geräusche. Da war das Brummen eines Motors. Und sprachen hinter ihm nicht Männer? Das war kein deutsch. Er lauschte erneut. Es war Englisch, da war er sich sicher.

„Vielleicht haben mich die New Yorker Cops irgendwo aufgelesen und bringen mich zurück ins Hotel?", machte er sich froh, aber langsam stieg Angst in ihm auf. Das überraschte ihn; so etwas kannte er eigentlich nicht. „Wann hatte ich das letzte Mal Angst?" Er musste weit ausholen und tief in sein Gedächtnis dringen, bis es ihm einfiel. Ja, als er zum ersten Mal als Fallschirmjäger der Bundeswehr aus der Militärmaschine sprang, da hatte er Angst. Er erinnerte sich plötzlich daran, als sei es gestern gewesen. Beim Aufkommen auf der Erde waren sogar seine Hosen feucht gewesen. Ja, das war Angst. Oder als die Ärzte ihm erklärten, seine Leber sei nahezu durchgesoffen und dass ihm nicht mehr viel Zeit bliebe, spielte da nicht auch Angst mit? Er erinnerte sich nicht mehr daran. Nur dass der Kasten Bier und die Flasche Korn, die er nach dem Gespräch trank, ihn auf andere Gedanken brachten. Plötzlich fiel ihm der Transporter ein. War nicht die Situation mit dem Wagen das Letzte, was er heute erlebt hatte? Dieser dunkle Wagen, der neben ihm anhielt? Richtig! Er glaubte, sie fragten ihn – den Deutschen – hier in New York nach dem Weg. Und er hatte sich schon ein paar Brocken seines schlechten Englischs zurechtgelegt, wie: „Sorry Sir, I'm not from here!", oder so ähnlich. Aber was war dann geschehen? Konnte er seinen Satz noch loswerden? Er kramte noch tiefer in seinem Gedächtnis. So tief, dass es schmerzte. Er versuchte erneut, Arme und Beine anzuheben. Entführung! Jetzt war ihm alles klar. Er wurde entführt und er lag in einem Wagen, der ihn irgendwo hinbrachte. Er hatte keinen Schlaganfall und sein Unvermögen, Arme und Beine zu bewegen, lag woanders begründet: Er musste gefesselt sein. Aus irgendeinem ihm unbekannten Grund musste er plötzlich lachen. Er hielt es sofort für unangemessen, wenn er so an seine derzeitige Lage dachte. Aber trotzdem beurteilte er die Situation als komisch. Gerade hatte er wieder ins Leben zurückgefunden, und nun entführte man ihn? Vielleicht brachte man ihn auch um? Er hielt den Atem an. Wenn man vorne sein Lachen gehört hatte? Eine innerliche Abwehr zu dieser Idee stieg nun in ihm auf. Wollte er zulassen, dass man ihm etwas antat? Er dachte angestrengt nach, wie er die Umstände zu seinen Gunsten verändern könnte. Freudig registrierte er, dass es ihm immer besser gelang, klarer denken zu können. In den zwölf Jahren bei den Fallschirmjägern hatte er allerlei erlebt, sogar ein Überlebenstraining in Kanada absolviert und war mit seinen Kameraden auf das Äußerste vorbereitet worden. Sie wurden zu gut ausgebildeten Kämpfern, die mit jeder Schusswaffe umgehen konnten. Mit Messern, sogar mit den eigenen Händen hätten sie damals einen Mann …! Ja, damals! Aber heute? Die Zeiten als Soldat in der Dillinger Julius-Leber-Kaserne waren über acht Jahre her, und was war noch von ihm übrig? Recht wenig, wenn er das schnell überschlug. Drei Jahre hatte er nach der Beendigung seiner Bundeswehrzeit noch als Wachmann in einem saarländischen Munitionsdepot gearbeitet. Vom hoch qualifizierten Einzelkämpfer zum einfachen Wachmann.

Aufsteigende Magensäure verursachte ihm plötzlich starke Schmerzen in der Speiseröhre. Kurz überfiel ihn die Angst vor einem Husten- oder gar einem Erstickungsanfall. Das würde die Männer auf ihn aufmerksam werden lassen. Der Schmerz ließ so schnell nach, wie er gekommen war. Ja, die Jahre bei der zivilen Wache hatten seine Kondition durch Rumsitzen und Essen völlig zerstört. Und sein Hirn und die Leber waren durch den Alkohol, den er sich nach dem Dienst einverleibte, aufgefressen. Die Nachtdienste hatten ihm am meisten zugesetzt, erinnerte er sich. Er war kein Nachtmensch. Nein, fürwahr, er brauchte seinen Schlaf. So griff er morgens bei seiner Rückkehr in die kleine Wohnung in Völklingen zu Schlaftabletten. Das lief eine Zeit lang gut. Bis er eines Nachts beim Wachdienst an der Konsole eingeschlafen war. Erst deckten ihn die Kollegen. „Kann bei jedem einmal vorkommen! Neue Freundin, was?", hörte er sie noch jetzt grölen. Als es erneut geschah, war es mit ihrer Freundlichkeit vorbei. Fortan bestimmten Energydrinks seine Nachtwache. Später griff er zu Wachmachern. Das stetige Hin und Her – Schlaftabletten – Wachmacher – Energydrinks – brachte ihm einen Magendurchbruch und Herzrhythmusstörungen ein. Drei Wochen im Völklinger Krankenhaus. Aber vielleicht war der damalige Krankenhausbesuch auch seine Rettung. Denn dort waren seine äußerst schlechten Leberwerte ans Tageslicht gekommen. Einen Gamma-GT-Wert von 888 stellten die Saarlouiser Ärzte fest. „Ups, eine Schnapszahl", hatte er es abgetan. Aber sie hatten ihm damals etwas die Augen geöffnet. Aber nur etwas. Ein Kreisverkehr ohne Ausfahrt? Die Wachfirma hatte ihm sofort gekündigt. Der Vermieter auch. Kein Wunder, der wollte seine Wohnungsmiete. Und immer weiter ertränkte er sein Selbstmitleid und das verloren gegangene Selbstwertgefühl im Alkohol. Er verbrachte Nächte auf Parkbänken rund um den St. Johanner Markt in Saarbrücken. Zusammen mit anderen Gescheiterten. Abends im Suff nahm man – stark und benebelt geworden durch den Alkohol – den Kampf gegen die bösen Mitmenschen auf. Und morgens dann ein Gefühl wie der Zusammenprall mit einer Straßenbahn. Tag für Tag. Nacht für Nacht. Noch heute spürte er hin und wieder diesen Belag auf seiner Zunge. Bis seine Schwester ihn zu jener Zeit suchte. Und auch fand. Sie – so erinnerte er sich – fasste sich ein Herz und bot ihm den kleinen Raum neben der Garage als Zuflucht an. Und besorgte ihm den Arbeitsplatz beim nahe gelegenen Getränkehändler. Ausgerechnet bei einem Getränkehändler! Aber ihre Auflage war: „Weg vom Alkohol – und nur dann kannst du bleiben!" Er hatte es als letzte Chance gesehen und es tatsächlich – mithilfe eines Alkoholiker-Treffs – geschafft. Dann hatte er mit dem Laufen begonnen. Erst nur wenige Meter, um sich abzulenken. Und um „Rex" für einige Minuten aus seinem Hirn zu verbannen. Dann wurde es immer mehr. Mit der wiedergewonnenen Kondition verbesserten sich plötzlich seine Leberwerte und er steigerte sein Laufpensum von Woche zu Woche. Und fühlte sich wie neu. Ein neuer Ludwig Buballer oder der alte in Bestform?

Er kehrte aus seinen Erinnerungen zurück, zurück in das schwarze Nichts um ihn herum. Und jetzt sollte alles umsonst sein? Er war sich inzwischen sicher, man hatte ihn entführt! Doch aus welchem Grund? Fassungslosigkeit machte sich bei ihm breit. Ging es um Geld? Doch wer konnte hier, in den freien Staaten von Amerika, wissen, dass Ludwig Buballer aus Völklingen an der Saar vor wenigen Monaten einen Lottogewinn eingesteckt hatte? Nein, das war nicht zu glauben.

Der Wagen hatte vor wenigen Sekunden angehalten. Ludwig stockte der Atem. Würden sie ihn jetzt herausholen und töten? Lautes Hupen war zu hören, dann setzte sich der Transporter wieder in Bewegung. Der Saarländer bemühte sich, ruhig zu atmen. Es fiel ihm schwer und erst nach ein paar Minuten spürte er, wie sein Herz wieder ruhig und gleichmäßig schlug. Die halbe Million Euro würden doch keinen Ganoven in New York dazu bringen, ihn zu entführen, zumal er die Hälfte davon aus Dankbarkeit seiner Schwester geschenkt hatte. Sie hatte damit das Zweifamilienhaus in der Völklinger Gaußstraße abbezahlt und ihm angeboten, dem Ehepaar im oberen Stock wegen Eigenbedarf zu kündigen. Nein, das brachte er nicht übers Herz. Herr und Frau Henkes lebten schon zwei Jahrzehnte dort oben, und er hatte sich vorgestellt, wie die zwei mit über siebzig Jahren noch ein neues Zuhause suchen müssten. Er bat darum, im Zimmer neben der Garage wohnen bleiben zu dürfen, kaufte sich einen Flachbildschirm und leistete sich ein Abonnement eines Pay-TV-Senders. Er wollte unbedingt ab der kommenden Saison die Fußballbundesliga genießen. Nein, die lumpigen Zweihunderttausend auf seinem Sparbuch konnten es nicht sein. Aber was war es dann? Das experimentelle Nachdenken machte ihm plötzlich Spaß. Lange hatte er sein Gehirn nicht mehr so angestrengt wie in diesem Moment. Er war doch früher in seiner Zeit bei den „Einzelkämpfern" dafür bekannt, sich aus Fesselungen zu lösen, fiel ihm ein. Ob ihm das heute noch gelang? Sicher hatten die Typen ihn – egal aus welchem Grunde – mit Handschellen gefesselt. Aber würden dann nicht seine Gelenke bei jeder Bewegung schmerzen? Er versuchte es mit der linken Hand. Als Linkshänder wusste er, dort war die meiste Kraft. Er riss, aber nichts geschah. Ein leichtes Knirschen, wie ein … wie ein Klettverschluss. Es musste sich um Klettbänder handeln. Die waren eh nicht so fest, hoffte er inständig. Er lenkte alle verbliebene Kraft in den linken Unterarm. Langsam tat sich etwas. Er entspannte sich. Tatsächlich, seine Hand hatte etwas Spiel bekommen. Weiter! Was sollte er machen, wenn der Wagen jetzt anhielt und die Typen die Tür öffneten? Keine Ahnung! Er zerrte weiter an dem Band. Millimeter für Millimeter löste sich der Verschluss. Aber auch die Zeit rannte davon. Er schwitzte und der Schweiss breitete sich auf seinem ganzen Körper aus. Sicher lag es am Betäubungsmittel, das ihm die Männer verabreicht hatten. Aber warum hatte es nicht länger gewirkt? Vielleicht war seine langjährige Schlafmittelsucht die Ursache. Dann wäre sie wenigstens nicht umsonst gewesen, dachte er zufrieden. Endlich war es ihm gelungen, eine Hand freizubekommen. Vorsichtig bewegte er sie und auch den Arm. Erst nach links. Er stieß ins Leere. Dann das gleiche Spiel nach oben zur Decke des Transporters. Bis dorthin, so überschlug er, waren es etwa dreißig Zentimeter. Langsam hob er seinen Oberkörper an. Nur nicht zu schnell. Wenn er das Bewusstsein verlor oder ihm schwindelig würde, wäre alles vergebens gewesen. Doch die Bewegung gelang. Erst öffnete er vorsichtig und ohne großen Lärm zu verursachen das Klettband der rechten Hand. Nun beugte er sich vorsichtig nach vorne zu seinen Füßen. Auch an den Unterschenkeln fühlte er Klettbänder. Die Geräusche, die die flexiblen Widerhäkchen machten, als sie sich aus den Schlaufen lösten, erschienen ihm ohrenbetäubend. Nach dem ersten Bein machte er eine Pause – hörte angestrengt ins Dunkel. Vorne Lachen, alles schien gut. Schnell löste er das zweite Band. Schweratmend kehrte er zurück in seine Ausgangslage. Draußen sollte es dunkel sein, schätzte er. Zumindest hatten sie ihm im Dunkeln am Queens Boulevard aufgelauert. Und wenn er nicht einen halben Tag hier verbracht hatte, musste es noch immer dunkel sein. Wenn sie die Tür öffneten, würden sie also in den dunklen Wagen schauen müssen. Dazu vielleicht ein klein wenig Innenbeleuchtung. Aber welche Tür würden sie zuerst öffnen? Er lehnte sich weiter zur Seite. Hier war das Blech und dort ein Falz. Es musste sich um die Schiebetür handeln. Und hinten? Hinten mussten zwei Türen sein. Jeder Transporter hat hinten zwei Türen, entsann er sich. Inzwischen war ihm klar, er lag auf einer Art Trage. Er hatte es gefühlt. Einer Trage, wie man sie bei Krankentransporten benutzte. Der Wagen war nun stehen geblieben. Ludwig Buballer hielt den Atem an. Fuhr das Fahrzeug weiter? Es bewegte sich nun rückwärts. Dann wieder vorwärts. Dann stand es! Endgültig? Anscheinend, denn vorne öffneten sich Autotüren. Die Stimmen wurden lauter. Jeden Moment würden sie den Transporter aufsperren. Der Saarländer war ratlos. Sollte er sich auf sie stürzen und den Überraschungseffekt nutzen, um wegzulaufen? Doch was wäre, wenn sie ihn in eine Halle oder auf ein abgesichertes Gelände gebracht hatten? Dann wäre diese Maßnahme ohne Erfolg und sie würden ihn schnell wieder einfangen. Als plötzlich die Flügeltüren im Heck des Transporters aufgingen, hatte er sich dafür entschieden, liegen zu bleiben. Gelbes Licht füllte langsam den Innenraum und Ludwig hielt den Atem an und seine Augen geschlossen. Er fühlte irgendwelche Bewegungen an seinem Fußende. Dann ein Schieben – ein plötzlicher Stoß. Vermutlich hatten die Typen die Trage aus dem Wagen gehoben. Ein starker Ruck ging durch seinen Körper – sie hatten ihn wohl draußen auf der Erde abgestellt. Noch lief alles gut. Die Männer – es mussten zwei sein, wie er an den unterschiedlichen Stimmen zu hören glaubte – hatten sich offenbar viel zu erzählen. Keine Sekunde verstummte ihre amerikanische Konversation. Einer schien sich nun zu entfernen. Ludwig wagte es, ein klein wenig seine Augenlider zu öffnen. Erst fiel es ihm schwer, doch das gelbe Licht erleichterte es ihm. Er konnte neben sich einen Mann ausmachen und einen zweiten, der dabei war, wegzuspazieren. Der neben ihm zündete sich gerade eine Zigarette an. Doch wo befanden sie sich? Und woher kam das Licht? Die Innenbeleuchtung war es nicht – sie hatte sich nicht eingeschaltet. Buballer öffnete die Lider vollständig. Vor ihm baute sich eine Art Überdachung auf. Ähnlich einem Baldachin. Dahinter ein weißes Stahltor in einer riesigen Wand. Auch diese musste aus Stahl sein. Und auf der Wand stand etwas geschrieben. Er versuchte, seine Pupillen auf die riesigen Lettern vor sich auszurichten: *Health of the World*. Ja genau! Er musste den Kopf etwas drehen, aber genau das las er. Es muss sich um ein Schiff handeln, überlegte er. Sie würden ihn auf ein Schiff bringen. Schwindelgefühle verursachten in ihm Übelkeit. Nein, nur das nicht – nicht jetzt! Er musste unbedingt verhindern, dass sie ihn wegschafften. Er drehte den Kopf. Ganz leicht. Der eine Typ war inzwischen ein paar Meter rechts stehen geblieben, sprach mit einem Uniformierten. Ein Polizist? Das wäre die Rettung. Nein, von der Uniform her sah er eher nach Schiffsbesatzung aus. Also Kumpanen! Und links? Dort, vielleicht hundertfünfzig Meter von seiner Trage entfernt, befand sich ein verglastes, zweistöckiges Gebäude. Ein Schiffsterminal, frohlockte Buballer. Er erkannte darin eine große Menschenmenge, die sich aus dem oberen Gebäudeteil über eine breite Metallbrücke in den Bauch des Schiffes bewegte. Urlauber? Das war seine Chance. Hatte er die Kraft, bis dorthin zu gelangen? Sicher würden ihm die Menschen – wenn er sie denn erreichte – helfen. Sie würden sofort die Polizei rufen. Dann würde alles gut werden. Sein Entschluss stand fest. Mit einem schnellen Satz und der Angst im Nacken, seine Beine könnten seinen Befehlen nicht Folge leisten, sprang er von der Trage. Der Typ mit der Zigarette schaute ihn an wie ein Gespenst und schien wie gelähmt. Ludwig erwartete alles: Schüsse, Schreie, das Geräusch von einem Mann, der ihn verfolgte. Doch es blieb zu seiner Verwunderung ruhig. Absolut ruhig. Und nach wenigen Schritten wurde ihm bewusst, dass auf seine Beine Verlass war. Dann lief der Saarländer Ludwig Buballer weiter, einer neuen Freiheit und seiner persönlichen Bestzeit entgegen.

4. Tobias Reinert – Ein Leben nach dem Tod

„Hier, Tobi, hier!" Der Ruf des Linksaußen erreichte den 23-jährigen Stürmer Tobias Reinert mit etwas Verzögerung und dieser musste sich gerade selbst eingestehen, unkonzentriert gewesen zu sein. So rollte das scharf geschossene Leder an ihm vorbei und Piet, der Torwart, schaute gelangweilt in seinem Kasten dem Treiben zu. Mit halber Kraft in den Kampf um den Aufstieg in die Bundesliga zu gehen, konnte sich der Torjäger des FC St. Pauli nicht leisten. Andererseits war seine Psyche nicht gerade die beste. Schon wieder hatte Tobias sein Coming-out verschoben. Er wollte abwarten, bis die beiden Relegationsspiele des Kiezklubs vom Hamburger Millerntor gegen den Lokalrivalen Hamburger SV abgeschlossen waren. Das Thema Fußball war zurzeit das Gespräch in der Hansestadt. Der HSV kämpfte nach mehr als fünfzig Bundesligajahren in dieser Saison mal wieder gegen den Abstieg aus der 1. Liga. Und der FC St. Pauli war es, der ihm den Todesstoß versetzen und die Stadionuhr des HSV nach einem halben Jahrhundert zum Stillstand bringen konnte. Alles hing von den beiden Relegationsspielen am 15. und 18. Mai ab. Und, wie Tobias wusste, auch von seiner fußballerischen Leistung.

„Entschuldige, Miguel, ich gelobe Besserung!"
Miguel, ein Brasilianer, der seit vorletzter Saison für den Zweitligisten spielte, winkte enttäuscht ab. Tobias streifte die rote Weste ab, die ihn als Gegner dieses Trainingsspiels auswies, und spazierte Richtung Kabinenausgang. Keinem seiner Vereinskameraden war

bewusst, dass er, Tobias, nicht auf Frauen stand. Der junge Mann drückte es sich selbst gegenüber etwas vorsichtiger aus: Er konnte mit Frauen halt nichts anfangen! Das Wort schwul mochte er nicht. Auch nicht in seinen Gedanken. Es hatte so etwas von Härte. Er wollte nicht schwul sein. Er mochte lieben, wen er wollte, das war schon immer seine Devise. „Lieb doch, wen du willst", stand doch tatsächlich auf einem Banner, das die Fans des FC St. Pauli in der Nordkurve des Millerntor-Stadions vor einigen Wochen bei einem Spiel gegen Sandhausen präsentiert hatten. Tobias wusste, der Zweitliga-Klub der anderen Art unterstützte den Kampf gegen Sexismus und Homophobie. Doch war das ein Wink mit dem Zaunpfahl? Aber wenn er sich heute outete, was dann? Nein, dafür war es – auch nach einem schwulen Vereinspräsidenten wie Corny Littmann – noch zu früh. Es gab keine absolute Gewissheit für ihn, dass ein derzeitiges Comingout gut enden würde. Sogar der homosexuelle Fußballspieler Thomas Hitzlsperger hatte jahrelang bis zu seinem Karriereende damit gewartet. Hier ging es um seine Zukunft und auch um seinen Arbeitsplatz. Was seinen zukünftigen Lebensgefährten anging, war Tobias wichtig, dass der seine Liebe erwiderte. Das alleine zählte. Sofort wanderten seine Gedanken zu Sascha. Der junge Oldenburger sollte die immerwährende große Liebe sein. Sie hatten von Heirat gesprochen und Pläne geschmiedet, sogar vom Kinderwunsch.

„Noch diese Saison. Wenn wir in der 1. Bundesliga spielen, stelle ich mich den Medien!", hatte er Sascha versprochen. Er war sich sicher, er hätte es durchgezogen. Doch dann hörte er von Treffen des zwei Jahre Jüngeren mit anderen Männern in einem Oldenburger

Saunaklub. Reinert beauftragte einen Detektiv mit der Überwachung Saschas, und der bestätigte ihm das Doppelleben des Liebsten. Als Tobias den Lebensgefährten zur Rede stellte, schmiss der ihm den Ring hin und erklärte, ihn nie geliebt zu haben. Sein Status als prominenter Fußballer habe ihn geblendet, meinte der Oldenburger Lehramtsanwärter. In gegenseitiger Wut prügelten sich beide, und psychisch und physisch verletzt verkroch sich der Fußballstar anschließend in seiner kleinen Hamburger Wohnung am Kaiserkai.

Der Stürmer hatte inzwischen die Umkleidekabine erreicht. Trainer van der Matten kam ihm entgegen. „Tobi, alles klar? Mach dir bloß keinen Kopf über das erste Relegationsspiel nächste Woche. Wir gewinnen gegen Hamburg. Komm, lass uns wetten! Eine Flasche Schampus?"

Van der Matten, der erst in den letzten Spielen von Hannover kam und Trainer Olling abgelöst hatte, war ein feiner Kerl. Wie gerne hätte Tobi ihm alles gebeichtet. Doch das könnte auch nach hinten losgehen. Seine Scheinbeziehung zu Luise van Gästern würde sicher auch bald auffliegen. Schon einmal hatte ein Hamburger Paparazzo die Tätigkeit der Lübeckerin als Escort-Girl herausgefunden. Nur mit Geld und dem Versprechen, dem Mann bald eine gute Story zu liefern, konnte er die Veröffentlichung in den Medien verhindern. Sein persönliches Coming-out musste bald sein. Erst hatte er sich den Hamburg-Marathonlauf als Deadline gesetzt. Wollte nach dem Staffellauf vor die Presse treten. Dann wäre es endlich vorbei gewesen. Nun machte er es vom Erreichen des Relegationsplatzes abhängig. Der HASPA-Lauf, bei dem er vor dem Spiel am Sonntag gegen den 1. FC Köln mitgelaufen war, kam ihm wieder in den Sinn. Er hatte es den Frauen und Männern der Hamburger Stiftung „Phönikks" versprochen und sein Wort gehalten. Zuerst hegte er leichte Bedenken, ohne Erlaubnis der Sponsoren und des Vereins dort beim Hansa-Marathon anzutreten. Auch ob er über genügend Kräfte für das anschließende so wichtige Fußballspiel verfügte. Aber die gemeinnützige Sache konnte er nicht mehr absagen und es lag nicht in seiner Absicht, die Menschen zu enttäuschen. Und es lief super an diesem letzten Sonntag, den 4. Mai. Beide Ergebnisse waren phänomenal. Beim 2:1 gegen Köln schoss er den Verein mit zwei bildschönen Toren auf den Relegationsplatz, und die Phönikks-Staffel, mit deren Spendentopf Tobias unterwegs war, hatte eine Rekordsumme eingenommen. Und das überwiegend dank seiner Popularität. Das Geld des Laufes kam Familien mit krebskranken Kindern zugute. Es schaffte für ihn einen humanitären Ausgleich, mit seiner Lüge zu leben. Aber er wollte sich sicher nicht damit freikaufen für seine „Andersartigkeit", wie Sascha es einmal nannte. Warum machte es das Leben bloß so schwer, die Wahrheit zu sagen? Schon damals in Meppen, als alle seine Mitspieler Freundinnen anschleppten, zeigte er am weiblichen Geschlecht kein Interesse. Er hatte das alles auf den Sport geschoben und extra Trainingseinheiten eingelegt. So fiel es keinem auf, im Gegenteil! Sein Engagement hatte Tobias sogar einen Vertrag mit dem Zweitligisten in Hamburg eingebracht. Und jetzt kämpften er und die Mannschaft des FC St. Pauli plötzlich um den Wiederaufstieg in die Königsklasse. Es lief ihm kalt und sofort wieder warm den Rücken hinauf und hinunter. Was wäre, wenn sie nicht aufsteigen würden? Er durfte erst gar nicht an die Zigtausende von Anhängern denken. Und wenn er dann anschließend sein Coming-out erlebte? Dann würden doch sicher alle behaupten, seine schlechte Leistung oder sein Unvermögen, den Kiezklub in die Liga zu schießen, kämen von seiner Andersartigkeit! Sie würden sagen: „Kein Wunder, dass der im letzten Spiel keine Tore geschossen hat. Der hoch bezahlte, schwule Stürmer!" Alle würden über ihn herfallen. Die Fans, die Medien. Tobi dachte an den verstorbenen Robert Enke. War der nicht in der gleichen Situation gewesen und hatte sich aus Furcht vor einem Coming-out das Leben genommen? Eine fürchterliche Angst überkam ihn. Doch dann hatte er gelesen, dass den Hintergrund des Suizids beim ehemaligen Nationaltorwart Ängste und starke Depressionen bildeten. Er wusste nicht, ob er sich über diese Wahrheit freuen sollte oder nicht. Tobias musste sein Geheimnis unbedingt vorher seinen Stiefeltern mitteilen. Sie hatten ein Recht zu wissen, wie es um ihn stand. Er liebte sie sehr. Ihnen verdankte er so viel. Manchmal war der gläubige Stürmer Gott sogar dankbar, dass der seine Eltern so früh abgerufen und beim Transrapidunfall im Emsland vor einigen Jahren hatte sterben lassen. Sie förderten seine Fußballleidenschaft in keinster Weise. Die Eltern wollten, dass er Mediziner wird wie sein Vater. Tobias fühlte sich zwar nicht wohl bei diesen Gedanken, doch sein Leben wäre mit seinen leiblichen Eltern ganz gewiss weniger erfolgreich verlaufen. Oder zumindest in eine andere, vielleicht auch erfolgreiche, aber unbefriedigende Richtung.

Tobias war heute sofort nach Ende des Trainings in seine Wohnung am Kaiserkai zurückgekehrt. Er hatte den wartenden Fans beim Stadion noch den Autogrammwunsch erfüllt und war dann losgefahren. Raus aus der anstrengenden Hansestadt, raus zu seinem Lieblingsort. Er stellte den Porsche mit dem Kennzeichen „ST-PA 1" in seiner Tiefgarage ab. Dieses Kennzeichen hatte ihm viele Fans und Freunde gebracht. Doch dazu musste er auch eine Wohnung im nordrhein-westfälischen Steinfurt kaufen und dort seinen zweiten Wohnsitz anmelden. Die Wohnung vermietete Tobi an vier Studenten aus Münster, natürlich für kleines Geld. Nun wechselte er den Porsche in seiner Tiefgarage gegen einen alten VW Scirocco. Er liebte diesen Wagen. Das Fahrzeug, Baujahr 1986, hatte er als 18-Jähriger von seinem ersten Geld als Spieler beim „SV Meppen" gebraucht gekauft. Danach lief alles rasend schnell. Als ihn sogenannte Fußball-Scouts aus der Oberliga Niedersachsen zum FC St. Pauli brachten, war sein spielerischer Erfolg nicht aufzuhalten. Nur wenige Monate kickte er unter „ferner liefen". Dann wurde er beim ersten Saisonspiel 2013/14 der Kiezkicker am 19. Juli 2013 gegen den TSV 1860 München eingewechselt und schoss den Siegestreffer zum 1:0. Von diesem Tag an gehörte er zum Stammkader des Vereins und sein Marktwert stieg immens. Dazu füllte sich auch seine Kasse. Nach den ersten Einnahmen als Profi verkaufte er den alten Scirocco und wechselte sofort zur Marke Porsche. Zumal er dort zeitgleich einen kleinen Sponsorenvertrag erhielt. Doch vor wenigen Wochen, als es ihm seelisch besonders schlecht ging, erinnerte er sich an den Scirroco und die damit verbrachte schöne Zeit. Er hatte umfangreiche Recherche betreiben lassen und das Fahrzeug dem neuen Besitzer für eine horrende Summe abgekauft. Dann ließ er den achtzehn Jahre alten Wagen komplett zerlegen, sandstrahlen, die Karosserie verzinken und anschließend wieder zusammenbauen. Der Motor wurde etwas getunt, aber sonst blieb alles beim Alten. Tobias fühlte sich zurückversetzt in eine Zeit, die ihm wichtig war, und wenn er damit unerkannt durch Hamburg fuhr, machte ihn das besonders glücklich.

Inzwischen war er beim „Moorfleeter Deich" in Bergedorf angekommen. Hier war sein Lieblingsplatz, hier fand er abends nach den Spielen oder dem Training die notwendige Ruhe. Er stellte den Wagen auf dem Parkplatz des „Wasserparks Dove-Elbe" ab. Nur ein metallic-schwarzer Chevrolet Transporter mit abgedunkelten Scheiben und dänischem Kennzeichen stand einsam dort, hatte er beruhigt festgestellt. Wie oft war er schon hier gewesen? Auch einige Male mit Sascha. Sie hatten auf der Wiese am Wasser gelegen, auf einer Decke, und Sekt getrunken. Einmal, bei strömendem Regen, als alle Besucher den Platz schon verlassen hatten, liebten sie sich dort. Bestimmt würde er wieder einen liebevollen Lebensgefährten finden. Einen, der nicht auf sein Geld und seinen Promi-Status schaute. Zwei Asiaten kamen ihm entgegen. Sicher die Fahrer des Chevrolets. Tobi zog die Mütze tief ins Gesicht. Man hatte mit ihm – erstmalig in der Geschichte der deutschen Nationalmannschaft – einen Spieler der 2. Liga in den erweiterten Kader der Nationalelf aufgenommen, und da wusste man ja nie. Er wunderte sich etwas. Diese asiatischen Touristen tauchten aber auch überall auf. Normal fand man sie eher gehäuft im Stadtbereich. Nicht einmal hier – weitab der Metropole – hatte er seine Ruhe vor ihnen. Hoffentlich plante man an diesem schönen Ort keine Baumaßnahme, fürchtete er und Angst stieg in dem Fußballspieler auf. Die beiden Männer in ihren schwarzen Anzügen waren ohne einen Gruß an ihm vorbeispaziert. Als er sich auf dem Sandweg noch einmal nach ihnen umdrehen wollte, stand einer plötzlich direkt hinter ihm. Tobias war in Gedanken und hatte den Mann nicht gehört. Er erschrak fürchterlich. Tobias Reinert fühlte einen Stich im Nacken, dann wurde es schwarz vor seinen Augen.

5. Helene – Laufen zurück ins Leben

Die Schritte hallten durch die Dämmerung und Helene fühlte, wie sich bei jedem zurückgelegten Meter ihr Wohlbefinden steigerte. Dreimal die Woche hatte sie sich dem Laufen verschrieben und auch heute Abend war sie – nach dem langen Gespräch mit ihrer Ärztin – leicht verspätet in der Sachsenstraße in Oldenburg gestartet. Der Bürgerteich, in der unmittelbaren Nähe ihres Elternhauses liegend, bot sich für sie regelrecht an und inzwischen gehörten die knapp neun Kilometer zu einer ihrer Lieblingsstrecken.

Was wäre geworden, wenn sie das Laufen nicht entdeckt hätte? Auch Frau Dr. Kilian, ihre Psychologin, joggte regelmäßig. Sie hatte sie beglückwünscht und erklärt, dass Menschen, die unter Depressionen leiden, Erfolgserlebnisse brauchten. Dass Helenes Selbstwertgefühl gerade außerstande sei, die für sie notwendigen positiven Kicks zu vermitteln. Beim Laufen erfahre sie, wie sie sich Schritt für Schritt steigern und ihre Kondition verbessern würde. Gerade Anfängern, wie Helene es noch letzten Winter war – so Frau Dr. Kilian –, tue das besonders gut.

Inzwischen lagen zig Kilometer an Laufstrecke hinter der 30-jährigen Oldenburgerin, und sogar ihren ersten Marathonlauf hatte sie letzte Woche erfolgreich absolviert. Mit ihrer Zeit in Hamburg war sie nicht ganz zufrieden und strebte an, sich aus diesem Grund noch mehr Training aufzuerlegen. Beim Fördelauf in Kiel, für den sie gemeldet war, sollte ihre Zeit schon gut unter vier Stunden ergeben.

Inzwischen war sie bei der Straße *An de Bullwisch* angekommen. Fußgänger mit Einkaufstüten belebten das Bild vor ihr und nur mit slalomartigen Bewegungen kam sie weiter.

Wie toll hatte ihr Leben angefangen: Einser-Abitur, Betriebswirtschaftsstudium. Anschließend Europäisches Wirtschaftsrecht mit dem Abschluss Diplom-Kauffrau an der *Wirtschaftsuniversität Luigi Bocconi* in Mailand. Dann 2010 die sofortige Übernahme als Trainee im Rentenhandel bei der Dresdner Bank AG in Mailand. Schon ein Jahr später war sie Leiterin Treasury für Zentraleuropa bei der Leitzbank in Frankfurt am Main. Dort wurde sie bald verantwortlich für das Optionsscheingeschäft und stieg 2012 in den Vorstand der Leitzbank AG auf. Im selben Jahr, so erinnerte sie sich, gelangte sie in die engere Auswahl der von der Zeitung „Wirtschaftswoche" zu vergebenen Auszeichnung „Managerin des Jahres". Im Winter 2012 lernte sie dann Will kennen. Der Investmentmanager und Deutsch-Amerikaner Will Hass begegnete Sandra auf irgendeinem langweiligen Empfang im Frankfurter Hilton. Mit ihren fast 30 Jahren war sie – was Männer anging – eher unerfahren und hatte, bis auf zwei sexuelle Abenteuer im Studium, nie viel Interesse am anderen Geschlecht gezeigt. Sie schob dieses Manko stets auf ihre fehlende Freizeit, und auch später, als verantwortliche Frau in einer Männerdomäne, versuchte sie, allen Abenteuern aus dem Weg zu gehen. Bis Will kam. Er hatte schon eine Stunde nach ihrem Kennenlernen ein Zimmer im Hotel gebucht. Hand in Hand stürmten sie nach oben und fielen im riesigen Boxspringbett übereinander her. Sie wusste nicht, was geschah. Das war nicht sie, die kühle Bankerin Helen Lütjenjans aus Oldenburg. Sie hatte sich nicht wiedererkannt. Aber es war toll, erinnerte sie sich, während sie die Straße überquerte. Sie hatten damals den Aufenthalt im Hotelzimmer noch einen Tag verlängert und sich beide bei ihren Arbeitgebern krankgemeldet. Helene bekam gerade einen leichten Hustenanfall und musste bei ihrem Lauf um den Bürgerteich kurz anhalten und aushusten. Dann ging es schon wieder. Ja, die dunklen Jahre waren vorbei. Die fetten sowieso! Die Sache mit Will ließ auch jetzt – fast ein Jahr später – ihre Psyche gefährlich wackeln. Will war ein kluger Kopf und später zog sie in Zweifel, ob er sie ausgesucht hatte oder war ihr Zusammentreffen an diesem Abend tatsächlich Zufall. Will war ein Zocker wie alle Investmentbanker, die Helene damals kannte. Aber er hatte etwas Besonderes an sich und so gelang es ihm, die Frau für seine Zwecke zu missbrauchen. Zumindest sah es Helene inzwischen so. Etwas blauäugig war sie schon an die Sache herangegangen, musste sie sich eingestehen. Und als Will bankinterne Informationen von ihr verlangte, lehnte sie erst einmal ab, völlig außer sich. Doch irgendwie ließ sie sich rumkriegen, von großen Gewinnen und vom Reichtum auf die Schnelle und ohne Risiken überzeugt. Als er dann um ihre Hand anhielt und sie kurz darauf in seiner Geburtsstadt Boston in Massachusetts heirateten, schien das Glück perfekt. Sie erklärten übereinstimmend, nie Kinder haben zu wollen. Dafür aber eine Finca auf Mallorca und je eine Wohnung in Boston und Frankfurt. Kurz darauf bezogen sie das Penthouse im Frankfurter Westend. Alles verlief nach Wunsch. 220 Quadratmeter, verteilt über zwei Ebenen, für 2,2 Millionen Euro waren nicht viel, zumal bei ihnen der Rubel rollte. Doch dann bekam Will den Hals nicht voll und sie ging täglich mit einem unguten Gefühl in ihr Büro.

Übelkeit und Magenschmerzen waren die Folge. Ständig war sie in Angst aufzufliegen, und jeden Tag nahm sie sich vor, die Betrügereien zu beenden. Doch abends in seinem Arm hatte Will sie wieder so weit und sie gab ihm bereitwillig Auskunft über geplante Transaktionen ihrer Bank. Die Sache konnte nicht gut gehen, das war ihr klar, aber ihr Leben auf der Überholspur ließ immer wieder ihre Angst vor dem Entdecktwerden schwinden. Als irgendwann ein Vorstandskollege ihr mitteilte, man habe den Verdacht, dass einer der elf Vorstandsmitglieder Insiderwissen weitergab, brach sie zusammen – innerlich. Äußerlich ließ sie sich nichts anmerken. An jenem Tag im Mai fuhr sie mit dem Lift in den 23. Stock des Hochhauses an der Bockenheimer Landstraße. Von dort nahm sie die Treppe zum Dach und setzte sich unweit der Brüstung auf einen Mauervorsprung. So wollte sie nicht weiterleben. Sie sah die hämischen Blicke der ohnehin neidischen Kollegen vor sich. Die Wirtschafts- und Boulevardblätter, die über die geldgeile Betrügerin schrieben, und sie versuchte einen Bogen zu spannen, der die nächsten dreißig Jahre in ihrem Arbeitsleben betraf. Doch die Aussicht war dunkel und sie sah kein Licht am Ende des Tunnels. Ohne jeglichen Ausweg wollte sie zunächst aus dem Leben scheiden. Dann entschloss sie sich, reinen Tisch zu machen. So feige wollte sie dann doch nicht sein, der Verantwortung durch einen Suizid zu entgehen. Sie offenbarte sich dem Vorstandsvorsitzenden und schob alles auf Will. Sie wusste, das war nicht fein, aber es entsprach ja irgendwie der Wahrheit. Sie verließ Will am gleichen Tag, bezog ein möbliertes Zimmer und wurde von allen Ämtern enthoben und wenig später entlassen. Sie reichte die Scheidung ein und auch Will stimmte sofort zu. Die Bank verzichtete auf ein Einschalten der Polizei, sprach sich sogar anerkennend darüber aus, dass Frau Lütjenjans-Hass sich selbst erklärt und gestellt habe. Helene wusste es besser. Die Banken standen damals sowieso ständig negativ in der Kritik und da fehlte es noch, den Vorstand weiter zu diskreditieren. Sofort nach der Scheidung hatte sie ihren Mädchennamen wieder angenommen.

Helene erreichte gerade die Feldstraße. Der Wald lag schon in Reichweite. Man konnte ihn förmlich riechen. Diesen Geruch von Sauerstoff satt. Wie damals auf dem Hochhaus. Dort oben war der Lärm der Stadt so fern. Und das unverhältnismäßige Gemisch aus Kohlenmonoxid und Sauerstoff auf der Straße war frischer, sauberer Atemluft gewichen. Hatten nicht auf dem Dach des Wolkenkratzers ihre Depressionen begonnen? Hatten sich nicht dort oben erstmals die dunklen Schleier vor ihre Augen gelegt? Später versuchte sie sich zu erinnern, ob sie nicht schon in der Schule hin und wieder solche Phasen durchlebt hatte. Der elterliche Druck auf die einzige Tochter, immer vorne mitzuspielen, hatte dabei sicher eine große Rolle gespielt. Tennis, Geige und Ballett. Ja, Papa und Mama meinten es stets gut. Sie wollten immer nur das Beste für ihre Helene.

Die Erde drehte sich langsam unter ihren Füßen und Helene hatte gerade das Gefühl, sie trage dazu bei, mit ihrer Laufbewegung die Erdrotation zu unterstützen. Nein, sie würde diesen dunklen Schleiern entfliehen, einfach davonlaufen. Nicht heute und nicht morgen. Aber sie war auf dem besten Weg. Dann würde sie von vorne beginnen und das Leben ergab wieder einen

Sinn. In diesem neuen Leben kamen auch eigene Kinder vor, und ihr Herz machte plötzlich einen Sprung.

Auf einem Parkplatz an der Straße stand einsam ein schwarzer Transporter. Sie maß ihm keinerlei Bedeutung zu. Er war nur zu groß, um ihn zu übersehen. Schwarz und wuchtig wie ihre dunklen Träume. Sie beschleunigte etwas, als sie an dem Chevrolet vorbeilief. Plötzlich öffnete sich neben ihr lautstark eine Schiebetür und Arme, die herauswuchsen, rissen Helene von ihren Beinen. Sie erschrak so fürchterlich, dass sie den Einstich der Nadel an ihrem Hals nicht mehr wahrnahm.

Im Verlag CW Niemeyer bereits erschienen ...

Der Tod zweier Au-pair-Mädchen einer im Chilehaus ansässigen Agentur erschüttert die Bewohner Hamburgs. Wer hat ein Motiv, zwei junge Frauen zu ermorden? Zur gleichen Zeit ist Kommissarin Sandra Holz unterwegs in die USA. Als ihr Gepäck verschwindet und gefüllt mit Kokain wiederauftaucht, wird sie von ihren engsten Kollegen verhaftet. Wem kann die Kommissarin jetzt noch vertrauen? Sitzt der Gesuchte etwa in den eigenen Reihen?
In ihrem 7. Fall ermittelt Sandra Holz – im Stich gelassen von der Polizeiführung und nur mithilfe engster Kollegen – am Hamburg Airport und im Chilehaus. Dabei versucht sie ihren Namen reinzuwaschen und die Hintermänner des Verbrechens ein für alle Mal zu entlarven.

Klaus E. Spieldenner. Elbtraum
400 Seiten. Klappenbroschur. ISBN 978-3-8271-9497-8
E-Book   978-3-8271-8557-0 (Pdf)
            978-3-8271-8356-9 (Epub)

Krimis finden Sie unter ...

Im Verlag CW Niemeyer bereits erschienen ...

Während einer Hochzeit in Harry's New York Bar im Pelikan Viertel Hannovers wird eine Braut entführt, was allerdings nicht Teil einer entsprechend bekannten Zeremonie ist. In Folge verschwinden weitere junge Frauen, die frisch verheiratet waren. Im LKA Niedersachsen wird eine Sonderkommission „Pelikan" gebildet, die diese Vermisstenfälle zentral bearbeitet. Werden die Frauen gefangen gehalten? Sind sie bereits getötet worden? Das OFA-Team um Thorsten Büthe ist in die Ermittlungen mit einbezogen, obwohl ihnen für ihr Arbeitsfeld, einer Fallanalyse auf objektiver Spurenlage, eigentlich die Basis fehlt. Sie können weder Spuren an einem Tatort noch Verletzungen an einem Leichnam interpretieren. Auf welcher Basis können sie ein Profil erstellen? Während die Polizei weiter im Dunkeln tappt, ist der „Pelikan", wie der Täter in Ermittlerkreisen getauft wurde, der Sonderkommission stets einen Schritt voraus.

Carsten Schütte. Der Pelikan – Ein Profiler-Thriller
384 Seiten. Klappenbroschur. ISBN 978-3-8271-9506-7
E-Book 978-3-8271-8563-1 (Pdf)
     978-3-8271-8362-0 (Epub))

Krimis finden Sie unter ...

Im Verlag CW Niemeyer bereits erschienen ...

Auf der von einem Orkan aufgewühlten Nordsee wird ein Fischkutter von einer Riesenwelle verschluckt. Von der dreiköpfigen Besatzung fehlt jede Spur. Im Weserbergland und an der Küste geht ein sadistischer Psychopath auf die Jagd nach jungen Frauen. Er will seine Fantasien an ihnen ausleben, seinen Opfern beim Sterben zuschauen. Gefühle wie Mitleid und Schuld sind ihm fremd. Er kennt kein Erbarmen. Dieser Mann kann nur leben, wenn er tötet. Was haben das Schiffsunglück vor der ostfriesischen Küste und mehrere Frauenmorde im Weserbergland und an der Nordsee miteinander zu tun? Wird es Kriminalhauptkommissarin Herma van Dyck und ihrem Chef Kurt Brenner gelingen, den unheimlichen Serientäter zu fassen? Oder wird am Ende das Böse über das Gute siegen und die Jägerin zur Gejagten?

Ulrich Behmann. Dezembertod
448 Seiten. Klappenbroschur. ISBN 978-3-8271-9505-0
E-Book   978-3-8271-8562-4 (Pdf)
            978-3-8271-8361-3 (Epub)

www.niemeyer-buch.de

Im Verlag CW Niemeyer bereits erschienen ...

Das Szenario auf dem Platz vor dem Druidenstein, wie die Bewohner der kleinen Siegstadt Kirchen den markanten Gipfel nennen, ist an Grausamkeit kaum zu überbieten. Alles erinnert an die Sagen, die sich um den ehemaligen Opferplatz der Kelten und Germanen ranken und an dem noch heute der Geist der Druidin Herke wandeln soll. Wer ist der geopferte junge Mann?

Am folgenden Tag stirbt im örtlichen Klinikum ein Archäologe, der von sich behauptet, er habe einst den Dolch der Herke ausgegraben. In seinen Händen hält der Tote das blutverschmierte Schwert eines Germanenfürsten. Werden Hauptkommissarin Nina Moretti und ihr Team die selbsternannte Druidin rechtzeitig stoppen können, bevor sie erneut tötet?

Micha Krämer. Druidenwahn
400 Seiten. Klappenbroschur. ISBN 978-3-8271-9504-3
E-Book   978-3-8271-8561-7 (Pdf)
            978-3-8271-8360-6 (Epub)

Krimis finden Sie unter ...

Im Verlag CW Niemeyer bereits erschienen ...

Der Fall am Bahnhof von Minden wirkt zunächst sehr nebulös. Der Tote hatte durchaus überzeugende Gründe, um im tristen Monat November freiwillig aus dem Leben zu scheiden. Kurz darauf häufen sich die Ereignisse. Über Facebook und eine spezielle Whats-App-Gruppe sieht es so aus, als würde ganz gezielt zu Selbstmord aufgerufen. Aufnahmen von Überwachungskameras vermitteln jedoch ein anderes Bild. Die Kripo geht von einem Serientäter, einer Gruppe oder mehreren Nachahmern aus und muss ihre Kräfte überregional bündeln. Hauptkommissar Alexander Rosenbaum ermittelt mit dem Team „Bahnsteig" mit zeit- und kräfteraubendem Einsatz. Ganz anders gelagert scheint da das Ereignis in der traditionsreichen Museums-Eisenbahn von Minden zu sein, als im folgenden Frühjahr eine Reisende einem Bienenstich erliegt. Den Hinweis seiner Nachbarin auf die tödlich endende Zugfahrt hält Alexander zunächst lediglich für eine amüsante Geschichte ...

Andrea Gerecke. Endstation Minden
352 Seiten. Klappenbroschur. ISBN 978-3-8271-9509-8
E-Book 978-3-8271-8566-2 (Pdf)
      978-3-8271-8365-1 (Epub)

www.niemeyer-buch.de

Im Verlag CW Niemeyer bereits erschienen ...

Töte ich Menschen, ohne mich daran zu erinnern?
Diese Frage stellt sich der 20-jährige Paul. In ihm existieren zwei unterschiedliche Persönlichkeiten, die – bis auf wenige Ausnahmen – nichts voneinander wissen. Ein Hannoverscher Bestsellerautor wird abends vor seinem Haus von einer unbekannten Gestalt getötet. Paul befürchtet, der Täter zu sein, kann sich jedoch an nichts erinnern. Kurz darauf beginnt der renommierte Psychiater Dr. Mark Seifert eine heimliche Affäre mit Pauls Mutter, bringt damit eine tödliche Kaskade ins Rollen. Es gibt ein altes, düsteres Geheimnis, dessen Aufdeckung einige Personen in Pauls Umfeld um jeden Preis verhindern wollen. Die verstörende Wahrheit kostet mehrere Menschenleben. Gelingt es Mark Seifert, die Hintergründe der Tötungsserie aufzudecken, bevor der Täter ein weiteres Mal zuschlägt?

Thorsten Sueße. Hannover sehen und sterben
512 Seiten. Klappenbroschur. ISBN 978-3-8271-9508-1
E-Book 9978-3-8271-8565-5 (Pdf)
        978-3-8271-8364-4 (Epub)

Krimis finden Sie unter ...
www.niemeyer-buch.de